首届向全國推薦優秀古籍整理圖書

〔明〕歸有光 著
周本淳 校點

震川先生集

上

上海古籍出版社

圖書在版編目(CIP)數據

震川先生集/(明)歸有光著;周本淳校點.—上海:上海古籍出版社,2007.8(2024.6重印)
(中國古典文學叢書)
ISBN 978-7-5325-4704-3

Ⅰ.震… Ⅱ.①歸… ②周… Ⅲ.古典文學—作品集—中國—明代 Ⅳ. I214.82

中國版本圖書館CIP數據核字(2007)第 046116 號

中國古典文學叢書

震川先生集

(全二册)

[明] 歸有光 著

周本淳 校點

上 海 古 籍 出 版 社 出版、發行
(上海市閔行區號景路159弄1-5號A座5F 郵政編碼 201101)
(1)網址:www.guji.com.cn
(2)E-mail:gujil@guji.com.cn
(3)易文網網址:www.ewen.co
常州市金壇古籍印刷廠有限公司印刷
開本 850×1168 1/32 印張 32.625 插頁 10 字數 608,000
1981年第1版累計印數 6500 册
2007 年 8 月第 2 版 2024 年 6 月第 10 次印刷
印數:8,301-9,100
ISBN 978-7-5325-4704-3
I·1943 平裝定價:108.00 元

《中國古典文學叢書》編輯說明

我們偉大的祖國有悠久的歷史、燦爛的文化，流傳至今的古代典籍浩如烟海。批判地繼承這份珍貴的遺產，對於發展民族新文化和提高民族自信心是不可缺少的。我們編輯出版這套《中國古典文學叢書》，就是爲了給一般研究工作者、大中學校教師及有關文化工作者提供一套比較系統的中國古典文學基本資料，以便讀者分析研究，作爲發展和繁榮社會主義新文化的借鑒和參考。

《中國古典文學叢書》將有選擇地出版我國先秦以來較有代表性的優秀文學作品，其中以詩文別集爲主；少數著名的總集及影響較大的戲曲、小說也酌量收入。

《中國古典文學叢書》根據不同情況分別採用前人舊注或集注本，一般均作必要的校勘幷加新式標點；有些品種也將採用今人新注的形式。

上海古籍出版社

一九七九年一月

前言

歸有光，江蘇崑山人。字熙甫，號震川，學者稱他爲震川先生。因爲他老家住過崑山項脊涇，所以也自稱項脊生。他生於明代正德元年臘月二十四日（一五〇七年初），卒於隆慶五年（一五七一）。

歸家在崑山是大族。據歸有光在《歸氏世譜後》中自述，當時有「縣官印不如歸家信」的說法，由此可見一斑。但是，歸有光這一支却沒有什麽功名顯赫的人物，只有曾祖歸鳳在成化十年（一四七四）中過舉，做過城武縣知縣。祖父歸紳、父親歸正都沒有功名，以布衣終身。

歸有光八、九歲就能讀書作文，現存的《乞醯論》就是他十歲時的作品。十四歲開始應童子試，二十歲考了第一，補蘇州府學生員。同年到南京鄉試，未中。一直到嘉靖十九年（一五四〇）三十五歲舉應天鄉試第二名，聲名大震。成百的舉子來跟他學習。以他的實學和聲望，考進士應該易如反掌，然而偏偏「八上公車不遇」。很多考官和舉子都爲他不平，甚至說：「歸生不第，何名爲公車？」一直到嘉靖四十四年（一五六五），他以六十歲的高齡考了個三甲進士。因爲是三甲，不能授館職，只能到當時荒僻的長興縣當知縣。

長興長期沒有知縣，一切由胥吏把持。一些豪門大族勾結官府，把糧役負擔一齊轉嫁到貧苦農民身上，監獄裏關滿了無辜的百姓。歸有光一心學習兩漢循吏的辦法，爲民興利除害，不怕得罪豪門和上司，《明史》說他：

用古教化爲治。每聽訟，引婦人兒女案前，刺刺作吳語，斷訖遣去，不具獄。大吏令不便，輒寢閣不行。有所擊斷，直行己意。大吏多惡之。調順德通判，專轄馬政。明世，進士爲令無遷倅者。名爲遷，實重抑之也。

一任長興知縣，表現出歸有光的品格，他確實不負所學，言行一致，只知爲民解憂，不會奉迎官長。但是在腐朽的封建官僚制度下，落得個明升暗降的下場，到順德府去做馬政通判。他氣憤地說：「雖稱三輔近，不異湘水投。」就像屈原被放逐一樣。這是隆慶三年（一五六九）五月的事。

馬政通判是閑職，只管各縣送來的有關馬匹、折錢等文書表册，沒有麻煩事。他利用這段時間，參考史籍，采訪掌故，修《馬政志》。冬天到北京朝賀萬壽節。隆慶四年（一五七〇）陞爲南京太僕寺丞，但是仍然在北京留掌內閣制敕房，纂修《世宗實錄》。歸有光認爲這是多讀內閣所藏異書和表現文才的好機會，所以抱病堅持工作。不幸，第二年正月十三日就病死在任上。到萬曆三年（一五七五）才正式歸葬於崑山城迎薰門內金潼港的墓地。

歸有光雖然在仕途上蹭蹬終生，但却博覽羣書，而非若一般舉子只攻宋、元經注和研習八股而已。他的著作如《易經淵旨》、《尙書別解》、《讀史記纂言》、《兩漢詔令》、《三吳水利錄》、《諸子彙函》、《道德南華經評注》、《震川文集》等，涉及經史子集各部，可謂著作等身。其主要成績則在散文創作方面，他揭露了時代的矛盾，比較深刻地反映了當時社會的生活。

歸有光主要生活在明朝嘉靖、隆慶時期。當時明王朝的統治者十分昏庸腐朽。嘉靖皇帝迷信道教，躲在深宫，成年不聽朝。宦官勾結權貴把持一切。正直的大臣，一提意見，稍有觸犯，輕則廷杖充軍，重則殺身滅族。從《明史紀事本末》卷五十二「世宗崇道教」條、卷五十四「嚴嵩用事」條，可見黑暗的情况。特别是嘉靖後半期，嚴嵩靠道士得幸，父子專權達二十一年之久，擅權納賄，讒害忠良，無所不用其極。同時，東南沿海又有倭寇鈔略。崑山一帶原來是江南財賦之區，由於水利不修，聚斂無度，弄得民窮財盡，百姓流離失所。歸有光蒿目時艱，希望有所作爲。未中進士時，他就研究當時的社會問題，揭露官貪吏虐、民不聊生、將驕兵惰、遇倭卽潰的情况，同時熱情贊揚人民抗倭的英勇鬥爭精神。對皇帝和中朝大官，他採用委婉曲折的方式進行諷諭。如《西王母圖序》諷刺求仙之妄，《送許子將之任分宜序》批判嚴嵩專横等。對於求賢用人之道，理財救民之方，興修水利之途，抗禦倭寇之略，他都有精辟的論述。可惜在當時除禦倭策略被採納收效外，其餘都未被當道重視。直到隆慶三年海瑞巡撫應天十府，歸有光的水利論述才得到重視，實施後大見成效。丁元正《修復震川先生墓記》説：「其所著《三江》、《水利》等篇，南海海公用其言，全活江省生靈數十萬。」他博覽羣書而又能注意實際調查，寫出這些經世致用之文，繼承賈誼、陸贄、蘇軾等的傳統，説理條暢，切中肯綮，對於我們認識當時社會風貌，很有意義。

在散文風格上，歸有光上繼司馬遷以及唐宋八大家的傳統，下開方苞、姚鼐等桐城派散文的先河。

文筆樸素簡潔，善於敍事，當時爲人推重，與王愼中、唐順之、茅坤等被稱爲「唐宋派」。他讀書作文，自出機杼，不惑於羣言，不懾於勢利，反對浮飾之風、雕琢之習。他說：

文太美則飾，太華則浮；浮飾相與，敝之極也。今之時則然矣。（《莊氏二子字說》）

僕文何能爲古人？但今世相尙以琢句爲工，自謂欲追秦、漢，然不過剽竊齊、梁之餘，而海內宗之，翕然成風，可謂悼歎耳！（《與沈敬甫》）

這些話都是針對當時主盟文壇的南京刑部尙書王世貞說的。他甚至指斥王世貞爲「庸妄巨子」。王世貞辯解說：「妄則有之，庸則未敢聞命。」歸有光寸步不讓地說：「惟妄，故庸。未有妄而不庸者也。」（引文見錢謙益：《震川先生小傳》）這時歸有光不過是一名「老舉子」，可見其膽識。王世貞終於心服歸文的造詣，在《歸太僕贊並序》中說：

先生於古文詞，雖出之自史、漢，而大較折衷於昌黎、廬陵。當其所得，意沛如也。不事雕飾而自有風味，超然當名家矣。

清朝著名史學家王鳴盛，在《鈍翁類稿序》裏從明代散文發展的角度，肯定歸有光的貢獻：

明自永、宣以下，尙臺閣體；化、治以下，尙僞秦、漢：天下無眞文章者百數十年。震川歸氏起於吾郡，以妙遠不測之旨，發其澹宕不收之音，掃臺閣之膚庸，斥僞體之惡濁，而於唐宋七大家及浙東道學體又不相沿襲，蓋文之超絕者也。

桐城派祖師方苞在《書歸震川文集後》中做了這樣的分析：

昔吾友王崑繩目震川文爲膚庸，而張彝歎則曰：是直破八家之樊而據司馬氏之奧矣。二君皆知言者，蓋各有見而特未盡也。震川之文，鄉曲應酬者十六七，而又徇請者之意，襲常綴瑣，雖欲大遠於俗言，其道無由。其發於親舊及人微而語無忌者，蓋多近古之文。至事關天屬，其尤善者，不俟修飾而情辭並得，使覽者惻然有隱。其氣韻蓋得之子長，故能取法於歐、曾而稍更其形貌耳。

方苞這段評論很有分寸，既指出歸文的弱點，又指出它的長處和原因。從來評論歸文成就的人，都肯定其得力於《史記》，歸有光自己也以得龍門家法自負。可是他自知有個致命傷，「嘗以平生足跡不及天下，又不得當世奇功偉烈書之爲恨事」。所以他的散文題材較狹，只能就日常交友、身邊瑣事着筆，給人以清新之感。至於家人父子夫婦之情，感受既篤，入人尤深，「使覽者惻然有隱」。幾百年來，讀歸有光的《先妣事略》、《項脊軒志》、《寒花葬誌》、《思子亭記》等文，沒有不爲之一掬同情之淚的。正如王錫爵在《明太僕寺寺丞歸公墓誌銘》中說的：「所爲抒寫懷抱之文，溫潤典麗，如清廟之瑟，一唱三歎，無意於感人，而歡愉慘惻之思，溢於言語之外。」這正是歸文語言藝術的成功之處。

歸有光個人生活遭遇不幸，八歲喪母，後來兩次喪妻，特別是又失掉最心愛的兒子。這樣的境遇使他的思想轉向佛教中尋求解脫。錢謙益在《新刊震川先生文集序》中說：

先生儒者，曾盡讀五千四十八卷之經藏，精求第一義諦，至欲盡廢其書，而悼亡禮懺，篤信因果。

《震川先生集》中一些宣揚因果報應的文章，正是這種消極思想的反映。同時，論説、壽序之類寫得太多太濫，别集中有許多應制文也沒有什麽價值。

歸有光的主要成就是散文，詩非所長。四十卷中，存詩僅一卷。錢謙益在《震川先生小傳》中説：「其於詩似無意求工，滔滔自運，要非流俗可及也。」歸有光自稱「一掃齊、梁習，諒可追孟、韓」，如《素菴詩》，確可看出孟、韓的影子。他的另外一些詩篇，如《鄆州行寄友人》寫出水災之後人民賣兒鬻女呼告無路的慘况；《甲寅十月紀事二首》、《海上紀事十四首》寫出嘉靖三十三年（一五五四）倭災的慘重和官吏的貪婪怯懦等，愛憎分明，揭露深刻，頗有史料價值。

《震川先生集》的版本甚多。《四部叢刊》影印的康熙時常熟刊本經歸莊親手勘定，特别是别集的書簡都以類相從，便於閲讀，優於别本。但是因爲刻於康熙前期，文字忌諱甚嚴，所以凡遇皇上有關字樣一律空格，「夷」、「狄」、「胡」、「虜」等字均用墨釘迴避。嘉慶元年（一七九六）玉鑰堂刻的《震川先生大全集》既補救了常熟本的弊病，又校正了一些錯字。這次校點以《四部叢刊》影印的康熙時常熟刊本爲底本，原由汪旭初先生斷句，因汪先生已經逝世，新式標點和整理工作由我進行，主要用玉鑰堂刻本爲對校本，除文中明顯錯字逕改外，其餘校改均出校記，附於每卷之後。疏漏舛訛，在所難免。尚祈讀者不吝賜教，匡所不逮，俾臻完善，是所企盼。

周本淳　一九八〇年一月於淸江

重刻震川先生全集序

震川先生文集，流傳海內百有餘年，識文藝者皆知珍藏之。先大夫舊藏兩集，一集二十卷，一集三十二卷，寇變失去。余從陳百史相君，見其所點閱二十卷，博爲搜求，二集復存余架上矣。二十卷者，乃先生從弟道傳所刻；三十二卷，先生之嗣君子祜、子寧所刻也。有無參互，或疑有雜譌于其間；且聞于錢牧齋宗伯云，先生遺文尚多。余曩與其裔孫雪菴，同事禮部，雪菴以重刻道傳集相貽。既而余年友刑部公裔興之子孝儀公車來都下，惠以裔興新刻之集。覽其跋語，乃偕先生孫文休與其子玄公編輯，爲牧齋先生所次第，正集三十卷，別集十卷，餘集存之家塾。而是集仍止二十卷，或尚未盡刻，未可謂全集也。

余夙向往先生之文。今老矣，雖不能讀，竊思得覽其大全。間與汪戶部苕文、計孝廉甫草論及，而愍如也。亡何，董黃洲正位今昆山，乃屬其訪求先生遺文于玄公。徧彙諸刻，勒成全集，亦官其地者所應爲，不獨爲藝林美譚。黃洲唯唯而別。

嗟乎！先生之文，自歿時即流傳至今，王文肅公稱引于當年，錢牧齋、吳梅村諸前輩昌明于後；非若昌黎之文，歷久遠遇永叔而始顯也。矧先生以子孫比肩接踵，咸能裒輯遺文，傳之遐邇。因歎海內文人如晉江王遵巖、平涼趙浚谷皆有遺集。晉江之集尚有存者，平涼則未之概見。頻與宦其地者言之，平涼則馬學使之駛先獲我心，爲之修輯；晉江雖再屬衡文使者，尚未見有馬君其人也。夫士大夫宦遊所至，誠訪前賢之遺文，不致散亡磨滅，有如所謂草木榮華之飄風，鳥獸好音之過耳者，亦華國之瑞事也。黃洲乃能識余言，從玄公謀，其已刻、未刻，合牧齋定本，彙爲四十卷；而一時士大夫宦其地者間助剞劂之資，遂居然爲先生全書。黃洲之志行，殆非俗吏也已，是則可感也。

玄公寓書命序于余。先生之文，照耀今古，何待于序？況余豈能序先生之文者哉？聊述與黃洲之語以復玄公，玄公其有以諒余矣。

康熙癸丑仲夏，宛平王崇簡題。

歸震川先生全集序

古來文章家，代不乏人，要必以卓然絕出，能轉移風氣爲上。唐之中葉稱韓子，而與韓子同時者有柳子厚、李習之。宋時稱歐陽子，而先歐陽爲古文者有穆伯長、尹師魯輩。然言起八代之衰者，必曰昌黎；變楊、劉之習者，必曰廬陵：則以其學之深，力之大也。明三百年，文章之派不一。嘉靖中，有唐荆川、王遵巖、歸震川三先生起而振之，而論者又必以震川爲最，豈非以其學之深、力之大歟？余自少知誦法震川先生之制舉業，長而得讀其古文辭，信乎卓然絕出，能轉移風氣者也。自承乏崑山，敬哉王夫子以重梓先生集爲囑。會從先生之曾孫莊玄公氏得其未刻遺集，簿書之暇，時一披覽，殆所謂縣圃積玉，無非夜光，殊惜舊刻之多遺珠也。玄公因出錢宗伯選本，彙萃已刻未刻總計四十卷，欲授之梓人，而貧無力，謀之于余。余遂首捐俸爲刻數卷。同寅吳無錫伯成、趙嘉定雪嵊，及遠近士大夫聞風繼之，協助成事。玄公又以舊刻多焉魚魯之訛，勘訂累年，悉已是正。較之舊本，頓爾改觀，誠快事也。

余讀先生之易圖論、洪範傳，知其經學深邃。于馬政志、三途並用諸議，知其世務通達。而濬吳淞江、三吳水利諸書，今方行其說，殆東南數百年之利。至其自述令長興時，以德化民，三、漢代之循良也。今國家偃武修文，廣厲士子以通經學古，而科目之士亦將學而後入政，則是集行世，其亦昌明文運，造就人才之一助乎？

玄公以序見屬，末學何能贊一辭。顧以夙仰先生，既欣覩全集之流播海內，加惠後學，而玄公亦工詩古文，能世其家學，又喜先生之有後也。故不辭而爲之書。

康熙癸丑仲春，文林郎知崑山縣事上谷後學董正位題。

重刻震川先生全集序

歸子玄恭刻其曾大父太僕公集，未就若干卷而卒。余偕諸君子及其從子安蜀續成之，計四十卷。

初，太僕集一刻於吾崑山，一刻於常熟，二本不無異同，亦多紕繆。玄恭懼久而失傳也，乃取家藏抄本與錢宗伯較讐次第之，編定四十卷。然後訛者以訂，缺者以完，好古者得以取正焉。

太僕之文，宗伯論之詳矣。然宗伯惡夫裨販剽賊、掇拾塗澤之流，而余獨謂夫文章之遞變，非一世之積也。宋之推經術者，惟曾南豐氏，然以較於程、朱之旨，不侔矣。南渡後，諸儒之說盛行，於是學者莫不擬之而後言，隨其所見之分量淺深大小以發之於文，則莫不有所合。自南宋歷元，以及於明之初年，其所稱大儒之文皆是也。然至其風格薾萎，益頹而爲老生學究之習，若是者雖大儒不免也。負才者思有以易之而不得其說，則不難一切抹擲理學之緒言，反而求之秦、漢以上。虚氣浮響，雜然並作，至欲遠駕於古之作者。夫天下豈有離理而可以爲文者哉？故文之病而幾至於亡者，亦相習而相矯以然也。

太僕少得傳於魏莊渠先生之門，授經安亭之上。其言深以時之講道標榜者爲非。至所論文，則獨推太史公爲不可及。嘗自謂得其神於二千餘年之上，而與世之摹擬形似者異趣。故余謂文至太僕，始稱復古。非太僕而言文者，明中葉之病於剽竊者也。由明初以溯之宋、元以前之文，其不爲剽竊而猶未盡乎文之極致者，時代壓之，風格薾萎者是也。欲知太僕之文，必合前後作者而觀之，則文章之變盡此矣。

太僕久困公車，屏居絶跡，淹綜百代，始成一家之言。其曾孫玄恭負盛才，既窮且老，日抱其遺書而號于同人，醵金而刻之。垂竣身沒，不見其成。此予之歎夫文之難如此，其傳之難又如此，後之讀者宜如何其愛惜之也！

康熙十四年乙卯春三月，同里後學徐乾學謹序。

新刊震川先生文集序

往余篤好震川先生之文。與先生之孫昌世訪求遺集，參讀是正，始有成編。昌世子莊，遊於吾門，謂余少知其先學，摳衣咨請，歲必再三至。既而與其從叔比部君謀，重鋟先生全集。而比部君以讎勘之役屬余。余老而歸佛，舊學蕪廢。輟禪誦之功，紬繹累日，條次其篇目，洮汰其繁茐，排纘整齊，都爲一集。既輟簡，喟然而嘆曰：余服膺先生之書，不爲不專且久。喪亂廢業，忽忽又二十年，乃今始旋其面目，曠然知先生所以爲文之宗要，豈不幸哉！

先生鑽研六經，含茹雒、閩之學而追遡其元本。謂秦火已後，儒者專門名家，確有指授，古聖賢之蘊奧，未必久晦於漢、唐，而乍闢於有宋。儒林、道學，分爲兩科，儒林未可以蓋道學，新安未可以蓋金谿、永嘉，而姚江亦未可以蓋新安。眞知獨信，側出於千載之下，而未嘗標榜爲名高也。

少年應舉，筆放墨飽，一洗熟爛；人驚其頡頏眉山，不知其汪洋跌蕩，得之莊周者爲多。壯而其學大成，每爲文章，一以古人爲繩尺。蓋柳子厚之論所謂「旁推交通以爲之文」

者，其他可知也。參之孟、荀以暢其支，參之穀梁以厲其氣，參之太史以著其潔。其暢也，其厲也，其潔也，學者舉不能知，而先生獨深知而自得之。鈎摘搜獮，與古人參會於毫芒杪忽之間。旋觀稗販剽賊、掇拾塗澤之流，如秦越人診病，洞見藏府之癥結，辯而闢之，劈肌中理，無所遯隱。以毷氉舉子，羈窮單隻，提三錢雞毛筆，當熏灼四戰之衝。馴至霜降水落，草枯薜萎，而其爲之渠帥者，卒以吁嗟歎伏，而自悔其降心之不蚤。嗚呼，此豈徒然也哉！

先生以幾庶體貳之才，好學深思，跋邪觝僞，刊削茶敗，障斯文之末流。輊材小生，謏聞目學，易其文從字順，妄謂可以幾及。家龍門而戶昌黎，其譌謬滋甚。先生嘗序沔人陳文燭之文，諷其好學史記，知美矉而不知矉之所以美。學先生之學者，無爲沔人之知美矉，則幾矣。先生儒者，嘗盡讀五千四十八卷之經藏，精求第一義諦，至欲盡廢其書。而悼亡禮懺，篤信因果，恍然悟珠宮貝闕生天之處，則其識見蓋韓、歐所未逮者。緒言具在，余非敢援儒而入墨也。

余少壯汩沒俗學，中年從嘉定二三宿儒遊，郵傳先生之講論，幡然易轍，稍知向方，先生實導其前路。啓、禎之交，海內望祀先生，如五緯在天，芒寒色正，其端亦自余發之。今又承比部君之命，論次斯集，得以懷鉛握槧，效微勞於簡牘，有深幸焉。日月逾邁，老將智而耄及，無以昌明先生淑艾之教，譬諸螢火熠熠，欲流照於須彌之頂，亦自愧其微末已矣。

而比部君大雅不羣，能表章其家學，南豐之瓣香，不遠求而有託，斯可喜也。

歲在庚子五月晦日，虞山年家後學錢謙益再拜謹序。

先太僕震川公集，最初閩中有刻。既而公之子伯景、仲敉刻於崑山，先伯祖泰巖刻於常熟。閩本地遠不傳。崑山、常熟本互有異同。然公之遺編剩簡，尚餘十之八九。牧齋先生與公之孫文休，旁求廣采，得公藏本，幾倍於刻本。先生手自校勘，珍如祕書。無何，絳雲之災，盡燬於火。賴文休副本存，余從玄恭得而錄之。念文章顯晦有數，恐遂湮沒無聞，爲請於先生，求壽諸梓。而先生以刻本位置多訛，意象尚隔，乃爲合併而次第之，得正集三十卷、別集十卷，餘集存之家塾，未能悉出也。

蓋嘗論之：不讀史、漢，不知左、國之所以爲文也。不讀韓、歐，不知史、漢之所以爲文也。今繇公之文可以知韓、歐，繇先生之選，可以知公之文。異哉，海內之士從事於古之文章者，必自此而求之矣。然而公豈求工於文而已哉？其學術則辯易圖之宗旨，究禹疇之法象，與夫作史之志，議禮之言，有以啓先儒所未發；其經濟則條水衡之事宜，悉太僕之掌故，以及用人之方，禦倭之議，有以裨當世所宜行。聞貞孝之事，則奮袂攘臂，不欲令弱質俠骨受誣於豪強；修族姓之譜，則齎咨涕洟，必欲使遠祖近宗盡歸於敦睦。他如贈送慶賀之文，弔祭悲哀之作，靡不折衷於法度，歸本於端良。不以浮詞諛人，不以綺語加物，則公之修辭立誠，蓋可知矣。讀是集者，因公之文以得公之爲人，斯先生所以教我子孫不替先型之至意，而亦所以嘉惠後學之盛心哉！

庚子長至日，從孫起先拜手敬識。

謙益白：荒邨僻遠，伏承親枉玉趾，命較讎震川先生文集，不敢以荒落爲辭。尋繹舊學，排纘累日，乃告成事。應酬文字，間有率易冗長者，僭以臆見洮汰四分之一。披金揀沙，務求完美。以一生師承在茲，良欲效攻王之勤於遺編也。編次大意，略序梗概，以求正於法眼。或召玄恭詳審商榷，如有未當，不妨改正。

編次之法，略倣韓、柳、蘇三集。古今文體不一，亦不盡拘。先生覃精經學，不傍宋人門戶，如易圖論、洪範傳是也。故以經解爲首。次序、論、議、說，皆議論之文也。韓集總屬雜著，今依各集略爲區別。凡四卷。次贈送序、壽序，凡六卷。贈送序考論學術吏治，皆非苟作。壽序古人所無，先生爲之，則皆古文也。舊本别置外集，今仍次贈序。次記三卷。舊有紀行諸篇，今取陸放翁、范石湖例，入别集。次墓誌銘、墓表、碑碣、行狀、傳、譜、世家，凡十二卷。誌墓之文，本朝弘、正後，靡濫極矣。先生立法簡嚴，一稟於古。移步換形，尺水興波，直追昌黎，不問其餘也。今所汰去者十不得一，他文不爾。次銘、頌、贊，一卷。祭文、哀誄，一卷。書三卷。以上諸文，汰者四分之一，亦有存其半者。歐、蘇集是二公手定，外制、奏議別爲一集。今集中纔數篇，故居別集之首，而策問附焉。次宋史論贊一卷。先生有志重修宋史，存論贊以見其志。歐、蘇集俱別載小簡。古人取次削牘不經意之文，神情欬唾，彷彿具焉。故錄爲二卷。寒暄駢偶之詞不載。紀行一卷次之。

次馬政志一卷。先生邢州入賀時，留纂修寺志，故有此作。既有關於國故，其文則自謂做史記六書也。取昌黎順宗實錄例，系之別集。公移吏牘，各有格式。委悉情事，雅俗通曉，乃爲合作。非老於文筆者不能爲，亦不能知也。錄而存之，略爲一卷。水利、賦役、禦倭諸書議，散在集中，可以參考。唐人編李、杜詩，以文爲別集，比興著述，從其所重也。今取其意，錄古今詩一卷。先生爲舉子，卽以論策擅場。今所存者，場屋帖括及科舉程式之文。然其議論伉爽，行文曲折，蓋二蘇、秦、晁降格而爲之也。今取二蘇應制集例，錄論策一卷。

右編次震川先生文集三十卷，別集十卷，餘集不分卷，約三百餘篇。先生於詞章，刊落皮膚，獨存眞實。雖其率卒應酬，或質而少文，或放而近易，有識者精求之，可以窺見先生擺脫流俗，信心師古之大致。余以管見，僭有去取，蓋猶未能免俗，規規然以時世心眼，測量前哲，有餘愧焉。輟簡之餘，慨然三歎。幷識之以訊於智者。

庚子五月二十八日，謙益白。

凡例五則

一、選定。此集舊嘗三刻。復古堂本止分上下卷，不備可知。崑山本文三百五十餘篇，常熟本篇數略少，而崑刻所無者殆半。未刻藏本，又二百餘首。錢牧齋先生嘗合已刻未刻諸本，總選得五百九十餘首，而尺牘、古今詩在外，合計四十卷。今大率從其選本。但未刻中之不收者，已刻中之被汰者，雖以爲尙有遺珠，又自以已意增入十有餘首。今自尺牘二卷、詩一卷之外，總計文六百有五首，悉付諸梓人。其外二百餘首，則依錢宗伯名爲餘集，而藏于家。

一、編次。錢宗伯所編集三十卷，首經解，末書。又別集十卷，首制辭，末論策。今大概因之。獨以爲古人文集，書多在前，不當置之末卷。今移置書三卷于贈送序之前，而以祭文爲末卷。又論策，據蘇文忠集編在策問之前。今移置于別集之首，策問次之。文選諸書，詩在文前。今以府君所專攻者文也，詩不過餘興及之，篇章亦不多，故從柳子厚集之例，以詩居末。

一、正誤。他書刻本之誤，不過字畫略差，或偶脱一二字耳。惟此書舊刻之誤，不可勝舉。約有四端：有因聲音近似者，有因草稿模糊者，有因葉數顛倒者，有因妄加删改者。如尙書徐晞之爲「熙」，少傅夏言之爲「賢」，儒者錢德洪之爲「宏」，此因聲音近似而誤者也。如「富貴淫佚隕命亡國」，本漢書成語，乃倒置錯出，以致上下不屬，文義難通，此因草稿模糊而誤者也。至水利策一篇，遂顛倒四百餘字，向來選家坊本，皆襲舛而不覺，此因板心數目顚倒而誤者也。凡此皆因失於較訂，以致傳寫之訛。至於妄加删改，爲尤甚焉。崑山本則以從祖之好自用，凡篇首作文之由，往往删去，篇中遂無照應。而擅改者尤多。常熟本則以宗人之少讀書，凡用經史，彼所不曉者，非删則改。今皆據家藏抄本正之。其抄本亦誤者，則考古書，據文義以正之。較勘數四，頗爲精詳。間有疑者，闕之。訛謬既正，似可不言。但以舊刻行世已久，恐觀者見其參差，反致疑於新刻，不得不明言其故，非敢暴前人之短也。

一、删重。隆慶元年浙江鄉試時，府君任長興方踰年，以資淺故，不得爲同考試官，僅入外簾。然夙負高望，主考推重，五策問俱委作，幷屬作對策。後遂刻爲程策。惟第五道，主考頗加删改。府君與門人尺牘，以爲竄入鄙語。故今集中對策止存前四道。崑山舊本，因止刻策問，故首載前四策問。今既幷對策俱刻，不必又重見，故去之。又吳純甫行狀、墓表二首，大略皆同，今存行狀而廢墓表。西王母圖序二首，大同小異，今存前作而廢後作。送周御史序，一作頌而略改，今存序而廢頌。若題同而文絕不同，截然爲二首者，如送王子敬之任序之類，則兩存之。

一、履歷。凡古人文集，必載本傳以見其人之生平。府君之學術文章，宜入儒林、文苑。以未有國史，缺於無徵。今但取前輩諸公誌、銘、墓表、行狀、傳、贊、序、跋，凡有關於府君之文集者，附錄一卷於後，庶幾讀府君之文者，開卷而如見其人云。

曾孫莊識

謹按：恆軒先叔父府君所作凡例，屢經竄改而未有所定。玠於刻工處見抄本，凡八則，而中多可商。思欲删逸之而未敢也。會往虞山謁從叔孝儀，孝儀叔出先叔凡例一册，內止五則，云得之於錢子繡林。蓋錢子於黃洲董夫子署中攜歸，此爲先叔最後改本無疑，而家中特遺其稿。因大喜過望，亟以付諸梓。集中選定編次之法，大約因錢宗伯而不無稍異。今繫先叔凡例於後，而仍存錢宗伯凡例於前，庶幾不沒其實，且令世之君子有所考焉。

康熙乙卯孟春望後一日，玄孫玠謹識。

震川先生全集目錄

重刻震川先生全集序（王崇簡）……一
歸震川先生全集序（董正位）……三
重刻震川先生全集序（徐乾學）……五
新刊震川先生文集序（錢謙益）……七
凡例五則（歸莊）……一二
卷之一 經解……一
易圖論上……一
易圖論下……三
易圖論後……四
大衍解……六
洪範傳……七
尚書敘錄……一六
考定武成……一七
孝經敘錄……一八
荀子敘錄……二〇
卷之二 序……二一
項思堯文集序……二二
玉巖先生文集序……二三
山齋先生文集序……二四
雍里先生文集序……二五
五嶽山人前集序……二六
戴楚望集序……二七

戴楚望後詩集序……二九
沈次谷先生詩序……三〇
草庭詩序……三一
經序錄序……三三
史論序……三四
卓行錄序……三五
汉口志序……三六
正俗編序……三七
平和李氏家規序……三八
華亭蔡氏新譜序……三九
龍游翁氏宗譜序……四〇
浙江鄉試錄後序……四一
太僕寺誌序……四三
西王母圖序……四四
陟臺圖詠序……四六
綵衣春讌圖序……四七
綸寵延光圖序……四八
王梅芳時義序……四九
水利書序……五〇
尙書別解序……五〇
都水稿序……五一
會文序……五一
羣居課試錄序……五二
夏懷竹字說序……五三
卷之三　論　議　說……五五
天子諸侯無冠禮論……五五
公子有宗道論……五六
貞女論……五八
譜例論……六〇

水利論……六〇
水利後論……六三
三途並用議……六五
馬政議……六七
禦倭議……七〇
備倭事略……七二
三江圖敍說……七五
淞江下三江圖敍說……七六
二石說……七七
張雄字說……七八
陳伯生字說……七九
守耕說……七九
東隅說……八〇
懷竹說……八一
朱欽甫字說……八二
周時化字說……八三
莊氏二子字說……八四
二子字說……八五
卷之四　雜文……八七
書安南事……八七
書郭義官事……八九
書張貞女死事……九〇
張貞女獄事……九二
貞婦辨……九四
書里涇張氏婦事……九五
言解……九六
解惑……九七
道難……九八
懼讒三首……一〇〇

甌喻……一〇一
性不移說……一〇一
重交一首贈汝寧太守徐君……一〇三

卷之五　題跋……一〇五

跋仲尼七十子像……一〇五
題洪武京城圖志後……一〇五
跋高麗圖經後……一〇六
跋禹貢論後……一〇七
題輿都志後……一〇七
跋唐石臺道德經……一〇八
跋佛頂尊勝陀羅尼經幢……一〇九
跋大佛頂隨永尊勝陀羅尼經幢……一〇九
跋廣平宋文貞公碑……一一〇
跋帝堯碑……一一〇
跋商中宗廟碑……一一一
題太僕寺誌後……一一三
讀金陀粹編……一一三
讀王祥傳……一一三
題金石錄後……一一三
題隸釋後……一一三
跋何博士論後……一一四
題仕履重光册……一一四
題星槎勝覽……一一五
題瀛涯勝覽……一一五
題文太史書後……一一六
題張幼于哀文太史卷……一一六
題弘玄先生贊後……一一七
書沈母貞節傳後……一一七
書冢廬巢燕卷後……一一八

跋唐道虔答友人問疾書……一二九
跋小學古事……一二九
題王氏舊譜後……一三〇
題立嗣辨後……一三一
跋程論後……一三一
跋程策後……一三二
卷之六　書……一三三
上徐閣老書……一三三
上瞿侍郎書……一三五
上萬侍郎書……一三七
上王都御史書……一三九
上高閣老書……一三二
上趙閣老書……一三五
卷之七　書……一三九
上宋明府書……一三九
上方參政書……一四〇
答唐虔伯書……一四二
與李浩卿書……一四四
與嘉定諸友書……一四五
與殷徐陸三子書……一四六
答俞質甫書……一四六
與宣仲濟書……一四七
答顧伯剛書……一四八
與潘子實書……一四九
示徐生書……一五〇
山舍示學者……一五一
與陸太常書……一五二

與趙子舉書……一五三
答朱巡撫書……一五四
上王中丞書……一五四
與曾省吾參政書……一五五
與林侍郎書……一五六
卷之八 書……一五九
奉熊分司水利集并論今年水災事宜書……一五九
寄王太守書……一六三
遺王都御史書……一六四
論三區賦役水利書……一六七
與傅體元書……一七〇
與王子敬書……一七一
論禦倭書……一七二
上總制書……一七六
與沈養吾書……一七九
崑山縣倭寇始末書……一八〇
卷之九 贈送序……一八七
送吳純甫先生會試序……一八七
送狹江張先生序……一八九
送李廉甫北上序……一九〇
送王汝康會試序……一九一
送縣大夫楊侯序……一九三
送何氏二子序……一九四
送宋知縣序……一九六
送郡太守歷下金侯考績序……一九七
送郡別駕王侯考績序……一九八
送南京虎賁衛經歷鄭君之任序……二〇〇
送太倉守熊侯之任光州序……二〇一

贈陽曲王公分守太倉序……二〇三
送吳郡别駕段侯之京序……二〇五
送陽曲王公參政陜西序……二〇六
送童子鳴序……二〇八
送狄承式青田敎諭序……二〇九
送熊分司之任滇南序……二一〇
送計博士序……二一三
送蔣助敎序……二一四

卷之十　贈送序

……二一七
送同年李觀甫之任江浦序……二一七
送同年丁聘之之任平湖序……二一八
送同年光子英之任眞定序……二二〇
送同年孟與時之任成都序……二二一
送王子敬之任建寧序……二二三
送王子敬還吳奉母之建寧序……二二四
送張子忠之任南昌序……二二五
送陳子達之任元城序……二二七
送毛君文高之任元城序……二二八
送南駕部吳君考績北上序……二二九
送周給事與叔北上序……二三一
送余先生南還序……二三三
送顧太僕致政南還序……二三四
送許子雲之任分宜序……二三五
送陸嗣孫之任武康序……二三六
贈俞宜黄序……二三七
送福建按察司王知事序……二三九
送北城副兵馬指揮使周君序……二四〇
送吳祠部之官留都序……二四一
贈石川先生序……二四二

贈給事中劉侯北上序……二四三
贈戚汝積分教大梁序……二四四

卷之十一　贈送序……二四七

送嘉定丞魯侯序……二四七
送周御史序……二四八
贈熊兵憲進秩序……二五〇
送嘉定縣令序……二五一
送嘉定縣令張侯序……二五三
送崑山縣令朱侯序……二五四
送吳縣令張侯序……二五五
贈張别駕序……二五七
贈太府思翁黄公序……二五八
送攝令蒲君還府序……二六〇
贈司儀楊君序……二六一
送顧公節北上序……二六三
送國子助教徐先生序……二六三
送柴都事之任浙江序……二六四
送陳子加序……二六五
送王博甫北上序……二六六
賀戚總戎平倭序……二六八
司訓袁君督學旌奬序……二六九
贈醫士張雲厓序……二七〇
贈弟子敏授尙醫序……二七一
贈大慈仁寺左方丈住持宇上人序……二七三
贈菩提寺坤上人序……二七四

卷之十二　壽序……二七七

方御史壽序……二七七
御史大夫潘公七十壽序……二七八

山齋先生六十壽序……二七九
溵山周先生六十壽序……二八〇
默齋先生六十壽序……二八二
姚安太守秦君六十壽序……二八三
福建按察使楊君七十壽序……二八四
通政立齋王先生壽序……二八五
同館諸進士再壽立齋王先生序……二八七
少傅陳公六十壽詩序……二八八
顧夫人八十壽序……二八九
御史大夫潘公夫人曹氏六十壽序……二九一
顧夫人楊氏七十壽序……二九二
丘恭人七十壽序……二九四
顧孺人六十壽序……二九五
夏淑人六十壽序……二九六
朱夫人鄭氏五十壽序……二九七
朱夫人鄭氏六十壽序……二九九
宋孺人壽序……三〇〇
李太淑人八十壽序……三〇一
許太孺人壽序……三〇二
太倉州守孫侯母太夫人壽詩序……三〇三
朱太夫人六十壽序……三〇五
李氏榮壽詩序……三〇六

卷之十三　壽序……三〇九

吏部司務朱君壽序……三〇九
顧南巖先生壽序……三一〇
同州通判許半齋壽序……三一一
龔裕州壽序……三一三
徐封君七十壽序……三一三
葛封君六十壽序……三一五

柳州計先生壽序……三一六
甯封君八十壽序……三一七
白菴程翁八十壽序……三一八
張曾菴七十壽序……三二〇
晉其大六十壽序……三二一
濬甫魏君五十壽序……三二二
周秋汀八十壽序……三二三
周翁七十壽序……三二四
戴素庵先生七十壽序……三二五
張翁八十壽序……三二六
孫君六十壽序……三二七
楊漸齋壽序……三二九
六母舅後江周翁壽序……三三〇
周弦齋壽序……三三一
前山丘翁壽序……三三二
戚思吶壽序……三三三
陸思軒壽序……三三四
東莊孫君七十壽序……三三六
侗庵陸翁八十壽序……三三七
望湖曹翁六十壽序……三三八
錢一齋七十壽序……三三九
夢雲沈先生六十壽序……三四〇
碧巖戴翁七十壽序……三四一
杜翁七十壽序……三四三
叔祖存默翁六十壽序……三四四
高州太守欽君壽詩序……三四五
卷之十四 壽序……三四七
朱母孫太孺人壽序……三四七
顧母陸太孺人七十壽序……三四八

張母太安人壽序……三五〇
馮宜人六十壽序……三五一
陸母繆孺人壽序……三五二
鄭母唐夫人八十壽序……三五三
張母王孺人壽序……三五四
王黎獻母楊氏七十壽序……三五五
沈母丘氏七十壽序……三五六
王母顧孺人六十壽序……三五七
陳母倪碩人壽序……三五八
朱碩人壽序……三五九
朱君顧孺人雙壽序……三六〇
徐氏雙壽序……三六二
周氏雙壽序……三六三
王氏壽宴序……三六四
良士堂壽讌序……三六五
狄氏壽讌序……三六六
唐令人壽詩序……三六七
邵氏壽詩序……三六七

卷之十五　記……三六九

見村樓記……三六九
見南閣記……三七〇
眞義堂記……三七一
遂初堂記……三七三
壽母堂記……三七四
卅有堂記……三七五
容春堂記……三七六
自生堂記……三七七
可齋記……三七八
耐齋記……三八〇

雙鶴軒記……三八一
雪竹軒記……三八二
清夢軒記……三八三
櫟全軒記……三八四
悠然亭記……三八五
臥石亭記……三八六
滄浪亭記……三八七
花史館記……三八八
杏花書屋記……三八九
題玉女潭記……三九〇
見茶書舍記……三九一
婁曲新居記……三九二
寶界山居記……三九三
南陔草堂記……三九四
我江精舍記……三九五
菊窗記……三九七
本庵記……三九八
野鶴軒壁記……三九九
保聖寺安隱堂記……四〇〇
汝州新造三官廟記……四〇一

卷之十六　記

……四〇五
重修闕里廟記……四〇五
顧原魯先生祠記……四〇七
常熟縣趙段圩堤記……四〇八
唐行鎮免役夫記……四〇九
吳郡丞永康徐侯署崑山縣惠政記……四一〇
崑山縣新倉興造記……四一二
長興縣令題名記……四一三
太僕寺新立題名記……四一四

長興縣城隍神靈應記……四一六
張氏女貞節記……四一七
吳山圖記……四一九
光祿署丞孟君浚河記……四二〇
松雲庵楊主簿墓田碑記……四二二
張氏女子神異記……四二三

卷之十七　記……四二三

世美堂後記……四二三
重修承志堂記……四二四
重造承志堂左右夾室記……四二五
陶菴記……四二六
畏壘亭記……四二七
思子亭記……四二七
項脊軒記……四二九
秦國公石記……四三一
夢鼎堂記……四三二
順德府通判廳記……四三三
順德府通判廳右記……四三四
震川別號記……四三五
家譜記……四三六

卷之十八　墓誌銘……四三九

南京車駕司員外郎張君墓誌銘……四三九
中書舍人李君墓誌銘……四四一
外舅光祿寺典簿魏公墓誌銘……四四三
鴻臚寺司賓署丞張君墓誌銘……四四五
建安尹沈君墓誌銘……四四六
樂清丞沈君墓誌銘……四四八
葉縣丞蘇君墓誌銘……四四九

撫州府學訓導唐君墓誌銘……四五一
永平張封君墓誌銘……四五三
昭信校尉崇明沙守禦千戶所正百戶晁君墓誌銘……四五五
例授昭勇將軍成山指揮使李君墓誌銘……四五六
明故例授蘇州衛千戶所正千戶陳君墓誌銘……四五七

卷之十九　墓誌銘……四五九

抑齋先生夏君墓誌銘……四五九
王府君墓誌銘……四六〇
朱隱君墓誌銘……四六二
馮會東墓誌銘……四六三
周孺亨墓誌銘……四六四
曹子見墓誌銘……四六六
太學生周君墓誌銘……四六八
太學生葉君墓誌銘……四六九
沈貞甫墓誌銘……四七二
陸允清墓誌銘……四七三
周君墓誌銘……四七五
李君墓誌銘……四七六
居君墓誌銘……四七七
詹仰之墓誌銘……四七九
朱肖卿墓誌銘……四七九
歸府君墓誌銘……四八〇

卷之二十　墓誌銘……四八三

趙汝淵墓誌銘……四八三
金君守齋墓誌銘……四八四
王邦獻墓誌銘……四八六

李惟善墓誌銘……四八七
張克明墓誌銘……四八八
陳君厚卿墓誌銘……四八九
陸子誠墓誌銘……四九一
王君時秦墓誌銘……四九二
蔣原獻墓誌銘……四九三
潘用中墓誌銘……四九五
卷之二十一　墓誌銘……四九七
陳處士妻王孺人墓誌銘……四九七
太學生陳君妻郭孺人墓誌銘……四九八
顧孺人墓誌銘……五〇〇
潘府君室沈孺人墓誌銘……五〇一
周子嘉室唐孺人墓誌銘……五〇三
方母張孺人墓誌銘……五〇四
張孺人墓誌銘……五〇六
沈母張孺人墓誌銘……五〇七
陸孺人墓誌銘……五〇八
張太孺人墓誌銘……五〇九
龔母秦孺人墓誌銘……五一一
季母陶碩人墓誌銘……五一二
王母孫孺人墓誌銘……五一三
朱母顧孺人墓誌銘……五一五
沈引仁妻周氏墓誌銘……五一六
唐孺人墓誌銘……五一七
毛孺人墓誌銘……五一九
魏孺人墓誌銘……五二〇
葉母墓誌銘……五二一
卷之二十二　權厝誌　生誌　壙誌……五二五

中奉大夫江西右布政使致仕雍里顧公權厝誌……五二五
伯妣徐孺人權厝誌……五二八
鄭君漢卿壽藏銘……五二九
南雲翁生壙誌……五三〇
姚生壙誌……五三二
亡兒䎘孫壙誌……五三三
女如蘭壙誌……五三五
女二二壙誌……五三六
寒花葬誌……五三六

卷之二十三　墓表……五三九

亡友方思曾墓表……五三九
從叔父府君墳前石表辭……五四一
通政使司右參議張公墓表……五四三
封奉政大夫南京兵部車駕司郎中王君墓表……五四六
懷慶府推官劉君墓表……五四八
敕贈翰林院檢討許府君墓表……五五〇
貞節婦季氏墓表……五五二

卷之二十四　碑碣……五五五

中憲大夫貴州思州府知府贈中議大夫贊治尹貴州按察司副使李君墓碑……五五五
何氏先塋碑……五五八
葉文莊公墓地免租碑……五六〇
安亭鎮揭主簿德政碑……五六一
玄朗先生墓碣……五六二
張季翁墓碣……五六四
褚隱君墓碣……五六五

贈文林郎邵武府推官吳君墓碣……五六七
泗水何隱君墓碣……五六八
宜節婦墓碣……五六九
王烈婦墓碣……五七〇
曹節婦碑陰……五七二
張通參次室鈕孺人墓碣……五七三
卷之二十五 行狀……五七七
吳純甫行狀……五七七
李南樓行狀……五七九
通議大夫都察院左副都御史李公行狀……五八〇
敕封文林郎分宜縣知縣前同州判官許君行狀……五八六
封中憲大夫興化府知府周公行狀……五八八
魏誠甫行狀……五九二
先妣事略……五九三
請敕命事略……五九五
卷之二十六 傳……五九九
歸氏二孝子傳……五九九
張自新傳……六〇〇
顧隱君傳……六〇二
元忠張君家傳……六〇四
章永州家傳……六〇五
戴錦衣家傳……六〇七
京兆尹王公傳……六〇八
洧南居士傳……六一〇
周封君傳……六一二
東園翁家傳……六一三
何長者傳……六一五

筠溪翁傳……六一六
可茶小傳……六一七
鹿野翁傳……六一八
卷之二十七　傳……六二一
王烈婦傳……六二二
韋節婦傳……六二三
陶節婦傳……六二三
計烈婦傳……六二四
沈節婦傳……六二五
蔡孺人傳……六二六
俞楫甫妻傳……六二八
卷之二十八　譜　世家……六三一
夏氏世譜……六三一
歸氏世譜……六三五
歸氏世譜後……六三七
興安伯世家……六三九
記壬午功臣……六四二
卷之二十九　銘　頌　贊……六四五
爲善居銘……六四五
素節堂銘……六四六
鎮平王府大奉國將軍孝門銘……六四七
聖井銘……六四八
書齋銘……六四九
清泉銘……六五一
几銘……六五二
順德府几銘……六五二
太行石銘……六五二

西山石銘……六五三
松江新建行省頌……六五四
巡撫都御史翁公壽頌……六五五
魁星贊……六五七
葉文莊公像贊 井序……六五七
弘玄先生自序贊……六五八
王氏畫贊 井序……六六〇

卷之三十 祭文 哀誄……六六三
祭方御史文……六六三
祭王方伯文……六六三
祭王儀部文……六六四
祭朱恭靖公文……六六五
祭顧方伯文……六六六
祭周孺亨文……六六六
祭沈養吾仲常文……六六七
祭居守齋文……六六七
祭唐虔伯文 代……六六八
祭劉縣丞廷運父文……六六八
祭張封君文……六六九
同年祭陳封君文……六六九
祭外舅魏光祿文……六七〇
祭顧文康公夫人文……六七一
祭葉夫人王氏暨世德夫婦文……六七二
祭張貞女文……六七二
弔何氏婦文 井序……六七三
祭外姑文……六七四
祭妻祖父母文……六七五
謁宋文貞公墓文……六七五
祭楊忠愍公文……六七六

告祭崑山縣山神文……六七七
告崑山縣城隍神文……六七八
祭長興縣城隍廟文……六七八
祈雨文……六七九
謝雨祭城隍神文……六七九
再祈雨文……六七九
祀厲告城隍神文……六八〇
御史中丞李公哀詞……六八〇
思質王公誄……六八二
招張貞女辭　并序……六八四

別集卷之一　應制論……六八七

士立朝以正直忠厚爲本……六八七
太極在先天範圍之內……六九一
泰伯至德……六九四
忠恕違道不遠……六九六
君子尊德性而道問學……六九八
六言六蔽……七〇一
聖人之心公天下……七〇四
史稱安陁素行何如……七〇七
孟子敍道統而不及周公顏子……七一〇
乞醯……七一三
聖人之心無窮……七一五
王天下有三重……七一八
明君恭己而成功……七二三

別集卷之二上　應制策……七二七

嘉靖庚子科鄉試對策五道……七二七
隆慶元年浙江程策四道……七四二

別集卷之二下　應制策……七六三

浙省策問對二道……七六三
河南策問對二道……七七一
別集卷之三　制誥　奏疏　策問……七八七
先任太子太保禮部尚書文淵閣大學士張治賜謚文毅誥文……七八七
諭祭贈資政大夫南京禮部尚書裴爵并配贈夫人楊氏封太夫人郜氏文……七八八
諭祭提督福建等處軍務都察院右僉都御史塗澤民文……七八八
諭祭山西巡撫都察院右副都御史毛鵬文……七八九
諭祭原任南京兵部右侍郎劉畿文……七八九
封朝鮮國王妃朴氏誥文……七八九
進香疏……七九〇
奉慰疏……七九〇
乞改調疏……七九一
乞致仕疏……七九二
策問二十三道……七九二
別集卷之四　志……八〇七
馬政志……八〇七
馬政職官……八二七
馬政祀祠……八二九
馬政芻貸……八三三
馬政庫藏……八三四
別集卷之五　宋史論贊……八三七
章獻劉皇后……八三七
郭皇后……八三七
慈聖曹皇后……八三八

宣仁高皇后……八三八
欽聖向皇后……八三八
昭慈孟皇后……八三九
韋太后……八三九
楊皇后……八三九
皇后總論……八四〇
魏悼王……八四〇
楚榮憲王……八四一
趙子崧……八四一
不竄……八四一
諸王總論……八四二
公主……八四二
范質　王溥　魏仁浦……八四二
石守信……八四三
侯益　趙贇……八四三
王全斌……八四四
趙普……八四四
盧多遜……八四四
張齊賢……八四五
別集卷之六　紀行……八四七
己未會試雜記……八四七
壬戌紀行上……八五一
壬戌紀行下……八五四
遊海題名記……八五九
別集卷之七　小簡……八六一
與沈敬甫五首……八六一
與王子敬三首……八六二
與沈敬甫五首……八六三

與王子敬二首……八六四
與沈敬甫十一首……八六四
與徐道潛一首……八六六
與王子敬三首……八六六
與沈敬甫十八首……八六六
與馬子問一首……八六九
與王子敬三首……八六九
與徐子檢一首……八七〇
與陸武康一首……八七〇
與沈敬甫九首……八七一
與王子敬四首……八七二
與沈敬甫七首……八七三
與王子敬二首……八七四
與沈敬甫二首……八七四
與余同麓太史一首……八七五
再與余太史一首……八七六
與吳刑部梁一首……八七六
與周子和大參二首……八七七
與曾省吾參政一首……八七八
與曹按察一首……八七九
與愼御史一首……八七九
與馮某一首……八八〇
與徐子與一首……八八〇
與俞仲蔚一首……八八一
與張虛岡一首……八八一
與周與叔一首……八八一
與陳伯求一首……八八二
與于鯉一首……八八二
與吳刑部維京一首……八八三
與王禮部一首……八八三

與孫百川一首……八八四
與某通判一首……八八四
與徐子言一首……八八五
與馮樵谷一首……八八五
與沈雲泉秀才一首……八八六
與朱生大觀一首……八八六
與同年陳給事一首……八八六
與王子敬二首……八八七
與周孺允二首……八八八
與唐同年一首……八八八
與鍾上舍一首……八八八
與龔子良一首……八八九
與傌體元一首……八八九
與王子敬六首……八八九
與沈敬甫四首……八九一
與陳吉甫一首……八九二
與顧懋儉一首……八九二
與萬侍郎一首……八九三
與曹按察一首……八九三
與顧太僕二首……八九三

別集卷之八 小簡

別集卷之八 小簡……八九五
與周瀫山四首……八九五
答周瀫山一首……八九六
與王仲山一首……八九六
示廟中諸生一首……八九七
與吳三泉十二首……八九七
與顧懋儉一首……九〇二
與沈敬甫四首……九〇二
與高經歷一首……九〇三

與王沙河一首……九〇四
與徐南和一首……九〇四
與邢州屬官一首……九〇四
與傅體元二首……九〇五
與王子敬十首……九〇五
與徐道潛一首……九〇七
與陸五臺一首……九〇八
與姚畫溪徐龍灣一首……九〇八
與馮太守一首……九〇八
與沈上舍一首……九〇九
與管虎泉一首……九〇九
與顧懋儉二首……九〇九
與沈敬甫十八首……九一〇
與某三首……九一二
與王昭明一首……九一三
與張通府一首……九一四
與凌廉使一首……九一四

別集卷之九 公移 讞詞附……九一七

蠲貸呈子……九一七
處荒呈子……九一九
陶節婦呈子……九二二
回湖州府問長興縣土俗……九二三
送恤刑會審獄囚文冊揭帖……九二三
長興縣編審告示……九二四
九縣告示……九二七
乞休申文……九二八
又乞休文……九三四
太僕寺揭帖……九三六
王哲審單……九三六

陳大德審單……九三七
賀潮審單……九三七

別集卷之十　古今詩……九三九

遊靈谷寺……九三九
讀史二首……九三九
京邸有懷……九四〇
甫里送妹……九四〇
金山寺……九四〇
金陵還家作……九四〇
和俞質甫夏雨效聯句體三十韻……九四一
濠梁驛……九四一
淮陰侯廟……九四二
舟阻沽頭閘陸行二十餘里到沛縣……九四二
南旺……九四二
沛縣……九四三
徐州同朱進士登子房山……九四三
自徐州至呂梁述水勢大略……九四四
鯉魚山……九四四
自劉家河將出海口風雨還天妃宮二首……九四五
自海虞還阻風夜泊明日途中有作……九四五
淮上作……九四六
寶應縣阻風……九四六
壬戌南還作二首……九四六
登濟城望城武……九四七
淮陰舟中晚坐寫懷二十四韻……九四七
隆慶己巳赴京寓城西報國寺贈宇上人……九四八
邢州敍述三首……九四八
瓊州張子的與余同年俱爲縣令江南子的
自建德改當塗今入覲又改榮縣一歲中

三易縣居京師旅寓相近以詩爲別……九五〇
詠史……九五〇
奉託俞宜黃訪求危太樸集並屬蔣蕭二同
年及長城吳博士……九五一
奉酬馮太守行視西山關隘次宋莊見棄田
有作……九五一
送袁太守之興都……九五一
贈孫太倉……九五二
讀佛書……九五二
書王氏墓碣寄子敬澱山湖上……九五三
素庵詩……九五三
清夢軒詩次孺允韻……九五三
清夢軒詩再次孺允韻……九五四
山茶……九五四
東房夾竹桃花……九五五
火魚……九五五
鍾山行二首……九五五
鄆州行寄友人……九五六
談侍郎歌……九五七
黃樓行……九五七
二石歌……九五七
趙州石橋歌……九五八
表兄澱山大參以自在居士壘竹俾予題詩……九五八
十八學士歌……九五九
題異獸圖……九六〇
甫里天隨寺……九六〇
恨詩二首……九六一
寓澧湖錢氏錢本吳越王裔聚族於此地名
錢港……九六一
馳驛……九六一

甲寅十月紀事二首……九六二
乙卯冬留别安亭諸友……九六二
姜御史年九十六……九六二
郭都統戍劉家河因讌次壁間韻……九六三
西苑觀刈麥……九六三
送上卿顧東白先生致政還鄉次張奉常韻……九六三
繚絲燈次李西涯楊邃菴二先生韻二首……九六四
賞荷次韻……九六四
疊前韻……九六四
鄭家口夜泊次俞宜黄韻因懷昔年計偕
諸公……九六五
小屯……九六五
清明濟上……九六五
題周冕贈任别駕卷……九六五
行衞河中……九六六
初發白河……九六六
過興濟……九六六
李廉甫憲副書齋小酌……九六六
自天津來至此已過一月去闕日遠愴然
有作……九六七
隆慶二年朝京師南還與宜平俞宜黄武
進陸太學同舟贈絶句一首……九六七
又贈陸太學……九六七
贈俞公子……九六七
送同年查都諫山西行省……九六七
送友人讀書玄墓山己亥庚子余嘗讀書
于此……九六八
檀溪跳澗……九六八
宋康王乘龍渡河……九六八
文淵閣四景圖……九六八

題二魚圖……九六八
偶成四絶……九六九
高郵湖爲斷纜所擊幾至失明……九六九
光福山……九六九
海上紀事十四首……九七〇
頌任公四首……九七一
隆慶元年上幸太學賜六館諸生寶鈔陸
　啓明與賜見分數楮……九七一
寄胡秀才……九七一
冰崖草堂賦……九七一

附録……九七五

歸太僕贊有序（王世貞）……九七五
震川先生小傳見列朝詩集（錢謙益）……九七七
明太僕寺寺丞歸公墓誌銘（王錫爵）……九七九
書先太僕全集後（歸莊）……九八三
當道明府及遠近士大夫助刻先太僕文集
　敬賦五章奉謝用文章千古事爲韻（歸莊）……九八五

震川先生集卷之一

經解

易圖論上

易圖非伏羲之書也，此邵子之學也。「昔者，庖羲氏之王天下也，仰則觀象於天，俯則觀法於地，觀鳥獸之文與地之宜。於是始作八卦，以通神明之德，以類萬物之情。」蓋以八卦盡天地萬物之理，宇宙之間，洪纖巨細，往來升降，生死消息之故，悉著之於象矣。後之人苟以一說求之，無所不通。故雖陰陽小數，納甲飛伏、坎離塡補、卜數隻偶之類，人人盡自以爲易，而要之皆可以易言也。

吾嘗論之：以爲易不離乎象數，而象數之變至於不可窮。然而有正焉，有變焉。卦之所明白而皎著者爲正，旁推而衍之者爲變。卦之所明白而較著者，此聖者之作也；執其無端，以冒乎天下。旁推而衍之，是明者之述也；由其一方，以達於聖人。伏羲之作，止於八卦，因重之，如是而已矣。初無一定之法，亦無一定之書，而剛柔之上下，陰陽之變態極矣。夏爲連山，商爲歸藏，周爲周易。經別之卦，其數皆同。雖三代異名，而伏羲之易卽連山而在連山，卽歸藏而在歸藏，卽周易而在周易，未嘗別有所謂伏羲之易也。後之求之者，卽其散見於周易之六十四卦者是已。今世所謂圖學者，以此爲周之易而非伏羲之易。別出橫圖於前，又左右分析之，以象天氣，謂之圓圖。於其中交加八宮，以象地類，謂之方圖。夫易之於天氣地類蓋詳矣，奚俟夫圖而後見也？且謂其必出於伏羲？既規橫以爲圜，又塡圜以爲方，前列六十四於橫圖，後列一百二十八於圜圖，太古無言之教，何如是之紛紛耶？

諸經遭秦火之厄，易獨以卜筮存。漢儒傳授甚明，雖於大義無所發越，而保殘守缺，惟恐散失。不應此圖交疊環布，遠出姬、孔之前，乃棄而不論，而獨流落於方士之家，此豈可據以爲信乎？

大傳曰：「神無方，易無體。」夫卦散於六十四，可圜可方。一入於圜方之形，必有曲而不該者。故散圖以爲卦而卦全，紐卦以爲圖而卦局。邵子以步算之法，衍爲皇極經世之書，有分杪直事之術，其自謂先天之學固以此。要其旨不叛於聖人，然不可以爲作易之本。故曰推而衍之者變也，此邵子之學也。

易圖論下

或曰：自孔子贊易，今世所傳易大傳者，雖不必盡出於孔氏，而豈無一二微言於其間？子之不信夫易圖，以爲邵子之學則然矣。而邵子之所據者，大傳之文也。不曰「易有太極，太極生兩儀，兩儀生四象，四象生八卦」乎？此其所謂橫圖者也。又不曰「天地定位，山澤通氣，雷風相薄，水火不相射」乎？此其所謂伏羲卦位者也。又不曰「帝出乎震，齊乎巽，相見乎離，致役乎坤，說言乎兑，戰乎乾，勞乎坎，成言乎艮」乎？此其所謂文王卦位者也。曰此非大傳之意也，邵子謂之云耳。

夫易之法，自一而兩、兩而四、四而八，其相生之序則然也。八卦之象，莫著於八物。而天地也，山澤也，雷風也，水火也，是八者不求爲偶，而不能不爲偶者也。帝之出入，傳固已詳之矣。以八卦配四時，夫以爲四時焉，則東南西北，繄是焉定，非文王易置之而有此位也。蓋說卦廣論易之象數，自三才以至於八物、四時，人身之衆體，與天地間之萬物，何所不取？所謂推而衍之者也。此孰辯其爲伏羲、文王之別哉？雖圖與傳無乖剌，然必因傳而爲此圖，不當謂傳爲圖說也。

且邵子謂先天之旨在卦氣，傳何爲舍而曰「天地定位」？後天之旨在八用，傳何爲舍而曰「帝出乎震」？傳言卦爻象變詳矣，而未嘗一言及於圖，所可指以爲近似者，又不過如此。自漢以來說易者，今雖不多見，然王弼、韓康伯之書尚在，其解前所稱諸章，無有以圖爲說者。蓋以圖說易，自邵子始。吾怪夫儒者不敢以文王之易爲伏羲之易，而乃以伏羲之易爲邵子之易也，不可以不論。

易圖論後

或曰：子以易圖爲非伏羲之舊，固已明矣。若夫「河以通乾出天苞，洛以流坤出地符」，所謂河圖、洛書可廢耶？蓋宋儒朱子之說甚詳，揭中五之要，明主客君臣之位，順五行生剋之序，辨體用常變之殊，合卦範兼通之妙，縱横曲直，無不相値，可謂精矣。

曰：此愚所以恐其說之過於精也。夫事有出於聖人，而在學者有不必精求者，河圖、洛書是也。聖人聰明睿智，德通於天。符瑞之生，出於世之所創見，而奇偶法象之妙，足以爲作易之本，理亦有然者。然曰「河圖、洛書聖人則之」者，此大傳之所有也。通乾流坤，天苞地符之文，五行生成，戴九履一之數，非大傳之所有也。以彼之名，合此之迹；以此之迹，符彼之名。不與大易同行，不藏於博士學官，而千載之下，山人野士持盈尺之書，而曰「古之圖書者如是」，此其付受，固已沉淪詭秘而爲學者之所疑矣。雖其說自以爲無所不通，然此理在人，仁者、知者皆能見之。龍虎之經，金石草木之卜，軌辨占算之術，隨其所自爲說而亦無不合。豈必皆聖人之爲之乎？

大傳曰：「包羲氏之王天下也，仰則觀象於天，俯則觀法於地。」夫天地之間，何往非圖，而何物非書也哉？揭圖而示之曰，孰爲上下，孰爲左右，孰爲乾、兌、離、震，孰爲巽、坎、艮、坤，天之告人也何其瀆？因其上下以爲上下，因其左右以爲左右，因其乾、兌、離、震以爲乾、兌、離、震，因其巽、坎、艮、坤以爲巽、坎、艮、坤，聖人之效天也何其拘？且彼所謂效變化、則垂象者，毫而析之，又何所當也？使二圖者果在，如今所傳，然其所謂精蘊者，聖人固已取而歸之易矣，求圖、書之說於易可也。子產曰：「天道遠，人道邇。」天者，聖人之所獨得，而人者，聖人之所以告人者也。告人以天，人則駭而惑；告人以人，人則樂而從。故聖人之作易，凡所謂深微悠忽之理，舉皆推之於庸言庸行之間。而卦爻之象，吉凶悔吝之詞，不亦深切而著明也哉！聖人見轉蓬而造車，觀鳥跡而製字，世之人求爲車之說與夫書之義則有矣，而必轉蓬鳥跡之求，愚未見其然也。

孔子贊易，删連山、歸藏，而取周易，始於乾而終於未濟，則圖、書之列，粲然者莫是過矣。今夫冶之所貴者範，而用者不求範而求器也；耕之所資者耒，而食者不求耒而求粟也。有圖、書而後有易，有易則無圖、書可也。故論語「河不出圖」，與鳳鳥同瑞而已。顧命

「河圖在東序」，與兑弓、和矢同寶而已。是故圖、書不可以精；精於易者，精於圖、書者也。惟其不知其不可精而欲精之，是以測度摹擬，無所不至。故有九宮之法，有八分井文之畫，有坎、離交流之卦，與夫孔安國、歆、向、楊雄、班固、劉牧、魏華父、朱子發、張文饒諸儒之論，或九或十，或合或分，紛紛不定，亦何足辯也！舊刻直云「宋儒朱子之説詳矣」，無「揭中五之要」以下四十餘字，今從抄本補入。又「何物非書也哉」之下，常熟刻本有「賓兔之書未必起于兔，觀魚之樂未必出于魚」十八字。按後段有造車製字之喻，又有冶範耕耒之喻，此復有魚兔之説，似設喻太多。疑常熟刻是初本，而崑山刻刪去者是定本。今從崑本。曾孫莊識。

大衍解

大衍者何也？所以求卦也。卦必衍之而後成也。衍法因蓍而起，蓍之半，故爲五十也。其衍以四十八進、退、離、合，或陰、陽、老、少之畫，與其初掛之一，亦不盡五十，故用四十九也。衍之變，自分二而定也。其掛，其揲，其扐，所以衍之也。等之四十八而已矣。分而掛，掛而揲，揲而歸奇，乃所以不齊也。

歸奇者何也？四十九之策，若得老陽之九，除初掛必有十二之餘；若得少陰之八，必有十六之餘；若得少陽之七，必有二十之餘；若得老陰之六，必有二十四之餘。其所餘之數不揲而歸之扐者，此所謂治數之法舉其要也。九具於揲，則三奇見於餘；六具於揲，則三偶見於餘；七具於揲，則二偶一奇見於餘；八具於揲，則二奇一偶見於餘：不必反觀其在揲之數，而已舉其要，此所以爲營之終也。

其曰「乾之策二百一十有六，坤之策百四十有四」，「二篇之策萬有一千五百二十」何也？此揲之以四之數也。掛扐雖舉其要，而七、八、九、六之數，仍以在揲之策爲正。掛扐十二，無當於太陽之九，而揲四之三十六，則九也；掛扐十六，無當於少陰之八，而揲四之三十二，則八也；掛扐二十，無當於少陽之七，而揲四之二十八，則七也。至於太陰之六，雖其數相當，而以前三者爲比，亦必揲數之二十四而爲六也。故七、八、九、六者，自揲之以四而取也。陽道盈而主進，太陽進之極，而數最多。極則退矣，故爲少陰之三十二。陰道乏而主退，太陰退之極，而數最少。極則進矣，故爲少陽之二十八。若掛扐之策，因過揲而見者也。故陽本進而反見其退，而數之少至于十二；陰本退而反見其進，而數之多至于二十四。此曆家逆行之術也。故曰：「揲之以四，以象四時。」又曰「當期之日」，而「歸奇〔一〕以象閏」也。閏也者，時與日之餘也。

洪範之書起於禹，而箕子傳之。聖人神明斯道，垂治世之大法，此必天佑於冥冥之中，而有以啓其衷者。故箕子以爲傳之禹，而禹得之天。漢儒說經，多用緯候之書，遂以爲天實有以畀禹。故以洛書爲九疇者，孔安國之說；以初一至六極六十五字爲洛書者，二劉之說；以戴九履一爲洛書者，關朗之說。關朗之說，儒者用之。箕子所言「錫禹洪範九疇」，何嘗言其出於洛書？禹所第，不過言天人之大法有此九章，從一而數之至於九，特其條目之數。五行何取於一，而福極何取於九也？就如儒者說，洛書之數，縱横變化，其理甚妙；禹顧不用，而姑取自一至九之名，其亦必不然矣！夫易之道甚明，而儒者以河圖亂之；洪範之義甚明，而儒者以洛書亂之。其始起於緯書，而晚出於養生之家，非聖人語常而不語怪之旨也。

洪範之書，以天道治人。聖人「先天而天弗違，後天而奉天時」，不過行所無事。少有私智於其間，卽鯀之「汨陳其五行」也。讀洪範者，當知天人渾合一理。吾之所爲，卽天之道；天之變化昭彰，皆吾之所爲；宇宙之間，充滿辟塞，莫非是氣；而後知儒者位天地、育萬物之功，初不在吾性之外。「天陰隲下民」，「天錫禹洪範九疇」，與五紀之天、稽疑之天、庶徵之天、五福六極之天，其天一也。

九疇並陳，若無統紀，而義實聯絡通貫。皇極居中，而以前四疇會爲皇極，後四疇皆皇極之所出。五行，天道之常。敬之於五事，所以修己；厚之於八政，所以治人；叶之於五紀，所以欽天。皇極之道，盡之於是。而後以五事施八政，而時用其鼓舞之權，則謂之三德；謀及乃心、卿士、庶人，而命龜諏筮，則謂之稽疑；察肅、乂、哲、謀、聖之應，則謂之庶徵。以皇極斂福，則有福而無極。前四疇責之於己，治天下之根本要會；後四疇取之於外，治天下之枝葉緒餘。箕子於皇極而言五福，於庶徵而言五事，此其可見之端也。敬、農、協、建、乂、明、念、嚮、威，各以一字該一疇之義。下文不遑敍其目而演之，要無出此九字之中矣。敬者，一心之主宰。敬，則五事之則見，而爲肅，爲乂，爲哲，爲謀，爲聖；不敬，則五事之則失，而爲狂，爲僭，爲豫，爲急，爲蒙。敬之用非在外也，得其恭、從、明、聰、睿之則而已。

八政者，所以厚民也。爲之飲食，爲之貨賄，爲之祭報，爲之居室，爲之交好，所以厚之也。至於斬伐咸劉，陳於原野，肆之朝市，亦所以厚之也。期於胥匡以生而已矣。人主不達乎厚用之意，則建官立政，漫無可據，此官方之所以錯亂也。

五紀者，以歲之數，協月之數；以月之數，協日之數；以日月之數，協星辰之數；以歲、日、月、星辰之數，協曆之數。治曆明時，隨時占候，期於協而已矣。

「建用皇極」者，天於兆庶之中，獨命皇以治之，則皇之一身，固斯世之取則。既爲斯世之所取則，不可無道以觀示之；而所謂道者，又皆斯世之所同然。特彼拘於氣稟，狃於習尙，遂不知所以自立；而皇亦不必屑屑焉求治於天下，而惟自盡其所同然者以立於此而風動之，則天下靡然知所嚮方矣。建者，立於此而則於彼之謂也。

「乂用三德」者，正直、剛柔、弛張變化。當正直而正直，當剛而剛，當柔而柔，視物之所宜，而無取必於其間。此乂用之道也。

稽疑者，有所疑而不明，故稽以明之。事之明者，無待於稽；事之疑者，聖人亦不能不取決於神。「汝則有大疑」，而卿士庶民羣言並興，將誰適從？此卜筮之建，聖人所以齋戒以神明其德者也。人之於天，其精氣相感，捷若影響。況人主爲天地之心，一念之善，喜見於天，而和氣應之；一念之惡，謫見於天，而沴氣應之。故欲觀己之善惡，當觀天之所以爲應者以驗之。雨、暘、燠、寒、風之時，則知其爲肅、乂、哲、謀、聖之應；雨、暘、燠、寒、風之恒，則知其爲狂、僭、豫、急、蒙之應。驗之爲言，如孝子事親，日候其顏色以爲憂喜。此人主事天之誠也。「嚮用五福」嚮之，而惟恐民之不得乎壽、富、康寧、攸好德、考終命之福。「威用六極」畏之，而惟恐民之或罹於凶短折、疾、憂、貧、惡、弱之極。世之人主知棄極取福矣，孰能嚮而威之！堯、舜在上，比屋可封，民無凶荒夭札者，此嚮威之實也。潤下、炎上、曲直、從革、稼穡，聖人察五行之性如此；鹹、苦、酸、辛、甘，聖人察五行之變化而無所不在如此。聖人之治天下，不過因其下而爲之下，因其上而爲之上，因其從、革、曲、直爲之從、革、曲、直，因其稼穡而爲之稼穡；是以天不失時，地不失利，物不失性。以五事則敬；以五紀則協；以皇極則建；以三德則乂；明於稽疑，則有吉而無凶；驗於庶徵，則得雨、暘、燠、寒、風之時；嚮於五福，則有壽、富、康寧、攸好德、考終命之應。八疇言用，而五行不言用，直言其爲五行者如此，而聖人之用可見矣。

禹貢一篇，不過「水曰潤下」之一語，而箕子以爲彝倫之攸敍者，此也。人在天地之間，有此身，卽有貌、言、視、聽、思之五事。貌之體本恭，而可以作肅；言之體本從，而可以作乂；視之體本明，而可以作哲；聽之體本聰，而可以作謀；思之體本睿，而可以作聖：故五事之言恭、從、明、聰、睿者，猶水之言潤下也。此所謂「有物必有則」。形色，天性也。能敬用此五事，則聰明睿知由此而出，「篤恭而天下平」矣。所謂皇極，雖兼總八疇，而其綱又在乎五事之一疇也。八政，唐、虞則屬之九官，禹則有六府、三事，周家則謂之六典。卽此八政，離合不同。治內之政六，而司寇最後；治外之政二，而師居末。蓋食之、居之、敎之，如是而後麗於刑，則刑之可以無憾；邦交之禮不失，撫字之恩常洽，如是而不順，則侵伐不爲黷。此順施之序。五紀雖五，總之實曆數之一紀。此亦王者之政，不序於八政之中，所以尊天。蓋人主繼天以子兆民，俯察民情而爲之政，仰觀天運而爲之紀，以此與八政相對，故不列於八政之中。堯命四子，舜「在璿璣玉衡以齊七政」。虞、夏之間，羲和之職最重。故胤征以「俶擾天紀」誓師。周官歸之保章氏。後世益輕，太史公以爲近乎卜祝之間也。

皇極一疇言錫福，何也？富壽安逸，人主所欲致之於民，而不能得之於天；惟其使民作善，而期於回天地之氣，此其錫福之徵者也。福者，天下之所共欲。顧昏迷於行，不知所則效，顚倒悖謬，以自取戾；人君建極以示之，使知所則效，而爲善以日圖致福之道，是乃聚斂衆福以敷錫於民也。庶民得于觀感之間，皆於汝之極，保守不敢失墜，以應汝而「錫汝保極」矣。凡天下之無有淫朋比德者，皆皇之化也。夫皇之化斯民，惟是立之則以示之，使之順治於不識不知之中，而無假於聲色之末，此皇建其極之本旨。然而鼓舞振作，長育成就之功，亦時行於其間，於以扶掖引誘，以發其「攸好德」之心。于其有爲、有猷、有守者，則愛念之而不忘，不協于極而不罹于咎者，亦受之，而康而色而不拒，所以發其「攸好德」之心。民曰「予攸好德」，則錫之福而知歸于極矣。虐煢獨而畏高明，政之不平，而人心之所由以不服，皆起於此。皇極之君，必無虐煢獨而畏高明，又于其有能者，與之以官，使羞其行，展其材猷，以昌吾之國。又能厚其祿，使之好于而家。亦所以發其「攸好德」之心。蓋人而無「攸好德」之心，則雖欲「錫之福」而彼不受，徒爲汝之咎矣。「攸好德」者，人之良心動而歸極之機也。人主作成一世之人，在於發其「攸好德」之心而已。「攸好德」之福錫，而五福皆錫也。曰「皇建其有極，斂時五福」，明以建極爲錫福之本。曰「予攸好德」，明以「攸好德」爲五福之綱。遵道遵路，卽可以見蕩蕩平平之體。言皇極之化，大普於世，利用出入，莫非是道之昭著也。皇極之道，其所以致民之化如此，是皆天之理、天之訓，而人主無絲毫智力於其間。知所謂蕩蕩、平平、正直者，則知所謂帝之訓矣。「凡厥庶民」，「是訓是行」。天子之光，如日月之照被，日近日親而日尊也。「近天子之光」，萬物熙熙之景象也。歸極之民蓋如此。

平康之世，以正直治之；强梗之世，以剛治之；和柔之世，以柔治之：隨世而爲輕重，易之所以有小過、大過也。然一代之習尙，多從人主性之所近。高明者多於用剛，沉潛者多於用柔，此治體之所以不純，故在矯而克之。「强弗友」、「燮友」，稱其物之所感，此剛克柔克也。高明沉潛，制其性之所偏，亦剛克柔克也。威福玉食之柄不移於下，則正直、剛柔之權在於上矣。

古者尊天而重神，不敢自信，而待於卜筮以取決。而至誠無私之德，常與神明通，是以鬼神應之，各極其理之所至而無毫髮之爽，故卜筮必可信，而禹以爲治天下之一疇。「擇建立卜筮人」而命之卜筮，蓋其重也如此。卜之體色墨拆，有雨、霽、蒙、驛、克之五兆，占之變化往來，有貞、悔之二體。於其差忒不齊之中，而衍之以觀其從違。金縢「卜三龜」，大誥

「朕卜幷吉」，士喪禮卜葬。卜者三人，古者卜筮皆用三人。蓋吾之所甚嚴而信之者，僅取衷於一人，時或不能與神明會，故詳以求之。「龜從、筮從」，蓋卜筮兼舉，而龜筮協從。大事先筮而後卜，晉侯得阪泉之兆，趙鞅遇水適火，又筮之，是也。又有獨用之者。卜稽如台，夢協朕卜，卜河朔黎水，予得吉卜，「卜筮不相襲」是也。龜筮共違於人，雖於卿士、庶民有不恤。夫既謂之大疑，則固有人所不及知而天知之者，蓍龜之理微矣。雨、暘、燠、寒、風者，天地慘舒之氣，而繫于人主視、聽、言、貌之間。蓋天人相感之機，有不可誣者，故箕子以意類明之。五者來備，各以其敍，所謂時也。極備極無，所謂恒也。雨、暘、燠、寒、風之時不同，其爲休之徵同也。故以五事之修類屬之，以爲其當如是而已矣。求其所以肅之必爲雨、乂之必爲暘、哲之必爲燠、謀之必爲寒、聖之必爲風者，不可得也。雨、暘、燠、寒、風之恒不同，其爲咎之徵同也。故以五事之不修類屬之，以爲其當如是而已矣。求其所以狂之必爲雨、僭之必爲暘、豫之必爲燠、急之必爲寒、蒙之必爲風者，亦不可得也。漢儒不原箕子之意，規規然務離而析之，所以流爲災異之學。庶徵以天道人事相推較，故又借歲、月、日、星爲王與卿士、師尹、庶民之喩。蓋旁衍及之，非本疇之正傳。歲以統月，月以統日，歲與日月運行不息，而成生物之功。王以統卿士，卿士統師尹，王與卿士、師尹勤職不懈，而致天下之治。積日成月，散月于日而月不見；積月成歲，散歲于月而歲不見。君臣上下小大繁簡之致見矣。歲、月、日、時無易者，王、卿士、師尹不失其職。此百穀之所以成，乂之所以明，俊民之所以章，家之所以平康，而爲治之徵也。日、月、歲、時既易者，王、卿士、師尹失其職。此百穀之所以不成，乂之所以昏，俊民之所以微，家之所以不寧，而爲亂之徵也。治與亂，存乎其職之失與不失而已矣。王、卿士、師尹以職言，庶民之可言者，情也。如星有好風好雨，有所好者，庶民之情也。庶民不能自致，則固卿士、師尹之責耳。日月之行而有冬夏，月之從星而有風雨，上之舉動繫乎民之休戚者如此也。月入箕則多風，離畢則多雨，宿軫則雨，宿井則風，風雨以其氣相感，故謂星之有好風好雨也。福極，天之所命者，而人主制其權。故養之而可以使之壽，厚之而可以使之富，節其力而可以使之康寧，教之而可以使之「攸好德」，不傷之而可以使之「考終命」。然有養之、厚之、節之、教之、不傷之所不能及者，故必有潛移默奪於冥冥之中，此所以爲位育之極功，而居九疇之終也。

昔王荆公、曾文定公皆有洪範傳，其論精美，遠出二劉、二孔之上。然予以爲先儒之說亦時有不可廢者，因頗折衷之，復爲此傳。若皇極言「予攸好德」，卽五福之「攸好德」，而所謂錫福者，錫此而已。箕子丁寧反覆之意，最爲深切，古今注家未之及也。不敢自謂有得箕子之心於千載之下，然世之君子，因文求義，必於予言有取焉矣。

尚書敍錄

余少讀尚書，卽疑今文、古文之說。後見吳文正公敍錄，忻然以爲有當於心。揭曼石稱其「綱明目張，如禹之治水」，信矣。自是數訪其書，未得也。己亥之歲，讀書於鄧尉山中，頗得深究書之文義，益信吳公所著爲不刊之典。因念聖人之書存者，年代久遠，多爲諸儒所亂。其可賴以別其眞僞，惟其文辭格制之不同；後之人雖悉力模擬，終無以得其萬一之似。學者由其辭，可以達於聖人，而不惑於異說。今伏生書與孔壁所傳，其辭之不同，固不待於別白而可知。

昔班固志藝文，有尚書二十九篇，古經十六卷。古經，漢世之僞書。別於經，不以相混，蓋當時儒者之愼重如此。而唐之諸臣，不能深考，猥以晚晉雜亂之書，定爲義疏，而漢、魏專門之學，遂以廢絕。夫書之厄已至矣。伏生掇拾於流亡之餘，以篤老之年，僅僅垂如綫之緒于其女子之口，千萬世之下，因是可以稍見唐、虞、三代之遺，而可不知所愛惜哉！

朱子蓋有所不安，而未及是正，吳公實有以成之。而今列于學官者，既有著令，薦紳先生莫知廣石渠、白虎之異義，學者蹈常習故，漫不復有所尋省。以數百年雜亂之書，表章於一代大儒之手，而世亦莫能以尊信之，可歎也已。

余未見吳公書，乃依髣其意，釐爲今文如左，而存其敍錄於前，以俟他日得公書參考焉。

考定武成

惟一月壬辰，旁死魄。越翼日，癸巳，王朝步自周，于〔三〕征伐商。

王若曰：「嗚呼，羣后。惟先王建邦啓土。公劉克篤前烈，至於太王，肇基王迹。王季其勤王家。我文考文王，克成厥勳，誕膺天命，以撫方夏。大邦畏其力，小邦懷其德。惟九年，大統未集。予小子其承厥志，底商之罪，告於皇天后土、所過名山大川。」

曰：「惟有道曾孫周王發，將有大正於商。今商王受無道，暴殄天物，害虐蒸民，爲天下逋逃主萃淵藪。予小子既獲仁人，敢祗承上帝，以遏亂略。華夏蠻貊，罔不率俾，恭天成命。肆予東征，綏厥士女。惟其士女，匪厥玄黃，昭我周王。天休震動，用附我大邑周。惟爾有神，尚克相予，以濟兆民，無作神羞。」

既戊午，師渡孟津。癸亥，陳於商郊，俟天休命。甲子昧爽，受率其旅若林，會於牧野。罔有敵於我師，前徒倒戈攻於後以北，血流漂杵。一戎衣，天下大定。乃反商政，政由舊。釋箕子囚，封比干墓，式商容閭，散鹿臺之財，發鉅橋之粟，大賚於四海，而萬姓悦服。

厥四月，哉生明。王來自商，至於豐。乃偃武修文。歸馬於華山之陽，放牛於桃林之野，示天下弗服。丁未，祀於周廟，邦、甸、侯、衞駿奔走執豆籩。越三日，庚戌，柴望，大告武成。既生魄。庶邦冢君暨百工受命於周。列爵惟五，分土惟三。建官惟賢，位事惟能。重民五教，惟食喪祭。惇信明義，崇德報功。垂拱而天下治。

余所考定如此。只移得厥四月以下一段，文勢既順，亦無闕文矣。汪玉卿嘗疑甲子失序，蓋先儒以漢志推此年置閏在二月，故四月有丁未、庚戌，本無可疑也。

孝經敍錄

孝經一篇，十八章，河間顏芝所藏，芝子貞出之。孝經古孔氏一篇，二十二章，孔氏壁中所藏，魯三老獻之。漢世傳孝經，有長孫氏、江氏、后氏、翼氏四家，而古文絶無師授。至劉向，校定并除，卒以十八章爲定。魏、晉以後，王肅、韋昭、謝萬、徐整之徒，注者無慮百家，莫有言古文者。蓋古文并於十八章，而孔氏之別出者廢已久矣。

隋劉炫始自離析增衍，以合二十二章之數，著稽疑一篇，當時遂以爲孔傳復出，而儒者固已譁然謂炫自作。炫又僞造連山、魯史等百卷，則炫之書又可信哉？故嘗以古文孝經與古文尙書俱自孔氏，而廢興隱見於漢、隋之際，其迹略同，而其可疑一也。

晉穆帝永和十一年，及孝武太元元年，再聚羣臣，共論經義。荀昶撰進孝經諸說，以鄭氏爲宗，其後陸澄謂爲非玄所注。唐開元七年，詔羣臣集議，史官劉子玄遂請行孔廢鄭。夫子玄以爲非鄭之注可矣，因欲以廢經而用劉炫之古文，豈不過哉？當是時，儒者盡非子玄。天子卒自注定從十八章，仍八分御札，勒於石碑，世謂之石臺孝經。宋咸平中，詔邢昺、杜鎬等依以爲講義。而司馬溫公指解，猶尊用古文，其意詆今文爲他國疏遠之僞書，蓋見新羅、日本之別序，而近忘京兆之石臺也。

元吳文正公始斥古文之僞，因朱子刊誤，多所更定。今予一從石本。獨其章名，乃梁博士皇侃之所標，非漢時之所傳，故悉去之。

予又著其說曰：大哉孝之道，非聖人莫之知也。昔孔子嘗不對或人之問禘矣。其言明王之以孝治天下，至于刑四海，事天地，言大而理約，豈非極萬殊一本之義，意其所以告曾子者如此哉？雖然，其書非孔氏之舊也。宋、元大儒，固卓然獨見於千載之下，以破諸儒之惑矣。然其所去者是矣，而所存者，又未必純乎孔氏之舊也。則莫若俱存之。

自秦火之後，諸儒區區掇拾，而文藝之全者鮮矣，非孔子復生，莫之能復也。今世所存，如孝經、家語、大小戴之記，要以爲有聖人之微言，故莫若俱存之，而待學者之自擇也。

皇侃見梁書，舊刻作皇甫侃，誤也。

荀子敍錄

荀子非經也，今以無所附麗，姑從錢牧齋先生編入經解後。

荀子三十二篇，唐大理評事楊倞常移易其篇第，而今篇中亦多有失倫次者。余欲重加釐整，而憚于紛更，第別其章條，或句爲之斷，長短皆有意焉。而時有蕪謬，取韓子「削其不合者附于聖人之籍」之意，與其他脫文衍字，並爲識別，讀者可以一覽而知也。當戰國時，諸子紛紛著書，惑亂天下。荀卿獨能明仲尼之道，與孟子並馳。顧其爲書者之體，務富于文辭，引物連類，蔓衍夸多，故其間不能無疵。至其精造，則孟子不能過也。自楊雄、韓愈皆推尊之，以配孟子。迨宋儒，頗加詆黜，今世遂不復知有荀氏矣。悲夫！學者之于古人之書，能不惑于流俗而求自得于心者，蓋少也。

校記

〔一〕歸奇　按易原文下有「于扐」二字。

〔二〕于　原刻作「於」，依尚書校改。

震川先生集卷之二

序

項思堯文集序

永嘉項思堯與余遇京師，出所爲詩文若干卷，使余序之。思堯懷奇未試，而志于古之文，其爲書可傳誦也。蓋今世之所謂文者難言矣。未始爲古人之學，而苟得一二妄庸人爲之巨子，爭附和之，以詆排前人。韓文公云：「李、杜文章在，光燄萬丈長。不知羣兒愚，那用故謗傷！蚍蜉撼大樹，可笑不自量。」文章至于宋、元諸名家，其力足以追數千載之上，而與之頡頏；而世直以蚍蜉撼之，可悲也。無乃一二妄庸人爲之巨子以倡道之歟！思堯之文，固無俟于余言，顧今之爲思堯者少，而知思堯者尤少。余謂文章，天地之元氣，得之者，其氣直與天地同流。雖彼其權足以榮辱毀譽其人，而不能以與于吾文章之事；而爲文章者亦不能自制其榮辱毀譽之權于己：兩者背戾而不一也久矣。故人知之過于吾所自知者，不能自得也。己知之過于人之所知，其爲自得也，方且追古人于數千載之上。太音之聲，何期于折楊、皇華之一笑！吾與思堯言曰得之道如此。思堯果以爲然，其造于古也必遠矣。

玉巖先生文集序

玉巖先生文集，故刑部右侍郎周公所著。公諱廣，字充之，別自號玉巖。崑山太倉人。太倉後建州，故今爲州人。公舉弘治乙丑進士，歷莆田、吉水二縣令，以治行爲天下第一，徵試浙江道監察御史。僅兩月，上疏諫武宗皇帝，倖幸疾之，欲置之死；而上不之罪也，故得無下詔獄，乃謫懷遠驛丞。而倖幸者怒未已，使人遮道刺公，公僞爲頭陀，持波嗢囉以行乞四百餘里，乃免。武定侯郭勛鎭嶺南，承望風旨，僞以白金試公，公拒不受。一日攝公，閉府門，箠擊之，幾死。行省官惕息莫敢救，御史有言而解。久之，遷建昌令，再貶竹寨驛丞。會武宗晏駕，今上卽位，詔舉遺逸，公復爲御史。尋遷江西按察司僉事，歷九江兵備副使、江西提學副使、福建按察使、巡撫江西、右僉都御史，陞南京刑部右侍郎。公自起廢，不十年至九卿，不可謂不遇。而遂不幸以死，不能究其用也。然天下稱武宗之世，能以直諫顯者，自公之外，不過數人耳。天子中興，思建萬世之業，則正色而立於朝廷如公者，豈可一日而無哉！

故嘗以謂士之忠言讜論，足以匡皇極而扶世道，使之著於廟廊，澤被生民，世誦其詞而傳之，宜矣。若夫詆訐叫號，不見省采，徒爲一時之空言，似不足以煩紀載，而學士猶傳道之不絶，豈不以天下之欲生也久矣。有其言，足以轉亂爲治，利安元元，雖不見之施行；而實天啓其人，使昭一世之公道，後之人猶搤腕拊掌，幸其時能用其言而不至於壞也。

國家累洽休明，迨敬皇之世，百姓安生樂業，有富庶之效。武宗承緒，不改其舊，則生民何幸。而金貂左右，佞幸倡優之笑，縱横亂政。而上常御豹房，輕騎嫟出，六宮愁怨，未有繼嗣之慶。胡僧挾左道，以梵咒弭賊，則樊並、蘇令嘯聚之禍，蔓衍無窮；淮南、濟北覬覦之謀，乘間而發。是時元老大臣，特從容勸上早朝而已，亦未敢端言之也。公奮不顧身，指切時事，而尤惓惓以欲法堯、舜當法孝宗爲言。使公言獲用，天下蒼生，豈不受其福哉？此予所以讀公之疏，於本朝否泰升降之際，未嘗不三復而歎息也。公好性理之學；與魏恭簡公相善。故諸子皆及恭簡之門，而居官政績多可紀，語具其門人陸光祿鰲所述行狀中。

公歿十餘年，太倉兵備副使南昌魏侯良貴爲公江右所造士；登堂拜公像，求遺稿，捐俸刻之。公之子士淹、士洵，以序見屬，因著公平生大節而論之如此云。

山齋先生文集序

今天子即位十年間，吾崑山之仕於朝者，遍列九卿侍從，幾與大省比。刑部尚書周康僖公，與其子大理寺丞于岐，同時在位。而永嘉張文忠公方秉國，公父子皆以失張公意，先後罷去。居閒，以詩文自娛。康僖公年八十餘，而大理僅餘六十以終。

前歲，公次子太僕丞以貞菴漫稿見屬爲序。至是，大理孫廷望還自太學，復請序其祖之文。余及侍康僖公，又辱大理知愛，不可以辭。

嘗讀武宗毅皇帝遺事。時寧藩不軌，臨安胡永清爲按察司副使，奏事中陰折之。而王府交通近倖，必致胡公死地，禁繫連年。而給事中御史章連上，大臣亦擁護之。故遼左之謫，結以慰謝驕王。卒賴朝廷淸論，而一時薰天之勢，迄不能致胡公於死。

方永嘉用事，御史馮恩上書，歷詆大臣。永嘉與吏部汪尚書尤惡其指切，欲傳致之死。會皇子生，將放赦。故事，諸司各條事款，上之公卿，平議其可行者，書之詔中。而大理條款，類有以爲馮御史地。永嘉與吏部怒，大理遂去官，而馮御史亦得不死。嗟乎！直臣端士，世不可一日無；設不幸陷於罪戮，旁觀者不出力以爭之，則四罍孤臣，糜死無日矣。余每論此，未嘗不流涕歎息也。

大理精於法律，或疑其文深，然論議未嘗不引大體。易州上巨盜二人，一人瘐死，一人病。此兩人皆死，則所誣引皆不能白，乃餔檗之。其後獲眞盜，而誣引者皆出。夷〔一〕人郎擠松犯邊，獲其兄子郎尚加禿，坐以「親屬相容隱律」，減死論，以懷遠夷〔二〕。薦都督馬永任邊將。尚書以有前詔永不許起用，欲奏請，曰：「若奏不可，其人終不用矣。」卒薦之，朝論翕然稱服。惠安伯提督團營，尋有旨，以豐城侯佐之。豐城以侯當先伯，奏改勅，下兵部議。曰：「侯先伯者，常也。若上所命，則公以下宜。」皆不敢抗。其在朝可稱紀者如此

余嘗謂士大夫不可不知文，能知文而後能知學古。故上焉者能識性命之情，其次亦能達於治亂之跡，以通當世之故，而可以施於爲政。顧徒以科舉剽竊之學以應世務，常至於不能措手。若大理，所謂有用者，非有得於古文乎？予故述其行事大略，以俟後之君子讀其文而求論其世者。凡爲文若干卷。曰山齋者，其自號也。

雍里先生文集序

雍里先生少爲南都吏曹，歷官兩司，職務淸簡，惟以詩文自娛。平居，言若不能出口，或以不知時務疑之。及考其涖官所至，必以經世爲心，殆非碌碌者。嗟夫！天下之俗，其敝久矣。士大夫以媕婀雷同，無所可否，爲識時達變 其間稍自激勵，欲舉其職事，世共訾

笑之，則先生之見謂不知時務也固宜。予讀其應詔陳言，所論天下事，是時天子厲志中興之治，中官鎮守歷世相承不可除之害，竟從罷去。昔人所謂文帝之於賈生，所陳略見施行矣。當強仕之年，進位牧伯，爲外臺之極品，亦不爲不遇。而遂投劾以歸。家居十餘年，閉門讀書，恂恂如儒生。考求六經、孔、孟之旨，潛心大業，凡所著述，多儒先之所未究。至自謂甫弱冠入仕，不能講明實學，區區徒取魏、晉詩人之餘，摹擬鍛鍊以爲工。少年精力，耗於無用之地，深自追悔，往往見於文字中，不一而足。暇日以其所爲文，名之曰疣贅錄。予得而論序之。

以爲文者，道之所形也。道形而爲文，其言適與道稱，謂之曰：其旨遠，其辭文，曲而中，肆而隱，是雖累千萬言，皆非所謂出乎形，而多方駢枝於五臟之情者也。故文非聖人之所能廢也。雖然，孔子曰：「天下有道，則行有枝葉；天下無道，則言有枝葉。」夫道勝，則文不期少而自少；道不勝，則文不期多而自多。溢於文，非道之贅哉？於是以知先生之所以日進者，吾不能測矣。錄凡若干卷，自舉進士至謝事家居之作皆在焉。然存者不能什一，猶自以爲疣贅云。

五嶽山人前集序

余與玉叔別三年矣。讀其文，益奇。余固鄙野，不能得古人萬分之一，然不喜爲今世之文。性獨好史記，勉而爲文，不史記若也。玉叔好史記，其文即史記若也。信夫人之才力有不可強者。

夫西子病心而矉其里，其里之醜人亦捧心而矉其里。其里之富人見之，堅閉門而不出，貧人見之，挈妻子去之而走。余固里之醜人耳。若有如西子者而爲西子之矉，顧不益美也耶？故曰：「知美矉而不知矉之所以美。」夫知史記之所以爲史記，則能史記矣。故曰：「喙鳴合，與天地爲合，其合緡緡。」甚矣，文之難言也。每與玉叔抵掌而談，相視而笑。今見其煒煒爾，洋洋爾，纚纚爾，別之三年而其文之富如此，能史記若也。

荆楚自昔多文人，左氏之傳，荀卿之論，屈子之騷，莊周之篇，皆楚人也。試讀之，未有不史記若者。玉叔生于楚，其才豈異于古耶？先是，以其稿留余者逾月，似以余爲知者，而命之題其後。昔韓退之才兼衆體，故敍樊紹述，則如樊紹述；敍柳子厚，則如柳子厚。余不能如玉叔也，況史記耶？夫苟能如玉叔，則亦里之捧心者也。

戴楚望集序

世宗皇帝自郢入繼大統。戴楚望以王家從來，授錦衣衛千戶。其後稍遷至衛僉事。

嘗典詔獄。當是時，廷臣以言事忤旨，鞫繫者先後十數人。楚望親視食飲、湯藥、衣被，常保護之，故少瘐死者，其後往往更赦得出。如永豐聶文蔚，以兵書被繫，楚望更從受書獄中，以故中朝士大夫籍籍稱其賢。

嘉靖四十四年，予中第，居京師。楚望數見過，示以所爲詩。其論欲遠追漢、魏，以近代不足爲。予益異之。予既調官浙西，遂與楚望別。隆慶二年春，朝京師。楚望之子樞，裒其平生所爲文百卷，謁予爲序。蓋楚望之於道勤矣。

始，楚望先識增城湛元明。是時年甚少，已有志於求道。既而師事泰和歐陽崇一、聶文蔚。至如安成鄒謙之、吉水羅達夫，未嘗識面，而以書相答問。及其所交親者，則毘陵唐以德、太平周順之、富平楊子修，並一時海內有道高名之士。予讀其所往來書，大抵從陽明之學，至於往復論難，必期於自得，非苟爲名者。噫，道之難言久矣。有如前楚望所爲師友，皆以卓然自立於世，而楚望更與往來上下其議論，則楚望之所自立者可知矣。予之初識之，特謂其典詔獄，爲國家保護善人，以爲武臣之慕義者也。及稍與之親，觀其論詩，欲上追古作者，又以爲學士大夫之好文者也。蓋不知楚望之於道如此。

昔魏舒爲將軍鍾毓長史，毓每與參佐射，舒常爲畫籌。一日，令舒備偶。毓初不知其善射，而舒容止閑雅，發無不中。毓歎曰：「吾之不足以盡君才，如此射矣。」楚望之初不以語予者，豈其不欲以自見歟？抑何予之知之之晚耶？抑以予之不及於此歟？

予與諸公生同時，間亦頗相聞，顧平日不知所以自信。嘗誦易曰：「神而明之，存乎其人。默而成之，不言而信，存乎德行。」老子曰：「多言數窮，不如守中。」故黯黯以居，未敢列於當世儒者之林，以親就而求正之。又怪孟子與荀卿同時，而終身不相遇。及是，而楚望之所與遊，一時零謝盡矣。此予之所以爲恨，而羨楚望之獲交於諸公間也。因讀其集，慨然太息而歸之。富平楊子修，忠介公爵也。常熟本作楊用修，誤。

戴楚望後詩集序

戴楚望居環衞，好讀書，不類騶冠者。尤喜論易、尙書、風雅頌，皆究其旨。故其爲詩，不規摹世俗，而獨出於胸臆。經生學士往往爲科舉之學之所浸漬，殆不能及也。

今天子初年，郊丘、九廟、明堂諸所更大禮，楚望日執戟持槖殿陛下，以所見播爲歌詩。昔太史公留滯周南，以天子建漢家之封，而已不得與從事以爲恨。而楚望可謂遭遇矣。楚望嘗掌詔獄，當是時，諸臣以言事忤旨，及他詿誤繫獄者，力保全之。予讀其九哀，蓋不肯迎承時意，至與權臣相失，幾陷不測。其存心如此。噫，善人，國之紀也。楚望汲汲爲國保全善類，其後當有興者乎！

予謂楚望之詩，國史當有采焉。讀之三復嘆息。因序而歸之。跋附後。

先皇帝修代來功，楚望得官錦衣。與楚望等比者，極人臣之寵。楚望澹然不以爲意，且以直道時與之忤。錦衣勳衞，皆金、張、許、史之遊，而楚望閉門讀書，入其室蕭然。此尤不可及者。序中略之，因題其卷末云。

沈次谷先生詩序

余少不自量，有用世之志。而垂老猶困於閭里，益不喜與世人交，而人亦不復見過。獨沈次谷先生數數過予，必以其所爲詩見示，而商榷其可否。先生今年七十有八，耳目聰明，筋力強健，時獨行道中。人至山麓水涯，及佛、老之宫，往往見之。蓋先生同時人多凋謝，興之所寄，徒獨往耳，無與俱也。一日，先生手自編平生所作凡若干卷，俾余序其首。

夫詩之道，豈易言哉！孔子論樂，必放鄭、衞之聲。今世乃惟追章琢句，模擬剽竊、淫哇浮豔之爲工，而不知其所爲，敝一生以爲之，徒爲孔子之所放而已。今先生率口而言，多氏俗歌謠，憫時憂世之語，蓋大雅君子之所不廢者。文中子謂：「諸侯不貢詩，天子不採風，樂官不達雅，國史不明變，斯已久矣，詩可以不續乎？」蓋三百篇之後，未嘗無詩也。不然，則古今人情無不同，而獨於詩有異乎？夫詩者，出於情而已矣。

次谷知詩者，敢并以是質之。而其巖處高尚之志，世路艱危之跡，見于其自序者詳矣。故不論。

草庭詩序 舊本皆刻，錢宗伯汰之，今仍存。

廬陵康君奭，字才難。來游吳中，士大夫皆樂與之交。將還，爲歌詩贈之，而以草庭爲題。凡爲詩若干首，請余爲之序。

草庭者，君居家精舍名也。君家在西昌郭外，臨大江。日閉戶讀書其中。用周子庭前草不除之語，以名其室。蓋周子得孔、孟之心於千載之下，卽此庭草不除，與己意同而已。莊子曰：「儵魚出游從容，是魚樂也。」惠子曰：「子非魚，安知魚之樂。」莊子曰：「子非我，安知我之不知魚之樂？」人與萬物一體，其生生之意同。故「昆蟲（三）未蟄，不以火田，不麛，不卵，不殺胎，不殀夭，不覆巢」，此心也。「賁若草木」，此心也。「天下雷行，物與無妄，先王以茂對時育萬物」，同此生生之意而已。知此，則知所謂鳶飛魚躍，與「必有事焉而勿正」之義同。而程子再見周茂叔，吟風弄月以歸，有「吾與點也」之趣。豈謂濠上之游，以莊子非魚而不知魚之樂也哉？周子家道州，二程子從受學焉，卽今江西之南安。其後象山、草廬，相望而出，俱在大江之西。而廬陵自歐陽公以來，文章節義，尤稱獨盛。謂其皆無得於斯道，不可也。

今數年來，海內學者絕響，而江右一二君子，猶能抱獨守殘，振音于空谷之中。當世學淪喪，而巋然有存者。君生其鄉，豈謂無所聞哉？何君本徹，實君之弟子，而與余有太學之舊，尤數稱君行誼超然世俗利欲之外。余故爲序所以爲草庭之意，而其爲詩者蓋不必論也。

經序錄序 代

予昔承乏汴藩，因識宗室西亭公。修學好古，有河間大雅之風。嘗得唐李鼎祚周易集解〔四〕，槧版行於世。又爲諸經序錄，凡爲經之傳註訓詁者，皆載其序之文。使世之學者，不得見其書而讀其序，固已知其所以爲書之意，庶以廣其見聞而不安於孤陋，實嘉惠後學之盛心也。

昔孔子修述先王之經，以教其門人，傳之世世不絕。遭秦燔書，漢儒存亡繼絕，不遺餘力。自此六藝稍稍備具。太常之所總領，凡四十博士。而古文尚書、毛詩、穀梁、左氏春秋，雖不立學官，猶推高第爲講郎，給事近署。而天子時會羣儒都講，親制臨決。所以網羅遺軼，博存衆家，其意遠矣。沿至末流，旋復放失。則鄭、王之易自出費氏。而賈逵、馬、鄭爲古文尚書之學。孔氏之傳最後出。三禮獨存鄭註。春秋公、穀浸微。傳詩者，毛詩鄭箋而已。

唐貞觀間，始命諸儒粹章句爲義疏，定爲一是。於是前世儒者僅存之書，皆不復傳。如李氏易解，後人僅於此見古人傳註之一二。至啖助以己意說春秋，史氏極詆其穿鑿。蓋唐人崇進士之科，而經學幾廢。故楊綰、鄭餘慶、鄭覃之徒欲拯其弊，而未能也。宋儒始以其自得之見，求聖人之心於千載之下。然雖有成書，而多所未盡，賴後人因其端以推演之。而淳祐之詔，其書已大行於世，勝國遂用以取士，本朝因之。而學校科舉之格，不免有唐世義疏之弊，非漢人宏博之規。學士大夫循常守故，陷於孤陋，而不自知也。

予自屛居山林，得以偏讀諸經。竊以意之所見，常以與今之傳註異者。至如理、象之殊，而圖、書大衍用九用六之論，未能定也。古、今文之別，而豫章晚出之書未能釐也。三百篇之全，而桑間、濮上之淫音，未能黜也。褒貶實錄之淆亂，而氏族名字日月地名之未能明也。郊丘混而五天帝。昆侖，神州之一，而始祖之祭不及羣廟也。洪範以後，金縢、召、洛二誥之疎脫，非朱子之遺命也。開慶師門之傳，非鄭氏之奧義也。紹興進講之書，非三傳之專學也。則王栢、金履祥、吳澄、黃澤、趙汸卓越之見，豈可以其異而廢之乎？

歐陽子曰：「六經非一世之書，其將與天地無終極而存也。」以無終極視千歲，於其間頃刻耳。則予之待於後者無窮也。嗟夫，士之欲待於無窮者，其不拘牽於一世之說明矣。道遠，不能與西亭公訂正其疑義，而序其略如此云。

史論序

西漢以來，世變多故。典籍浩繁，學者窮年不能究。宋世號稱文盛，當時能讀史者，獨劉道原。而司馬文正公嘗言：「自修通鑑成，惟王勝之一讀，他人讀未終卷，已思睡矣。」今科舉之學，日趨簡便。當世相嗤笑以通經學古爲時文之蠹，而史學益廢不講矣。遺石先生自少耽嗜史籍，倣古論贊之體，爲書若干萬言。而先生尤自珍祕，不肯輕以示人。往歲司教黃岡，時時與客泛舟赤壁之下。舟中常持史論數卷。會督學使者將至，先生浮江出百里迎之。舟至青山磯，風波大作，船幾覆。但問從者「史論在否」？與司馬公所稱孫之翰事絕類。之翰之書，得公與歐、蘇二公，而後大顯於世。先生自三、五載籍迄於宋亡，綿絡千載，非止有唐一代之事。東坡所謂暗與人意合者，世必有知之矣。

有光爲童子時，以姻家子弟，獲侍几杖。先生一見，以天下士期之。俛仰二十餘載，濩落無成，恐遂沒沒，有負先生之教。而先生之門人，往往至大官。方在黃岡，一時藩臬出西陵，執弟子禮，拜先生於學宮。諸生歎異之。而今閩省右轄秦君鰲尤篤師門之義，每欲表章是書而未及也。

先生語予曰：「子爲序吾書。然勿有所稱述。第言其人平生無他好，獨好讀書，老而不倦也。」予受命唯唯，退而謹書之。

卓行錄序

昔古聖人之治天下，既先之以道德，猶懼民之不協於中，而爲之禮以防之。上之賞罰注措，凡治民之事，無一不歸於禮。極而至於用刑，亦曰制百姓於刑之中而已。孔子以布衣承帝王之統，不得行於天下，退與其門人修德講學，始以仁爲敎。然至于其高第弟子，與當世之名卿大夫，其於仁，孔子若皆未之輕許。而其告顏淵，以「克己復禮爲仁」，則孔子之論，未始有出於禮者也。但古之聖人以禮敎天下，使君子小人皆至焉。若孔子之於其學者，獨敎其爲君子之事，以治其心術之微，固禮之精者而已矣。然孔子終亦不以深望於人，故曰：「不得中行之士而與之，必也狂狷乎？」中行者，其所至宜及於仁；而於狂狷之士，孔子蓋未之深絕也。故於逸民之徒，莫不次第而論列之。至其孫子思作中庸，其爲論甚精，而其法尤嚴。使世之賢者稍不合於中，皆爲聖人之所棄。而鄉愿之徒，反得竊其近似，以惑亂於世。孟子知其弊之如此，故推明孔子之志，而於鄉愿尤深絕之。

由此言之，至於後世，苟不得乎中行，雖太過之行，豈非君子之所貴哉？若狐不偕、務光、伯夷、叔齊、箕子、胥餘、紀他、申徒狄，寧與世之寡廉鮮恥者一概而論也？

自司馬遷、班固而下，至范曄而有獨行之名。第取其俶詭異常之事，而不爲科條。唐書卓行之外，又別有孝友傳。大氐史家之裁制不同，所以扶翊綱常，警世勵俗，則一而已矣。

國家有天下二百年。金匱、石室之藏，不布於人間，亦時時散見於文章碑志，及稗官之家。休寧程汝玉雅志著述，頗爲剽摘而彙別之。凡爲書若干卷，名之曰卓行錄。雖不盡出於中行，要之不悖於孔子之志，故爲序之云爾。

汊口志序

越山西南高，而下傾于海。故天目于浙江之山最高，然僅與新安之平地等。自浙望之，新安蓋出萬山之上云。故新安，山郡也。州邑鄉聚，皆依山爲塢。而山惟黃山爲大，大鄣山次之。秦初置鄣郡以此。

諸水自浙嶺漸溪至率口，與率山之水會。北與練溪合，爲新安江。過嚴陵灘，入于錢塘。而汊川之水，亦會于率口。汊川者，合琅璜之水，流岐陽山之下，兩水相交謂之汊。蓋其口山圍水繞，林木茂密，故居人成聚焉。

唐廣明之亂，都使程沄集衆爲保，營于其外。子孫遂居之。新安之程，蔓衍諸邑，皆祖梁忠壯公。而都使實始居汊口。其顯者，爲宋端明殿學士珌。而若庸師事饒仲元，其後吳幼淸、程鉅夫皆出其門，學者稱之爲徽菴先生。其他名德，代有其人。

程君元成汝玉，都使之後也，故爲汊口志，志其方物地俗與丘陵墳墓。汝玉之所存，可謂厚矣。蓋君子之不忘乎鄉，而後能及于天下也。噫，今名都大邑，尙猶恨紀載之軼，汊口一鄉，汝玉之能爲其山水增重也如此。則文獻之于世，其可少乎哉？

正俗編序

龔君世美，余之畏友，卓然自立者也。先輩吳三泉先生，善品題人物，不輕許可，獨愛敬君。嘗手錄其舉業文字，示門人曰：「諸君焉能及此？」龔君亦慕先生行高，嘗介先生友沈世叔請師之。先生駭然，曰：「龔君，吾願爲之執鞭而不可得，是何言耶？」旣見，延之上坐，定爲賓友而退。一時名士若李中丞廉甫，常冀龔君一晤，莫能得。龔君偶過之，至馳束報同列曰：「龔君過我矣。」其見重若此。

歲庚戌，余自春官下第歸，龔君以海潮歌見慰。余嘆異之，其辭壯偉，直追太白廬山行，余豈能及哉？頃余自長興改順德，龔君以文送之，則敍事去太史公不遠矣。余謂今秀才如龔君絶少。往來者皆聞余言，不誣也。

茲余從事中秘，龔君寓書，勉余以聖賢事業；頗自嗟其不遇，因示余以所作六事衍詩、四禮議、居家四箴，屬余序。余覽之，蓋皆風教所關，乃余有官者之責，龔君獨惓惓焉。余復奚辭？夫知龔君莫若余。是作也，人能知之；人不知者，余能言之。略述龔君夙昔，而爲之序。

平和李氏家規序

漳之南靖李氏，自分南靖置平和，今爲平和人。以居西山，故閩人稱爲西山李氏。代爲名族。其先有西山居士，實始起家。五世而至封文林郎太常典簿寧波教授名世浩、字碩遠者，其族益大。至是，居士於世當祧文林君，不忍，乃以義創爲始祖之廟。君從晉江蔡介夫先生受學，敦行古道，爲義田以贍族。又倣浦江鄭氏、吳興嚴氏，作李氏家規六十九條。可謂有志者矣。

余因論君之爲家規，蓋本於不忍祧其始祖之心。既爲始祖立廟，則不得不立宗子；立宗子，則不得不爲法以合族而糺宗。夫義之所出，不可已者。古者宗以族得民，蓋天子所以治天下，壹本於是，以能長世而不亂。宗法廢而天下爲無本矣。而儒者或以爲秦、漢以來無世卿，而大宗之法不可復立，獨可以立小宗。余以爲不然。無小宗，是有枝葉而無幹也；有小宗而無大宗，是有幹而無根也。夫禮失而求之野，宗子之法，雖不出于詔令，而苟非格令之所禁，士大夫家聞李氏之風，相率倣而行之，庶幾有復古之漸矣。

文林君之子文餘，嘉靖四十四年進士。居京師，間以其書示余，而爲序之如此。

華亭蔡氏新譜序

古者諸侯世國，大夫世家，故氏族之傳不亂，子孫皆能知其所自始。迨周之季，諸侯相侵暴，國亡族散，已不可稽考。漢司馬子長搜集遺文古書，僅見五帝繫牒、尙書集世紀〔五〕。其後如官譜、氏族篇，稍稍間出，迨九品中正之法行，而氏族始重。迄五季之亂，譜牒復散。然自魏以來，故家大族，蓋數百年傳繫不絕，可謂盛矣。士大夫崇本厚始之道，猶爲不遠於古也。

今世譜學尤廢。雖當世大官，或三四世子孫不知書，迷其所出，往往有之，以譜之亡也。孰知故家大族實有與國相維持者，繫風俗世道之隆汙，所不可不重也。况孝子仁人木本水源之思乎？

華亭蔡用卿始爲其族之新譜。蓋不欲遠引，而自其身追而上之至於六世，而其始二世，則名字已不能詳。然君絕不肯有所附會，曰：「自吾所知者而已。」蓋其愼如此。

予嘗論後世族姓雖多淆亂，然自其本始，猶當存其十之六七。蔡之先出於周文王。而蔡叔度，武王之同母弟。以武庚之亂遷。其子胡，能改行率德馴善，周公舉以爲魯卿士，復封之蔡，尙書蔡仲之命是也。今蔡州有上蔡城，其後平侯徙今新蔡。昭侯徙州來，今壽州也。後二十六年，滅於楚。然自澤、義以後，往往爲將相名賢，史不絕書。用卿雖斷自其六世，推其爲譜之意，亦烏可不知其得姓之所自耶？用卿登隆慶二年進士，爲魏郡司理。而予適在邢，時相見，以譜序見命。余故頗採尙書、史記之文，以著其得姓之所自。而新譜之族之大，則自用卿始矣。

龍游翁氏宗譜序 錢宗伯汰之，今仍存。

傳曰：古聖人之治天下，反古復始，不忘其所由生。上治祖禰，下治子孫，旁治昆弟，合族而食，序以昭穆。別之以禮義。尊尊，親親，長長，男女有別。親親，故尊祖；尊祖，故敬宗；敬宗，故收族；收族，故宗廟嚴。故聖王之治天下，非特以自私也。以此推之，自王公以逮于庶人，故宗法明而禮俗成。權度量衡、文章、服色、正朔、徽號、器械、衣服，由此而出。

三代之衰，廢古亡本，人自爲生，涣然靡所統紀。而天下更大亂，經大兵而後定。當此之時，人如鳥驚魚散，豈知夫鄉里族屬之所繫哉？然魏、晉而降，區區綜核百氏，以門第官人。雖卑姓雜譜，皆藏于有司，而譜牒特盛。迄于李唐，猶相崇重。五季衰亂，蕩然無復有存者矣。雖然，古之聖王以親親也。親親而宗法立，宗法立而譜系自明，非獨以譜也。譜之盛也，魏、晉之失也。至於譜亦不存，而學士大夫莫知其所自，而仁人孝子之心茫乎無所寄，豈不重可歎哉？

翁氏居太末，相傳自隋始遷。子孫蔓衍，縣之杜山塢、岑堂菴、南村，往往而是。其居杜山者曰文欽。能追考其十八世以上曰學士君。學士而下六世，有官號、妃姓、墓地，而不著其諱。七世而下始有諱，十五世始書兄弟，又一世，昭穆詳焉。文欽既以爲圖，出以示予。予觀之而歎世之君子莫能以爲也，爲序而歸之。

浙江鄉試錄後序 代

元年秋，當天下鄉試之期，浙有司遵令式以從事，御史某監臨之。竣事之日，於是以士之姓名與其文爲錄，而考試官某實序之。某當序其後。

仰惟聖天子承統建極，體元居正，庶務維新。天下之士，喁喁鄉風，彈冠振衣，願立于朝，以際休明之運，此千載一時也。夫天地之氣，茂隆鬱積，薰爲泰和，蓋非倉卒所能致然者。嘗讀詩，觀於成、康之際，周家極盛之會也。成王之初卽阼，其詩曰：「訪予落止，率時昭考；於乎悠哉，朕未有艾；將予就之，繼猶判渙。」時成王方當「嬛嬛在疚」之時，而求望於賢才切矣。當是時，文武「純佑秉德」、「尙迪有祿」之元老猶在也。而一時俊髦，已濟濟咸造在庭矣。故其詩曰：「思皇多士，生此王國。王國克生，維周之楨。」蓋人材之生，以扶世運，實天也。天將衍成周太平有道之長，對越駿奔走之士，已預生於豐、鎬詒燕之日，而以待成王，若有期會然者。故其詩曰：「鳳凰于飛，翽翽其羽，亦集爰〔七〕止。藹藹王多吉士，維君子使，媚于天子。」此天之所以扶翊興運，而人材之應期而出，夫豈偶然哉？

國家有天下二百年，學校以養之，選舉以進之，高爵以崇之，厚祿以優之；所以待士如此其至也。而其氣之鬱積茂隆至於今而止者，適會天子建元之日，方又敦召遺老，褒獎直言，思遲多士。開寬裕之路，以延天下之俊英；則海內之士，感會風雲，魚鱗輻輳，有莫知其所以然者。蓋才無世而不生，亦無世而不用；乘其時，遭其會，而後爲奇耳。

夫浙，古會稽鄣郡，當天下十五之一耳，而士如此其盛也。合天下同是日而十五舉者，皆如此其盛也。合是十五舉以貢於天子之庭。所謂「萬邦黎獻，共惟帝臣，惟帝時舉」。於乎休哉！敬因春秋正始之義，爲聖天子得賢之頌云。

太僕寺誌序 代

嘉靖十七年戊戌，臣某爲禮科給事中。恭遇册天尊祖大慶，昧死奏言先帝，請赦還大禮、大獄諸放廢臣，及黜遠邪佞諸事，先帝方以孝治天下，惡前議禮者。且謂道士，祖宗郊廟用之。以臣言不讐，謫徙之邊。迨至末年，詔吏部召臣還。會龍馭上賓，聖天子卽位。臣起爲南京通政司參議，陞順天府丞。尋陞大理寺少卿。又進太僕寺卿。臣旣拜恩視事，欲正官常，定卿丞職分，條民之利病；又以寺無掌故，疏陳數十事，上輒報可。

是歲，自河北逾大江之南，民遭水沴，臣稍以便宜寬其誅。見馬遺財足，民無失職。臣省中無事，獲與二三僚佐發故藏篇籍，少有存者。力爲搜訪，僅成草創。蹈襲吏牘，雅俗猥併，非所以成一家言，存故事而已。

臣嘗讀尙書，覩周武王偃武修文，華山之陽，馬牧遍野。倒載干戈，苞以虎皮，示天下不復用兵也。老子曰：「天下有道，却走馬以糞。」臣竊惟陛下嗣萬年無疆之曆，運際中興。二三年來，嶺海、陸梁，妖氛曠息。「薄伐玁狁，至於太原。」陛下盛德大福，非臣下之所及。

臣又讀尚書。穆王命伯冏爲大正，「正于羣僕侍御之臣，懋乃后德，交修不逮。愼簡乃僚，無以巧言令色便僻側媚，其惟吉士。」又曰：「僕臣正，厥后克正；僕臣諛，厥后自聖。」臣三復斯言，自念夙興夜寐，兢兢于有司之事，無以翊聖德於萬一，有負陛下之寵祿。臣不勝大懼。

西王母圖序

新安鮑良珊客于吳，將歸壽其母，作西王母之圖，而謁予問瑤池之事。

予觀山海經、汲冢竹書、穆天子傳稱西王母之事，信奇矣。秦始皇東遊海上，禮祀名山大川及八神，求蓬萊、方丈、瀛洲三神山，傳其物禽獸盡白，而黃金銀爲宮闕。然終身不得至，但望之如雲而已。漢武帝諸方士言神仙若將可得，欣然庶幾遇之。穆王身極西土，至崑崙之丘，以觀春山之瑤，乃秦皇、漢武之所不能得者，宜其樂之忘歸。造父何用盜驪騄耳之駟，馳歸以求區區之徐偃王？穆王豈非所謂耄耶？

列子曰：穆王觴瑤池，「乃觀日之所入，一日行萬里。王乃歎曰：『嗚呼！予一人不足于德而諧于樂，後世其追數吾過乎？』」穆王蓋有悔心矣。然又曰：「穆王幾神人哉。能窮當世之樂，猶百年乃殂，後世以爲登遐焉。」傳云：「天子西征，宿于黃鼠之山，至于西王母之邦。」執圭璧，好獻錦組，西王母再拜受之，觴瑤池之上。遂驅升于弇山。乃紀丌跡于石，而樹之槐，眉曰西王母之山。山海經曰：「玉山，西王母山也。在流沙之西。」而博望侯使大夏，窮河源，不覩所謂崑崙者。此殆如武陵桃源，近在人世而迷者也。武帝內傳云：帝齋承華殿中。有青鳥從東方來，集殿前。上問東方朔，朔曰：「此西王母欲來也。」頃之，西王母乘紫雲輦，駕五色龍上殿。自設精饌，以柈盛桃，帝食之甘美。夫武帝見西王母于甘泉、栢梁、蜚簾、桂館間，視穆王之車轍馬跡周行天下，不又逸耶？豈公孫卿所謂「事如迂誕，積以歲年，乃可致」耶？然史云「候伺神人，入海求蓬萊，終無有驗」，則又何也？史又云「時去時來，其風肅然」，豈神靈怪異，有無之間固難言也？

莊生有言，夫道在太極之先而不爲高，在六極之下而不爲深，先天地生而不爲久，長于上古而不爲老。西王母得之，坐乎少廣，莫知其始，莫知其終。子其歸而求之，西王母其在子之黃山之間耶？今天子治明庭，修黃帝之道，西王母方遍現中土，人人見之。穆滿、秦、漢之事，其不足道矣。

此文從常熟刻本。崑山刻另是一篇，乃爲王元美兄弟作者，中間同而始末異。有云「余嘗序西王母，其說如此」，卽謂此文也。又云：時人未能喩其旨。蓋嘉靖間陶、邵諸方士並進，上頗惑于神仙，故太僕府君借題立論。觀者忽之，故云未喩其旨也。末引法華經云：「妙光法師豈異人哉？我身是也。」又云：「我見燈明佛本光瑞如此，豈必求佛與西王母于崑崙之山、生天之處哉？」按儒者之文，忌用佛書，故從常熟本。曾孫莊識。

陟臺圖詠序

南陽宋侯，繇進士出宰崑山。自以少服其考衡州君及母夫人之訓，不及見其顯榮，負終天之憾。有感於陟岵之詩，扁其居曰陟臺。三年政成，被召。門人陳九德爲陟臺圖詠一卷。江以南諸山，凡侯足跡之所至，悉爲寄其登陟之意。

夫陟岵，孝子行役而念其親也。方其上下岡屺，徘徊瞻跂，迫切之情可想。然采薇之詩曰：「今我來思，雨雪霏霏。」是一歲而歸也。東山之詩曰：「自我不見，於今三年。」是三年而歸也。蓋孝子之役，有時而歸，其陟有時而止矣。今侯之歸有時，而其父母之歸者無時。無時而歸，無時而不陟也。奚獨於江之南哉？九德蓋道其所見云爾。

昔者三代之世，有民社之寄，必取夫孝友令德之人；以能慈祥豈弟，不肯虐用其民，而務生全之。是以其政不嚴而化，其效可以興禮樂，繇出之有其本也。侯宰劇縣，能以簡靖爲治，事事求便於民。吳中吏民，稱之不容口。人謂侯之才力度越於人，而不知其本不外于此。

卷中多郡中名士，繪畫之工，比興之美，極一時之盛。昔人廢蓼莪之篇，九德著陟臺之事，其於尊師重誼，推廣孝思於無窮，一也。予故序之。且以示崑之吏民，使知侯所以爲政之本如此云。

綵衣春讌圖序 錢宗伯汰之，今仍存。

吳、粤于三代，不在五服之內。春秋于吳猶夷之。最後秦取楚，吳始內屬。及略取陸梁，皆以爲郡縣。然一日有事，杜横浦、陽山、湟谿之關，即與中國隔絶。及漢兵下滙、離、牂牁之水，然後五嶺以南，遂爲天子之邦。

至今千有餘歲。會稽、南海，其文物常勝于河、雒、齊、魯。古稱冀爲中州，蓋天地之氣有所鍾，即爲中州。則知今吳、粤之盛，不可泥古而論也。余數見番禺之士，往往秀穎，古所謂中州不能過。一日胥會京師。嘗竊歎四方萬里之外，彈冠結綬于朝，國家威靈，軼于三代矣。

南海鄭祖欽昊與余同榜進士，同試吏大司空。其貌沖然，有德君子也。自始興張文獻公、余襄公，皆嶺海之產。至今朝丘文莊公，相繼屹然爲名臣。吾于同榜中嘗私目之，庶幾有復紹前哲而起者，蓋于祖欽望之。

一日，祖欽道其尊君養新翁，居家樂志，有書史之娱，有山海之觀，有荔枝洲、花塢、昌華、芳春園林之勝。因慨然起萬里衡陽之感。又自計明年當得州縣，便道歸，可以過家上壽也。余又歎當周之盛時，士有驅馳王事，不得見其父母，如陟岵之詩者矣。今番禺去京師萬里，祖欽一旦思其親，可以計日而還，則士之生于今時者又何幸也！會有爲祖欽繪綵衣春讌圖者，因爲序之云。

綸寵延光圖序

灧湖金先生，以進士出宰華容。已而自鄭入爲太僕丞。稍遷繕部員外郎。先生恂恂儒雅，所至官，不求爲聲，而人自以不可及。

嘉靖四十四年，余舉進士京師，始識先生於太僕。又明年，爲隆慶二年，余自吳興入覲還，見先生於清源之官署。先是，其先大夫以天子新卽位，施恩近臣，得贈太僕，如其子之官。而太夫人封爲安人。先生喜不自勝，因頗道其家世之詳，俾予序之，以爲子孫之榮。余俛默不敢答。蓋自以天子加恩臣下，而近侍獨沾恩澤，州縣之官顧不得與焉。人子爲親之心，有足傷者。會是年建儲詔下，先大夫又再贈爲繕部，亦如先生之官；而太夫人爲宜人。

則雖以余之仕宦不遂，而亦被曠蕩之恩。因念先生所以見屬者，欲爲序之。適有邢州之役，於是復見先生於清源，出其所爲綸寵延光圖者，士大夫歌而咏之，且成鉅帙矣。先生在太僕，爲京朝官，於例得贈封爲易。然爲京朝官者，常以不待滿遷去，或不得封。而先生之始受勅命也，以登極詔。不二年而受誥命也，以建儲詔。故先大夫與太夫人，二年中再受贈封云。於是先生之喜倍於前，余遂敢爲之序者，蓋以向隅之人，亦與於滿堂之笑，是以樂爲先生道之。

先生，廬江之六人。咎繇之後，封國於此。然有咎繇冢在焉。意必其始所生之地，故其後以封。自唐、虞以來，上下數千年，豈無異人生其間，而不著？英王輔漢摧楚而不終，自後寥寥矣。今先生崛起，始知六之有人，而先大夫之潛德，亦因之有聞於世。他日垂名竹帛，又不但爲今之圖而已也。

王梅芳時義序

余與東萊王梅芳，相知二十年。乙丑之歲，同舉進士，見之於內庭，執手道生平甚歡。雖在京師塵囂中，時時過從，坐語不覺移晷。梅芳論人之命運，窮達早晚，皆有定數，惟其所以自立者，不可以少有所失。其語亦人之所能道，而言之獨有旨。他人言之，不能如梅芳也。以是益信其爲君子。

間出其所爲時義若干首見示。梅芳初發解山東，爲第一人。及試南宮，即此文也，乃數詘有司，至是方舉進士。梅芳之文則一而已矣，而其命運之窮達早晚所謂定數者信然。

夫人之所遇，非可前知，特以其至此若有定然，而謂之數云爾。曰數，則有可推。夫其不可知，則適然而已。雖梅芳之云數，又未有以盡之。

梅芳試政天曹，而予爲令鄣東，方受命過鄉郡。而江陵周相聖時在長洲，亦同年相好，將梓梅芳之文以傳。余固知梅芳之深者，因爲序之。

水利書序

夏書曰：「淮海惟揚州。彭蠡既瀦，陽鳥攸居。三江既入，震澤底定。」周禮：「東南曰揚州。其山鎭曰會稽，其澤藪曰具區，其川三江，其浸五湖。」世言震澤、具區，今太湖也。五湖在太湖之間，而吳淞江爲三江之一。其說如此，然不可不考也。

漢司馬遷作河渠書，班固志溝洫，於東南之水略矣。自唐而後，漕輓仰給天下經費所出，宜有經營疏鑿利害之論，前史軼之。宋、元以來，始有言水事者。然多命官遣吏，苟且集事。奏復之文，濫引塗說，非較然之見。今取其顓學一二三家，著于篇。

尙書別解序

嘉靖辛卯，余自南都下第歸，閉門掃軌，朋舊少過。家無閒室，晝居于內，日抱小女兒以嬉；兒欲睡，或乳于母，卽讀尙書。兒亦愛弄書，見書，輒以指循行，口作聲，若甚解者。故余讀常不廢，時有所見，用著于錄。意到卽筆不得留，昔人所謂兔起鶻落時也。無暇爲文章，留之箱笆，以備温故。章分句析，有古之諸家在，不敢以比擬，號曰別解。

余嘗謂觀書，若畫工之有畫耳、目、口、鼻，大、小、肥、瘠，無不似者，而人見之，不以爲似也。其必有得其形而不得其神者矣。余之讀書也，不敢謂得其神，乃有意于以神求之云。

都水稿序

余在都水，散堂後，卽還寓舍。稍欲閉門讀書，顧人事往還不暇，嘗恐遂至汩沒。會得長興令，忻然有山水之思。臨行，檢所爲文稿，以塵坌叢沓之中，率爾酬應，多有可醜。顧又有不忍棄者。先是，宮傅司空公命曾郎中取去一卷，今輯爲四卷，其爲人持去不存者尙多。名之曰都水稿，以識一時所從事云。

會文序

經義百篇，予與諸友辛卯應試時會作也。以今觀之，純駁不一。然場屋取舍，又不在是也。後四年，偶見於文叔之館，有足以發予之慨歎者。時之論文，率以遇不遇加銖兩焉。每得一篇，先問其名，乃徐而讀之，呫呫然曰：有司信不誣耶！其得固然耶？其失者誠有以取之耶？雖辯者不能詰也。若斯會之編，諸友之文在焉。有中第者，有爲顯官者，有爲諸生者，有甚不肖如予者，而不爲區別名字。觀者於是可以平心矣。項脊生書。

羣居課試錄序

乙未之歲，余讀書于陳氏之圃。圃中花木交茂，開門見山。去廛市僅百步，超然有物外之趣。從余遊者十餘人，陳氏之子壻在焉，悉年少英傑可畏人也。每環坐聽講，春風動幃，一鶴交舞于庭，童冠濟濟，魯城、沂水之樂，得之几席之間矣。

諸生間以誦讀之暇，執筆請試，求如主司較藝之法。余謂考較非古也。昔人所謂起爭端者也。雖然，吾觀諸子之貌恂恂然，務以相下，其必不至於色喜而怨勝己也；於是，定爲旬試法。試畢，錄其言之雅馴者。蓋勸勉之意寓于其間，且以稽其前後消長之不一，廣諸君相師相友之風云耳。間有雄才陵轢而不束於格，亦予錄之所不棄也。

夏懷竹字說序 增入

生而無名，君子以爲狄道。有名有字矣，又有號者，俗之靡也。號至近世始盛，山溪水石，遍于閭巷，然使其無誇詡之心，有警勉之意，亦非君子之所鄙。夏煥章甫之號懷竹也，吾有取焉。先太常墨跡妙天下，尤工于竹，章甫允懷于茲，托之以自見，可謂知本矣。予既爲說以勉之，而没其美，非所以盡勸掖之道，已復以予所以知章甫者冠于篇。曰：

吾邑宦家子弟皆知自貴重，喜爲容，在稠人中，不問可知。章甫爲人滑稽，與伶人伍，衣裳偏倚，步履邪施，忽去忽來，見者咸輕之。章甫于予祖母爲從孫，于予室人爲姑舅之子，內外皆兄弟。室人歸寧時，疾殆東還，入帷轎中，倉卒不可測。章甫親爲扶轎徐徐行，面無人色。予先驅，回顧爲之隕涕。章甫又棄其家，留予視湯藥，終夜不寐者二旬。室人既没，匍匐營喪事者踰月。予畸窮困頓，爲世所棄，死喪之戚，煢煢無倚，青燈孤影，獨章甫款語其旁。章甫篤于義如此，人固不易知也。

昔太史公自以身不得志，于古豪人、俠士、周人之急，解人之難，未嘗不發憤慨慕而極言之。况予親得之章甫，此烏得而無言也？

校記

〔一〕〔二〕浸　原刻墨釘，依嘉慶元年玉鑰堂刊震川大全集（以後簡稱大全集）校補。

〔三〕蟲　原刻誤作「螯」，依大全集校改。

〔四〕[illegible]　原刻作「傳」，依書名逕改。

〔五〕集世紀　按史記三代世表：「於是以五帝繫牒、尚書集世紀黄帝以來迄共和爲世表。」司馬貞索隱：「按大戴禮有五帝德及帝繫篇，蓋太史公取此二篇之牒及尚書，集而紀黄帝以來爲系表也。」歸文此處似誤以「集世紀」爲書名。

〔六〕爰　原刻作「厥」，依詩經大雅卷阿原文校改。

震川先生集卷之三

論議說

天子諸侯無冠禮論

儀禮有士冠禮，無天子諸侯冠禮，非逸也。記曰：「無大夫冠禮，而有其昏禮。古者五十而後爵，何大夫冠禮之有？公侯之有冠禮，夏之末造也。天子之元子，猶士也，天下無生而貴者也。繼世以立諸侯，象賢也。」明天子諸侯大夫之無冠禮也。

冠者，將責爲人子、爲人弟、爲人臣、爲人少之禮，故冠必有主人。孤子，則父兄戒宿，蓋父兄以成人之禮責子弟也。天子爲元子之時，以士禮冠，所謂有父在，則禮然也。設不幸君終，世子未冠，則冕而踐阼，斯爲踐阼之禮而已矣。已奉宗祧，君臨天下，將又責之爲人子、爲人弟、爲人臣、爲人少之禮乎？

家語稱孔子答孟懿子之問，吾取焉。曰：「古者王世子雖幼，其卽位則尊爲人君，人君治成人之事者，何冠之有？」曰：「諸侯之冠，異天子與？」曰：「君薨而世子主喪，是亦冠也已。人君無所殊也。」「諸侯之有冠禮也，夏之末造也。」此孔子之遺言也。益以祝雍頌公冠之篇焉，則誣矣。

公冠曰：公冠，自爲主。迎賓，揖，升自阼，立于席。既醴，降自阼，饗之以三獻之禮。無介，無樂，皆玄端。其酬幣，朱錦采，四馬。其慶也，天子擬焉。曰「自爲主」，曰「賓降阼」，嫌尊矣。夫非爲人子、爲人弟、爲人臣、爲人少之禮也。且禮自上達，而曰天子擬冠，何也？此非孔氏之言也。

周衰，先王之禮不具。傳者既失其本，但知其略，而欲求之於詳；而不知禮之失在於略，而又患於求詳之過。公冠又曰：「公冠四，加玄冕。」左傳季武子曰：「君冠，必以祼〔一〕享之禮行之，以金石之樂節之，而先君之祧處之。」玉藻曰：「始冠，緇布冠。自諸侯下達，冠而敝之可也。玄冠，朱組纓，天子之冠也。緇布冠，繢緌，諸侯之冠也。」蓋務爲天子諸侯士庶之別，而不知先王制冠禮之義所以同之於士庶者也。

公子有宗道論

大傳曰：「有小宗而無大宗者，有大宗而無小宗者，有無宗，亦莫之宗者，公子是也。公子有宗道。公子之公爲其士大夫之庶者，宗其士大夫之嫡者，公子之宗道也。」

夫公子者，別子爲祖者也，何以爲宗？曰：公子非宗也，不爲宗而宗之道出焉耳。公子之大宗者，公也。已自別於正體，無大宗矣。雖其子爲繼別之宗，猶繼禰也。迨五世當遷，而後不遷之宗於是乎出。未及五世，猶小宗也。所以謂之「小宗而無大宗」也。公子雖無大宗，而不可謂之非大宗之祖；雖爲大宗之祖，而未及乎繼禰之子：所以謂之「有大宗而無小宗」也。公子一人焉而已。無大宗，是「有無宗」也。無小宗，是「亦莫之宗」也。故曰公子非宗也。非宗，故謂之別子；別子，故爲之祖；爲之祖，故「公子之公爲其士大夫之庶者，宗其士大夫之嫡者」，而宗之道於是乎出。

先王之立宗，大抵因別子之嫡庶而已。二世之庶，宗其繼禰者之嫡；三世之庶，宗其繼祖者之嫡；四世之庶，宗其繼曾祖者之嫡；五世之庶，宗其繼高祖者之嫡；而爲小宗之道出矣。六世之庶，宗其繼別者之嫡，而爲大宗之道出矣。小宗四，大宗一，幷而爲五宗，而其變至於無窮。皆自於公子，故曰「不爲宗而宗之道出焉」也。

鄭氏曰：「公子不得宗君，君命嫡昆弟爲之宗，使之宗之。所宗者嫡，則如大宗。死，爲之齊衰九月。其母，則小君也。爲其妻，齊衰三月。無嫡而宗庶，則如小宗。死，爲之大功九月。其母妻無服。公子唯己而已，則無所宗亦莫之宗。」是公子有此三事也。鄭以此爲公子之宗道，則非「別子爲祖」之義矣。

夫宗有散有合。族人不得以戚戚君，於是乎散，故號別子者以之。別子爲祖，繼別爲宗，繼禰爲小宗，於是乎合，故號爲小宗者以之。先王之道，由祖而宗，猶木之由本而爲枝也。得其祖，則兄弟相宗，而宗之法行；不得其祖，則兄弟不相宗，而別子之義起。今使公子自相宗，夫公子不得祖先君矣，宗於何生？且非先君之正體，皆庶也，而鄭又爲嫡庶之說，過矣。

別子者，宗之始也，不可以亂。故先王正其始。正其始者，正其別也。魯之三桓，鄭之七穆，古之遺制也。鈔本「故號爲小宗者以之」，「爲」字之上，有「爲宗」二字。

貞女論

女未嫁人，而或爲其夫死，又有終身不改適者，非禮也。夫女子未有以身許人之道也。未嫁而爲其夫死，且不改適者，是以身許人也。男女不相知名，婚姻之禮，父母主之。父母不在，伯父、世母主之。無伯父、世母，族之長者主之。男女無自相婚姻之禮，所以厚別而重廉恥之防也。女子在室，唯其父母爲之許聘於人也，而己無所與，純乎女道而已矣。六禮既備，壻親御授綏，母送之門，共牢合巹，而後爲夫婦。苟一禮不備，壻不親迎，無父母之命，女不自往也，猶爲奔而已。女未嫁而爲其夫死且不改適，是六禮不具，壻不親迎，無父母之命而奔者也。非禮也。

陰陽配偶，天地之大義也。天下未有生而無偶者，終身不適，是乖陰陽之氣，而傷天地之和也。

曾子問曰：「昏禮既納幣，有吉日，壻之父母死，則如之何？」孔子曰：「壻已葬，致命女氏，曰：『某之子有父母之喪，不得嗣爲兄弟，使某致命。』女氏許諾，而弗敢嫁也。」弗敢嫁而許諾，固其可以嫁也。「壻免喪，女之父母使人請，壻弗取，而後嫁之，禮也。」夫壻有三年之喪，免喪而弗取，則嫁之也。

曾子曰：「女未廟見而死，則如之何？」孔子曰：「不遷於祖，不祔於皇姑，不杖，不非，不次，歸葬於女子氏之黨，示未成婦也。」未成婦，則不繫於夫也。先王之禮豈爲其薄哉？

幼從父兄，嫁從夫。從夫則一聽於夫，而父母之服爲之降。從父則一聽於父，而義不及於夫。蓋既嫁而後夫婦之道成，聘則父母之事而已。女子固不自知其身之爲誰屬也，有廉恥之防焉。以此言之，女未嫁而不改適，爲其夫死者之無謂也。

或曰：「以勵世，可也。」夫先王之禮不足以勵世，必是而後可以勵世也乎？

譜例論

世之爲譜學者，稱歐陽氏、蘇氏。予考二家之書，小異而大同。蓋其法使族人各爲譜，而各詳其宗。夫人各詳其宗，則譜大備，而可以至於無窮。此其善也。而蘇氏又曰：「古者惟天子之子與始爲大夫者，而後可以爲大宗，其餘則否。獨小宗之法，猶可施於天下，故爲族譜，皆從小宗，而虛其大宗之法。」而予之爲說異于是。

夫古者有大宗而後有小宗，如木之有本而後有枝葉。繼禰者、繼祖者、繼曾祖者、繼高祖者，世世變也，而爲大宗者不變。是以祖遷於上，宗易於下，而不至於散者，大宗以維之也。故曰：「大宗以收族也。」苟大宗廢，則小宗之法，亦無所恃以能獨施於天下。

予又以爲譜者，載其族之世次、名諱而已。其所不可知者，無如之何；其所可知者，無不載也。夫使世次、名諱之既詳，則不必縣定以爲宗法，而宗法存焉耳。故歐陽氏、蘇氏以有法治無法，吾以無法寓有法，是吾譜之所以異也。

水利論

吳地痺下，水之所都，爲民利害尤劇。治之者皆莫得其源委。禹之故迹，其廢久矣。

吳東北邊境，環以江海，中瀦太湖。自湖州諸溪從天目山西北宣州諸山谿水所奔注，而從吳江過甫里，經華亭青龍江以入海。蓋太湖之廣三萬六千頃，入海之道，獨有一路，所謂吳淞江者。顧江自湖口距海不遠，有潮泥塡淤反土之患。湖田膏腴，往往爲民所圍占，而與水爭尺寸之利，所以松江日隘。昔人不循其本，沿流逐末，取目前之小快，別鑿港浦，以求一時之利，而松江之勢日失。所以沿至今日，僅與支流無辨，或至指大于股，海口遂至湮塞。此豈非治水之過與？

蓋宋揚州刺史王濬以松江滬瀆壅噎不利，欲從武康紵谿爲渠浛，直達於海，穿鑿之端自此始。夫以江之湮塞，宜從其湮塞者而治之；不此之務，而別求他道，所以治之愈力而失之愈遠也。太倉公爲人治疾，所診期決死生，而或有不驗者，以爲不當飲藥針灸而飲藥針灸，則先期而死。後之治水者，與其飲藥針灸何以異？孟子曰：「天下之言性也，則故而已矣。故者以利爲本。」「禹之行水，行其所無事也。」欲圖天下之大功，而不知行其所無事，其害有不可勝言者。嗟夫，近世之論，徒區區于三十六浦間，或有及于松江，亦不過疏導目前壅滯，如浚蟠龍、白鶴匯之類，未見能曠然脩禹之跡者。

宜興單鍔著書，爲蘇子瞻所稱。然欲脩五堰，開夾苧千瀆以截西來之水，使不入太湖。殊不知揚州藪澤，天所以瀦東南之水也，今以人力遏之。夫水爲民之害，亦爲民之利，就使太湖乾枯，于民豈爲利哉？太史公稱「河菑衍溢，害中國也尤甚，唯是爲務。」禹治四海之水，而獨以河爲務。余以爲治吳之水，宜專力於松江。松江既治，則太湖之水東下，而餘水不勞餘力矣。

或曰：禹貢「三江既入，震澤底定。」吳地尚有婁江、東江，與淞江爲三，震澤所以入海，非一江也。曰：張守節史記正義云：「一江西南上太湖，爲淞江；一江東南上至白蜆湖，爲東江；一江東北下，曰婁江。」本言二水皆松江之所分流。水經所謂長瀆歷湖口〔三〕，東則淞江出焉，江水奇分，謂之三江口者也。而非禹貢之三江。大抵說三江者不一，惟郭景純以爲岷江、浙江、松江爲近。蓋經特紀揚州之水，今之揚子江、錢塘江、松江，並在揚州之境，書以告成功。而松江由震澤入海，經蓋未之及也。

由此觀之，則松江獨承太湖之水，故古書江、湖通謂之笠澤。要其源近，不可比儗揚子江，而深闊當與相雄長。范蠡云：「吳之與越，三江環之。」夫環吳、越之境，非岷江、浙江、松江而何？則古三江並稱無疑。故治松江，則吳中必無白水之患；而從其旁鉤引以溉田，無不治之田矣。然治松江必令闊深，水勢洪壯與揚子江埒，而後可以言復禹之跡也。此文崑山、常熟二本後半大異。細觀之，崑本爲優，今從之。

水利後論

單鍔以吳江堤橫截江流，而岸東江尾茭蘆叢生，泥沙漲塞；欲開茭蘆之地，遷沙村之民，運去漲土，鑿堤岸千橋走水，而於下流開白蜆安亭江，使湖水由華亭青龍入海。雖知松江之要，而不識禹貢之三江，其所建白，猶未卓然，所以欲截西水，壅太湖之上流也。蘇軾有言：「欲松江不塞，必盡徙吳江一縣之民。」此論殆非鍔之所及。今不鑴去堤岸，而直爲千橋，亦守常之論耳。

崇寧二年，宗正丞徐確提舉常平，考禹貢三江之說，以爲太湖東注，松江正在下流，請自封家渡古江開淘至大通浦，直徹海口。當時惟確欲復古道，然確爲三江之說，今亦不可得而考。

元泰定二年，都水監任仁發開江，自黃浦口至新洋江，江面財闊十五丈。仁發稱：古者江狹處猶廣二里。然二里，卽江之湮已久矣。自宋元嘉中，滬瀆已壅噎，至此何啻千年？郟氏云：「吳松古道，可敵千浦。」又江旁縱浦，郟氏自言小時猶見其闊二十五丈，則江之廣可知。故古江蟠屈如龍形。蓋江自太湖來源不遠，面勢旣廣，若徑直，則又易泄，而湖水不能蓄聚，所以迂迴其途。使如今江之淺狹，何用蟠屈如此？

余家安亭，在松江上，求所謂安亭江者，了不可見。而江南有大盈浦，北有顧浦，土人亦有三江口之稱。江口有渡，問之百歲老人，云：「往時南北渡一日往來僅一二迴。」可知古江之廣也。本朝都御史崔恭鑿新道，自大盈浦東至吳淞江巡檢司，又自新涇西南蒲滙塘入江，自曹家河直鑿平地至新場江，面廣十四丈。夫以郟氏所見之浦，尚有二十五丈，而都水所開江面，財及當時之浦。至本朝之開江，迺十四丈。則興工造事，以今方古，日就卑微，安能復見禹當時之江哉？

漢賈讓論治河，欲北徙冀州之民當水衝者，決黎陽遮害亭，放河北入海，當敗壞城郭田廬冢墓以萬數。以爲大禹治水，山陵當路者毀之，墮斷天地之性，此迺人功所造，何足言也？若惜區區漲沙茭蘆之地，雖歲歲開浦，而支本不正，水終橫行。今自嘉靖以來，歲多旱而少水，愚民以爲自今不復見白水之患。余嘗聞正德五年秋，雨七日夜，吳中遂成巨浸。設使如漢建始間，霖雨三十日，將如之何？天災流行，國家代有。一遇水潦，吾民必有魚鼈之憂矣。

或曰：「今獨開一江，則其餘溪港當盡廢耶？」曰：禹決九川，距四海，浚畎澮距川。江流既正，則隨其所在，可鉤引以溉田畝。且江流浩大，其勢不能不漫溢。如今之小江，尚有勦娘江分四五里而合者。則夫奇分而旁出，古婁江、東江之跡，或當自見。且如劉家港，元時海運千艘所聚，至今爲入海大道。而上海之黄浦，勢尤洶湧，豈能廢之？但本支尊大，則支庶莫不得所矣。

三途並用議

有光爲都水司試吏，太子太傅司空公以章奏課諸進士，承命作三途並用議。

議曰：所謂三途者，進士也，科貢也，吏員也。國初用人，有徵聘，有經明行修，有人材，有賢良方正，有才識兼人，有楷書，有童子諸科。其後率多罷廢。承平以來，專用進士、科貢、吏員，是三者初未嘗廢。而邇者欲新天下之吏治，於科貢、吏員之中，稍加不次之擢，故有三途並用之説。其實前此未嘗不並用也。

愚以爲朝廷欲收用人之實効，於科貢、吏員所宜加之意者，當先淸其源。蓋淸其源，而後其末流可治也。今進士之與科貢，皆出學校，皆用試經義論策。試進士不中，入國子爲舉人監生，試舉人不中，循年資而貢之，入國子爲歲貢監生。非若漢世賢良孝廉對策，與博士弟子判然爲二，其實一途而已。然進士升於禮部，爲高選。舉人之下第與歲貢，國家亦不輕以待之，故使之學於太學，以觀其成。苟成矣，雖任以進士之官可也。今成均教養之法不具，獨令以資歷待選而已，非復如古之舍法，此其科貢之源不淸也。吏員之在古，本與士大夫無別異。迨後流品既分，遂爲異物，士人不復肯詘辱於此。故本朝資格，吏員崇者止於七品，多用爲掾幕、監當、管庫之職。非保薦，不得爲州郡。則吏道本不可與儒者並。然其始皆自藩、憲、衞、府、州、縣所署置，猶有前代辟舉之遺法。而今則自始爲吏，先責其輸納，自提控以下，至於吏典，但以所輸之貲，第其出身之等差，此吏員之源未清也。夫欲使舉貢之得人，在於修太學之法，而科貢可用矣。欲使掾幕、監當、管庫之得人，在於遵辟舉之舊，而掾幕、監當、管庫可用矣。然吏者止可以循資，如祖宗之制，非得與科貢並也。

愚於科貢猶有說焉。會試有甲乙榜。蓋乙榜卽亦舉人之中式者，特限於欽定之制額，故次之。乙榜授以教職，其實進士無異。今特以敗卷置乙榜，而與乞恩者概與教職，則教官之選輕矣。歲貢本以州縣之俊，如往年所謂選貢者。今不本洪武舊制，而專累日月，則歲貢無少俊者可施以成均之教矣。

愚又怪夫今之未有以清其源，而壅其源者又不止也。自納粟、買馬、空運、納級之例日開，吏道雜而多端，官方所以日繆也。而科貢、吏員，皆繇此而妨閼矣。故欲振飭吏治，莫若淸其源而無壅之。凡此，皆於格例之中修其廢壞耳。於此二者，其源既清，於格例已復其常，而於其間簡其卓異，加不次之擢。蓋天下奇俊之士少，而中庸之士多。王者之道，先爲其法以就天下中庸之士。而精神運用，獨可於奇俊之士加於其法之外，而不爲法之所限。

此其所以能鼓舞一世之人材也。

或曰：「子謂吏道不得與儒並。先朝如尚書徐晞、知府況鍾，皆至顯用者，何也？」曰：此又不可以吏之途論也。蓋先朝用人，時取之常格之外。宋景濂，一代文章之宗；楊士奇，三朝輔相之首：皆以布衣特起，乃遂掌帝制，典機密，豈謭謭於循塗者？蓋自古中世，猶未嘗不事旁招俊乂，博採聲望，側席幽人，思遲多士。今百餘年，寥寥未之見，而專以資格進敍。今亦頗苦其膠束伏隘，而未能曠然也，是以思爲三途並用之說。愚以爲非大破因循之論，考國家之故事，追三代、兩漢之高踪，以振作鼓舞一世之人材，恐不足以剗累世之宿弊，而收用人之實効也。謹議。按徐晞正統七年爲兵部尚書，以吏起家，在任四年。舊刻誤作徐熙，今依國史正之。

馬政議

竊惟古之馬唯養於官，而其養之於民者，官初無所與。司馬法甸出長轂牛馬，及所謂萬乘、千乘、百乘，此皆寓兵於農，有事則賦調，而官不與知也。惟其養於官者，如周禮校人牧圉之屬，與月令所載其養之之法備盡，此則官之所自養也。夫周之時既養馬矣，而民之馬，官有不與，是以民各自以其力養己之馬，而無所不盡其心。故有事徵發，而車與馬無不辨也。漢之苑馬，即校人之王馬。而民間私牧，官無所與，而皆得以自孳息。故街巷有馬，而「橋桃〔三〕以致馬千匹」。逮武帝伐胡〔四〕馬少，而始有假母歸息之令，亦兵興一切之制，非久用也。

秦、漢以來，唐馬最盛。皆天子所自置監牧，其擾不及於民，而馬之盛如此。我國家苑馬之設，即其遺意。然又於兩京畿、河南、山東，編戶養馬，乃又兼宋人保甲之法。蓋不獨養於官，而又養於民也。今監牧之馬，未見蕃息。民間牧養，又日以耗。且以今畿郡之養馬言之。夫馬既繫於官，而民以爲非民之所有；官既委於民，而官以爲非官之所專：馬烏得而不敝？自其立法之初，已知其弊必至於今日也。且天下有治人，無治法。苟能如其舊，而得人以求實効，亦未嘗不可以藉其用也。今保馬既不可變，而於其間又不能守其舊，往往數爲紛更，循其末流而不究其本始，愈變而愈敝，必至于不可復爲而後已。此今日天下之事皆然，而非獨馬政也。

嘗考洪武初制，令有司提調孳牧。江南十一戶共養馬一匹，江北五戶共養馬一匹，以丁多之家爲馬頭，專養一馬，餘令津貼，以備倒失買補。每二歲，納駒一匹。又立羣頭、羣長，設官鑄印，與守令分民而治。有牧馬草場，又免其糧草之半，每加優恤。使有司能責實而行之，常使民得養馬之利，則馬亦何憂於不蕃也！今顧不能修其舊，而徒以法之敝而亟變之，則天下安得有善法？夫令民養馬，國家之意，本欲得馬而已。而有所謂本色、折色，何爲也？責民以養馬，而又責其輸銀，如此，則取其銀可矣，而又何以馬爲？於是民不以養馬爲意，而以輸銀爲急矣。牧地，本與民養馬也，而徵其子粒，又有加增子粒，如此，則遂併之田稅而已；而又何以責之馬戶？於是民不以養馬爲意，而以輸子粒爲急矣。養馬者課其駒，可也，不用其駒而使之買俵；於是民不以養馬爲意，而以買俵爲急矣。夫折色之議，本因江南應天、太平等處非產馬之地，變而通之，雖易銀可也。遂移之於河北。今又變賣種馬，而徵其草料。原今變者之意，專欲責民之輸銀，而非責民之養馬也。官既無事於養馬，而獨規目前之利；民復恣爲姦僞，而爲利己之圖。有駒不報，而攻於欺隱；不肯以駒備用，而獨願以銀買俵。至或戕其孕字，絕其游牝。上下交征利以相欺而已。衛文秉心塞淵，致騋牝之三千；魯僖以思無邪，致馬之斯徂。夫官民一於爲利以相欺，何望於馬之蕃息乎。

今之議者，又方日出新意，以變賣馬之半爲未盡，因欲盡賣種馬，而惟以折色徵解，略不思祖宗立法之深意，可爲太息也。夫河北之人驍健，良馬，冀之所產，昔人所以謂此地王不得無以王，覇不得無以覇者也。今舉冀之良產盡棄之，一旦國家有事，西邊之馬，可得以爲畿內用乎？

古語曰：「變而不如前，易而多所敗者，亦不可不復也。」今欲講明馬政，必盡復洪武、永樂之舊。江南折色可也，畿輔、河南、山東之折色不可也。草場之舊額可淸也，子粒不可徵也。官吏之侵漁，可黜可懲也，而管馬官、羣長、獸醫不可省也。行馬復之令，使民得寬其力；民知養馬之利，則雖官馬亦以爲己馬矣。又修金牌之制，通關互市，益得好馬；別賦之民，以爲種馬，而有司加督視之。洪武、永樂之舊猶可復也。蓋修茶馬，而渥窪之産至矣；弛草地，而坰牧之息繁矣；恤編戶，恣芻牧，而烏倮、橋桃（五）之富臻矣。故曰，車騎，天下之武備也。其所以壯神京，防後患者，豈淺淺哉！抑古之相、衞、邢、洺，皆有馬監，即皆今之畿輔地也。如使盡覈官民所耕佃牧馬草場盡出之，與夫羣不墾者，皆立峰堆，以爲監牧之地，而盡歸於苑馬。宋人戶馬保馬之法，雖罷之可也。何必規規然沿其末流而日事紛更乎？

禦倭議

日本在百濟、新羅東南大海中，依山島以居。當會稽東，與儋耳相近。而都於邪摩堆，所謂邪馬臺也。古未通中國，漢建武時，始遣使朝貢。前世未嘗犯邊。自前元於四明通互市，遂因之鈔掠居人，而國初爲寇始甚。然自宣德以後金線島之捷，亦無復有至者矣。

今日啓戎召釁，實自中國姦民冒禁闌出，失於防閑。事今已往，追悔無及。但國家威靈所及，薄海内外，罔不臣貢。而蕞爾小夷〔六〕敢肆馮陵。

魏正始中，宣武於東堂引見高麗使者。以夫餘、涉羅之貢不至，宣武曰：「高麗世荷上將，專制海外，九夷〔七〕黠虜〔八〕，實得征之。方貢之愆，責在連率。」故高麗世有都督遼海征東將軍、領東夷〔九〕中郎將之號。今世朝鮮國雖無專征之任，而形勢實能制之。況其王素號恭順，倭奴侵犯，宜可以此責之。不然，必興兵直搗其國都，繫纍其王，始足以伸中國之威。如前世慕容皝、陳稜、李勣、蘇定方，未嘗不得志於海外。而元人五龍之敗，此由將帥之失。使中國世世以此創艾而甘受其侮，非愚之所知也。

顧今日財賦兵力，未易及此，獨可爲自守之計。所謂自守者，愚以爲祖宗之制，沿海自山東、淮、浙、閩、廣，衞所繹絡，能復舊伍，則兵不煩徵調而足。而都司備倭指揮，俟其來於海中截殺之，則官不必多置提督總兵而具。奈何不思復祖宗之舊，而直爲此紛紛也？所謂必於海中截殺之者，賊在海中，舟船火器皆不能敵我也，又多飢乏。惟是上岸則不可禦矣。不禦之於外海，而禦之於內海；不禦之於海，而禦之於海口；不禦之於海口，而禦之於陸；不禦之於陸，則嬰城而已。此其所出愈下也。宜責成將領，嚴立條格：敗賊於海者爲上功；能把截海口，不使登岸，亦以功論；賊從某港得入者，把港之官，必殺無赦；其有司閉城，坐視四郊之民肝腦塗地者，同失守城池論。庶人知效死，而倭不能犯矣。

備倭事略 此篇錢宗伯置之別集公移中。今仍舊刻，附禦倭議之後，蓋以類相從也。

倭寇犯境，百姓被殺死者幾千人。流離遷徙，所在村落爲之一空。迄今踰月，其勢益橫。州縣廑廑嬰城自保。浸淫延蔓，東南列郡大有可慮。即今賊在嘉定，有司深關固閉，任其殺掠，已非仁者之用心矣。其意止欲保全倉庫城池，以免罪責。不知四郊既空，便有剝膚之勢；賊氣益盛，資糧益饒，并力而來，孤懸一城，勢不獨存。此其於全軀保妻子之計，亦未爲得也。

見今賊徒出沒羅店、劉家行、江灣、月浦等地方，其路道皆可逆知。欲乞密切差兵設伏，相機截殺。彼狃於數勝，謂我不能軍，往來如入無人之地；出其不意，可以得志。古之用兵，惟恐敵之不驕不貪。法曰：「卑而驕之。」又曰：「利而誘之。」今賊正犯兵家之忌，可襲而取也。

訪得吳淞所一軍，素號精悍，倭賊憚之，呼爲白頭蟲。去歲宗百戶、馮百戶見倭船近城，倉卒與敵，爲其所殺。有司不加矜恤，反歸罪於二人。自後人以爲戒。又城壁崩圮，半落海中。且累年不給軍糧，士皆飢疲，往往乞食道路。遂致新城失陷，翻爲賊巢。嘉定、上海之勢，日以孤危。今乞召新城失事指揮，令收還散卒，許以贖罪，要以厚賞，俾於賊所入嘉定及往南翔等要路阻陿之處，長鎗勁弩，設伏以待之。又新城敗散之餘，所存約二百餘人，人數寡少。乞募沿海大姓沈、濮、蔡、嚴、黃、陸等家，素能禦賊，及被其毒害者，幷合爲一，專爲伏兵，及往來遊擊，賊自不敢近太倉、嘉定、松江矣。且因新城之軍，俟便襲擊，城可復襲而有也。

法曰：「善守者守其所不攻。」又曰：「使敵人不得至者，害之也。」今所謂守城者，徒守於城之內，而不知守於城之外；惴惴然如在圍城之中，賊未至而已先自困矣。畏首畏尾，身其餘幾。故脣亡而齒寒，魯酒薄而邯鄲圍。夫蘇州之守，不在於婁門，而在於崑山、太倉。太倉之守，不在於太倉，而在於劉家港，此易知也。今賊掠羅店等處已盡，必及南翔。賊據南翔，奪民船以入吳淞江，一日可至葑門，卽蘇州危矣。南過唐行，則松江危矣。今聞又至太倉、穿山等處，卽常熟危矣。故欲害之使不得至，所以爲守也。然所謂設伏爲奇兵，又時出正兵相爲表裏，而後可也。

又嘉定近海，爲內地保障。其縣令恇怯不知兵。乞委任百姓所信向，如任同知、董知縣、武指揮等，協力主決兵事。知縣備辦糧食，不得從中沮撓。倘有疎虞，卽蘇、松二郡不可保矣。

又考得白茆舊有白茆寨，劉家港舊有劉家港寨，青浦舊有青浦寨，此皆前朝撥置軍士備倭之所。蓋以春夏巡哨，秋冬還衞。又白茆、吳塘、茜涇、劉家港、甘市等處，各有烟墩，烽火相接，以此見往時備倭之跡。今疎闊如此，欲以一城自固，不可得也。

又訪得賊中海島夷洲眞正倭種，不過百數。其內地亡命之徒固多，而亦往往有被劫掠不能自拔者。近日賊搶婁塘、羅店等處，驅率居民挑包。其守包之人，與吾民私語，言是某府州縣人，被賊脅從，未嘗不思鄉里。但已剃髮，從其衣號，與賊無異。欲自逃去，反爲州縣所殺。以此只得依違，苟延性命。愚望官府設法招徠，明以丹青生活之信。務在孤弱其黨，賊勢不久自當解散。此古人制夷〔一〇〕遏盜之長策也。

又聞民間不見官府出軍，以爲當俟請旨，須大軍之至。竊見祖宗於山東、淮、浙、閩、廣沿海設立衞所，鎭戍連絡。每年風候，調發舟師出海。後又設都指揮一員，統領諸衞，專以備倭爲名。今倭賊馮陵，所在莫之誰何。但見官司紛紛抽點壯丁，及原役民快，皆素不教練之民，驅之殺賊。以致一人見殺，千人自潰，徒長賊氣。使海外蠻夷〔一一〕聞之，皆有輕中國之心。非祖宗設立沿海軍衞之意也。

當事者拘碍文法，動以擅調官軍爲解。竊伏讀大明律擅調官軍一款：其暴兵卒至，欲來攻襲，事有警急，及程途遙遠者，並聽從便火速調撥軍馬，乘機勦捕。若寇賊滋蔓，應合會捕者，鄰近衛所，雖非所屬，亦得調發策應。若不卽調遣會合，或不卽申報上司，及鄰近衛所不卽發兵策應者，與擅調官軍罪同。此各衛得自調撥策應之明文也。今賊殺害人民，搖動畿輔。蘇、松內地，城門經月不開，百姓喁喁。各衛擁兵深居，賊在近郊，不發一矢。忍以百萬生靈餌賊，幸其自退，豈可得哉？夫以沿海之衛，自足備禦。今獨民兵支吾，玩愒養寇。及其必不可已，然後請旨動調大軍。夫以民兵，則氣力孱弱；以大軍，則事體隆重。是虛設沿海數百萬之兵也。況大軍之至，吾民饜飽豺狼之腹已久矣。賊聞天兵旣下，倏忽遁去，雖貔貅百萬，悵望空波，徒使百姓騷然而已。乞蚤爲裁處，遵照大明律，軍政調撥策應，庶殄滅有期，不煩朝廷動調大軍，實地方生靈之幸。

三江圖敘說

古今論三江者，班固、韋昭、桑欽之說近之。但固以蕪湖東至陽羨入海；昭分錢塘江、浦陽江爲二；桑欽謂南江自牛渚上桐水，過安吉，歷長瀆，爲不習地勢。程大昌辨之詳矣。然孔安國、蘇軾所論，亦未必然也。

今從郭璞，以岷江、淞江、浙江爲三江。蓋自揚州斜轉東南，揚子江、吳淞江、錢塘江三處入海，而皆以江名。其爲三江無疑。但淞江湮塞細弱，無復江之形勢，世遂忽之而不論耳。

宋淳熙中，直學邊寔脩崑山志，言大海自西冲分南北。由斜轉而西朱陳沙，謂之揚子江口；由徘徊頭而北黄魚垛，謂之吳松江口；浮子門而上，謂之錢塘江口。三江既入，禹蹟無改。此今日之所目見。諸儒胸臆之説，不足道也。

淞江下三江圖敍説

史記正義曰：在蘇州東南三十里，名三江口。一江西南上七十里至太湖，名曰淞江；古笠澤江；一江東南上七十里白蜆湖，名曰上江，亦曰東江；一江東北下二百餘里入海，名曰下江。亦曰婁江：其分處號三江口。顧夷吳地記：淞江東北行七十里，得三江口。庾仲初注揚都賦：太湖東注爲淞江。七十里有水口，流東北入海爲婁江，東南入海爲東江。蓋淞江之有婁江、東江，如岷江之中江、北江、九江，其實一江耳。昔賢以此解淞江下之三江口，非以爲禹貢之三江也。

吳郡續志云：淞江受太湖：一自長橋流入同里犂湖瀼，由白蜆江入薛澱湖；一自甘泉橋由淞江尾東華澤湖自急水港至白蜆江入澱湖，而注之海。以正義、吳地記求其所在，則淞江北行七十里分流者，當在今崑山之境。説者徒欲尋求二江，而不知由淞江細弱，所以奇分之水遂不可見。續郡志云：「崑山塘自婁門歷崑山以達于海。」以劉家港爲婁江，意亦附會也。

二石説

樂者，仁之聲，而生氣之發也。孔子稱「韶盡美矣，又盡善也」。在齊聞韶，則學之三月不知肉味。考之尚書，自堯「克明峻德」，至舜「重華協於帝」，四岳、九官、十二牧，各率其職。至於蠻夷率服，若予上下草木鳥獸，至仁之澤，洋洋乎被動植矣。故曰：「虞賓在位，羣后德讓。」又曰：「庶尹允諧。」曰：「鳥獸蹌蹌」，「鳳凰來儀」。又曰：「百獸率舞。」此唐、虞太和之景象，在於宇宙之間，而特形於樂耳。

傳曰：「夔始制樂，以賞諸侯。」呂氏春秋曰：「堯命夔擊石，以象上帝玉磬之音，以舞百獸。」擊石拊石，夔之所能也。百獸率舞，非夔之所能也。此唐、虞之際仁治之極也。顏子學於孔子，「三月不違仁」，而未至於化。孔子告之以爲邦，而曰「樂則韶舞」，豈驟語以唐、虞之極哉？亦教之禮樂之事，使其行夏之時，乘殷之輅，服周之冕，而歌有虞氏之風。淫聲亂色，無以奸其間。是所謂非禮勿視、聽、言、動，而爲仁之用達矣。雖然，由其道而舞百獸，儀鳳凰，豈遠也哉！冉求欲富國足民，而以禮樂俟君子。孔子所以告顏子，即冉求所以侯君子也。欲富國足民而無侯於禮樂，其敝必至於聚斂。子游能以絃歌試於區區之武城，可謂聖人之徒矣。

自秦以來，長人者無意於教化之事，非一世也。江夏呂侯爲青浦令，政成而民頌之。侯名調音，字宗夔，又自號二石。請予爲二石之説；予故推本尙書、論語之義，以達侯之志焉。

張雄字說

張雄既冠，請字於余。余辱爲賓，不可以辭，則字之曰子谿。聞之老子云：「知其雄，守其雌，爲天下谿」，「常德不離，復歸於嬰兒」。此言人有勝人之德，而操之以不敢勝人之心。德處天下之上，而禮居天下之下，若谿之能受而水歸之也。不失其常德而復歸於嬰兒，人己之勝心不生，則致柔之極矣。

人居天地之間，其才智稍異於人，常有加於愚不肖之心。其才智彌大，其加彌甚。故愚不肖常至於不勝而求反之。天下之爭，始於愚不肖之不勝。是以古之君子，有高天下之才智，而退然不敢以有所加，而天下卒莫之勝，則其致柔之極也。然則雄必能守其雌，是謂天下之谿。不能守雌，不能爲天下谿，不足以稱雄於天下。

陳伯生字説

海虞陳生之名曰寅，未知所以尊其名也，問言於余。余字之曰伯生，而爲之論。

天地生人之始，蓋混混然也。既而天開於子，子者，滋也，氣於此而始滋也。地闢於丑，丑之言紐也，言氣之始固也。人生於寅，寅者，言萬物之生螾螾然也。然則寅者，人生之時也。故謂之寅，則生氣莫盛焉。三代異尚，而孔子以夏時告顏子所以治天下之道。世之君子，以爲孔子之意在於改正朔而已，而不知其有取於生之道也。顏子退而得其旨，故不數數於爲天下，而請事斯語，至於「三月不違仁」焉。是乃所以服膺孔子所謂「行夏之時」也。吾人相與並生於天地之間，所以知樂其羣而有禮義慈讓之心者，夫亦有此生理而已。

或曰：寅者，敬畏也。「夙夜惟寅，直哉惟清」，舜之所以命伯夷也。「嚴恭寅畏天命，自度」，周公所以稱中宗也。夫孰知夫寅者，生道也。心生，故能直清，能自檢於天命。嗚呼！世之君子，不知人生於寅之旨而徒曰敬畏者，鮮不至於助忘而失其本。余故以伯生爲寅之字。此乃舜典與無逸之本旨也。悟者必以予言爲然矣。

守耕説

嘉定唐虔伯，與予一再晤，然心獨慕愛其爲人。吾友潘子實、李浩卿，皆虔伯之友也。二君數爲予言虔伯，予因二君蓋知虔伯也。虔伯之舅曰沈翁，以誠長者見稱鄉里。力耕六十年矣。未有子，得虔伯爲其女夫。予因虔伯蓋知翁也。翁名其居之室曰守耕。虔伯因二君，使予爲說。

予曰：耕稼之事，古之大聖大賢當其未遇，不憚躬爲之。至孔子，乃不復以此教人。蓋嘗拒樊遲之請，而又曰：「耕也，餒在其中矣。」謂孔子不耕乎？而釣，而弋，而獵較，則孔子未嘗不耕也。孔子以爲如適其時，不憚躬爲之矣。

然可以爲君子之時，而不可以爲君子之學。君子之學，不耕將以治其耕者。故耕者得常事於耕，而不耕者亦無害於不耕。夫其不耕，非晏然逸己而已也。今天下之事，舉歸於名，獨耕者其實存耳。其餘皆晏然逸己而已也。志乎古者，爲耕者之實耶？爲不耕者之名耶？作守耕說。

東隅說

東海之際，謂之東隅；西海之際，謂之西隅；南海之際，謂之南隅；北海之際，謂之北隅；中央之際，謂之中隅。人知四海之際謂之隅，庸詎知中央之謂隅也？知中央之爲隅，庸詎知四海之隅不謂之中耶？子適於其東而號曰東隅，庸詎知三海之際，不有與我相角者？從三海之際而觀之，而號曰東隅；去三海之際而觀之，庸詎知我爲東隅者？故東隅者，適然者也。

方物之生，各有所適，蜀人奚必知越，越人奚必知燕哉？今子，處乎東者也。循是以西，天不加圓，地不加方。循是而又東，天不加墮，地不加傾。弭節乎暘谷之地，總轡乎扶桑之墟，仰角宿之旦，啓曜靈之藏，遊遨乎春宮，泛觀乎溟渤，夷然隱几而噓，倚梧而吟者也。故東隅者，適然者也。適然，則幾乎道矣。

懷竹說

夏太常風流雅韻，寄於楮墨間。意之所至，揮洒所及，有不自知。雖爲好事者所珍襲，然不足以爲太常重。蓋太常非命於竹者也，適也。而其子孫懷之者，非囿於竹者也，情也。君子之於其先，雖涕唾遺物，莫不可珍，而悽愴惕怵，有不能自已者。

然予有進於是焉。子孫之身，卽祖宗之身也。竹猶懷之，而況其身乎？凡人作事無法，浪言苟行，此心漫然，任其所之，皆由於無所懷之故。知所懷也，則竦息顧慮，擇地而蹈，將不能以一日自安，況曰吾祖宗之身乎？被髮跣袒而號於市，人謂之狂。俄而纓冠振履，揖讓進退，人卽以爲儒者。在乎懷與不懷之間也。爲太常子孫者，必愼而言，顧而行，深自貴籍。若持重寶焉，惟恐失之，斯善懷矣。苟徒出於一時感動，俄而忘之，注意於殘楮敗墨間，而失其所以重，非君子所謂孝思也。

予祖母，實太常之孫女。玄孫煥，與予爲表弟，以懷竹自命。予故書之如此云。

朱欽甫字說

朱欽甫，名邦奇，以其字弗協也，欲更之。歸子曰：古之有名，別稱而已，不必其美也。其有字也，爲卑者設也，諱名而已，不必其協也。必美以協之者，非古也。雖然，有教焉，君子不廢也。子之字足以爲教，而徵諸其名，何謂弗協乎？蓋欽者，天下之事之所以成也。此心少不出於欽，而橫潰恣肆，將隳敗而不可舉，而精神意慮之所遺者多矣。是以號爲天下之奇材者，知其無以易乎欽；而欽者，所以用奇者也。驊騮之馬，羈馽鞭策而馳騁乎千里之途；楩梓豫章，參天之木，必就規矩而充乎棟梁之用。若必泛駕，必銜橛，必擁腫屈曲以爲奇者，非奇也。君子之道，智足以高天下，而不輕用其智；勇足以懾天下，而不輕用其勇；有絕世之姿，而常不敢有先乎庸人之心：故其智勇奮而天下莫能當。若必狂走叫號，挾其所貴，而希心於跅弛之士以爲奇者，非奇也。

昔者帝堯之時，天下之英才並庸於朝。於是僉舉治水者，莫能出鯀焉。夫英賢之聚也，治水之大任也，而莫能舍鯀也，則鯀者，天下之奇材。而弗欽焉，其與庸無幾。兵之詭變，君子惡之。然吾讀孫子之書，多聱畏之辭，而以處女用脫兔，孫子之爲奇者無出於是。欽父可以類觀矣，胡可更也？

吾嘗聞其崖略於洛、閩諸君子。欽甫不以予言爲迂，當爲欽父終日陳之。

周時化字說

周永寧時化，居婁門。年甚少，卽舍所學遊于諸侯王。故趙王賢而好書，時化挾書以往，王頗優遇之。旣而之大梁，今鎭平王中尉西亭公，尤賢而好書，故時化歲時往來大梁。一日過余，求爲其字之說。

古者冠而字，賓爲之辭，禮也。時化冠久矣，而其名與字又無當也。然古之命名，不必皆有其義。字而賓贈之，雖不當，冠之時可也。昔漢東平王上疏，求諸子及太史公書。大將軍王鳳，以爲太史公書有戰國縱橫權譎之謀，漢初謀臣奇策、天官災異、地形阨塞，皆不宜在諸侯王。議者多稱鳳策，而不知王求書而不予，何漢示之不廣也！

國家太平二百年，王子雖無事任，而禁網闊略，故得時購四方之書。廣廈細旃，從容論道。豈非天子之賜，而國家永寧之効歟？而時化亦得以其時彈鋏而遊於侯王之門，蓋比于天地之陶鈞，而蟲魚皆獲自遂其生。此其所以自喻者，其在此也！

莊氏二子字說

莊氏有二子。其伯曰文美，予字之曰德實。其仲曰文華，予字之曰德誠。且告之曰：文太美則飾，太華則浮。浮飾相與，敝之極也，今之時則然矣。夫智而用私，不如愚而用公。巧不如拙，辨不如訥，富不如貧，貴不如賤。欲文之美，莫若德之實；欲文之華，莫若德之誠：以文爲文，莫若以質爲文。質之所爲生文者無盡也。一日節縮，十日而贏。衣不鮮好，可以常服；食不甘珍，可以常飧。故曰：「賁無色也。」賁爲無色，非無色而後賁也。吳在東南隅，古之僻壤。泰伯、仲雍之至也，予始怪之，而後知聖人之用心也。彼以聖賢之德，神明之胄，目覩中原文物之盛，秘而弗施，乃和于俗。若入裸國而顧解其衣，以其民含朴，而不可以漓之也。洎通上國，始失其故。奔潰放逸，莫之能止。文愈勝，僞愈滋，俗愈漓矣。

聞之長老言，洪武間，民不粱肉，閭閻無文采，女至笄而不飾，市不居異貨，宴客者不兼味，室無高垣，茅舍鄰比，強不暴弱。不及二百年，其存者有幾也？予少之時所聞所見，今又不知其幾變也！大抵始於城市，而後及於郊外；始於衣冠之家，而後及於城市。人之有欲，何所底止？相誇相勝，莫知其已。負販之徒，道而遇華衣者，則目睨視，嘖嘖歎不已。東鄰之子食美食，西鄰之子，從其母而啼。婚姻聘好，酒食晏召，送往迎來，不問家之有無。曰："吾懼爲人笑也。"文之敝至于是乎？非獨吾吳，天下猶是也。

莊氏居吾里中，獨以朴素自好。務本力業，供役于縣，爲王家良民。德實自樹立門戶，而德誠贅王氏，皆以敦厚爲人所信愛。此殆流風未俗所浸灌而未及者。其可不深自愛惜，以即其所謂實，而勿事於飾；求其所謂誠，而勿事於浮！禮失而求之野，吾猶有望也。

二子字說

予昔遊吳郡之西山。西山並太湖，其山曰光福，而仲子生於家，故以福孫名之。其後三年，季子生於安亭，而予在崑山之宣化里，故名曰安孫。

於是福孫，已冠娶，予因爾雅之義，字福孫以子祜，字安孫以子寧。念昔與其母共處顛危困厄之中，室家歡聚之日蓋少，非有昔人之勤勞天下，而弗能子其子也。以是志之，蓋出於其母之意云。今母亡久矣，二子能不自傷，而思所以立身行道，求無愧於所生哉？

抑此偶與古之羊叔子、管幼安之名同。二公生於晉、魏之世，高風大節，邈不可及。使孔子稱之，亦必以爲夷、惠之儔。夫士期以自修其身，至於富貴，非所能必。幼安之隱，叔子之仕，予難以擬其後。若其淵雅高尚，以道素自居，則士誠不可一日而無此。不然，要爲流俗之人。苟得爵祿功名顯於世，亦鄙夫也。

校記

〔一〕祼　原刻誤作「裸」，依周禮春官校改。

〔二〕湖　原刻誤作「河」，依水經注洒水下校改。所引水經實爲注文，非經文。

〔三〕〔五〕橋桃　原刻作「橋姚」，誤，依漢書貨殖傳校改。

〔四〕胡　原刻墨釘，依大全集校補。

〔六〕〔七〕〔九〕〔一〇〕〔一一〕夷　原刻墨釘，依大全集校補。

〔八〕虜　原刻墨釘，依大全集校補。

震川先生集卷之四

雜　文

書安南事

安南自黎利立國之後，世修職貢。正德十一年，安南王黎賙爲其下陳暠所弒，國人立其兄子譓。陳暠逃據諒山，累年討平之。嘉靖元年，莫登庸立譓弟廮，而專有其國。會天子新卽位，詔賜外夷〔一〕。使者至龍州界，移告諒山衞，無所答；知其國內亂，未達而返。其後登庸鴆殺黎廮，立己子登瀛，僭號改元。而黎譓死淸源府，國人奉其子寧爲世孫。

十五年，天子以皇子生，諭少傅言頒詔高麗、安南。時安南不賓貢者二十一年，兩廣大臣歲歲牒問，未得其要領。天子慨然欲發兵誅之。而雲南人亦奏安南人武嚴威犯邊。於是少傅言言：「天子繼天立極，君主華夷〔二〕。安南負固爲逆，久不來庭，無所逃於天討。太宗皇帝之兵，初分兩道而入。蓋安南地域，東起廣東之欽州，迤西歷廣西之左江，至臨安之元江爲界。而廣西龍州所必由之道，憑祥州則其要害也。西則由臨安經蒙自縣河底之蓮花灘，至其東都，四五日程耳。大司馬九伐之法，賊賢害民則罰，負固不服則侵，放弒其君則殘。蠢茲有苗，實負三罪。上干天討，自速滅亡。聲罪正名，可傳檄而定矣。」

明年，黎寧臣鄭惟僚潛走京師，奏言登庸逆亂之故，乞正天討。譯問惟僚，言往者憑祥州關隘梗阻，海東、長慶、高平、安平、歸化、安西沿邊州峒土官，以非安南故所往來，不爲假道。惟僚挾宗圖奏章入商船中，隨風飄至占城。餘二年，始得來見天子。

議者以朝廷方欲興師，而使者忽至，恐有詐。請遣人到邊諜驗之，而置惟僚錦衣衛密室中。惟僚奏：「去國日久，不知國內存亡。諜間恐泄事機，賊將生計，曠日彌月，是絕世孫之望，阻國人之心，而顯惟僚不爲國之罪也。逆徒文書，多於憑祥、上下凍、龍州。昔惟僚帥師攻諒山，使黃公顯迎朱埴。朱埴者，故國王所遣告急使也。可問憑祥州人。」某年月，果有諒山衛官黃公顯將兵會上官李珠攻上琴，行廬社，以水牛黃牛謝李珠，可驗。鄭惟僚，黎氏臣也。

天子於是再下廷臣議，決攻討之計。少傅言，貴溪夏文愍公也。崑山刻本誤作「賢」。考當時無其人，今正之。

書郭義官事

郭義官曰和者，有田在會昌、瑞金之間。翁一日之田所。經山中，見虎當道，策馬避之，從他徑行。虎輒隨翁，馴擾不去。翁留妾守田舍，率一歲中數至。翁還城，虎送之江上，入山而去。比將至，虎復來。家人呼爲小豹。每見虎來，其妾喜曰：「小豹來，主且至，速爲具飯。」語未畢，翁已在門矣。至則隨翁帖帖寢處。冬寒，臥翁足上，以覆煖之。竟翁去，復入山。如是以爲常。翁初以肉飼之，稍稍與米飯。故會昌人言郭義官飯虎。鎮守官聞，欲見之。虎至庭，咆哮庭中，人盡仆。翁亟將虎去。後數十年，虎暴死。翁亦尋卒。

嘉靖癸丑，翁孫惠爲崑山主簿，爲予言此。又言歲大旱，禱雨不應，衆強翁書表焚之。有神憑童子，怒曰：「今歲不應有雨，奈何令郭義官來，今則不得不雨。」頃之，澍雨大降。然翁平日爲人誠樸，無異術也。

予嘗論之：以爲物之鷙者莫如虎，而變化莫如龍。古之人嘗有以象之。而佛、老之書，所稱異物多奇怪，學者以爲誕妄，不道。然予以爲人與人同類，其相戾有不勝其異者。至其理之極，雖夷〔三〕狄禽獸，無所不同。子思曰：「喜怒哀樂之未發，謂之中；發而皆中節，謂之和。致中和，天地位焉，萬物育焉。」學者疑之。郭義官事，要不可知。嗚呼！惟其不可知，而後可以極其理之所至也。

書張貞女死事

張貞女，父張耀，嘉定曹巷人也。嫁汪客之子。客者，嘉興人，僑居安亭。其妻汪嫗，多與人私。客老矣，又嗜酒，日昏醉無所省。諸惡少往往相攜入嫗家飲酒。及客子娶婦，惡少皆在其室內，治果殽爲歡宴。嫗令婦出徧拜之，貞女不肯。稍稍見姑所爲，私語夫曰：「某某者，何人也？」夫曰：「是吾父好友，通家往來久矣。」貞女曰：「好友迺作何事？若長大，若母如此，不愧死耶？」

一日，嫗與惡少同浴，呼婦提湯。見男子，驚走，遂歸母家。哭數日，人莫得其故。其母強叩之，具以實告。居久之，嫗陽爲好言謝貞女，貞女至，則百端凌辱之。貞女時時泣語其夫，令謝諸惡少。復乘間從容勸客，曰：「舅亦宜少飲酒。」客父子終不省，反以語嫗，輒致搒掠。

惡少中有胡巖，最桀黠，羣黨皆卑下之，從其指使。一日，巖來言曰：「汪嫗且老，吾等不過利其財，且多飲酒耳。新娘子誠大佳，吾已寢處其姑，其婦寧能走上天乎？」遂入與嫗曰：「小新婦介介不可人意。得與胡郎共寢，卽懽然一家，吾等快意行樂，誰復言之者？」嫗亦以爲然。謀遣其子入縣書獄。嫗嘗令貞女織帨，欲以遺所私奴。貞女曰：「奴耳，吾豈爲奴織帨耶？」嫗益惡之。

胡巖者四人，登樓縱飲。因共呼貞女飲酒，貞女不應。巖從後攫其金梭。貞女詈且泣。還之，貞女折梭擲地。嫗以己梭與之，又折其梭。遂罷去。頃之，嫗方浴，巖來共浴。浴已，嫗曰：「今日與新婦宿。」巖入犯貞女，貞女大呼曰：「殺人！殺人！」以杵擊巖，巖怒，走出。貞女入房，自投於地。哭聲竟夜不絕。

明日，氣息僅屬。至薄暮，少蘇，號泣欲死。巖與嫗恐事泄，縶諸床足，守之。明日，召諸惡少酣飲。二鼓，共縛貞女，椎斧交下。貞女痛苦宛轉，曰：「何不以刃刺我，令速死？」一人乃前刺其頸，一人刺其脅，又椓其陰。共舉尸欲焚之，尸重不可舉，乃縱火焚其室。鄰里之救火者，以足蹴其尸，見嚇然死人，因共驚報。諸惡少皆潛走。一人私謂人曰：「吾以鐵椎椎婦者數四，猶不肯死。人之難死如此。」貞女死時，年十九耳。嘉靖二十三年五月十六日也。

官逮小女奴及諸惡少，鞫之。女奴歷指曰：「是某者縛吾姊，某以椎擊，某以刃刺。」嫗罵惡少曰：「吾何負於汝？汝謂姑殺婦，無罪。今何如？」嫗尋死於獄。

貞女爲人淑婉，奉姑甚謹；雖遭毒虐，未嘗有怨言。及與之爲非，獨亢然蹈白刃而不惴，可不謂賢哉！夫以羣賊行汚閨閫之間，言之則重得罪，不言則爲隱忍，抑其處此尤有難者矣。自爲婦至死，踰一年，而處汪氏僅五月。或者疑其不蚤死，嗟乎，死亦豈易哉！嘉定故有烈婦祠。貞女未死前三日，祠旁人皆聞空中鼓樂聲，祠中火炎炎從柱中出。人以爲貞女死事之徵。予來安亭，因見此事。嘆其以童年妙齡，自立如此，凛然毛骨爲竦。因反覆較勘，著其始末，以備史氏之採擇。按：梭，常熟本作梳。竊謂金梭，必是織帨之梭，非櫛髮之梳也。當以聲相近而訛耳。

張貞女獄事

初，胡巖父子謀殺貞女。傭奴王秀，故嘗與嫗通，後已謝去。巖以金餌之，呼與俱來。本欲焚尸以滅跡，又欲誣貞女與王秀私而自殺，其造意爲此兩端。蓋今豪家殺人，多篡取其尸焚之。官司以其無跡，輒置不問。故殺人往往焚尸，爲吏者不可不知也。火起，人來救之。巖裸身着草履，其衣爲血所濺，卒無衣易也。人或謂：「胡郎！事如是，奈何？」巖疾視曰：「若謂有何事耶？」亟令汪客詣縣，且如所以誣貞女者。會汪客醉臥縣門外。而貞女父張耀，已先入告之矣。耀，弱人。其婦翁已得巖金，教耀獨告朱旻。及典史來驗，巖尚揚揚在外，爲賂驗者。貞女喉下刀孔，容二指，尚有血沫噴湧。仵人裂其頸，謾曰無傷者。盡去其衣，膚青腫，寸斷如畫紋。脅及下體，皆刀傷血流。市人盡呼冤，或奮擊仵人。縣令亦知仵人受賂，然但薄責而已。

一日，令晝寢。夢金甲神人兩膊流血，持刀前曰：「殺人者，胡鐸、胡巖也。不速成此獄，當刺汝心。」令驚起，問左右，知有胡巖，巖父胡堂。令因謂「堂」、「鐸」聲近訛也。逮女奴鞫之，遂收巖等。

先是，嫗貲千金，悉寄巖家。巖以是益得行金求解。時有張副使罷官家居，與丁憂丘評事，兩人時時入縣。縣令問此兩人。張顧丘曰：「老法司謂何？」丘曰：「殺一女子，而償四五人，難以申監司也。」蓋令多新進，不諳法律；又獄上御史，常慮見駁，損傷聲譽，故以惑之。令果問計。兩人教令以「雇工人奸家長妻律」坐王秀足矣。以故事益解，巖等皆頌繫，方俟十五日再驗貞女，遂釋巖等。會令至學，諸生告以大義，令方慚悔。回縣，趣召巖等。巖等自謂得釋，兩人亦坐縣治前，俟獄定，即持金回也。令忽縛巖等，以朱墨塗面，迎至安亭。且遣人祭慰貞女。兩人相顧變色，遁去。安亭市中，無不鼓舞稱快。時吳中大旱，四月至于六月，不雨。及是，大雨如注。

巖復賂守卒，斃嫗于獄，欲以絕口，且盡匿其金。令亦疑巖所爲，然但薄責守卒而已。先是貞女之死，數有神怪。至是，暴嫗尸于市，汪客夜持棺欲竊斂之，鬼數百，羣逐汪客去。令猶以兩人言，欲出爲從者。會女奴指周綸實以椎擊貞女，鞫問數四，不易辭。令無如之何，獨貸朱旻。旻是夜實共殺者，不獨于戶外竊聽而已。

獄已具，兩人猶馳赤日中，泊舟所居數里外，竟日相謀。丘曰：「我至大理，此獄必反。」張對人稱巖，猶曰胡公。其無人心如此。貞女之外祖曰金炳，炳父楷，成化乙未南宮進士第二人，爲涪州知州以卒。貞女死時，炳家近，先往，見其尸。得金，遂不復言。及母黨之親，多得其金。雖張耀亦色動，其族有言而止。

予論貞女事已詳。又著其獄事，以志世變。卽此一事，其反覆何所不至，獨恃猶有天道也。嘉靖二十七年七月書。

貞婦辨

張貞婦之事，邑宰訊鞫之詳，傳爰之當，昭昭揭日月于天下矣。或疑貞婦之未得爲烈也，曰：「其遜于母氏也，胡不自絕而來歸也？」曰：「義不能絕于夫也。有妻道焉。遂志而亂倫，非順也。」曰：「其來歸也，胡不卽死？」曰：「未得所以處死也，有婦道焉。潔身以明汙，非孝也。然而守禮不犯，皭然于泥滓之中，故以淫姑之悍虐，羣兇之窺闖，五閱月而逞其狂狡也。」曰：「其犯之也，安保其不汙也？」曰：「童女之口，不可滅也。精貫日月，誠感天地，故庶婦一呼，桀夫披靡。水不能濡，火不能爇，蓋天地鬼神亦有以相之，不可以常理論者。」

夫事有先後，迹有顯闇，要之至于死而明矣。屈子之沉湘，賈生猶病其懷此故都。文山縶于幽燕，王炎午生祭之以文。彼賢者猶不相知如是哉。雖然，所見異辭，所聞異辭，所傳聞異辭。貞婦之事，今日所目見者也。謂不得爲烈者，東土數萬口無此言也；彼爲賊地者之言也。

嗚呼！綱常與天地終始。而彼一人之喙，欲沉埋貞婦曠世之節，解脱羣兇滔天之罪，吾不知其何心也！作貞婦辨。

書里涇張氏婦〔四〕事

嘉靖三十四年冬，倭賊退屯海上，予得間〔五〕返安亭故廬。時寇氛尚未息。而三四年來，吳中之士女被戮辱者多矣。亦往往有女子之義烈者，予方欲咨訪論著之，而未及也。

去安亭二十里，近夏駕浦，地名里涇。有婦張氏，其夫死，夫之弟攘其田廬，逼嫁之。婦遁逃兄所。夫弟偵其兄出，刼以如所許陸氏者爲婦。婦即絶食。陸氏婦女老嫗日與居，說之，不答。十月晦，竟縊死。

予嘗讀漢史稱荀采事。采爲陰瑜妻，十九而寡。父更許妻同郡郭奕。父僞病篤，召女，扶抱載之至郭氏。女命張四燈，與奕相見。因勅左右辦浴。入室掩戶，以粉書扉云：尸還陰。「陰」字未成而縊。今婦之死於陸氏，與采同。然采，高陽天下名族，荀慈明之女，知書學問，爲是易也。田里之婦，區區不失其志，難矣哉。命也，婦不死於賊，邂逅迫脅，與遇倭者何以異？婦之夫弟歸其屍，葬於故夫之旁，以成還陰之志。予友廣平尹張德芳，書來告予。予問之里涇人，良然。遂書之。

言解

言惡乎宜？曰：宜于用，不宜於無用。言之接物，與喜怒哀樂均也。當乎所接之物，是言之道也。終日而談鬼，人謂之無用矣，以其不切於己也；終日而談道，人謂之有用矣，以其切於己也。夫以切于己而終日談之，而不當于所接之物，則與談鬼者何異？

孔子曰：「庸言之謹。」非謂謹其所不可言，雖可言而謹耳。道之在人，若耳目口鼻。見之者不問，有之者不言。使人終日而言吾耳若何，吾目若何，吾口與鼻若何，則人以爲狂謬矣，實有耳目口鼻者，不待言也。飢者言食，而飽者不言；寒者言衣，而煖者不言。

昔者宰我、子貢習聞夫子之教，而能爲彷彿近似之論，其言非不依于道，而當時擬之以爲言語之科。夫學者之學，舍德行而有言語之名，爲宰我、子貢者，亦可恥矣。曾子曰「唯」，顏子「如愚」，二子不爲無實之言，而卒以至於聖人之道。孔子曰：「予欲無言。」聖人之重言也如是。聖人非以言爲重者也。四時行，百物生，聖人之道也。

解惑

嘉靖己未，會闈事畢，予至是凡七試，復不第。或言：翰林諸學士素憐之，方入試，欲得之甚，索卷不得，皆觖然失望。蓋卷格于簾外，不入也。或又言：君名在天下，雖嶺海窮徼，語及君，莫不斂衽。獨其鄉人必加詆毁：自未入試，已有毁之者矣；既不第，簾外之人又摘其文毁之。聞者皆爲之不平。

予曰：不然。有舉之而吾得焉，是舉之者勝也，而擠之者不勝也；有擠之而吾失焉，是擠之者勝也，而舉之者不勝也；有譽之而吾得焉，是譽之者是也，而毁之者非也；有毁之而吾失焉，是毁之者是也，譽之者非也。彼其人若非且不勝矣，而又何足與辨乎？彼其人既是且勝矣，而又何可與較乎？夫莫之爲而爲者，天也；莫之致而至者，命也。人不得而舉與擠也，不得而譽與毁也，是有天命焉。實未嘗舉也，未嘗擠也，未嘗譽也，未嘗毁也。

昔年張文隱公爲學士主考。是時內江趙孟靜考易房，趙又爲公門生，相戒欲得予甚，而不得。後文隱公自內閣復出主考，屬吏部主事長洲章楙實云：「君爲其鄉人，必能識其文。」而章亦自詭必得，然又不得。當是時，簾外誰擠之耶？子路被愬於公伯寮。孔子曰：「道之將行也與，命也；道之將廢也與，命也。」孟子沮于臧倉，而曰：「吾之不遇魯侯，天也。」故曰有天命焉。

晉樂廣嘗與客飲酒，客見盃中有蛇，惡之，歸而疾作。時河南聽事壁上有畫漆角弓，作蛇形，廣以盃中蛇卽角影也，復置酒，問客所見如前。廣因告所以，而客疾遂愈。今或者之言，皆盃中之蛇類也。作解惑。

道難

當周之時，去先王未遠。孔子聘於列國，志欲行道。晨門、荷蕢、沮、溺丈人之徒皆譏之；孔子不以爲然，而道竟不可行。其與學者論政，未嘗不歸於道。如答仲弓、子張之問仁，皆言政也。諸子有志于治國，而春風沂水之趣，終不及曾點，故孔子舍三子而與點者以此。子游爲武城宰，以禮樂爲教。至論君子小人，皆以學道爲主。則孔氏之門，雖所施有大小，其與孔子之治天下一也。

自管仲、申、商之徒以其術用於世，其規畫皆足以爲治；然皆倍于道，故莫不有功効而禍流于後世。後世言治者，皆知尊孔氏，黜百家，而見之行事，顧出於申、商之下。天下當積世弛廢之餘，一旦欲振起之而無所主持，如庸醫求治療，雜劑亂投，欲如申、商一切之術，已不可得矣。

永年蔡先生之守蘇州，其志汲汲于爲道，務在節用愛人，倣周官州黨族閭屬民讀法之政，而時進學者與之語道。吳故大郡，先生獨常從容于吏治之外，有春風沂水之趣。然習俗安於其故，或竊有異議。先生稍不自安於心，卽悠然長往。學者與小民之慕愛，如失父母。而余門人沈孝，年已及艾，有原憲之貧。先生獨喜其論經有師法，時延進存問。以二千石之重，念及蓬蓽之士，其留意境內之人才若此。余爲令吳興，竊拜先生之下風，不敢以今世之吏自處。而鄧析之徒，爲謗日甚。先生之門，時亦有傳其言者。唯先生不然，曰：「歸君以大道治縣，汝輩何以述此言？」予曾不能如先生之所許，然同心之言，未可以爲世人道也。

余官邢州，去永年百里，先生還家，久始知之。因造其廬，留飲食共語，略不以官爵爲意。獨言及爲守事，不覺悵然，以不克盡其志也。時風雪滿庭，送予出門，約明春共游太行。余以入賀留京，尋有滁州之命，欲還過永年，與先生別。作道難以爲贈。

懼讒三首

班孟堅爲蒯通傳贊云：「書放四罪，詩歌青蠅，春秋以來，禍敗多矣。昔子翬謀桓，而魯隱危；欒書構郤，而晉厲弒；豎牛奔仲，叔孫卒；郈伯毀季，昭公逐；費忌納女，楚建走；宰嚭譖胥，夫差喪；李園進妹，春申斃；上官訴屈，懷王執；趙高敗斯，二世縊；伊戾坎盟，宋痤死；江充造蠱，太子殺；息夫作姦，東平誅：皆自小覆大，繇疏陷親，可不懼哉！」自漢以來，其如此類覆邦家者何限？然小人之害君子，而國與身亦受其禍，故史得而載之。若人有陷人於不知之中，如射工沙虱，使人與國家受其陰禍，而世莫能言之，已又逃其人刑天譴，此尤可痛也。

唐史載盧絢、嚴挺之皆爲明皇所屬意，李林甫竟以計去之，使明皇若初不知此兩人者。至於人主之所不及知者，林甫能容之進乎？德宗時，李希烈反，欲遣使而難其人。盧杞薦顏眞卿三朝舊臣，忠直剛决，名重海內，人所信服；遂陷魯公竟爲希烈所殺。小人之於君子，鄉上之所惡，則毀以害之；鄉上之所善，則譽以害之：杞之於魯公是也。人主非至明，安得不墮其計哉？詩曰：「爲鬼爲蜮，則不可得。有靦面目，視人罔極。」君子不幸與之遇，能自全者鮮矣。

韓文公爲人坦直，計無所致惡於人。爲國子博士，相國鄭公賜之坐，索其所爲詩書，即有讒於相國者，又有讒於李翰林者。語曰：「女無美惡，入宮見妒；士無賢不肖，入朝見嫉。」君子之致惡於小人，豈有知其所以然哉？文公作釋言以自解，既自云不懼，而何爲作此文累數百言？以此見文公懼讒之深也。

甌喩

人有置甌道旁，傾側墮地。甌已敗，其人方去之。適有持甌者過，其人亟拘執之，曰：「爾何故敗我甌？」因奪其甌，而以敗甌與之。市人多右先敗甌者。持甌者竟不能直而去。噫！敗甌者向不見人，則去矣；持甌者不幸值之，乃以其全甌易其不全甌，以其不全甌易其全甌。事之變如此，而彼市人亦失其本心也哉！

性不移說

人之性有本惡者，荀子之論，特一偏耳，未可盡非也。小人於事之可以爲善者，亦必不肯爲；於可以從厚者，亦必出於薄。故凡與人處，無非害人之事。如虎豹毒蛇，必噬必螫，實其性然耳。孔子曰：「唯上智與下愚不移。」聖人之言，萬世無弊者也。易曰：「小人革面。」小人僅可使之革面，已爲道化之極。若欲使之豹變，堯、舜亦不能也。

重交一首贈汝寧太守徐君

昔博昌任彥升好擢奬士類，士大夫多被其汲引，當時有任君之號。及卒，諸子流離，生平知舊莫有收恤之者。平原劉孝標泫然悲之，乃著廣絕交論。余以爲孝標特激于〔六〕一時之見耳。此蓋自古以來人情之常，無足怪者。今世取士之制，主司以一日之知，終身定門生之分。而諸省解試，類以御史監臨，主司之權，遂移于簾外。往往州縣官皆得閱卷，其所取士，亦謂之門生。太倉陸虞部子如，昔在嚴郡，有事浙闈，所得士三人。其二人則汝寧太守長興徐子與岳州守餘姚金某也。虞部旣沒，二子嗚陽、嗚鑾，頗不能自振。汝寧前奉使吳中，尋訪其家，厚加存恤。今年，虞部故時第宅爲人所侵；汝寧書抵岳州，復爲書展轉訟理，卒得其直。劉子所謂羊舌下車之泣，郈成分宅之惠，于今見之。天下知篤門生分義者多矣，然不能不以形勢爲厚薄；其于二十年不忘于旣沒之後者，蓋未之見也。

二子念無以報，其從父兄明謨爲求余文以爲贈。夫汝寧敦行古道，其于爲義，不啻毫毛，何足復稱述于其側？雖然，客有謂信陵君：「物有不可忘，有不可不忘。人有德于公子，公子不可忘也。公子有德于人，願公子忘之也。」吾知汝寧之能忘，而二子烏能已于不可忘哉？作重交一首。

校記

〔一〕〔二〕〔三〕夷　原刻墨釘，依大全集校補。

〔四〕婦　原刻作「妾」，依本文校改。

〔五〕間　原本誤作「問」，依大全集校改。

〔六〕于　原作誤作「干」，依大全集校改。

震川先生集卷之五

題跋

跋仲尼七十子像

仲尼之門人，其賢者多矣，而世稱七十子。而太史公取弟子籍出古文者爲列傳，然與家語小異。荀卿稱仲尼、子弓。子弓最高第弟子，然莫詳也。漢文翁石室圖，仲尼弟子別有林放、蘧伯玉、申棖、申黨，史記所不載。宋思陵摹石臨安，有御贊，及尚書左僕射同中書門下平章事秦檜記。此卷蓋從臨安石本傳摹。雖年代久遠，而典刑具存，彷彿復見洙、泗之間斷斷如也。韓子云：「惜乎，吾不及其時揖讓其間。」撫卷太息者久之。

題洪武京城圖志後

右京城圖志一卷，洪武間奉勅纂修，故鄉貢進士吳中英家藏。辛卯之歲，有光赴試京闈，中英以見示。今二十有九年矣。偶閱元御史臺所纂金陵志，念今市朝改易，無復六朝江左之舊，因從吳氏再借此本觀之，信分裂偏安之跡，與混一全盛之規模逈別如此。

自永樂移鼎，儒臣附會，以爲高皇帝無再世之計也。嘗伏讀御製閱江樓記云：「自禹之後，四方之形勢，有過中原而不都。蓋天地生人，氣運循環而未周。朕當天地循環之初氣，創基於此，非古之金陵，亦非六朝之建業也。道里之均，萬邦之貢，順水而趨，公私不乏，利亦久矣。」夫帝王所爲，與天地應。高皇帝之論，蓋度越千古，眞有所謂「配皇天，毖祀上下，自時中乂」之意。愚生自謂獨能竊知之，與世俗所論建都者不同，因特著於此。

跋高麗圖經後

自燕、薊淪於契丹，宋與高麗常由登州通使。熙寧七年，又改道明州。自此明、越困耗。朝廷館餼賜予三節官吏人舟之費，無慮數萬。故蘇文忠公常以爲言，欲罷之。而崇、宣之際，迺再使焉。兢〔一〕充上節官，爲此書獻之。又明年而靑城之禍作矣，可勝嘆哉！

夫高麗與遼接壤，其勢不得不奉其正朔而尊事之，而略於待宋，於時中國之體亦卑矣。永祐不知喪敗之已迫，區區猶事遠夷〔二〕。至建炎以後，事勢益異。乃欲從三韓結雞林，以奪二帝之駕。其爲迂謬，眞可笑也。

臨安去四明，僅隔一浙水，常惴惴有不測之虞；遂謝却其使，迄於宋亡。觀兢之書，頗欲尊崇中國，而予獨以歎宋之不競也。

跋禹貢論後

禹貢論五十二篇，得之魏恭簡公，而亡友吳純甫家藏有禹貢圖，皆淳熙辛丑泉州舊刻也。泰之此書，世稱其精博。然予以爲山川土地，非身所履，終無以得其眞。太史公言張騫窮河源，烏睹所謂崑崙者。元世祖至元十七年，使驛治運河土番朵甘思西鄙星宿海，所謂河源者，始得其眞。如泰之所辨鳥鼠同穴數百言，以爲二山，而吾郡都太僕常親至其山，見鳥鼠來同穴。乃知宇宙間無所不有，不可以臆斷也。

題興都志後

興都志，工部尚書顧璘奉進。聖旨以體例不合，皇考妣聖蹟，有國史實錄備載，寶藏金匱，有不當贊書者。太倉潘德元爲承天府同知，以志抄本見示，云：「此志後復進呈，上以手撥去，禮部遂不敢刊行。」按：志止宜載陵邸殿宇，獻皇事不當續書，既得旨，復不能改，宜見却也。

獻皇在國，尙書孫交，甚見親禮。宮中有所思食物，輒令中使於孫尙書家索之。交宅並陽春臺，卽以臺偏地與之，仍爲築垣扉，遶交第後。上卽位，有中人言陽春臺地爲孫尙書家所占。上曰：「此皇考予之，朕何敢奪！」上之篤孝如此。

交，成化辛丑進士，正德中吏部右侍郞。忤劉瑾，改南京。瑾誅，進南京吏部尙書。尋召入戶部，賜玉帶麒麟服。觅歸。嘉靖初，召還。復謝病歸。加太子太保、進階光祿大夫、柱國，謚恭僖，贈少保，蓋以舊恩也。交有女，獻皇欲聘爲世子妃，交言「王下交我誠厚，然吾女不欲納王宮。」固謝之。獻皇頗不樂，後亟求引去。交蓋以此自嫌。其女遂不復嫁人而卒。然上終始厚待之也。潘君所聞如此。

先君云：外祖太常卿夏公，與孫交尙書有舊。正德時，外祖家人至京師，孫夫人自呼入，問死生及家事，爲之出涕。以此知前輩交情之厚。偶因潘別駕談及孫尙書事，思先君之言，并記之。按二公不同時，疑有誤。

跋唐石臺道德經

右唐玄宗注老子道德經。開元二十三年，用道門威儀司馬秀言，令天下應修官齋等州，皆於一大觀立石臺刊勒。邢州故有龍興觀。開元二十七年，刺史李質立石臺勒如制。至宋端拱初，觀臺已廢沒，知州軍事何纘始修復之，鐫記於臺左方。

余至邢州，龍興觀已廢，僅存半畝之宫。先有尼居之，前太守徐衍祚改爲社學，而石臺尚存，隱於屋後，人少知之者。千年之物，莫知愛惜，計亦不能久矣。

跋佛頂尊勝陀羅尼經幢

右佛頂尊勝陀羅尼經幢，在邢州開元寺。唐高宗淳化二年，始自葱嶺而來。此經能滅衆惡業，廣利羣生，及翻譯始末，經序詳之。幢在西廡下。其西面剝落，故書字與立石之年月，皆不可知。計必此經初入中國未久，寺建於開元，當是開元書也。

跋大佛頂隨永尊勝陀羅尼經幢

余既得佛頂尊勝陀羅尼經於開元寺，又於寺後院見此幢，題曰「大佛頂隨永尊勝陀羅尼經之幢」。前有序，而此無序。前曰：「厠賓沙門佛陀波利奉詔譯。」此曰：「特進試鴻臚卿、開府儀同三司蕭國公，食邑二千戶，贈司空，謚大辯正廣智，大興善寺三藏沙門不空奉詔譯。」翻譯俱在永淳間，而有此不同，略見序文。

此幢梁乾化五年，葬僧大德而建。按梁太祖乾化元年六月被弑。再歲而末帝誅友珪自立，復稱乾化三年。四年，唐莊宗取燕，勢益強。會趙王鎔南寇邢州，楊師厚救之，軍於滹水之東。次年，莊宗入魏，梁、晉夾河之戰方始。邢州未能一日安枕，而閻寶等尚能及此。蓋自晉、宋以來，至於五季，佛教日盛，故雖兵戈擾攘之際，其崇奉不一日廢也。今天下承平，而民間佛事乃益衰。由此言之，非必儒者能辭而闢之，蓋其興廢亦有數也。

跋廣平宋文貞公碑 大曆七年

右廣平宋文貞公碑，顏魯公書，在今沙河縣之東北康陵。丁丑之年，太末方思道爲沙河令，碑已斷沒，出之土中，鎔二百斤鐵，貫而續之。今方公所爲修復封樹，皆無存矣。惟此碑屹立於風霜烈日之中，恐亦不能久也。歐陽文忠公以謂魯公眞蹟今世在者，得其零落之餘，猶足以爲寶。今此碑剝蝕猶少，況以廣平之重，使歐公得之，其爲珍賞，當倍他書矣。

跋帝堯碑 大德元年

右堯帝碑〔三〕，元翰林學士江、淮等處宣撫副使充國信使郝經撰。世傳堯始封於唐，卽今唐山縣，亦無所據。而漢之唐縣，又在定之新樂。蓋古地名稱唐者不一，而帝王世紀云：「堯都平陽，於詩爲唐國。」則非邢之唐山矣。寰宇記云：「邢州堯山縣有宣霧山，一曰虛無山。城冢記云：『堯登此山以望洪水，而訪賢人。』」則初非封國於此。寰宇志又云：「納于大麓。大麓在昭慶，卽今之鉅鹿。」酈道元水經注：「堯將禪舜，納之大麓之野，烈風雷雨不迷，乃致以昭華之玉女。縣鉅鹿取名焉。」〔四〕鉅鹿、唐山，今皆在邢州之境，因以是名唐而祀堯，亦不可知。郝伯常獨詳堯所生與其封之地，而此廟之建於邢者未之及，豈非闕於所不知也哉！伯常文章節義，當時比之東坡。先友吳純甫家有陵川集，今亦不存矣。余愛重其文，故特錄之云。

跋商中宗廟碑 開寶七年

右商中宗廟碑，宋左拾遺梁周翰奉詔撰，翰林待詔司徒儼奉詔書。在今內黃亳城鎮，有中宗陵焉，朝廷歲遣大臣祀之。

按商自成湯至太戊，皆居西亳，今河南偃師也。太戊子仲丁始遷隞。而河亶甲乃居相，故相有殷城，卽今內黃也。而子祖乙又遷於邢。則殷諸帝獨河亶甲在內黃，疑崩而葬此。而中宗自居偃師，後世特悞以河亶甲爲太戊耳。

梁元褒，周廣順二年進士，爲虞城主簿。宋初，宰相范魯公、王文康公以其閒人不當佐外邑，引以爲祕書郎，直史館。後歷翰林學士、工部侍郎。世稱其文能變五代之習，與高錫、柳開、范杲齊名。至嘉祐、治平古文之盛，實胚胎於此云。

題太僕寺誌後

懷東顧先生，先帝時，給事內庭。以言事忤旨，安置保安。蓋擯棄者二十餘年。性好讀書，未嘗廢卷。今天子卽位，召還。一歲中，超遷至太僕卿。諸所建白，每上，輒報可。而寺無掌故，乃以編摹之任屬之新建王君。先生亦手自蒐輯，幾成矣。有光時爲吏邢州，適典廐牧，而其官實爲太僕屬。先生雅故親知，不以公禮格也。會入京賀萬壽，事畢，先生與王君檄留止郊外，以其稿見示，因爲校定十數事。而改官之命適下，遂忝以其書還寺。有光方與校太僕誌，而尋得官太僕，若非偶然者。雖然，有光向在邢，馬官也，尙不知馬。今爲太僕，繫銜而已，又烏能知馬事哉？書凡先生與諸寮寀之功，而王君之勤也。既梓成，先生使來告，令書姓名於其末云。

讀金陀粹編

自宰相監脩國史，史官之失職久矣。以鄂國之勳勞志節，檜爲誣史，欲揜天下之耳目。蓋海內爲之銜寃者三十年，始得此編而昭雪。其後元史臣亦採此以爲傳。珂非獨爲岳氏之孝子慈孫矣。嗚呼！世人稍有毫毛輕重，人情卽隨以異，甘心附會，無所不至。賊檜薰天之勢，万俟卨之徒，何足罪哉！何足罪哉！

讀王祥傳

王祥爲後母所虐害。祥弟覽，後母之子也，迺擁護其兄無所不至。祥、覽俱稱純孝。而覽後奕世子孫才賢，興于江左，天之所以報之者遠矣。

題金石錄後

余少見此書于吳純甫家，至是，始從友人周思仁借抄，復借葉文莊公家藏本校之。觀李易安所稱，其一生辛勤之力，頃刻雲散，可以爲後世藏書之戒。然予生平無他好，獨好書，以爲適吾性焉耳，不能爲後日計也。文莊公書，無慮萬卷。至今且百年，獨無恙。繙閱之餘，手跡宛然，爲之敬嘆云。嘉靖三十八年十月既望題。

題隸釋後

丙辰歲，予在南宮。見關、陝之士，問前歲地震，云：「往往數百里崩陷，華山亦忽低小。秦、雍之間，碑石多摧碎，圜如鵝卵，殆不可曉。夫去古益遠，古碑存者無什一矣，况天地陵谷之異乎！然則歐陽公、趙德夫、洪景伯所錄，恐今不可復見也。因鈔洪氏隸釋，附記於此。

跋何博士論後

右何博士備論二十八篇，今缺二篇。而苻秦論頗有脱誤。又編寫失次，未得善本校之。宋世士大夫，憤於功之不競，而喜論兵如此。熙寧間，徐禧、蕭注、熊本、沈起之徒，用之而輒敗。天子尋以爲悔。元符、政和開邊之議復起，馴致國亡。嗚呼！兵豈易言哉？

題仕履重光册

昔唐尚書左丞孔戣，國子司業楊巨源，皆以七十去官。韓文公於孔公，深歎其賢於人。其送楊少尹序，比之廣、受二子，至想見其去時城外送者，道邊觀者，蓋愛慕之至，以爲不可及。而歐陽公思潁〔五〕之志，未嘗一日少忘，每有蹉跎之嘆。自謂日漸短，心漸迫，有志於强健之時，未遂於衰老之後，其意亦可悲矣。

吾崑天方張先生與石川先生父子，皆乞身於方艾之年。恩詔有品服之褒，廷臣有列剡之薦，康強壽考，放迹名山，豈非古今之所難得者與？是卷備載二先生致政始末，而海內名卿題識尤多。若前大司寇箬溪顧公、大司空南坦劉公，方與石翁爲湖南社會，志同道合，其稱許之固宜。若大冢宰咸寧王公以下，皆八座卿少之列，方翺翔天衢，而褒美之尤不一而足。

嗟乎！士大夫官朝廷，常貴乎有高世遠擧之志，而後能不爲爵祿之所羈縻。此諸公所以或出或處之不同，莫非所謂同心之言而有味者也。

題星槎勝覽

余家有星槎勝覽，辭多鄙蕪。上海陸子淵學士家刻說海，中有其書，而加删潤。然余性好聚書，獨以爲當時所記雖不文，亦不失眞，存之以待班固、范曄之徒爲之可也。凡書類是者，予皆不憚讐校，卷帙垢壞，必命童子重寫，蓋余之篤好于書如此。己未中秋日。

題瀛涯勝覽

余友周孺允，家多藏書。予嘗從求星槎集以校家本，孺允并以此書見示。蓋二人同時入番，可以相參考，亦時有古記之所不載者。昔文文山自北海渡揚子江，便誦東坡「茲遊奇絶冠平生」之句。入亂礁洋，青翠萬疊，不可名狀。今海南際天萬里，其日月風雲山水之殊異，惜無以極其恢詭之辭也。己未潮生日書。

題文太史書後

次谷寶藏衡山眞蹟六十年，幾失而復得之，爲之甚喜。以此見衡老之重于時，而次谷之好尚可愛敬也。然衡老所稱顧仲瑛事，疑非其類。眞愚遊舘閣諸公間，與之倡和，乃一時公卿之雅致。而金粟道人，其高風殆不可及。如張翥、楊維禎、柯九思、李孝光諸名賢，豈江南豪右之所可籠致也哉？衡老蓋率爾酬應之作，二事本不可以相比也。

題張幼于裒文太史卷

文太史既沒，幼于裒其平日所與尺牘，摹之石上。太史尊宿，幼于年輩遼不相及，而往復勤懇如素交。吳中自來先後輩相接引類如此。故文學淵源，遠有承傳，非他郡之所能及也。嗟乎！士固樂于有所爲。若夫曠世獨立，仰以追思千載之前，俯以望未來之後世，其亦可慨也夫！

題弘玄先生贊後

弘玄先生，姓秦氏，名雲，字起和。予姨母之夫也。婁縣治吳淞江北，而先妣家在江南，姊娣同嫁縣城中，往來尤親。先妣早棄予，少不復能記憶。先生追道舊事，問之家君，始知其詳，爲之流涕。家君與先生今年皆七十有六，姨母長一年，今皆康健。而先妣之沒，四十七年矣。因書先生傳贊，不勝悲感，亦秦風渭陽之志也。

書沈母貞節傳後

笠江先生爲沈母貞節傳，言其孝慈貞淑，女則備矣。余同年友徐子羽，與沈氏爲姻家。爲予言：母生平未嘗跛倚，不妄言笑。其事姑也，以姑愛放生，遇凡禽鳥爲人所得，必買而縱之；架食以飼飛鳥，飛鳥恆滿於其前。母輒彷效其姑，故其庭中，飛鳥常依人不去也。長子日就，問學縣中。次子日新，兼治生產。兄弟更衣而出，共器而食。四十餘年，不聞有間言。子羽之言如此，賢母之懿德，益章章矣。子羽又言：沈氏遇仙人呂洞賓者蓋三世。余以是知仙人之在天地間，常乘雲氣，千歲而不化也。沈氏無求於仙，而仙者卽之，其世德積善之所感，有以哉！傳所有，不論，論其遺事云。母姓蔡氏，上海沈露之妻。年二十六而寡。年五十，有司奏旌其門，時嘉靖二十八年。

書冢廬巢燕卷後

石川張大夫在秋官時，祁州公年既老矣，疏于朝，乞歸養。得請，于是日侍公于家，怡怡嬉嬉，不忘孺子之慕。居久之，公卒。大夫用遺命，葬諸邑南横塘之原，廬於墓次，有乳燕之祥。學士先生高其行，紀述歌咏之者累卷，此贈言之所以錄也。

按古廬居之制，在中門之外，寢苫枕塊。既虞卒哭，柱楣翦屏，苄翦不納。蓋終始不越于殯宮而已矣。故儒者之論，以廬墓爲禮之過。然予以爲天下之禮，始于人情；人情之所至，皆可以爲禮。孝子不忍死其親，徘徊顧戀于松楸狐兔之間而不能歸，此可以觀其情之至，而禮之所本。若夫宮廬堊室寢床之數，由之以起焉耳。昔者聖人之爲喪禮，而取諸大過。嗟夫！天下之事苟至于過，皆不可以爲禮。而獨于愛親之心，則不可以紀極。故聖人以其過者爲禮，蓋所以用其情也。大夫蹈禮以致佳祥之集，而孚遠近之譽，茲豈偶然哉？

予自爲童子時，受知于公，所以憐愛之者甚至。德音在耳，俛仰今昔，爲之流涕。時欲摭公遺事，有所論述，而未果。于大夫之孝行，深有所感，竊不自揆，序諸末簡云。若夫宮廬以下十六字，常熟刻本删去。今依鈔本補之。

跋唐道虔答友人問疾書

「承尊翰下問，適入夢中，有失酬答。僕之賤恙，雅與衆異。他人病瘧多氣亂，僕茲病瘧，神轉清，寒熱作而藻思溥。不足復爲兄談矣。就枕之後，一念感慨，心雄萬夫。應制之撰述，面君之議論，原祖宗之綱紀，究廟社之安危，廷諍千言，具有條理。乃遂蕩淸宿惡，扶植天常，明揚幽沉，剔抉淫蠹，事已就緒，謝政東歸。素願大慰，則夜已過分。以此疾不知當屬何門，而治之當用何藥也？投以神明之劑，止其思慮之淫，恐非庸常可與，故僕未敢試無妄之藥也。承兄愛厚，輒述病原，覩畢便擲還小僕，勿令世人知有此怪症也。」

余友唐道虔，以歲貢待選京師，病痁，因友人來問疾，答之如此。道虔既歿，其家得之篋中。噫！士之有所負而不獲施，使之至於淫溺爲病如此，可怨也夫！而道虔竟以是卒，其可悲也夫！

跋小學古事

余少守初入學，見里師必以小學古事爲訓。時方五、六歲，先生爲講孫子瞻對其母太夫人及許平仲難師之語，竦然知慕之。

自科舉之習日敝，以記誦時文爲速化之術。士雖登朝著，有不知王祥、孟宗、張巡、許遠爲何人者。吾里沈次谷先生憫俗之日薄，因演小學古事爲歌詩，頗雜以方俗語，使閭巷婦女童稚皆能知之。古之教者，家有塾，黨有庠，術有序，國有學。民在家，朝夕出入于里門，恆受教于塾之師。里中之有道德，仕而歸老者，爲之師。次谷雖不仕，亦何愧於古之所謂可以爲塾師者耶？

題王氏舊譜後

王氏之族，元末有諱夢聲者，自分水來爲崑山州儒學正，遂居州之東鄉。今州爲縣，而東鄉隸太倉州。太倉之王，于今多在仕籍，亦既顯矣。夢聲以來，其世次可得而詳也。予姊丈汝康在海東解官還，乃有人自越遺王氏舊譜一卷。予閱之，率牽合聯綴，其爲贋本無疑也。魏公，大名莘人，而岐公自成都華陰徙于舒；左丞之出潤州丹陽，而魯齋先生世居烏傷，皆遠不相及，而乃合成一圖。晉公三子，魏公其仲也。今魏公獨有其弟旭，所謂兄子衞尉寺丞睦，皆沒不見。旭之子天章閣待制子野，魏公長子司封之從弟，而以爲其子。岐公之曾大父名球，而以爲名鼎。其季父光祿卿罕，從兄禮部侍郎珙，皆知名，而亦不著。此在史傳碑誌班班可考者，舛戾如此。又獨取四公像，剿宋史之文以爲傳，而託之名公。其他多可笑，不足辨也。

予妻家王氏，其譜亦出太原。自魏公十四世孫巉，官平江，始爲吳人。葉文莊公所爲次其世爲南戴王氏者。有譜一卷，皆虞伯生、歐陽元功、張伯雨之手書。甲寅之歲，爲倭夷掠去。然其家板本尙存，差有證據。吾姊丈有志前世之譜，爲當別加詢訪可也。

葉文莊公最爲好古，然僅得其五世而蒐輯加詳焉。公歿後，其弟又訪于松江之族，復推而上之。其難如此。蓋自唐譜學之廢，而故家大族迷其先世者多矣，可勝嘆哉！

題立嗣辨後

錫命無子，而同父弟宜亦未有子，故以同祖兄寵之子能白爲子。時寵有三子，故以能白與錫命子之，其理順矣。迨後宜生三子，而寵子皆歿。議者謂能白當還寵，而宜子當後錫命。錫命是以爲此辨。以爲等之兄弟之子，而二十餘年螟蠃式穀之恩，不忍更也。不忍更者，情也，情之所在，卽禮也。昔諸葛亮取兄瑾子喬爲子，及亮有子瞻，而恪被誅無嗣，亮遺喬還嗣瑾祀。錫命今尙無子，與亮異。而寵未嘗無子，而無孫，獨可使能白之子嗣之，庶乎無憾也已。

跋程論後

鄉先達王文恪公教子弟作論策，以蘇氏爲法。近時學者止取墨卷及書坊間所刻，猥雜莫辨，惟事剽竊而已。余今所選小錄論及墨卷可以爲式者，然嬾于徧閱，惟取近科會試錄文鄉試墨卷，不過數十篇。學者如能讀蘇氏之文，兼取此以爲近格，亦不俟乎他求矣。

跋程策後

右鄉試程策，今茲編類，頗亦有所删削。蓋國家典章，廟堂謀議，及當世施行之務，亦或可考于斯。起自壬午，至癸卯，中間缺軼者十之二三。此後亦未及續編也。

校記

〔一〕兢　原刻誤作「競」，依原書及四庫全書總目校改，下同。

〔二〕夷　原刻墨釘，依大全集校補。

〔三〕堯帝　疑當作「帝堯」。寰宇訪碑錄卷十一直隸望都有帝堯廟碑，郝經撰，至元二年　邢州此碑未見著錄。二十五卷之續補寰宇訪碑錄等書亦未見此碑，不詳何故。

〔四〕水經注卷十作「致之以昭華之玉，而縣取目焉」。

〔五〕穎　原刻誤作「頴」，依歐陽永叔集校改。

震川先生集卷之六

書

上徐閣老書

四月十四日，進士歸有光謹再拜獻書少師相公閣下。有光幸生明公之鄉，相望不過百里。自少已知嚮仰，而無由得一接其聲光。庚子之歲，舉於南都，而所試之文，乃得達於左右。顧稱賞之不置，時有獲侍而與聞之者，輒相告以爲幸矣。子之見知於當世之鉅公長者如此。自後數試於禮部，遇明公之親知，未嘗不傳道其語以爲寵。有光之試，又輒不利，退而歸耕於野。以爲古之人有生同世而不相知者矣；有知之而異世者矣。不知者恨其同世，知之者恨其異世。今獲與明公同世，而又知之。而明公方在日月之際，有光之蹇拙蔽翳，無復自振，以爲今已矣，無以望明公之門矣，是同世而有異世之感也。

往歲，海虞瞿內翰見訪，以爲「子之不遇不足憂，卽徐公當國，子之進有日矣。」今幸而適明公之當國，又幸隨多士之末，而自獲舉以來，幾又二月，不一望明公之輝光。此有光之所以食不甘味，寢不成寐者也。

有光嘗讀易，觀消長變更之際，雖聖人不能無懼。而漢、唐、宋之君子，每履其際，其氣不能不動，其色不能不形；而天下不能無驚以疑。蓋以少不順而激爲大變者，有之矣。今明公處之宴然，而風俗世道爲之潛易，如寒暑雨暘之至而人不覺。此古之大臣之所難也。

又嘗讀史，見漢文帝疎賈誼之少，而問馮唐之老。光武下馮衍之賦，而隆桓榮之經。兩漢風俗治體，超軼後代，實在於此。今明公於科舉之際，稍示意嚮，而海內枯槁之士，已于于焉樂觀明公之化矣。於此之時，稍有蘊抱，誰不欲爭自濯磨以自致於明公，不肯沒沒而已也？況有光被知于數十年之前者乎？今茲輒有干於閣人者，獨以數十年之知，而不一見於明公；明公以數十年之知其人，而不見其一來，其亦不能無怪也。

昔曾舍人鞏上范資政書云：「士之願附於門下者多矣。使鞏不自別於其間，固非鞏之志，亦閣下之所賤也。」有光素慕鞏者，故不量其不能如鞏，而欲學鞏之自別焉。平生頗有所撰述，去家時，不及哀彙成編。橐中得雜稿十九首，謹以爲贄。明公試覽其文，知其非求於世者也。干冒尊嚴，伏增惶恐。有光再拜。

按漢書公孫弘傳：「弘爲丞相，開東閤以延賢人。」顏師古注：閤，小門也。正門避掾史出入，特開小門以接士。故後世之士上書于尊官稱閤下。又唐有宰相入閤故事，詳見五代史。嘗見宋板韓文，韓公上書皆作閣下，無閤下也。此集崑山本皆作閤下，而常熟刻誤作閣下，當是但知閫閤〔一〕之義，而不解有開閤入閤之事，遂妄改耳。又稱諱處，常熟本皆實塡諱，而崑山本皆作某字。今按古人文集皆稱名，故從常熟本塡諱。曾孫莊識。

上瞿侍郎書

有光少年時，試白下，始識閤下，深相慕愛。及先後擧於有司，閤下一日奮飛九天之上，顧猶不忘布素，見其潦倒，常所隱惻。

往張文隱公爲考官，閤下與同事。榜出而有光落第，見公於邸第。公忽忽不樂。對客曰：「吾爲國得士三百人，不自喜；而以失一士爲恨。」又謂有光曰：「吾閱天下士多矣。如子者，可謂入水不濡，入火不爇者也。在舘閣中，子之鄉惟瞿太史深知之，成都趙孟靜知之。」公再爲考官，再見之，其言亦如是。又曰：「吾不能得子，二君者終必能得子矣。」文隱公歿，有光年往歲徂，仕進之心落然。然猶不敢自廢罷，徒以文隱公垂歿惓惓之望，亦恃在朝如閤下相知者，有所嚮往耳。間得奉顏色，閤下所以接引而加隱惻者尤甚。

前歲始獲第，適閤下賜告還鄉，孤旅之迹，煢煢無依。隨調爲吏吳興。夏初入覲還，幸遇閤下於京口，所以道生平，慰藉益勤。吳興西，古鄣南，屬在山水窮僻、龍蛇虎豹之與處，黽勉二載，拊循孤窮，以不負孔子之訓。諸姦豪、大猾不便者，亟騰謗議，當道憐之，未加黜謫。然羽翼摧殘，形神慘沮，方圓所以自解而去。因見閣下，加獎拔之語，以爲士固伸於知己，自此意氣復生。方將刷飾於塵垢之中，奮拔於泥塗之內，振迅於阨塞之區；躍然如卽拜下風，侍君子，覽盛德之輝光。

邇者除書忽下，觖然失望。顧已長貧賤，今備朝籍爲六品官，豈求逾分？然窺測當道者意嚮，蓋薄示之謫譴，而往時讒構之說益行矣。計此時除書之下，閣下甫到京，席未及暖。國家之議，未有所及，進賢退不肖之志未行也。夫君命無所逃。然朝廷之命官，亦量其才器之所任；士君子處世，亦自度其力分之所堪。而今以爲治縣之不能，而使之佐郡；非其任也；自知夫治縣之不能，而冒以佐郡，非所堪也。苟而赴之，其爲自欺而欺君甚矣。

天子新卽位，天下之士起廢者數十人，皆出於膏肓沉沒之中，赫然光顯。有光自顧，垂髫荷先朝教養之恩，貢于成均，薦于京兆，無歲不與計偕。望天就日之誠，白首而不摧挫。以先皇帝末年始收之。顧今同舉進士者，大半超拔，而有光在諸進士之中，復不得比數。以是知其命之有所限，而才之無用也。夫以閣下之知己，而有光不獲自伸，則無可望者矣。易曰：「君子見幾而作，不俟終日。」士之出處進退，遲速有幾。自非知幾之君子，徘徊疑顧之間，其受中傷多矣。以閣下之知未及舉，而小人讒搆之說亟行，知君子之道莫勝也。其機械且復藏於冥冥之中，未知所究，安敢望榮進之塗哉？

夫志士去國，不毀其名。荀卿、屈原、賈生、董仲舒之徒，去其國而猶全其名。如此四子者，生於今之世，猶難矣。所以復敢瀆於閣下者，非復有望於榮進，亦欲使之得全其後世之名而已。夫能愛惜天下之人材，不得進而成就之，使致其功；抑使退而成就之，使不失其名，此爲閣下知己之大賜也。今已具疏請告，以爲小官之去就，亦當有禮，不宜黯默以受讒人之搆陷也。又在縣時，獲保舉者二。應建儲詔，得恩封，欲求勑命。願一言主者，使先人蒙恩地下，人子之志願畢矣。無任懇戀之至。不宣。有光再拜。

上萬侍郎書

居京師，荷蒙垂盼。念三十餘年故知，殊不以地望逾絕而少變；而大臣好賢樂善、休休有容之度，非今世之所宜有也。有光是以亦不自嫌外，以成盛德高誼之名，令海內之人見之。

有光晚得一第，受命出宰百里，才不逮志，動與時忤。然一念爲民，不敢自墮於冥冥之中。拊循勞徠，使鰥寡不失其職。發於誠然，鬼神所知。使在建武之世，宜有封侯爵賞之望。今被挫詘如此，良可憫惻。流言朋興，從而信之者十九。小民之情，何以能自達於朝廷？賴閣下桑梓連壤，所聞所見，獨深知而信之。時人以有光徒讀書無用，又老大，不能與後來英俊馳騁；妄自測儗，不待問而自以爲甄別已有定論矣。夫監郡之於有司之賢不肖，多從意度；又取信於所使咨訪之人。秖如不覩其人之面，望其影而定其長短妍醜，亦無當矣。如又加以私情愛憎，又如所謂流言者，使伯夷、申徒狄復生於今，亦不免於世之塵垢，非餓死抱石，不能自明也。

昨者大計羣吏，僅免下考。今已見謂不能爲吏，又使匍匐於州縣，使益困迫而失其所性。輾轉狼狽，不復能自振於羣毀之中。夫以朝廷愛惜人才，當使之無失其所。如有光垂老不肯自摧挫，以求進於天子之科目，至三十年而不退却。一旦得之，使之從百執事，齒於下列，不敢望公孫丞相、桓少傅，僅如馮都尉白首郎署，亦足以少答天下之士彈冠振衣願立於朝之志矣。今之時，獨貴少俊耳。漢李太尉嘗薦樊英等，以爲一日朝會，見諸侍中，並皆年少，無一宿儒大人可以備顧問者，悵然爲時惜之。有光顧何敢自列於昔賢之所薦！而番番良士，膂力既愆，我尚有之。以爲國家用老成長厚之風，此亦當今公卿大臣之所宜留意者也。

有光今已摧殘至此。夫士之所負者，氣耳。於其氣之方盛，自以古人之功業不足爲，其稍歉，則猶欲比肩於今人；其又歉，則視今人已不可及矣。方其久詘於科試，得一第爲州縣吏，已爲逾分。今則顧念養生之計，欲得郡文學，已復不可望。計已無聊，當引而去之。譬行舟於水，値風水之順快，可以一瀉千里；至於逆浪排天，篙櫓俱失，前進不止，未有不沒溺者也。不於此時求住泊之所，當何所之乎？

茲復有凟於閤下者：自以禽鳥猶愛其羽，修身潔行，白首爲小人所敗；如此人者，不徒欲窮其當世之祿位，而又欲窮其後世之名。故自托於閤下之知，得一言明白，則萬口不足以敗之。假令數百人見譽，而閤下未之許，不足喜也；假令數百人見毁，而閤下許之，不足惴也。故大人君子一言，天下後世以爲準。有光甘自放廢，得從荀卿、屈原之後矣。

今茲遣人北上，爲請先人勅命，及上解官疏，并道所以。輕於冒凟，無任惶悚。不宣。

上王都御史書

有光聞：天下之人材，其爲君子小人，皆有一定之性。古之所謂知人者，非苟知之而已也。始知其如此，則其終身不能易也。伯樂之於馬，卞和之於玉，如令馬非絶塵，玉非連城，二人者必不顧。如令二人者顧之，而馬與玉豈有變哉？馬與玉而有變，則天下亦不號爲伯樂、卞和矣。故以爲人之賢不肖有定，而古之知人者，决於一見，而終其身不易。彼有改節易操者，必其始非眞性，有矯而爲之者，特其號爲知人者之不至焉耳。孔子曰：「舉爾所知。」蓋謂已知之矣，則其舉之不疑也。故大臣之相其君，其平日常有意於天下之人材，一旦而任事權，而舉平日之所知，蓋優然而有餘。是以能佐國家成光明之業，其聲名永與天地無窮。若夫取之於臨時，處極貴之地，而欲以遍知天下之人材，不能如其取於素之爲裕也。

有光不材，不敢附於當世之賢者。念始初閤下爲縣時，相知最深，蓋不謂其不肖也。閤下淸明直亮，少所許可，而獨於有光而加顧。自此閤下爲郡二千石，歷歷外省。及陞中丞，治河漕濟州、淮、揚間。有光數往來京師，道所歷，閤下未嘗不垂顧念。閤下非有私於有光，以爲爲國家急於當世之人材如此。前歲得舉進士，閤下方召入爲司徒，時與諸進士旅見，閤下獨加禮異於尋常。今歲入覲，閤下府第深嚴，有光一再見，然不拒逆而進之。閤下不以綦貴輕天下之士，而猶惓惓於其素知者如此。有光自以諸生攻學，不辦治縣，而專多泥古，與世乖忤。監郡及臺省大吏無相知者，其考宜殿，而獨免於過謫，則閤下之於有光，信乎如古人所謂的然昭晰自斷於內，而了於冥冥之中，此士之所以伸於知己者也。

然不能不惴惴自懼，恐其有改節易操而有負於閤下者。有光之爲縣，不敢自附古人。然惟護持小民，而姦豪、大猾多所不便，遂騰謗議。顧今小民之情，不聞於上。故有光之受讒搆無已。夫今銓部之所取信者監郡，監郡之剌舉，未盡出於公與明。漢人有言，「陛下以使者爲腹心，使者以從事爲耳目，尙書之平，而决於百石之吏」，此亦今世之弊也。且監郡所薦舉，無不極其褒美。語其治行，雖古之龔、黄、卓、魯不能有加。然古之吏，皆積久而成。今並布衣諸生少年，遠者僅二載，何治之卓卓如此？夫果能如此，則其縣治矣，何遷代之後，其彫殘猶故也？如此，則考其舉刺，亦有類於謾欺者矣！况監郡之外，復有采取流言飛文，一被口語，無自全者。

閤下淸德重望，彈壓百吏，凜然風裁，監郡者不敢爲欺謾，其剌舉必公與明，其讒說亦無自至于臺省。然唐、虞之世，賢聖在朝，猶有讒說壬人。以周之盛，而寺人畏讒。則雖登明選公，舉世咸仰閤下贊翊聖朝之盛，而寧獨無有光前之所論者？念三十餘年受知於閤下，今仕塗顚隕於鑠金毁骨之日，至閤下務委曲而全濟之，此所以有伯樂、卞和之喻也。

又念前世宰相，未嘗隔天下之士。世多議韓退之上宰相書，然退之非重爵祿者。顧三代之盛，上下之交常通，而於吾君吾相，有可以情告者。如王介甫平生高介，天子之所不能屈；當其窮而上宰相之書，自言其勢之所宜憐者不諱也。况有光以閤下之素知，若有所隱而不告，不又幾於有負於閤下哉？自古一士之不遇至微，而後之人追論其世，乃以一士之故而歸咎於當世之公卿大臣者多矣。

今日之遷，自於銓部，非閤下之所及知。第以爲縣既已無狀，復勉而佐郡，益違其性。而志氣衰沮，如敗軍之將，沒世不復。欲從閣下乞改一文學博士之官，以養老親。顧自初登第時，已有此意，恥於求乞而有所不敢。若至今日乃言之，似近於時窮勢迫，慕戀祿位而不知止；故敢以不肖之軀，求解而去。官雖微，而出處進退宜明，是以竊有求於閤下；使知有光之仕宦，雖顚倒狼狽，未嘗有負於閤下平日之知。伏惟憐而哀之，使得全其身名以去，不墮落於讒人之口，不勝幸甚。瀆冒威尊，不任惶恐之至。此文崑山、常熟二本大異。以今觀之，常熟本辭太峻，崑刻當是定本，今從之。中一段抄本與常熟本同，今附錄之。有負于閤下者之下云：「昨在京師，今萬宗伯同年鄉舉也。萬公，陽羨人，與有光所治連界。嘗竊問萬公曰：『公以我治縣何如？』萬公曰：『君治縣無他，獨小民無不愛君耳。』有光謝曰：『得一言，可以無愧。』萬公當世賢者，非相欺也。」有此七十四字。而「有光之爲縣不敢自附古人」至「遂騰謗議」三十字，却無之。蓋初本改本不同，姑兩存之。

上高閣老書

有光竊惟天下之事變不可測，而其勢之所趨，必有端而可見。古之所謂大臣者，必能默察其微而制之於無迹，故天下常固而不傾。微不能制，制之於既形，事已然而後持之，猶可以力振而不至於亂。夫惟有天下之材與氣，足以運量一世，而不肯隨時委靡者爲能然。

夫不制之於微者，非其不能也。方其時而任未及我也。迨其既形而及我，不能制之於其微而制之於其形，則視其微者爲力尤難，而後見君子之材與氣。夫如是，故天下之勢方且將渙而復濟，其權方且四出而有以收之，天下宴然饗其治安，非古之大臣，何以能此！

自古天下無二百年無事者。先皇帝厭代，新天子承統繼緒，四海之內，忻然望治，此世道升降之機也。若求其微而制之，則當在先皇帝之世矣。今不敢論其微而論其形。夫天下神器，不可失也。天子之大臣能爲天子持其權，不使至於旁落，朝廷清明，宮府一體，而後天下之事，使之左則左，使之右則右，惟吾之所爲，以求承平之理。若其權稍落而不收，則天下之事無一可爲者矣。天子新即位，進用二三大臣，而明公爲首，天下莫不翹跂以望明公今日之所弛張錯注。而今天下之勢已形矣，天子端冕深宮，而以萬幾責成臣下，聖度曠然，有天道「爲而不宰」之盛德。然其權恐有窺竊於其旁者。書曰：「兢兢業業，一日二日萬幾。」又曰：「凛乎若朽索之馭六馬。」此所望於明公朝夕陳戒於吾君者。明公一日釋位而去，天下愀然失望，以爲天下之勢，莫能爲天子持之也。

且今天下之治體可知矣。世之說者，以爲三代各有所尙，而我國家之政尙嚴。蓋未有考其實者。太祖承勝國之後，其嚴有時而用。自永樂以後，大抵朝廷之政，日趨於寬。歷五聖，至于孝宗，仁恩淪浹，號爲本朝極盛。武宗之時，宦倖盈朝，盜賊陸梁，強藩竊發，天下號稱多故。而元氣未索，則以國家百餘年至我孝皇培養之深也。先皇帝威福自操，廷臣時有誅戮，而天下之治，未嘗不在於寬。今天子仁恕慈愛，天下莫不聞。而朝廷之政，反若急促而無聊，近衰世之風，此不可不憂也。

夫祖宗之法，未有可以輕變者。宋至熙寧之世，承積弊之後，當宜改絃更張之日，神祖以英睿間世之資，銳然有爲，始用王荆公爲新法，而天下之士羣起而爭之。君臣力行不顧，沿至紹聖以後之紛紛，而國勢遂不可爲。今日朝廷遵守成憲，未嘗下一令，更一事，而使者所至，日求變法，遂至朝令夕改，國異家殊。凡祖宗均田賦役之政，著在令甲者，悉非其舊矣。宋之君臣，相與力排天下之議以求變法，以天子宰相之勢，終不能以力勝天下而刼持以必行。今一使者輒能改祖宗之法，行之一省，天下傳相慕効，國家典憲蕩然，生民惶惶，未有所定。且廷臣建言者，爭出一事爲新奇可喜之論，鑽求刻覈，無所不至。公卿懼違其意，每輒下所司行之。大氐皆希合當世，以爲迫促之政，民何以堪之！

嘉靖累數十年不赦，改元一赦，此天地解而雷雨作，曠世之恩也。有司拘牽文義，罪人不得赦者什五。免租之文虛被，而遣使旁午，誅求更甚於前。謂之理財，而財愈乏；謂之治兵，而兵愈耗；謂之馭吏，而詼詭佞捷、姦諛鬼瑣者，爭先而爲謾欺。有廉察之虛名，而售排陷之險計；有薦舉之浮詞，而致結納之私情；有幹辦之小能，而行速化之謬巧。今天下之勢既未有所持，而政之紛紛如此。一切歸於刻盭，而財匱兵弱吏弊。而夷〔三〕狄窺伺，盜賊縱横，率束手而無策。徒以支吾目前，爲不終月之計。故有光謂今天下之勢，不能制之於微而制之於形，必有天下之材氣，負天下之重望如明公，而後能當之。今明公優游謝事，以坐觀天下之變，是豈天子所以首擢明公，與天下之所以望之之切乎？

昔者嘗奉明公之教，謂讀易而深有得於消長進退之理。竊謂明公以此行于一身，可也。若六十四卦，天道之運，週環無窮，而乾、復、姤、坤，一否一泰，一損一益，世道之升降在明公，不可辭也。有光仕進屯蹇，九試於禮部，晚爲明公所甄錄；而黽勉爲吏，以古人自期，不敢負明公之教。行之二載，湖山夷鬼之鄉，頗知信嚮。而動與時忤，排搆乘之。明公嘗語及往時興化守之被讒，至廷論以發小人之姦狀。今讒口方張，孤危之迹，無大人君子以爲之依；自分無所復用於世，已投劾而歸，欲以餘年發明先聖之遺書。又面受明公論春秋之大旨，卽當從事此書，稍加論述。俟有所成，重趼造門，以求是正。惟明公不拒而進之。方遣人赴都，求請勅命，併上乞骸骨疏。特迂道候起居。輕瀆威重，無任隕越惶恐之至。

上趙閣老書

有光自少應舉，連蹇不遇。常恨生當太平之盛，徒抱無窮之志，而年往歲徂，煢然無所嚮往。時張文隱公知之，時時稱之於人。張公垂歿，以不能薦達爲恨。然有光嘗侍於公，間聞公論當世之士，獨亟稱明公，謂不惟於文章絶出，他時爲國家建弘業者，終有賴焉。有光之鄉人在明公門下者，亦頗言鄙人姓名，爲明公之所垂記。雖以文隱公之故，然士固有相知者，則有不待付授言語相屬而相契合者矣。

會明公忤時宰，屏居西蜀者十餘年。有光始獲舉進士，在京師，思明公而不可見。徒念岷、峨之高，江水之長，悵然而歎。幸與明公生同時，而顧無由一見；以爲今世則已矣，徒若讀書而慕古人於百世之下。夫古之人往矣，而以爲能知我者，何也？蓋以我之知之，而知古人之生於今，必能知我也。明公之知之，則且同時矣，而不得一見，猶若異世然。此有光之所歎恨也。

既而爲吏越中，明公始復登朝。及入覲，以爲可以得見矣，而明公又以南邁。有光時尙在京師。一日，天子忽出手詔，還明公於朝。是時海内之士試都下者四五千人，皆歎天子之明聖能知人如此；明公能自結于天子之知如此。有光又私自喜：道之將行也，文隱公之知人不謬也；有光之羈窮，得所依歸也。當是時，官程迫促，又不能迎拜明公於馬首。

昨春自越還，遇瞿文懿公於鄉，言入朝時，與明公嘗以鄙人爲薦，有惑於流言者，從中毁之。瞿公因言今世薦士之難：「吾與趙公知子深矣，力足以薦士矣，尙格而不行！」語畢，黯然不樂者久之。夫瞿公，鄉里遊從之舊，耳目日相接，固宜其不能忘。明公在萬里之外，偶知於數十年之前，其不能忘而汲汲如此。求之於古，未有其比也。茲以入賀來，聞京師人皆道明公數相薦引之語，乃益自感傷，以爲百世之下士之不遇，而聞明公之於有光如此，亦當有感慨而悲泣者矣。

今以有光數十年之嚮慕，一旦得見，令人不復徒念岷、峨之高，江水之長矣。此生幸甚！第以日月逾邁，若弗云來。自顧其中枵然，無可以爲世用者。而州郡之職，又非其所任。孔子曰：「居則曰不吾知也。如或知爾，則何以哉？」有光於今日，益恐有負於明公之知，進退惶悸，伏惟明公有以處之。

又竊謂君子之所以無求於世者有二：蓋不知我者，不當以求。既不知我矣，強求之，未有能知也。知求之而無益，故不求也。知我者，不必以求。既知我矣，無待於求之。苟待於求之，則非知也，故不必求也。夫然，則明公已知之矣。今所以復有言者，以往年爲吏，差知自愛，亦自謂能使鰥寡孤獨不失其所。顧不惟勞効不得上聞，而持衡之人，用一人之言，格天下之士，使士之有志不負朝廷、爲生民計者，徒以不能詭隨趨附，橫被中傷，乃令晻蔽歿世而不見。使後之欲爲循良者以爲戒。何以厚天下風俗，而返漢代長者之風？此尤可痛也。

人才之在世，有難言者。以小才而議大謀，必厚訾。以邪人而察莊士，必重誣。如使賈誼、董仲舒、陸贄之徒，生於今之世，必不能與時文薄伎爭長矣；汲黯、鄭當時之治郡，必以無能見罷矣。惡直醜正，蜚飛刺天。屈子之直行而受謗，荀卿之大儒而逃讒，蕭望之之經師而拘持，必不免矣。巧捷者自進，長厚者自詘，寡淺者自升，崇竑者自晦：此卓犖奇偉之士所以不見於世，而天下之所以憂乏才者以此。

茲者天子特以明公爲相，復改任銓部，詔旨皆從中出。天下想望丰采，士莫不鼓舞踴躍自矜奮。明公必有以把握天下之大機，與二三元老，經綸密勿，同心一德。凡所施爲注措，上以仰答聖天子之知，下以慰天下士大夫生民之望。若古之巫咸、傅說，回斡元化，昭揭日月，光輔中興，流聲名於史策。時者難得而易失，遭時際會，亦何容易！有光自度已無用於世，而區區所見如此，略爲明公陳之，非爲一身之進退也。若身之進退，則在明公而已矣。若使狸搏牛，使虎捕鼠，固所不可。至謂憐其無用，姑使之苟一日之祿，如先王之世所以處侏儒、戚施、聾瞽之人者，亦非有光之所安也。君子伸於知己而詘於不知己，是以冒瀆而忘其僭越焉。此文舊刻删去五十餘字，今從鈔本正之。

校　記

〔一〕閤　依文義當作「閣」。

〔二〕夷　原刻墨釘，依大全集校補。

震川先生集卷之七

書

上宋明府書

竊惟明府涖任以來，布以公平之政，杜請謁之私，此明府行古人之道也。有光豈敢以今世之人自處？然所以數數有瀆于左右者，聞之：新宫災，子產三日哭〔一〕；防墓不修，孔子泫然流涕。今先世之塋，爲姦民窟穴，樹木已盡斬刈，垣表已盡平夷；神道壅絶，祭享無塗；窀穸之旁，穿方殆遍；壙埌之表，灰埃蓬勃。幽靈憤恨，曾不及馬醫夏畦之鬼。有莫大之責，負不孝之名，不可一日自立于世。此所以食不甘味，臥不安寢者也。向者幸垂明聽，勒令掃除，德意甚厚。奈盤據之徒，多是衙門老役，合併數家，設爲厚餌，誘買族人，以爲地主，雖有明限，安堵如故。此等之人，蔑人子孫，據其墳墓，恬然如此。所以明府有施及泉壤之恩，而至今壅而未施也。

律于發塚之條，如知情買賣器物磚石、薰狸平園之類，纖悉必具。先王豈以死者之故而病生者哉？蓋愛吾之親，故愛人之親也；敬吾之親，故敬人之親也。不如是，則孝子仁人之情，有所鬱而不遂；含忿積恨，復仇相殺之事，必多于天下矣。

昔柳子厚在嶺外，獨謂先墓無主，晝夜哀號，懼毀傷松栢，芻牧不禁，以成大戾。近世楊文貞公居京師，遺宗人子弟書，惟以墓木爲念。鄉先達司馬虞公每歸省，未及到家，先造塚上。

有光不肖，爲世所棄。幸守墳廬，而城闉之內，步武之間，坏土不保；非特樵牧之害，狐兔之傷而已。又念宗門零落，而諸父兄尙守殘經，服儒衣冠，三世之丘隴，坐視毀傷，曾不泚然？俛仰天地，亦何顏乎？惟明府哀念焉。

上方參政書

月日，鄉貢進士歸有光再拜上書行省大人執事。恭惟執事以碩德崇望，特膺簡命，分司圻甸。蓋近世行省宰相之職，而於古則君陳、畢公保釐之任也。

古之君子，自其平居爲小官之時，以至於卿相，其身之所至，常必欲識天下之賢人才士，不必其職分之所當，而其心未嘗一日而忘也。三吳古稱人才之地。執事之來，蓋已數月，其亦可以知其人矣，而未聞焉。夫豈無其人，亦或時勢有所不暇于此也。有光讀書學聖人之道有年矣。有司不以其不肖，貢於禮部，屢進而屢詘。然而天子之大臣，往往亦知其爲人，欲一見之，而卒不敢見也；以爲士之所守者在是也。而天子之大臣，乃不以爲罪，而亟稱之於人；則有光之所以自信者，其又可知也。

今自執事開府以來，不肖之跡，兩及門矣。執事亦察其有所爲耶？去歲，鄉里惡少妄引戶籍無端之辭，以相鉤陷。當此之時，有光蓋以罪人見也。執事不以爲罪人，而使之揖讓于庭，以盡其所欲言，以此見古之大臣之度如此也。而有司者不察，以爲上官所受之詞如此，告者必直，被告者必負。方欲攟摭以入其罪，而無所得，則蔽之以逃竄之罪。誠以數十人之所告無所當也，而上官之人又不可以罪，則於其間苟得一罪以爲可以解而已矣。其於愛惜人才，培養士氣，未嘗念及也。反令無賴小人得氣以去，善人喑啞如此，可爲太息矣！執事于獄詞之上，亦有所疑焉，而不欲變者，豈非以事體纖微，更爲回駁，非所以委任有司之意？此又古之大臣之度如此也。

今者復有迫切之情，告於執事，伏惟少垂察焉。孟子曰：「同室有鬬者，被髮纓冠而救之，可也。鄉鄰有鬬者，雖閉戶可也。」今非鄉鄰之疎，而有同室之戚。重以孤寡煢然，氣勢無依，煽煽之慘，懸命晷刻。苟得一言以聞於明公之前，以救其垂絕之命，雖被戮辱，不敢以自誘也。然此亦今世之人苟可以自誘者也。明公可以知其無所爲矣往者夏忠靖公、周文襄公之在吳也，入與天子唯諾於殿庭，出與小民從容問難以求其瘼，如家人父子。而後天下之人，知朝廷之近而天子之親也。故曰：庶民近天子之光。又曰：天子作民父母，爲天下王。若二公，可謂大臣矣。今之有司，乃小民望之所謂如天如神明者也。由此言之，所謂大臣者，非明公而誰？

天下無道，亂獄滋豐，貨賄多有。孔子作春秋，明一王法，莒牟夷、邾庶其、黑肱，區區竊土地爲穿窬之事，皆具文而直書之。誠以風俗世教之所係，雖微而不可忽也。匹夫匹婦不獲自盡，明主罔與成厥功。有光今所陳，亦所以求盡匹夫匹婦之情於明公之前而已矣。明公毋罪其瀆焉。

答唐虔伯書

有光啓，虔伯足下：向日張氏女子事，因一時人心憒憒，竊恃知愛，輒移書相曉，欲望少伸匹婦之寃。僕愚且賤，平生未嘗敢與有司之政也。茲復承敎以所不及，顧愚何敢復言？但吾兄致疑於其間者，竊恐惑於先入之言，而未察於衆人之論。大率安亭數百戶，自七八十歲老翁，下至三尺童子，言烈婦之寃，有詳有略，其謂守義而死，一也；言諸兇之惡，有詳有略，其謂朋淫殺人，一也。至於當時下手惡少，主名自在。明察之官，反覆參訊，可得其情實。況以十二歲女奴爲佐證，據以成獄，豈有寃者？

夫四五兇人，挾淫姑以爲主，共殺一女子，如屠犬豕。往來蹤跡，口語籍籍，豈爲難察之獄？天道昭然，暗室屋漏，誰謂無人知之哉？所慮獄詞參錯，終得逃死，亦恐非的然之見。僕以爲一吏胥之事耳。今天下斷獄，有不得其情者矣，未有不得于詞者也。情苟得矣，何患於詞之不定？諸兇因奸，強逼而殺，雖其始謀奸而非謀殺，其後實謀殺而不止謀奸，何謂非同謀？律有造意同謀之文，何謂非律意？天下之事，當一觀以曠然度外之見。若夫拘攣顧慮，牽於流俗之說；情可賞矣，而曰法不應賞；情可罰矣，而曰法不應罰。往往支離膠擾，節目日多。刑賞乖錯，徒爲文具。人心世道，日趨于下，眞可歎也。

或又疑烈婦之死，以羣兇之威力，不能保其不污。夫烈婦苟失節矣，必不至於死；誠死矣，一死自足以明之。今號爲丈夫者，媕阿脂韋，小小利害，遂以瀾倒。區區婦女，抗志於羣污之中，卒以死殉，然復云云，眞所謂「好議論不樂成人之美如此」。天地正氣，淪沒幾盡，僅僅見于婦女之間。吾輩宜培植之，使之昌大；不宜沮抑之，使之銷鑠：此等關係世道不淺。若使爲善者以幽微而不錄，爲惡者以便文自營脫禍，則天下之亂，何所極哉？

前書倉卒，頗有抵牾。今續上記事一首，稍爲詳覈。此皆出于衆人之論，僕初無喜怒於其間，顧以爲天下之公理如此耳。所望吾兄共成此鄉邦之美事，然亦顧其力之所及者爲之而已。草草不次。此文抄本與常熟本大異。覺抄本勝，今從之。惟「挾淫姑以爲主」、「卒以死徇」，此十字抄本所無，今從常熟本。

與李浩卿書

益舟還，備道諸公之義舉，欣慰欣慰。向日紛紛，只爲元兇漏網，烈婦受誣，此千古之恨。以此發憤，更不思及其他。今諸公既如此旌揚，則此女當暴白於天下，誠大快也。僕與此里之人，忽見天清日明，更亦復有何事哉？

僕與足下數十年相知，未嘗不黯黯而居，默默而處。今日豈欲揭日月，求聲譽於海濱草野之中？惟記事一首，乃僕自以爲必可傳者。少好史、漢，未嘗遇可以發吾意者。獨此女差强人意。又耳聞目見，據而書之，稍得其實。但世人知文者絶少，要以示千百世之後耳。

益舟云：「虞伯亦疑此文與獄詞不相合。」此殊不可解。足下可取熟勘，豈有不合者？況史家自宜直筆，豈可窺時人向背？如是，則古無南史董狐矣。張燿前日已有印板，僕已囑其勿遽出，令收在益舟家。送去二册，大率爲相知者不宜秘之，卽如前兩書亦然。但亦望且勿示人，恐益爲不知者所議耳。昨已作書道此意，爲卽欲西還，恐不能卽見足下，復爲縷縷。本意只爲烈婦，其餘皆是末節。僕雖遭人唾駡，亦不須復計也。爲知己者，故不覺多言至此。

與嘉定諸友書

有光頓首，諸公足下：僕爲奔車所傷，苦腰痛，久臥城中。比因亢旱，家人乏食，扶曳到安亭。見里中人爭言張烈婦事，驚惋累日。嗟乎！烈婦已矣！今日彰善癉惡，固有司之事；而發揚之以助有司之不及者，亦諸君子之責也。聞貴邑張侯，慨然欲正爲惡者之罪，且將申明旌別之典。衆庶欣欣有望。玆者獄久不決，而檢驗之官屢出。竊恐元兇漏網，而烈婦之心迹，無以自明。僕之不佞，得托交於下風，夙欽諸公之高誼，以爲可以明白頌言之者，唯諸公而已。竊望於釋菜都講之餘，不恤一言，以申烈婦之冤，以救東南數千里之旱。唯諸公留意焉。

而或者之論，以爲致人於生可也；致人於死，仁人之所不爲也。不思生者可念，則死者何辜？烈婦之死，極其慘酷。凡有人心者，皆欲臠而食之。元惡大憝，暴戾恣睢，據人之室，竊人之財，殺人之婦。此而不誅，則人將相食，國家之典法亦爲無用矣。

或又以爲，賞罰，有司之典，士不得而與焉。夫平常〔三〕一政事，無所與，可也。邑有大冤大獄，有司方垂公明之聽，而士懷隱默之心，則亦無貴於士矣。居今之世，耳目所及，可以忿疾者何限！顧非力之所及則已。僕以爲烈婦之事，諸公有可否之義，輒緣春秋之義以責諸公。又恐道遠，諸公不能詳，敢述所聞云。

與殷徐陸三子書 此首本當入尺牘，因與前三書是一事，故遂附其後。

頃造精廬，獲奉風旨。迫于晷刻，言別悵悵。承及貞女事，諸君子慨然有烈丈夫之風，愛莫助之。再奉記事一首。前所述頗疎略，當以此爲證。此皆得之衆論，無一語妝飾，但不知于史法何如耳？少時讀書，見古節義事，莫不慨然歎息，泣下沾襟。恨其異世，不得同時。至於今者著于耳目，乃更旁視遲疑，如不切己。豈捐軀之義，無取於當年；英烈之風，獨隆於往代耶？秋暑，未得一面。餘惟自愛。

答俞質甫書

人至，得初一日所惠書，感激壯厲。三復，浪然雪涕。嗟乎，質甫則既知之矣，豈待于千百世之後耶？僕自謂處下賤之地，如喑啞聾聵，了無所知與，乃分之宜。昨偶發憤一言，不幸遂有喜事之名。然實在于耳目之近，臨時感觸，出于意之所誠然，而不能已者。僕又必欲得足下發其幽光，施之論述。非特求繪藻之工，爲文章纚纚然，觀美矜炫于世而已。

顧其志意有足深悲者。柏舟、綠衣之篇，彼其人所處，以今日視之，尙爲人道之常。而作者爲之憂傷怨憤，反復嘆息，蓋深悼其不幸，而美其志意之不倫。聖人遂因而存之，以爲千百世之法。況今日之變，萬萬于此，故欲與足下顯其行事，使千百世之後，略知今世之人亦有出于柏舟、綠衣女子之上者。雖攸斁彝倫，反道敗德，怐愗煩寃，而天下之公理猶在人心，不至泯滅澌盡。而天地之所以不至覆墜者，有此耳。

詩曰：「我躬不閱，遑恤我後！」夫彼已甘就屠剔剖割，以遂其志，此豈有顧于後世之榮名者？要之僕與足下之心，如此而已。如足下卒爲撝讓，僕何望焉！

與宣仲濟書

有光頓首，仲濟足下：自足下之寓吾崑山也，僕始得一見，以爲温然君子。既而聞宣烈婦之事，益慨歎以爲此卽向所見宣生之姊也。及觀足下所撰述數百言，凛然如見其人。又喜烈婦之有弟，可托以不朽也。僕向許作傳，因循未及論次。兹當遠役，須俟少暇爲之。夫烈婦之所自立者難矣。此理在天地間，昭昭耿耿；千萬年不滅。傳與不傳，此是吾輩事耳，如烈婦，則何假於此？向與浩卿語及旌表，令人憤懣。使者徒知籍天子命作威福，寧復知紀綱風化爲何物？此亦非一日矣。然龍逢、比干，當時亦何嘗旌表哉？人去草草，明當奉晤，不一。

答顧伯剛書

有光頓首，伯剛足下：比承厚意，非言所能謝。更辱教誨以順應之説，捧讀數過，深用歎服。論語之書，孔子與其門人論學者最詳。其答諸子之問仁，曰：「非禮勿視，非禮勿聽，非禮勿言，非禮勿動。」曰：「其言也訒。」「出門如見大賓，使民如承大祭。己所不欲，勿施於人。」皆自其用處言之，未嘗塊然獨守此心也。易大傳曰：「易簡而天下之理得矣。」人心本與天地爲一。三代以後，直爲不能易簡，不能與天地相似，日用動作，至於所以爲天下國家，往往增私長智，用計用數，無非吾性之贅疣。故其治也，非三代之治；而其亂也，其極至於三代之所未嘗有。來教推順應之説，而以禪授放伐言之，可謂發明無遺藴矣。

但以忠恕於一貫，有精粗之異，竊恐猶有所未安。所謂「吾道一以貫之」，孔子之所以爲一者，蓋特有所指而未發，其實指忠恕而爲言也。曾子因門人未達，始復明言之，若言夫子之道，只是忠恕一件以貫之耳，無他道也。子貢問一言而可以終身行之者，其恕乎！恕所以終身行之，即忠恕所以一以貫之也。豈可區别爲聖人之一貫而謂之精，學者之忠恕而謂之粗哉？忠恕本無聖賢之別，而在學者工夫分界，自有生熟之殊。賢人所以近於聖人，聖人之所以與天爲一，卽此忠恕而已。子貢曰：「我不欲人之加諸我也，我亦欲無加諸人。」此子貢能服膺夫子之敎而行之。故夫子深喜之，而曰：「賜也，非爾所及也。」先儒乃以爲非子貢所及；忠恕之事，苟子貢不能及，而何望於後之學者？

道之在天下，易簡而已。聖人則從容自中乎道，學者則孳孳修復乎此，均之盡乎心而已，所謂充拓得去。天地變化，草木蕃，其實一忠恕也。故一以貫之，而後可以終身行之。豈可斷截忠恕二字，顓獨以爲學者之事耶？

承下問懇懇，併以鄙見請質焉。有光白。

與潘子實書

有光頓首，子實足下：頃到山中，登萬峯，得足下讀書處，徘徊惆悵，不能自歸。深山荒寂，無與晤言；意之所至，獨往獨來。思古之人而不得見，往往悲歌慼慨，至于淚下。

科舉之學，驅一世于利祿之中，而成一番人材世道，其敝已極。士方沒首濡溺于其間，無復知有人生當爲之事。榮辱得喪，纏綿縈繫，不可脫解，以至老死而不悟。足下獨卓然不惑，痛流俗之沉迷，勤勤懇懇，欲追古賢人志士之所爲，考論聖人之遺經於千百載之下。

以僕之無似，至僅誨語累數百言。感發之餘，豈敢終自廢棄？

又竊謂經學至宋而大明，今宋儒之書具在，而何明經者之少也？夫經非一世之書，亦非一人之見所能定。而學者固守沉溺而不化，甚者又好高自大，聽其言汪洋恣肆，而實無所折衷。此今世之通患也。故欲明經者，不求聖人之心，而區區於言語之間，好同而尚異，則聖人之志愈不可得而見矣。足下之高明，必有以警憒憒者。無惜教我，幸甚。

示徐生書

徐生倖，學于余四年矣。世學之卑，志在科舉爲第一事。天下豪傑，方揚眉瞬目，羣然求止于是。生非爲科舉文，不以從予；予不爲科舉文，亦無由得生。然予之期于生者，世未之知也。

今年正月，予遊金陵，生爲書數百言，汲汲乎恐其志之不遂，而憂予之去而失所助也。予未有以答。及是，予將計偕北上。生愈不自聊賴，復爲書乞所以爲學者。

夫聖人之道，其迹載于六經，其本具于吾心。本以主之，迹以徵之，燦然炳然，無庸言矣。心之蒙弗亟開，而假於格致之功，是故學以徵諸迹也。迹之著，莫六經若也。六經之言，何其簡而易也！不能平心以求之，而別求講說，別求功效，無怪乎言語之支，而蹊徑之旁出也。生其敏勵以翼志，靜默以養實，檢約以遠恥，凝神定氣於千載之上，六經之道，必有見乎其心矣。苟唯浮湜講譁，與庸同事，而口舌是恣，曰「吾有以異于人人」，則非獨生欺予，予亦欺生也。因書以勉生，且以貽二三子。

山舍示學者

有光疎魯寡聞，藝能無效。諸君不鄙，相從於此。竊以爲科舉之學，志於得而已矣。然亦無可必得之理。諸君皆禀父兄之命而來，有光固不敢別爲高遠，以相駭眩。第今所學者雖曰舉業，而所讀者卽聖人之書，所稱述者卽聖人之道，所推衍論綴者，卽聖人之緒言。無非所以明修身、齊家、治國、平天下之事，而出于吾心之理。夫取吾心之理而日夜陳說於吾前，獨能頑然無概於中乎？願諸君相與悉心研究，毋事口耳剽竊。以吾心之理而會書之意，以書之旨而證吾心之理，則本原洞然，意趣融液。舉筆爲文，辭達義精。去有司之程度亦不遠矣。

近來一種俗學，習爲記誦套子，往往能取高第。淺中之徒，轉相放效，更以通經學古爲拙。則區區與諸君論此於荒山寂寞之濱，其不爲所嗤笑者幾希。然惟此學流傳，敗壞人材，其於世道，爲害不淺。夫終日呻吟，不知聖人之書爲何物，明言而公叛之，徒以爲攫取榮利之資。要之，窮達有命，又不可必得；其得之者，亦不過酣豢富貴，蕩無廉恥之限，雖極顯榮，祇爲父母鄉里之羞。願與諸君深戒之也。舊刻入書類。錢宗伯移置別集尺牘中。今按此蓋榜示學者，非書牘也。然無所附麗。以其旨與前二首相類，姑仍舊。

與陸太常書

前在京師，天下士待選吏部者，幾千人。莫不相慶幸，以爲當今選用至公，請託不行，士以賕通者無道進，海內清平可望；以陸公之在銓曹也。及執事爲太常，尋以言罷。天下之士，莫不觖然失望。

僕山野迂愚之人，昔京師，不知造請。而吏部門第嚴扃，雖有敬仰之心，亦無繇而至焉。幸拜今命，于內庭始得望見，又得隨行于露寒、鳷鵲之間。執事不鄙，爲道生平相知之素，及相汲引之意。言雖不行，而受執事之賜多矣。

執事又過稱其文有司馬子長之風。子長更數千年，無人可及，亦無人能知之。僕少好其書，以爲獨有所悟。而怪近世數代之史，卑鄙凡猥，不足復自振。嘗有志規摹前人之述作，稍爲删定，以成一家之言。而汩沒廢棄。今老矣，恐此事遂已也。瞻望咫尺，未遑詣見。歲忽云暮，感愴知己之言，特人申候，草草不盡。

與趙子舉書

丁未歲，龍老主考。吾兄在刑曹，得承款晤。至庚戌，吾兄以艱去，遂不復相見。龍老復主考，撤簾後，僕見之里第。時孫祭酒在坐，相與嘆息。臨送出門，有不能相舍之意。京師諸公皆云「龍老兩主試，不以子爲拙，而每以失子爲恨。」此古人之所難矣。

龍老云逝，以龍老之心爲心者，惟有吾兄而已。不自意間闊如此。二十餘年來，如墮淵海，沉沒至底。平生倔強，亦無有望世人相憐之意；而不能忘情于兄者，思龍老不得見也。自別後，龍老既亡，以爲大戚。而妻子相繼夭歿。江上之居，尋遭倭奴剽掠，遂棄之荊棘中。薄田歲不收，重有輸糧之累。祖父土尚未卽窆，而先人復以去年四月中沒，五內痛割。齊斬之不葬者，殆至五六。亦人世之所未有也。

獨愛嗜古人書，今皆已荒廢。嘗于汴中得周易集解，因悟古人象數之學，微見其端，亦復不能究竟。近世多欲重修宋史，以爲其簡帙之多。夫苟辭事相當，理所宜多，何厭于多？僕于此書，頗見其當修者以爲不在于此。有志數年，而書籍無從借考，紙筆亦未易措辦，恐此事亦遂茫然矣。

玉城兄有滇南之行，道經貴陽，必獲相見。托此爲問。鄉里故舊，如玉城長者，亦不可多得。吾兄奉璽書，殿此南服，有「分陝」之重。望譽日隆，不日當膺簡召。非鄙人之所敢贊述者。伏惟爲國自愛，不宣。

答朱巡撫書

有光備員下吏，實荷曲成。頃者叨冒內補，繫銜冏寺。僚長牽率，以姓名通。方以僭越悚惕，蒙俯賜報答。兹又承手札，捧函，不任感戢。今天下第一所患，爭出意見以求革弊，而弊愈生。數年以來，士大夫殆成風俗。夫水，澄之則淸，撓之則濁。以撓求淸，必無此理。明公以寬靜坐鎭之，此吳民之福也。下吏愚鄙，所以盡忠門下，且爲桑梓之計，不過如此。伏乞採納，幸甚。

上王中丞書

前歲自吳興還，卽求解任。其爲疵賤淺鮮，於進退比數於當世士大夫，眞如所謂江湖之雀，渤澥之鳥，曾何足以爲多少？豈宜辱聞於門下？然以明公之在位，欲使天下之士，皆得其所。有光又受生平之知，使若甘自錮於明時，不一言以受其汶汶，亦爲大愚而有負於明公矣。

顧前所爲書，言語粗鄙，不知忌諱。乃辱俯賜教答，不惟不加之按劍之疑，而復有抱玉之喻。捧函跪讀，不勝感歎。今世王公大人之于貧賤之士，與之相答應如響者少矣。於今世而復見古人，使有光之爲書者，亦遂不愧於古人。眞足以爲有激於天下也。敬受誨言，勉自策勵。

於五月內，已至邢治。頗詢訪其職司之所宜爲；則校牧之事，縣皆有令，以與民相親，而能知其疾苦。且今邢之馬政，頗便於民，而令實能辦之。郡不過以文移爲所由而已。郡若欲有事，反爲擾民，而徒委之縣，則無一事，而民與有司皆安之，此乃以無事爲事者也。因自喜其職之易稱。顧官舍迫隘，又無書齋。連日積土爲室，編蓬爲戶，度曲柳爲架，亦可庋書數千卷。庭中鞭笞不行，簿書稀簡。可以終日閉門，怡神養性。賴明公在位，使得苟祿，免於罪戾以去，爲幸甚大。因遣人受所得誥命，附此候謝，無任惶恐。

與曾省吾參政書

沈比部過浙，奉短啓，想已得達。不才爲縣無狀，付之天下公論；不敢因緣故知，以求蓋覆。有如公論不明，天下之責，亦有所歸；不肯擾擾置之胸中，而復向人哀鳴也。今猶有瀆聒左右者，向去縣時，縣學諸生保留，朱大順以爲首被斥，此尤可笑。陽司業出道州，太學生李儻、何蕃舉旛闕下，集諸生三百餘人乞留。如此，李儻、何蕃可盡斥耶？王莽時，吳章得禍，弟子多更名他師。云敞獨自劾歸，殮葬之。莽最兇暴，而以敞有義，擢爲諫大夫。今之爲暴者，何甚于莽？然彼非有仇于朱生，惟于鄙人加嫉惡之甚，故無所不至也。

明公掌憲越中，豈容一夫濫冤？如令朱生還業，亦可使東海無大旱矣。若區區則惟所處之。詩云：「伊誰云從，惟暴之云。」暴公不敢斥也。伏惟諒察。

與林侍郎書

昨進造，承款待過厚，忘其隆貴，而念三十年故人，極增感嘆。有光蓋有所欲言者，自以有塗汙之負，而不可以瀆高明之聽，因含嚅以退。

還別以來，又自悔恨。士固有所托，苟以謂素知者而不告之急，非也。自爲縣，奮勵欲希古人。喁喁之民，稍慰拊之，知嚮風矣。蓋不必以威刑氣勢臨之，從之者如此之易也。獨其異類，莫可馴擾。其在上者，旨意各殊，雖強與之歡，而若以膠合，終不可附麗。以故往往多謬，始知今世爲吏之難在此。

昨得稍遷，何敢薄朝廷之官爵，而知其所繇來有不善者，以故謹避之。方覺心閒而無事，可以自安于田里。而彼土之爲不善者蝟起。小民有尸祝之情，而有司起羅織之獄。姑以吏胥爲名，微文巧詆，實行排陷之計。昔韓潁川以循吏而推校蕭長倩之放散官錢，吏被迫脅，以自誣服。馬季長儒者，爲梁冀書李子堅獄辭，則李公死有餘辜。今彼爰書出于豪猾怨仇之手者，何所不至？故士欲以廉名，則以貪污之；欲以仁名，則以殘敗之。信口而言，信手而書，幾無全者矣。使下得以誣其上，賢者爲不肖之噬嚙，人情風俗以得勝爲雄高，而閭閻之情無所自達，此可大懼也。

古之聖賢，論出處之義，歸于自潔其身。有光何能黯黯以受此？莫公，省中大官，于鄙人亦雅知之。更藉左右重言，庶幾其可信。非敢望營進，而期于潔其身，此亦士之自處也。伏乞諒察。

校記

〔一〕按春秋成公三年「新宮災，三日哭」，三傳皆不言子產，此處未詳所據。

〔二〕常　原刻作「嘗」，逕改。

震川先生集卷之八

書

奉熊分司水利集并論今年水災事宜書

有光生長東南，祖父皆以讀書力田爲業，然未嘗窺究水利之學。聞永樂初，夏忠靖公治水于吴，朝廷賜以水利書。夏公之書，出於中秘，求之不可得見。獨於故家野老搜訪，得書數種，因盡閲之。間採其議尤高者，彙爲一集。

嘗見漢世，國家有一事，必令公卿大臣與博士議郎雜議。始元中，諸儒相論難鹽鐵。及宣帝時，桓寬推衍之至數萬言，而盛稱中山劉子、九江祝生之徒，欲以究成治亂，定一家之法。有光所取水利論，僅止一二。然以爲世所傳書，皆無逾於此者。

郟大夫考古治田之跡，蓋浚畎澮距川，瀦防溝遂列澮之制，數千百年，其遺法猶可尋見如此。昔吴中嘗苦水，獨近年少雨多旱，故人不復知其爲害，而隄防一切廢壞不修。今年雨水，吴中之田，淹没幾盡。不限城郭鄉村之民，皆有爲魚之患。若如郟氏所謂塘浦闊深，而堤岸高厚，水猶有大於此者，亦何足慮哉？當元豐變法，擾亂天下，而郟氏父子，荆、舒所用之人，世因以廢其書。至其規畫之精，自謂「范文正公所不能逮」，非虛言也。

單君鍔本毗陵人，故多論荆溪運河古跡、地勢蓄泄之法。其一溝一港，皆躬自相視，非苟然者。獨不明禹貢三江，未識松江之體勢，欲截西水入揚子江上流，工緒支離，未得要領。揚州藪澤曰具區，其川三江，蓋澤患其不瀦，而川患其不流也。今不專力於松江，而欲涸其源，是猶惡腹之脹，不求其通利，徒閉其口而奪之食，豈理也哉？

近世華亭金生綱領之論，實爲卓越。然尋東江古道，於嫡庶之辨，終猶未明。誠以一江泄太湖之水，力全則勢壯，故水駛而常流；力分則勢弱，故水緩而易淤。此禹時之江，所以能使震澤底定，而後世之江，所以屢開而屢塞也。松江源本洪大，故別出而爲婁江、東江。今江既細微，則東江之跡滅沒不見，無足怪者。故當復松江之形勢，而不必求東江之古道也。

周生勝國時，以書干行省及都水營田使司，皆不能行。其後僞吳得其書，開浚諸水，境內豐熟。迄張氏之世，略見功効。至論松江不必開，其乖謬之甚有不足辨者。尋周生之論，要亦可謂之識時達變，得其下策者矣。

有光迂末之議，獨謂大開松江，復禹之跡，以爲少異於前說。然方今時勢財力，誠未可以及於此。伏惟執事秉節海上，非特保鄣疆圉，且以生養吾東南之赤子，生民依怙之者切矣。邇者風汛稍息，開疏瓦浦。五十餘年湮沒之河，一旦通流，連月水勢泛濫，凡瓦浦之南相近二十餘里，水皆向北而流。百姓皆臨流嘆誦明公之功德。蓋下流多壅，水欲尋道而出，其勢如此。不得其道，則瀰漫横暴而不制。以此見松江不可不開也。松江開，則自嘉定、上海三百里内之水，皆東南向而流矣。

頃二十年以來，松江日就枯涸。惟獨崑山之東、常熟之北，江海高仰之田，歲苦旱災。腹内之民，宴然不知。遂謂江之通塞，無關利害。今則既見之矣。吴中久乏雨水，今雨水初至，若以運數言之，恐二三年不止。則仍歲不退之水，何以處之？當此之時，朝廷亦不得不開江也。

天下之事，因循則無一事可爲；奮然爲之，亦未必難。明公於瓦浦，實親試之矣。且以倭寇未作之前，當時建議水利，動以工費無所於出爲解。然今十數年，遣將募兵，築城列戍，屯百萬之師於海上，事窮勢迫，有不得不然者。若使倭寇不作，當時有肯捐此數百萬以興水利者乎？若使三吴之民，盡爲魚鱉，三吴之田，盡化爲湖，則事窮勢迫，朝廷亦不得不開江矣。

弘治四年、五年大水。至六年，百姓饑疫死者，不可勝數。正德四年亦如此。今年之水，不減於正德四年，尙未及秋，民已嗷嗷矣。救荒之策，决不可緩。欲望蚤爲措置米穀，設法賑濟。或用前人之法，召募饑民，浚導松江。姑且略循近世之跡，開去兩岸茭蘆。自崑山慢水江迤東至嘉定、上海，使江水復由踰口入海。故今年渟瀦之流，備來年洊至之水，亦救時之策也。

有光蹇拙，非有計慮足以裨當世。獨荷執事知愛，盡其區區之見，或有可備末議者。伏惟裁擇之，幸甚。

寄王太守書

昨承明府論及水利，匆遽辭别，不及盡言。有光非能知水學者，然少嘗有意考求。見盧公武郡志，止抄錄事跡，略無綱要。今新志因之。而近來言水利者，不過祖述此耳。嘗訪求故家野老，得書數種。獨取郟氏二三家，斷以爲專門之學，遂彙錄成書，非能特有所見也。唯以三吳之水，瀦於太湖；太湖之水，泄於松江。古今之論，無易此者。故著論以暢前人之旨。嘗又讀禹貢，注三江者訖無定論。惟郭景純及邊實之論爲是。故定以爲三江之圖。

明府見諭，謂吳淞江與常熟縣無預。有光所論三吳之水，非爲常熟一縣之水也。江水自吳江經由長洲、崑山、華亭、嘉定、上海之境，旁近之田，固藉其灌溉，要之吳淞江之所以爲利者，蓋不止此。獨以其直承太湖之水以出之海耳。今常熟東北，江海之邊，固皆高仰。中間與無錫、長洲、崑山接壤之田，皆低窪多積水。此皆太湖東流不快之故。若吳淞江開濬，則常熟自無積水。然則吳淞江豈當與許浦、白茅並論耶？

明府又謂：揚子江、錢塘江，何與於吳中水利？愚意特欲推明三江之說。蓋自來論吳中之水，必本禹貢「三江既入」之文。自孔安國以下，以中江、北江爲據，既失之泥；班固、韋昭、桑欽近似而不詳；故當從郭景純。唯三江之說明，然後吳中之水可得而治也。經曰：「三江既入，震澤底定。」先儒亦言三江自入，震澤自定，文不相蒙。然吳淞一江之入，震澤底定，實係於此。經文簡略不詳耳。誠恐論者不知此江之大，漫與諸浦無別，不辨原委。或泥張守節、顧夷之論，止求太湖之三江，用力雖勞，反有支離湮汨之患也。但欲復禹之跡，誠駭物聽。即如宋郟亶時之丈尺，時力亦恐未及。而水勢積壅爲害，欲求明府先令所在略據今日河影，開挑茭蘆，使自崑山夏駕口至嘉定栅橋尋入海之口，則江水有通流之漸矣。今春量撥賑饑之穀，召募饑民，或可卽工。又旁江之民，積占茭蘆，皆以告佃爲名。所納斗升之稅，所占卽百頃之江。兼之漲灘之稅，亦多吏胥隱沒，官司少獲其利。昔宋時圍田，皆有禁約。今奸民豪右，占江以遏水道，更經二三年，無吳淞江矣。若責所占之人，免追花利，止令隨在開挑，以復舊跡，則官不費而奸有所懲矣。

有光二十年屏居江上，未嘗敢獻書當事者。異日呂公有意水利，然以平日非相知，不敢有所陳。前以分司舊識，因開瓦浦問及，而明府親屈二千石之重，敦行古誼，虛懷下接，且惓惓以吾民之魚鱉爲憂，故特有言耳。然區區所望於明府，有大於此者。昔魏王召史起問：「漳水可以灌鄴田，子何不爲寡人爲之？」史起曰：「臣恐王之不能爲也。」王曰：「子誠能爲寡人爲之，寡人盡聽子矣。」史起敬諾，言之於王曰：「臣爲之，民必大怨臣。大者死，其次乃籍臣。臣雖死籍，願王之使他人遂之也。」王曰：「諾。」使之爲鄴令。史起因往爲之，鄴民大怨，欲籍史起；史起不敢出，而避之。王乃使他人遂爲之。水已行，民大得其利。由此言之，興一世之功，不當恤流俗之議也。區區之見，要以吳淞江必不可不開。卽日渡江，違離節下，豈勝瞻戀。因還舡附此，不宣。

遺王都御史書 代

某屏居山野，不敢復自通於當世士大夫。雖承明公顧念，不遺衰棄，而亦不能少伸候謝之情，負罪何可言。茲輒不自量，以鄉里細民之情冒有陳瀆，惟明公採擇焉。

往歲，漕卒與嘉定之民鬨。時巡院適在彼境，見其不直，頗加懲艾。遂至負恨，以單詞赴臺陳訴。其糧米不無穅粃之雜，而亦不盡然也。明公以軍國重計，不容有所縱貸；然猶顧恤民隱，不加深究。吳人莫不忻歡鼓舞，歎頌明公之德矣。邇者檄下，欲以嘉定縣糧赴郡治交兌，民情頗有不便。譬之嬌兒之於慈母，有不得其所欲，不能不號呼而隨之。此某之所以不自量而代爲之言也。嘉定負海，去郡治二百里所，往來以潮汐爲候。又經歷太倉、崑山而後至。此法一行，民間又增轉搬折耗之苦，將來之弊，有不可勝言者。

古者天子地方千里，中之爲都，輸將徭使，遠者不出五百里而至。諸侯地方百里，中之爲都，輸將徭使，遠者不出五十里而至。考之禹貢，古之輸百里二百里，蓋所必計也。今江南爲國家奉地，歲漕自所在水次達於京師，三四千里，費無不出于民。雖假之漕卒，其實民輸之三四千里也。今又加之二百里，又比古之天子諸侯之輸矣。夫漕卒舊法，領兌於嘉定，彼以泛舟之便，無分毫之損也。而嘉定交兌於蘇州，復有雇船之役，增數倍之費矣。

國初，罷海運爲轉運。其始直隸蘇松常、浙江杭嘉湖之糧，送至淮安；鎮江、廬、鳳、淮、揚之糧，送至徐州；徐州、山東兗州之糧，送至濟寧；而以裏河船遞送至京師，此所謂轉運也。當時民以爲不堪，故改定於淮安、瓜州水次，增加船脚耗米，對船貼兌，與軍領運，此所謂兌運也。民猶以爲不堪，故又改定於本府州縣附近水次交兌，而增加漕卒過江脚耗，自此民不復送至瓜、淮，而漕卒自至所在州縣支運，此所謂長運也。國家立國，歷一百餘年。因革損益，務求以便民。蓋至於長運而其法始定，疑未可以輕改也。此法一動，恐後之議者以蘇州不可，復議瓜、淮，瓜、淮不可，復議徐州、濟寧，未知今日之民，可以堪此否也？夫以米石加兑五六斗，是以石五六斗而運一石也。況過江脚價，日增月益，不知其幾，而後乃以長運代民之兑運。民之所以得宴然於境内而使軍自至者，非能役之也，實增加耗之米雇之也。軍之所以不得不至者，實厚受其雇而爲之役也。明公考求其故，必不肯容易改易於其間者矣。若夫糧米插和，及争訟小節，明公稍加振飭，所在孰敢不奉令？況戶部每年奏差主事監兑，奉有專勅。監兑能舉其職，則明公可以無問矣，亦不至啓長運爲兑運之漸也。

國家殫天下之力以養兵，一旦有事，兵者至於無所用，而獨驅民以戰。而天下之民，竭蹶以奉天下之兵，不知其已也，是固有可痛者矣。漕卒虓暴，賴所在有司與之牴牾，僅可少支。今明公意有所偏重，卽異日之放縱無所不至。有司承風，莫敢誰何。民猶以羊而禦狼也。瀕海州縣，自經倭奴剽掠之餘，十室九空。而加編海防，賦調日廣。至辛酉之水，吳中千里皆爲巨浸，爲百年所未有之災。當時撫院不曾奏蠲，至今易銀徵賠未已。鄉民離畟畝，日在官府聽候比較，晝夜捶楚，流血成溝。質鬻妻兒，投命貴室；廬舍折毁，蒿萊遍野，蓋有所不忍見者。明公甘棠之愛，在於吾民。今日領天下財賦，百姓嗷嗷，尚望於常格之外，加以曠蕩之恩。而嘉定之民，如以驕子得罪於慈母，可以少戒，而不可以深懲之也。況兌運一事，所繫非淺，是以少效狂瞽之言。伏惟矜恕，幸甚。

論三區賦役水利書

有光再拜，謹致書明侯執事：竊承明侯以本縣十一、十二、十三保之田土荒萊，居民逃竄，歲逋日積，十數年來，官於茲土者，未嘗不深以爲憂，而不能爲吾民終歲之計。明侯戚然於此，下詢蒭蕘。有光生長窮鄉，譚虎色變，安能默然而已。

竊惟三區雖隸本縣，而連亘嘉定迤東沿海之地，號爲岡身。田土高仰，物產瘠薄，不宜五穀，多種木棉。土人專事紡績。周文襄公巡撫之時，爲通融之法，令此三區出官布若干疋，每疋准米一石。小民得以其布上納稅糧，官無科擾，民獲休息。至弘治之末，號稱殷富。正德間，始有以一人之言而變易百年之法者，遂以官布分俵一縣。夫以三區之布散之一縣，未見其利；而三區坐受其害，此民之所以困也。夫高阜之地，遠不如低窪之鄉。低鄉之民，雖遇大水，有魚鱉菱芡之利。長流採捕，可以度日。高鄉之民，一遇亢旱，彌望黃茅白葦而已。低鄉水退，次年以膏沃倍收；瘠土之民，艱難百倍也。

前巡撫歐陽公與太守王公行牽耗之法，但於二保、三保低窪水鄉，特議輕減。而於十

一、十二、十三保高阜旱區，却更增賦。前日五升之田，與概縣七、八等保膏腴水田，均攤三斗三升五合。此蓋一時失於精細，而遂貽無窮之害。小民終歲勤苦，私家之收，或有不能及三斗者矣。田安得不荒？逋安得不積？此民之所以困也。

吳淞江爲三州太湖出水之大道，水之經流也。江之南北岸二百五十里間，支流數百，引以灌溉。自頃水利不修，經河既湮，支流亦塞。然自長橋以東，上流之水猶駛。迨夏駕口至安亭，過嘉定、淸浦之境，中間不絕如綫。是以兩縣之田與安亭連界者，無不荒。以三區言之：吳淞旣塞，故瓦浦、徐公浦皆塞；瓦浦塞，則十一、十二保之田不收；徐公浦塞，則十三保之田不收。重以五六年之旱，溝澮生塵，嗷嗷待盡而已。此民之所以困也。

生愚妄爲執事者計之：其一曰，復官布之舊。乞查本縣先年案卷，官布之徵于三區，在於某年；其散於一縣，在於某年。祖宗之成法，文襄之舊稅，一旦可得而輕變，獨不可以復乎？今之賦役册，凡縣之官布，皆爲白銀矣。獨不思上供之目爲白銀乎，猶爲官布乎？如猶以爲官布，則如之何其不可復也？古之善爲政者，必任其土之所宜以爲貢。文襄之意蓋如此。卽今常州府有布四萬疋，彼無從得布也，必市之安亭。轉展折閱，公私交敝。有布之地，不徵其布，而必責其銀；無布之地，不徵其銀，而必責其布。責常州以代輸三區之銀，則常州得其便；責三區以代輸常州之布，則三區得其利。此在執事言於巡撫，一轉移之間也。其二曰，復稅額之舊。牽耗之法，係蘇州一郡之事，生愚未敢僭及。姑言今日之易行者。前王公已定耗法，均攤之田，三斗三升五合。歉薄之田，二斗二升。既而會計本縣，薄田太多，而三十六萬之外，乃增餘積米數千。王公下有司再審，歉薄之田，均攤數千之米。此王公之意，欲利歸於下也。有司失於奉行。如三區者，終在覆盆之下，而所存餘積之米，遂不知所歸。欲乞查出前項餘積，作爲正糧，而減三區之額，復如其舊。此則無事紛更，而又有以究王公欲行而未遂之意矣。夫加賦至三斗，而民逋日積，實未嘗得三斗也。復舊至五升，而民以樂輸，是實得五升也。其於名實較然矣。既減新額，又於逃戶荒田，開豁存糧，照依開墾荒田事例，召募耕種。數年之間，又必有蘇息之漸也。其三曰，修水利之法。吳淞江爲三吳水道之咽喉，此而不治，爲吾民之害未有已也。先時言水利者，不知本原，苟狥目前，修一港、一浦以塞責而已。必欲自源而委，非開吳淞江不可。開吳淞江，則崑山、嘉定、青浦之田皆可墾。議者不究其本，因見沿江種蘆葦之利，反從而規取其稅。自甪直浦、索路港諸地，悉爲豪民之所占。向也私占而已，今取其稅，是敎之塞江之道也。上流既壅，下流安得而不閼乎？生愚爲三區之田而欲開吳淞江，似近於迂。然恐吳淞江不開，數年之後，不獨三區，而三州之民皆病也。若夫開瓦浦，溉十一、十二保之田；開徐公浦，溉十三保之田；此足支持目前，下策也。生愚聞之：古之君子，爲生民之計，必不肯拘攣於世俗之末議，而決以敢爲之志。況此三區，本縣蕞爾之地，在明侯之宇下，得斗升之水，可以活矣。伏願行此三策，庶幾垂死而再甦之。其有德于吾民甚大。

又今旱魃爲災，明侯昔日車馬所過，瀕河人跡所至之處，禾稼僅有存者；至於腹裏，無復青草。近經秋潦，往往千畝之田，枯苗數莖，隨水蕩漾而已。救荒之策，免租之議，此如拯溺救焚，尤不可緩者。又今三區無復富戶，所充糧役，不及中人之產。賠賍之累，尤不忍言。乞念顛連無告之民，照弘治間例，及太守南岷王公新行事例，免其南北運庫子馬役解戶之類，此亦可以少紓目前之急也。唯明侯留意焉。

與傅體元書

昨見子敬寄來丁田文字。不論文之工拙，但依違兩可，主意不定，不曾說得向來本意，有負使者郡太守採訪之盛心。更望足下與子敬從老吏根究利害，作一議，借前箸籌之，或尚可濟。

天下之事不在大。此法起于一二小夫淺見，街談巷語。顧九和在告，熟聞此言。後來入閣，銳意更變。覇州出其門下，特承迎之。主意原不好，吳民被其流毒二十年。今不攻其本，却從枝葉上說，殊不可曉。即如撥役時，必不能復使之出銀；今出銀，便禁不得他撥役。祖宗以來一百七十年，不見有司于撥役外增一役。如何議書册，不過二十年，乃至增銀自七釐七毫至四分有奇！此亦易曉，原本實在變法。光甫如何却極口稱贊他「取于下有漸而不偏，用于上有經而不過。」如此，又何容别議耶？如此論新法，而反回護金陵也。

吾等心知其害，承有司虚心訪問，又不端言，與小民同其喑啞，甚爲可歎。平生爲時文，不肯學黄口兒語，以致困窮。今垂老，無用世之望，已矣。諸公壯年，于天下事不可不隨事究心，庶他日立朝爲有用之學也。

與王子敬書

寄來文字皆看過，但説丁田，開口便不是。病源只因王太守變亂，其勢必至有今日之弊。今皆説其法盡善，止爲後來行之不善，却是附和書册，非當時與諸公原議。不若察院原來文書，反無偏主。便可依他説崧、常、鎮用舊法，如何民無他議，惟此何故紛紛，利害便見矣。不攻其本，止就末流上説，甚好矣。縱如新太守復舊七釐八毫，不點差；只恐一二年後，點差增加，復如今日也。

朱子嘗言，論新法者不爲不多，能識其本原，中其要害者甚少，宜介甫詆以爲俗也。論天下事多類此，如何可哉？只是吾輩説不出，官是西北人，如何曉得？欲入城商議，爲往來不便，亦懶作文字，姑俟月盡相見議之。陶節婦傳，昨大風中爲作得，秉筆更似嚙冰雪也。稿在敬甫處。

論禦倭書 代

某廢棄山林之日已久，天下之事，非分之所宜言者。顧自以世受國恩，身在江湖，不敢一日而忘魏闕之下。況今倭奴，逆天悖暴，實吾父兄子弟百年之仇恥。辱明公惓惓下問，一得之愚，敢不自竭。

伏見天子哀憫元元，誕布德音，明公以股肱耳目之重臣，膺茲簡命。俾執玉帛，告祭東海之神，精誠昭格，百靈效順。龜鱉小醜，當知無遁逃之所矣。昔裴晉公、李中丞嘗受視師之命，不旋踵而元濟就擒，劉稹授首，克成淮、蔡、澤、潞之功。況我聖朝之威靈，萬萬於有唐，而明公之所以自待者，豈自處裴、李之下哉？固宜詳延博采，不遺於芻蕘之賤也。某不敢爲泛說以瀆明聽，姑就今日用兵之勢言之。

自倭奴入寇，於今三年。虔劉我人民，淫污我婦女，焚蕩我屋廬。有司嬰城而自保，軍衞莫之誰何。盼盼焉視彼重裝滿載，得氣而去。徒諉曰無兵，猶可也；今各省之兵四集，無慮十萬，屯聚境上。區區殘息游魂，滅此而朝食可也。而至今相持，未見有必戰之計。

老子曰：「師之所處，荆棘生焉。」故善者果而已矣。孫子曰：「久暴師，則國用不足。鈍兵挫鋭，屈力殫財，則諸侯乘其敝而起。」「故兵聞拙速，未覩巧之久也。」今若是，不幾於鈍乎？豈老子之所謂果乎？議者謂此寇不宜與之戰，在坐而困之，此固一説也。然窮天下之精兵，散甲士於海上，曠日彌月而久不决，則所謂困者在我矣。是不可不察也。則今日之計，宜於速戰而已。

然兵有分有合，徒厚集其衆於一，而不爲之列屯要害，廣布形勢，則賊之所出，必視吾無備之處而爲之走集。是宜觀地之要，以擬其潰。吳、越之地，瀕於大海，海口之可通者，數路而已。既不能把扼而使之突入；三江、五湖之間，要害之可守者，數處而已，又不能按據而使之横潰。則將何爲而可也？某以爲賊在川沙，兵之所向，能保其敗於東，不潰於西耶？攻其外，不潰于内耶？故太湖之口可屯也，三泖之口可屯也，吳淞江之中道可屯也。某嘗循行江上，問所謂滬瀆壘者，知昔人禦寇之遺跡。卽如此壘，正在蘇、松二府之中，賊得至此，則蘇州、松江諸縣，無日不危也。故爲屯壘，不獨可以拒賊之入路，又可以爲州縣之聲援也。昨者黄岡涇之捷，斬首之多，以前所未有。然賊復東出。則賊鋒雖挫於五湖之上，而蠻烟復接於九峯之間矣。由此言之，分屯其可後乎？

往賊攻州而府不救，攻縣而州不救，刼掠村落而縣不救。府如無州，州如無縣，縣如無村落。僅僅自保於一城之中。如與人鬬而束其手足，絶其黨而孤立，如之何能自存也？幸而此賊在於抄掠而已，設有長驅之志，孰能禦之？是唇齒俱亡，首尾衡决矣。即使徒以保城爲功，而置百里生民於度外，爲人父母，何以爲心？况京畿千里之地，蕩然無藩籬之限，兵之失勢，莫甚於此。此其不可一也。

凡王者之師，未有不分别其逆順，離散其黨與者。今閩、浙亡命，與諸島之夷〔一〕，固所必誅。若吾民所在被其係累，而髡之以爲前行，以餌吾師。嘗聞我軍斬首虜〔二〕二百餘，其間止有一二爲眞賊者。則臨陣之際，豈可不辨其眞僞，明購賞格，開示丹青生活之信？古之用兵，能使賊爲吾用，而今驅之使爲賊。此其不可二也。

聚天下之兵，而軍政不立，斷斬不行，鹵掠不禁。前者方陷陣，後者已奔佚。是民有百走退死之心，而無一前進生之計。且所謂營壘、行陣、間諜、兵械，與夫分數、形名、虚實、奇正之説，兵家之所常言，悉置而不講。此其不可三也。

故今日之兵在於决機，而分屯以佐其勢。又當戒飭州縣之吏，不宜以閉塞城闉爲上策。百姓之逃歸者，不可逆以奸細而禁錮誅戮之。至於誅賞，軍令之大，今之所調，雜以夷〔三〕獠，宜示中國之紀律，不可爲蠻夷〔四〕所笑。如是而戰不勝、賊不滅者，未之有也。

然今雖以殄滅爲期，而經略措置，非數十年不能安寧。且夷〔五〕性貪狠，狃於鹵獲之利，雖有懲艾，不能保其不來。夫自正統以來，殆將百年，及今而發。如人之疾病，一旦發作，豈得遽止？故宜考求宣德、正統之間，前之所以侵盜而無已，後之所以頓息而不來，則有以知其故矣。永樂中，廣寧伯鎮守遼東，築城金線島之西北；夜見東南海島中火光，即知寇至，邀擊之，擒斬無遺，以是寇不敢入境。蓋彼懸度大海，經以旬月，非風候不行。又不能多齎糧餉，賊未到岸，往往饑罷。兵法無負於水而迎客，無迎水流。獨於禦倭，宜反而用之。必迎水逆擊，不使上岸，此必盡之術也。舍是，則由外海而入內海，由海入港，由港入城郭，如今日必至之害矣。謂宜振飭祖宗之法，自廣、閩、浙、淮，以至遼東，修沿海列衛之政，則兵不必別調也。舉都司備倭之職，則將不必別選也。不然而恃客兵，客兵不可久居；設使撤還，賊將復至。周旋不已，是兵無時而息也。而民亦殫矣。

議者又謂宜開互市，弛通番之禁，此尤悖謬之甚者。百年之寇，無端而至，誰實召之？元人有言：「古之聖王，務修其德，不貴遠物。」今又往往遣使奉朝旨，飛船浮海，以與外夷〔六〕互市，是利於遠物也。遠人何能格哉？此在永樂之時，嘗遣太監鄭和一至海外，然或者已疑其非祖訓禁絕之旨矣。況亡命無籍之徒，違上所禁，不顧私出外境下海之律，買港求通，勾引外夷〔七〕，釀成百年之禍。紛紜之論，乃不察其本，何異揚湯而止沸？某不知其何說也！唯嚴爲守備，鴈海龍堆，截然夷〔八〕夏之防，賊無所生其心矣。某身罹寇難，以與鄉邑父老熟計之，此言或有近於理。幸賜採擇而行之。

上總制書

竊惟我明有天下，幾二百年。諸夷〔九〕恭順，四邊寧謐，足稱盛治。惟北寇〔一〇〕時或猖狂，然其氣雖猛悍，性尙蠢直。弓矢之外，別無利兵。中土頑民，固亦有爲之嚮導羽翼；而衣食好尙，大相殊絕。又北地苦寒，無物產，不通貿易，故亦不過千百之什一耳。所以來去倏忽，無久安常住之想。而京師輦轂之下，聲勢甚重，防衞甚嚴，官屬衆而儲偫富，號令一而賞罰明，凡所猷爲，罔不如意，然猶不能不僅宵旰之憂。庚戌之事可鑒也。

若今倭寇之變，則大有不然者。性鷙而狡，兵巧而利。高皇謝絕朝貢，今上禁通市舶，慮至深遠矣。夫何官絕私通，交往習熟，向導羽翼，反數倍之？中原虛實，瞭在賊目，故敢於深入。自壬子歲三月，繹騷至今。蘇、湖抵吳，直犯淮、揚，燒刼奸淫，眇無忌憚，誠有國之大辱也。乃今因糧於墟落，藉兵於僨軍，築舍鑿河，略無去意。其聞風效尤者，日增月益。警報洶洶，滋不可聞。而有司類皆庸懦，方其臨逼，卽束手兢兢；幸其稍退，便高枕泄泄。豈惟無使之隻輪不返之意，雖欲驅之出境，不可得已。況兵燹之餘，繼以亢旱，歲計無賴，萬姓嗷嗷。顧又加以額外之徵，如備海防，供軍餉，修城池，置軍器，造戰船，繁役浩費，一切取之於民。議及官帑，輒有擅專之罪。然此亦適中有司之計。蓋官帑有限，而取之於民者無盡藏，得以恣其侵漁耳。

夫東南賦税半天下。民窮財盡，已非一日。今重以此擾，愈不堪命。故富者貧，而貧者死。其不死者，敝衣枵腹，横被苛斂，皆曰：「與其守分而瘐死，孰若從寇而倖生？」恆産恆心，相爲有無，無足怪者。若非頃者大爲蠲除，恐此輩不外而倭卽内而盜矣。未必皆斯民之過也。

某頃以試事在留都，聞寇自蕪湖邐迤南下，直抵安德門。舉城鼎沸，某時亦不免周章。及詢之，不過逋寇五十餘人而已。不覺仰天浩歎，椎胸飲泣者久之。夫留都自府部科道而下，庸流冗員，姑置勿論。其雕轂華韉，錦衣肉食，平日自謂高出羣類，莫可仰視者，奚啻千人？乃亦寂無善計，惟知塡關閉門，追夫守堞，與窮鄉下邑無異。自此之外，一切以爲迂談。以愚見言之：大内雖多重寶，終自遺宫。若孝陵，則我高皇帝體魄所藏，神靈所宁。萬一土城失守，少有侵蝕，百司庶府，將安用哉？况京軍除孝陵及江北諸衞，雖殘缺之後，尚有十二萬丁。而官舍軍餘數當倍之。既不使之出戰，又不使之守城。徒令市井貧民，裹糧登陴。一夫每日官給燒餅二枚，計費銀一百餘兩。每夜自備油燭七條，計費銀七百餘兩。典罼供備，常從後罰。寃號之聲，溢于衢路。則平昔養軍，果爲何耶？

及某淪落東歸，則聞此寇復竄吳界。凡諸有司，名雖統兵出境，實皆各自擁護，殊無互爲策應之意。間有奮勇前驅者，豈眞具有成筭，非迫於嚴刑，則誘於重賞。而文武官屬又皆在數里外，並未嘗有臨陣督戰者。故往往以孤懸取敗。卒亦不聞有不相赴援之誅。是進者死而退者生，前者苦而後者樂。號令之不一，賞罰之不明，承襲蒙蔽，一至於此！可不爲之痛心哉？

議者咸謂窮寇致死，吳民柔脆，且不知兵，本難爲敵。嗚呼！有制之兵，無能之將，不可敗也。今將既不選，兵復不練，其于陣法奇正，懵然無知，而漫使之格鬬，是誠所謂驅羣羊而攻猛虎也。今日之責，惟君侯爲重；今日之權，亦惟君侯爲重。指顧之間，勇怯立異；呼吸之際，勝負頓殊。惟君侯其圖之。

且東南財賦，出于農田；農田繇於水利。某嘗謬撰一書，及承溼州侍御委纂圖考，其源流利害，亦頗究竟。今以倭寇往來，乃於湖流入海之道，悉行堰壩，冀爲梗塞。殊不知此寇離海深入，原不甚賴舟楫。而淸流既壅，渾潮日漲。水利不通，農田漸荒。外患雖除，內亂必作。有憂國憂民之深念者，恐不當若是之舉一而廢百也。

伏惟君侯德高望重，謀深慮淵。昔秉文衡，多士欽式；今本兵柄，萬師協心。恩敷如春，威行如秋。東南之民，如離水火而登衽席，脫仇讐而依父母。更生之望，端在今日。某本章布諸生，不當冒越。第曩曾以文藝濫辱奬與，今君侯專制武備，正某等先後疏附之時。矧目擊危變，身罹艱虞，黔廬赭山，剝膚傷骨。亦嘗冒風雨，蒙矢石，躬同行伍者四十餘晝夜，頗能發縱。昔李白自謂「雖長不滿七尺，而心雄萬夫」，亦竊有焉。公怒私憤，義不容默。故壬子之秋，妄作備倭議；癸丑夏五，更作紀事實錄。不識忌諱，多所觸忤。冀以裨時政之萬一。有司間亦行之，而未能盡也。茲敢復綴所聞見，僭溷崇覽。伏惟君侯少霽按劍之威，亮其懃懇之衷，不計蕪陋之詞，得賜少垂察焉，則曷勝幸甚。按是書作于甲寅歲。時府君以孝廉家居，今云以試事在留都，似是代人作者。後又云撰水利書、纂圖考，作備倭議，及「章布諸生不當冒越」等語，又似自署名者。諸刻既不之及，鈔本但稱某而不書名，今姑從之。

與沈養吾書

來書，極荷相念之至。山妻在殯，便欲權厝，又大草率。以此遲疑累日，幸少平靜，而賊勢日橫。十一日，始攢于西園。方工未訖，前晚有沙船泊市中，市人皆驚恐，夜走不絕，天明始定。今亦惴惴然如在邊塞，望候風塵，即爲走計耳。宅內生聚，不下百口。一舉足，皆有流離之苦，不得不稍鎭定之。所論賊勢正如此。

東南承平日久，吏無知兵者。若使知古方略，一太守、縣令能辦之矣。今嬰城自保，不發一矢，忍以百萬生靈餌賊；令賊得氣，將來蔓衍未知其所極也。聞蔡操江奏，倭寇不過三四十人，皆蘇、松人欲反耳。徐閣老以闔門百口保無此事。又聞近日任少府獲賊帥于蔡衙前，未知信否？有便，更乞寄示。

賊據新城，陷上海，今其意在南翔。專候若到南翔，卽攜家行矣。匆匆殊不盡。東倉之勝，足以少創之。昨日焚燒上海略盡，其勢未已也。欽甫時相見否？幷爲致意。

崑山縣倭寇始末書

倭寇之變，起自上年三月初旬。雖絡驛無虛日，亦惟騷動緣海，尙未敢深入，猶懼歸途之有梗也。乃今糾合旣衆，嚮道旣明，又知吾民不素習，兵不預備，遂眇無忌憚。今年四月初七日，警報直抵崑山。官民閧然，方塡門塞關，爲城守之計。而都司梁鳳適承撫按文檄，統處兵八百，來守茲土。士民倚爲長城。詎意其貪懦無狀，坐受宴犒。托言屯扎該境，遙爲聲援，竟爾招搖遠去。分兵四逸，半從鹽鐵，半從周市，沿途剽掠，吾民驚竄，自是要害無守。

十三日午時，賊船五十餘隻，賊徒三千餘人，逕泊新洋江口。直犯東門，肆力攻圍，烟焰燭天，哭聲動地。其接踵而至者，又無慮二三四倍。夜則桅燈如列星，旦則吹螺舉號，蜂附雲集。較之他處，猖獗尤甚。而梁鳳乃于十六日自常熟復入郡城，若不與聞者。十七、十八等日，賊遂造雲梯二十餘乘，攻擊東北二城，勢極危迫。賴官民悉力拒守，幸以不破。當夜，鄉士大夫蠟書，募敢死士縋城而下，自間道往，請救于代巡孫公。十九日，卽蒙復委梁鳳提兵應援。而梁鳳又復遷延六日，方至崑山縣西九里橋。索取軍需，聲言每名要銀五兩，乃始進兵。奈此時民窮斂急，本縣素乏羨餘，不能一時卒辦。意不相愜，復退屯兵眞義地方。偶與賊遇，勉強一戰。貪其輜重，反致大敗。火藥銃礮，半被鹵去。而遺落田野，爲村民俞辟等所埋藏者，又不可勝數。設使天不佑民，盡以藉寇，其聲勢又何如也？是日又復遁入郡城，詐言吾軍一至，賊徒盡散，民不被殺，屋不被燒，麥盡刈而苗盡栽矣。一時上官咸謂信然，遂不復以崑山爲意。

賊覘知援絕勢孤。二十四日，復以雲梯三十餘乘，攻東南、東北二門。是時不獨燕尾劍稜勁鏃，加以佛郎鉛錫大銃，一時今發。城中辟易，危急十倍于前，不得不再行請救。而孫公惑于梁鳳先入之言，頗有難色。差官張國維，頓首號泣，具道梁鳳不才之狀；乃益以沂、邳及山西兵三百餘人，本府義勇二百人，復遣梁鳳統之以行。其答鄉士大夫書，則有「兵雖可用，將官懦怯，某再三責以大義，而翁公則有促之不進，爲之奈何」等語。愚意其使貪使過，責後效以蓋前愆，未可知也。時太倉陶指揮所募款兵適至。又命二守督率併進，意在刻期剿滅。而梁鳳逗留如昔，自初七日受檄出師，越四日，尚駐維亭。本縣既備糗糧，旋復臭腐。且動以「將在軍，君命有所不受」爲詞。雖張公亦莫得而誰何也。賊乘此間，又于初八日聚衆四千餘人，雲梯無數，布列東西城下，百計衝突，傷害甚多。而官民拒守益力，殺死賊徒，數亦相當。至昏時，賊始稍退，復移屯城西林中。蓋富室佳園，惜不忍毁，故遂爲賊巢耳。

次蚤，皆負門扇接造飛梁，破駕衝車，直逼城中，發掘甃石，鐵椎扣門，聲如雷震。百萬生靈，命在頃刻，而人心愈奮，爭出死力。用生絮、松脂、麻油，燒燬衝車。更從樓上穿板，灌注灰湯墜擊。殺其魁名二大王者，及夥賊數人，賊始退去。是時闔城士女，搖動驚惶，縊溺而死者數人。引領援兵，復不見至。

初十日夜分，生員龔良相、徐倬、傅繼善奮義冒死請兵。十一日黎明，遇梁帥于六市舖西，距縣尚三十餘里。反覆哀懇，而梁鳳驕蹇有加。賴張公督促前進，款兵踴躍東向，氣雄志烈，不負狼名。梁帥徐徐既至，有司選地扎營。梁鳳仍稱該地四面阻水，不可遏敵。復退屯九里橋外。款兵孤懸，勢難野宿。姑納城中，待梁并進。府縣文牒祈請再三方至。開門延入，欲加慰勞。已先計縱沂兵逸去，爲媒孽之地矣。方議出攻，乃又妄中本縣按兵不發。于是憲符嚴責。十五日，張三府督梁鳳合兵大舉。本縣義勇導引款兵，直搗賊窟。血戰方酣，而諸兵遙望賊來，卽麾奔潰。多自溺水，甲騎鎧仗，半爲賊有。款兵益進，殺傷賊徒二十餘人。而後援不繼，致有陣亡擠水之禍。于是更令逃軍造爲厚款薄沂之謗，欺罔上官，致使是非不明，功過莫辨〔二〕。假令有司誠有厚薄，亦不過視上官意向。而士卒得以厚薄爲去留，則將焉用彼帥哉？其失機誤軍之罪，恐不可推托于厚薄也。

儀部王主政，不忍官民罹此荼毒，受此萋菲，挺身冒險，仗義執言，乃至暴沒。皆憤憤不平之所致也。人之云亡，邦國殄瘁。時事如此，可勝嘆哉！其原蓋始于當道先有款兵，防衞無錫，以厚其故人，而梁鳳亦不欲強顏再入崑境，各戾初心，遂相搆煽。殊不念崑山之與無錫，均爲朝廷根本之地。況上游土崩，下流瀾倒，又必然之勢也，豈宜有所偏重哉？

是時我軍雖未收全功，而款兵聲已讋服賊胆，遂相引去。殺遺民，燒遺屋，數十里烟火不絕者，又四五日，以泄其餘憤。蓋自四月初七日至五月廿五日，孤城被圍凡四十五日。臨城攻擊，大小三十餘戰。以不教之民，當日滋之寇，內無張巡、許遠之略，外無蚍蜉蟻子之援，城之不陷，皆天也。其六門並攻，被殺男女五百餘人，被燒房屋二萬餘間，被發棺塚計四十餘口，是皆就耳目之所睹記者言之。其各鄉村落，凡三百五十里，境內房屋，十去八九，男婦十失五六，棺槨三四，有不可勝計而周知者，君門萬里，未能遽達；雖密邇當道，豈皆盡得其實哉？互相蒙蔽，以期逭罪，賊何幸而民何辜也？彼梁鳳若始能不離該境，則賊安敢遽爾深入？中能力戰不退，則賊豈敢直擣郡城？終能如期急難，則賊豈敢衝城鑿穴？賊崑山之禍者，梁鳳也。乃又飾詞駕罪，欺天乎？欺人乎？

更有大可怪者，其款兵先登殁陣，其渰死者，皆緣邳、處二兵爭先奔潰，擠入洪流，性不善水，又甲重不能振拔，遂至胥溺，非汨水而被渰者。此情可矜，法所應恤。彼二兵正當正其望風奔潰之罪，以示懲勸。乃今與款兵一體加厚，何其顛倒之甚耶？嗚呼！處敗軍若此，良民無故被殺者，流血成川，積骸如山，又將何以待之哉？

嘗考吾崑自有國以來，未嘗被兵燹，有生聚而無教訓。故今遭此，皆錯愕相顧，束手無策。不得已，爲堅壁清野之計。縱賊猖狂，莫之敢抗。其受禍亦獨慘于他處。今之急務，莫若廣濠塹，造月城，築弩臺，立營寨，集鄉兵，時訓練，鑄火器，備弓弩，積薪米，蓄油燭。其周迴近城林木，須斬去里許，以絕埋伏。塋塚有碍城隍者，宜量給地價，爲遷葬之費。而十家爲甲之法，尤所當嚴。其男子十五歲以下，凡成丁者，盡令編報，排門粉壁。每甲推長一人，稽其出入。若有面生可疑，雖係商賈，非累年土著，無父兄承傳者，亦須根究。庶使內賊不出，外賊不入，而奸宄之徒，無從造釁矣。

至于撫疲民，蠲逋稅，勸荒田，尤時政之大端；而動支官銀，又便宜之要術。蓋事有常變，有輕重。處常，則倉庫爲重而武備爲輕；處變，則軍旅爲重而財用爲輕。況居官行法，自有大體。私罪不可有，公罪不可無。所謂公罪者，正今日動支官銀以濟時艱，而爲法受惡之類是也。况既上官文移，則操縱由己，雖不宜冗濫，又何必拘拘常格而自取窘縮哉？且安富之道，周官所先。勸借可暫而不可常，可一而不可再。以有限之大戶，而欲應無窮之巨寇，「吾不知所稅駕矣？」

凡此數事，果能斷自乃心，豫有成筭；則用足兵強，形勢險固，人心堅勵，進可以攻，退可以守。賊來犯境，便當橫出四郊，與之一决。又何必塡門塞闕，懸懸外援之望，不獲其用而反受其害，如今日之寃憤哉？愚忝與守城，與賊來去之日相終始。目擊慘毒，所不忍言。姑記其始末，以備他日邑乘之紀錄。其他處置，略具備倭議中。有民社之寄者，尚其鑒此衷悃，毋以出位爲罪。幸甚，幸甚。

校記

〔一〕〔三〕〔四〕〔五〕〔六〕〔七〕〔八〕〔九〕衷　原刻墨釘，依大全集校補。

〔三〕虜　原刻墨釘，依大全集校補。

〔10〕北寇　原刻墨釘，依大全集校補。

〔11〕辦　原刻誤作「辧」，依大全集校改。

震川先生集卷之九

贈送序

送吴純甫先生會試序

予爲童子時，則知有吴純甫先生。長而登先生之門，悦而忘其歸也。蓋世之所謂慷慨魁磊之士，吾必曰先生焉。先生精於學，邃於文，熟於事。少時，爲縣大夫郡邑長者所推重。當道者往往歎息，期以大用，指日以望。既而摧抑頓挫者幾三十年。先生自負瓌偉，不見施設，獨喜爲人言之。人無賢愚，見者傾倒。自少年學子稍知向方者，必引而進之。士之有志者，亦皆歸先生。每從嘉林修竹間，紆衿方履，笑詠相隨，殆無虚日。時有質辨，剖析毫髮，議論蠭起，羣疑豁如，雲披雨霽，天清日明。其於天下之利害，生民之得失，常有隱憂於其間。天子中興，慨然有志於三代之治。詔書數下，所以修明千百年之廢典者不一事，悉先生之所嘗言者。故與先生遊者，皆去爲顯官。先生獨爲諸生，揖讓進退自若也。

嘉靖辛卯，先生始發解。於是將上禮部，服王官有日矣。皆喜先生之遇，而又惜其晚也。然君子之論不施於早晚之間，而施於遇不遇之際。不以徒遇之爲喜，而以得所遇之爲樂。予惟國家以科目收天下之士，名臣將相，接踵而興。豪傑之士，莫不自見於其間。而比年以來，士風漸以不振。夫卓然不爲流俗所移者，要不可謂無人也。自餘奔走富貴，行盡如馳，莫能爲朝廷出分毫之力。冠帶褎然，輿馬赫奕，自喻得意。內以侵漁其鄉里，外以芟夷其人民。一爲官守，日夜孜孜，惟恐囊橐之不厚，遷轉之不亟，交結承奉之不至。書問繁於吏牒，餽送急於官賦，拜謁勤於職守。其黨又相爲引重，曰：彼名進士也。故雖犖然肆其恣睢之心，監察之吏，冠蓋相望，莫能問也。居無幾何，陞擢又至矣。其始羸然一書生耳，才釋褐而百物之資可立具，此何從而得之哉？亦獨不念朝廷取之者何如，用之者何如，爵祿寵錫之者何如也。豈其平居無懇惻之意歟？將富貴之地，使人易眩，失其守歟？世之所倚重者盡賴此輩，而如是彌望，君子蓋以爲世道無窮之慮焉。

初，先生與余論天下事，予未嘗不竦然，又默然有感也。以爲在位者皆以此爲心，則天下可以無事。然而先生不遇也。今先生遇矣，得一人於千百之中，不可謂無獲也；障流波於奔潰之日，不可謂無力也。以其向所言者而從事焉，則猶饑渴而飲食之也。夫趨俗之士師師，持正之士諤諤。夫諤諤非幸也，然天下之事，彼不爲而此爲之，倡者一人，隨者十人，則固當有聲氣之同者。若是而相與持天下之勢，君子又以爲世道無窮之幸焉。故予謂先生不謂之晚，而如先生乃可謂之眞遇也。若彼碌碌者徒，雖襁褓而朱紫，日唯諾於殿廷，吾不謂之遇也。因書以爲别。按辛卯爲嘉靖十年，府君時年二十有六耳，文章議論已如此。

送夾江張先生序

昔者天下初定，士之一材一藝，咸思所以奮起樹立，以自見於世。而上之所以甄别進退，激揚風勵之者靡不至。天下之小官，其名嘗達於天子之庭。朝而爲善，夕以聞於朝，而旌擢之命加焉；夕而爲惡，朝以聞於朝，而誅削之令加焉。故懷不肖之心者，懼而不得逞；有一命之寄者，皆以自愛而不輕棄其身。夫是以能鼓舞變化一世之人材，而賢者恒自下僚崛起，卓然爲天下之望；蹋冗無能之徒，終身沉淪而不敢有分外之思。

承平既久，士無賢不肖，率以資敍。交馳横騖，布列天下之要位，以行其恣睢之意。窮閻之民，愁苦籲告；而扳援憑藉，巧文掩護，時得忠勤之褒。至於仁人志士，不幸偃蹇於卑服，竭力以行其所志，而蒙其恩者交口贊頌，上之人猶掩耳弗聞，而獨以其意制輕重於其間。公論在於下而上弗知，有識之士所以掩鬱喪氣而長歎也。

吾師夾江張先生，司邑之教。寛和樂易，不設防畛，而介然之操，不爲勢利之所沮屈。周知士之所急，時以從容數語，洞析其情。而先生之愛士，與士之愛先生，不啻如家人父子。邑之人自薦紳先生，下至於市井之童稚，皆知其賢。迺者有同州之命，莫不咨嗟歎息，爲之徧訪士大夫之宦〔一〕游長安者，知其風土之不逮吾吳中，而以爲憂。又以爲先生之賢，宜得顯擢，使出於格例之外；而顧復奔走於常調，是所以益抱無涯之恨，而傷公論之未明也。夫天下之官，上自公卿，下至於州縣之吏，其等級不知有幾。而數之至於學官，此豈有意知其可否而黜陟進退之者？然則又烏能知吾邑人之情之如此也哉？

予爲弟子員，事先生於學官者四年。見先生再遭子壻之喪，孀女寡婦，年老撫抱幼孫，客居萬里之外。先生之官，又世之所謂窮苦寂寞而無聊者，而處之裕如，未嘗有愠色。則區區計較於毫毛之間者，非先生之情；獨予與邑人之情，不能已者如此也。

送李廉甫北上序

西川子與余，同庚也，同業也，又相善也。今秋，予爲考官所黜，而西川子以易舉爲第三人，予蓋釋己之憂，而爲西川子之喜。

雖然，西川子將仕矣。至京師，天子臨軒而策焉；廟堂賢公卿，矚目以待焉；服官而執事焉。一言之善，一事之得，天下有被其福者；一言之否，一事之失，天下有被其禍者。國家聚天下俊乂，冠冕而禄食之，非以爲西川子榮也。西川子今又不若吾徒平日，相與肆意侈志，時有悖繆，口耳出入而已，有利害，將不及於里閈也。予於是釋己之憂，而爲西川子之憂。

西川子淳謹和易，與之居，終日無忤。推其心於忠君愛國，油然也。而予惓惓之心，猶有不得已者。西川子既束裝矣。予病，不能從祖道；則使人謂之曰：「異日子得賜告而歸，予將以舊言驗之也。」

送王汝康會試序

吳爲人材淵藪，文字之盛，甲於天下。其人恥爲他業，自髫齔以上，皆能誦習舉子應主司之試。居庠校中，有白首不自已者。江以南，其俗盡然。每歲大比，棘圍之外林立。京兆裁以解額，雋者百三十五人耳。故雖方州大邑，恒不能三四數。至或連歲無舉者，有司以爲恥。若吾王子之家，乃歲占其一人。往年，汝欽進士，光州大夫伯仲，相繼震耀於閭里，其疎屬不論也。斯亦奇矣。初，予與王子居留都下，賓朋環坐，王子每論及試事，輒言文而不言命，以爲是舉若探諸囊中。予頗怪訝其言，既而服其決也。吾知其進於禮部，亦若是焉耳。

抑吾聞之：君子不頌人以已然，而譽人以所當得。請言服官之道，可乎？夫道之用散於天下，人與己而已。人不知己，不足以行志；己不知人，不足以及物。狥人以通者，其失則流；固己以私者，其失則傲。故君子有忠恕之術，所以一人己廣德意，事上澤下，而達其仁於天下也。自科舉之學興，而學與仕爲二事。故以得第爲士之終，而以服官爲學之始。士無賢不肖，由科目而進者，終其身可以無營，而顯榮可立望。士亦曰吾事畢矣。故曰士之終。佔畢之事，不可以蒞官也；偶儷之詞，不可以臨民也。士之仕也，猶始入學也。故曰學之始。夫是以不得於預養，而倉卒從其質之所近。其柔者巽懦而不立，而剛者又好愎而自用；佞者洟涊以自謀，而直者矯激而忘物；寬者廢弛而自縱，而嚴者凌訐盡察而無所容：如是而曰古今之變，道之難行，夫豈其然乎？

君子之仕，以任事，必觀其勢；以達志，必盡其情；以振法，必歸於厚。其剛也似柔，其直也近佞，其嚴也以爲寬也。若是所謂忠恕之術，推而行之，無古今也。夫誦詩三百而可以授之政者，非徒以博物洽聞之故也。蓋涵濡於三百篇中，而其氣味與之相入，則和平之情見，而慈祥愷悌之政流矣。唐、虞知人之目，教胄之方，思欲得而用之，皆取於是也。是以其氣長，而其量宏。畀之以富貴，而吾亦有以受之矣。富貴之於人，其不至不能强；其至不能拒，故有以受之。吾見若百川之注大海而不盈也。王子與予有姻婭之親，予故不覺其言之複云。

送縣大夫楊侯序

大夫同安楊侯之宰崑山也，毀斥梵宇，創造書院。進有光等數十人於堂，時加訓廸，不以政繁爲解。衆方相與飭勵，翹然有思奮之心，而侯以徵書北上。於是諸生怳若有失，相顧慨歎而言曰：「古之善爲政者，能合衆私以成其公，使爲民者樂其敎化之實，而士者慕其禮，衆能私之，故無不徧也。侯有愷悌之政，平夷靜息，民以順習。頃者患稅籍之紊，豪猾緣以飛走，莫詰其端，侯爲之按畝出稅，搜剔伏匿，深爲百年之計，是侯有大賚於民也，而民相與私侯於田畝。侯以學校修廢舉墜，惟力所及，呈藝較課而上下之，無有所偏愛，是侯於諸生無不至也，而諸生相與私侯於學宮。如吾數十人者之不肖，而侯不鄙夷，甄陶獎誘，深荷知己不倦之意，而吾數十人者，復相與私侯於書院。則侯之行也，獨不可以致其私於侯乎？」

有光曰：「稱頌德美，非所以報知己也。欲以一方之故而滯賢者，非所以示廣也。愚願有陳於侯焉。天下之事，不知者不可以言；知之而不當其事者，不可以言；知之而又當其事，可以言矣。東南之民，何其憊也？以蕞爾之地，天下仰給焉。宜有以優恤而寬假之，使展其力，而後無窮之求，或可繼也。比者仍歲荒歉，主計者若捧水然，惴惴焉懼有所滲漉。有司之奏報日至，而徵督日促。經二大赦，流離轉徙之民，日夕引領北望，求活於斗升之粟，而詔書文移，不過蠲遠年之逋，非奸民之所侵匿，則官府之所已徵者也。民何賴焉？東南地方物產，雖號殷盛，而耗屈已甚，非復曩昔。並海之區，惟賴水利蓄泄，而專官雖設，漫無所省。今民水旱一仰於天。譬之植莫者，必有以栽培灌溉之，而後從而收其實。今則置之磽瘠之地，蔽其雨露，而牧之以牛羊。蓋取之惟恐其不至，而殘之惟恐其不極，如之何其不困也？今民流而田畝荒蕪，處處有之。雖以侯之愛民，支左持右，然掣於前而肘於後，其不能如侯志者多矣。天子興致太平，制作禮樂，一宮之廢，動以萬計，有司奉意承命，未嘗告乏。而獨不肯分毫少捐以與民，爲千萬年根本之計，何也？昔『吳公治平爲天下第一』，史無可見之事，而獨稱其薦賈誼者。夫誼以少年書生，混迹窮巷，吳公何以知之？至觀其論天下大計，乃知誼之言必有以當吳公者。由此言之，使誼未用，則誼之策，吳公必能言之矣。愚以是私於侯，可乎？」衆曰：「然。」遂書之。

送何氏二子序

自周至於今二千年間，先王之教化不復見。賴孔氏之書存，學者世守以爲家法，得以治心養性，講明爲天下國家之具。而孔氏之書，更滅學破碎之餘，又不復可以得其全。其有足以意推，而較然不惑者，不過什之三四而已。而儒者先後衍說，作爲傳、註，有功於遺經爲甚大。

然在千載之下，以一人一時之見，豈必其皆不詭於孔氏之舊，而無一言之悖者？世儒果於信傳，而不深惟經之本意，至於其不能必合者，則寧屈經以從傳，而不肯背傳以從經。規規焉守其一說，白首而不得其要者衆矣。間有不安於是，則又敢爲異論，務勝於前人，其言汪洋恣肆，亦或足以震動一世之人。蓋漢儒謂之講經，而今世謂之講道。夫能明於聖人之經，斯道明矣，道亦何容講哉？凡今世之人，多紛紛然異說者，皆起於講道也。予以爲聖人之言，簡易明白；去其求異之心，而不純以儒者之說閡之，必有庶幾於所謂什之三四者。

南陵何氏二子，自蕪湖浮江而來，千里而從予於荒野寂寞之濱，予常以是告之，二子未嘗不以予言爲然也。歲暮，辭予而去。惜二子亦方有事於進士之業，而未暇於予之所云。然二子要爲知予，而其志意非苟然者。

昔楊子雲作太玄，以示劉歆。歆號博極羣書，予獨怪其無一言論玄之是非，而直以爲人覆瓿爲憂。顧於歆之意何如耳，後之人奚暇論耶？至雄之弟子侯芭，獨知好雄書。予非爲雄之學者，而士之知與不知，則千載同此慨也。

送宋知縣序

宣宗章皇帝時，蘇州守臣以吳中賦重，抗疏爲民請命。一時雖未及大有恢張，以沛曠蕩之恩，而詔書裁減，德意甚美。時又專委重臣，經地物貢，其法至爲纖悉。此非樂爲是繁碎，亦因土之宜，順民之性，不得不然也。歲久弊滋，吏胥緣以爲姦。議者不深惟立法之意，務爲一切以求簡便，名曰未嘗紛更，而實大變祖宗之舊。衆從而和之，以爲眞得變通之宜，而三吳之民陰受其禍，已數年矣。稅籍日以亂，鉤校日以密，催科日以急，而逋負日以積，故爲吏吳中者，督賦爲尤難。

宋侯之爲崑山也，寬不廢法，威不病民，承弊壞之餘，稅辦〔三〕而民以和。而侯尤深言舊制之宜復，爲書白於大府，大府未能行也。於是侯以徵書北上，當爲天子近臣，得條上天下事，此可後乎？蓋國家仰給東南，以區區一隅，供天下財賦之半。至於今而力竭氣盡，已不勝其弊。又重之以紛更，譬如人衰老而服烏喙，其亦難以久矣。夫法之沿也，不可易變；法之變而不善也，不可不復。或謂紛更已定，懼再更之難，豈不大悖哉？

崑山之東鄙，土瘠而民尤貧。均稅以來，困蹶益甚。歲復薦饑，侯加意撫恤，向之逃亡者，鵠形鳥面，爭出供役。而于侯之將行，莫不悲哀如失父母。「哿矣富人，哀此煢獨。」侯之德政，於是尤著。其父老以予之寓東鄙也，乞文以送之。惜予之不文，無以道父老之意，獨述其所聞見，以贊侯之行云。侯，南陽人。時嘉靖二十四年八月也。

送郡太守歷下金侯考績序 代

吳郡爲太伯建國。秦置守而屬之會稽。迄漢中葉，人物財賦，甲於東南。唐以降，繁盛極矣。今爲王畿千里甸服之地。太守比古寰内諸侯，尤號尊重。星紀分野，環以大海，滙以具區。原田沃美，生物豐遂；水陸之珍，包匭筐篚之貢，織縞茶紵空方之輸，三服官者，不論也。一歲中，漕挽委輸，至四百萬。鄉邑之秀，鳴珮執玉，接武天朝。四方之賓，奉符乘軺，絡繹于傳舍。名爲列郡，隱然一大藩云。是以任是職者，必天下之選。

金公以濟南名儒，奮跡甲科，爲材御史。奉使持節，風行閩嶠。天子憂憫元元，思維股肱之郡，根本之寄，疇咨在庭，無踰於公，俾以臨治焉。歲在壬子，當報政之期。於時清風徐來，騑駕初發，州縣屬吏，相率祖道於都亭。某周覽闔閭之墟，緬懷前政，如韋應物、白居易之風猷遠矣。國家稽古爲治，妙選良二千石。二百年來，鴻名大德，媲美前古，稱於父老之口，代不乏人。然當天下無事，休養滋殖，累世熙洽。吏治寬緩，節目疏略。雖賦役繁重，而蠲貸之政屢下。是以爲郡者得優遊其間，慕尚前史循良之治，煦嫗覆育，以達其慈愛之心。至於上計述職，得與文學法從，錫晏賦詩，而璽書屢下，用周、漢增秩進律之典焉。

今承平日久，吏治抏敝。疆埸靡寧，詔使旁午。責數年之逋負於俗奢民貧災殣彫瘵之餘，寬之則廢上之供，急之則傷民之命。自非識時通變之材，其於上下損益之際，未能調劑之不失其宜也。公於是時鎮以寬靜，處以弘簡，不震不竦，能使上安而下服之，可謂難矣。某常有事郡中，望公進止肅肅。詩曰：「敬愼威儀，維民之則。」又曰：「古訓是式，威儀是力，天子是若，明命使賦。」公其有焉。

自惟生長濟西，去歷不二百里。鄉里晚進，仰止德聞，非一日矣。今承乏爲吏，得與趨走之末；瞻望德容，每事依以爲師法。誠恐此行用漢刺史入爲三公之例，留之臺省，則何以慰吾吏民之思哉？是以與諸屬吏道其所以，而書之以爲序。此文牧齋先生汰之，今仍存。

送郡別駕王侯考績序

周官小宰：「以聽官府之六計，弊羣吏之治，一曰廉善，二曰廉能，三曰廉敬，四曰廉正，五曰廉法，六曰廉辨〔三〕。」夫善、能、敬、正、法、辨〔四〕六者，於吏事可謂盡矣，而必以廉爲本。蓋非廉不足以弊羣吏之治。是故吏之廉者，非獨無傷於民財而已，推其所爲，無非利於民者也。吏之貪者，非直傷於民財而已，推其所爲，無非害於民者也。何也？廉吏之所出，不以己私與之，則盡廉讓之爲也，能狥人之情者也，雖偶有失焉，亦一二而已矣；貪吏之所出，必以己私與之，則盡攘奪之爲也，不能狥人之情者也，雖偶有得焉，亦一二而已矣。孔子曰：「天下有道，盜其先變乎？」天下有道，則吏莫肯爲不廉，此孔子所以謂之先變者也。

吳爲東南財賦之藪，歲漕之所入，常以一郡當天下之半。地大物阜，號爲殷富。往者倭夷自外海轉入吳境，仍歲侵擾。天子震怒，數誅易撫臣，調天下兵屯海上，師出逾年無功。民既苦侵暴，又有供億之擾。吏復乘時以爲姦利。蓋蠻夷之禍，固本吏治之所致。迨軍發繁興，黠猾拏攫，利端無窮。則吳之子女玉帛，不獨塡委于滄波浩渺之中，而亦潛輸于刀筆筐篋之間矣。自前歲檇李告捷，倭亦不復大至，稍稍向北海以去。民媮得暫息。然海防未撤，警報不止，尙未有息肩之日也。故嘗以爲欲夷狄〔三〕之無侵害，在於使民得安其生；欲民之得安其生，在於吏治之良；求吏之良者無他，亦無總於寶貨而已。

天子與二三大臣，重惟東南之寄，愼選牧守，得雲中温侯。宣布詔條，振舉綱維，威愛並行，百姓喁喁有太平之望。而廬陵王侯，實爲之佐。時屬邑長吏多缺，計到官以來，在郡之日少，而單車往來，遍歷所部。東自瀕海，旁緣大江，涉五湖之區。久者經年，近者數月。最久至于崑山。百姓以爲非能屈侯以百里之寄，乃復見漢世郡太守刺史行縣故事，而加親且久者也。

侯爲人清廉不擾，眞有卻金暮夜，飲貪泉而不易之操。是以百姓悦而安之。屈侯於縣，本非所望。而人情狃習，反若所當然者。則於其去也，其能不戚戚以悲乎？於是鄉進士有光等，餞於江之滸。以爲是不能忘者，民之情也；而摛辭以述侯之盛美，吾徒之職也。遂書以序其行。

送南京虎賁衛經歷鄭君之任序

國家更前代樞密之制，以五都督統天下兵，留守四十八衛京軍分隸之。而錦衣等上十二衛無所隸屬，爲環衛之師，天子之親軍也。虎賁蓋其一焉。

虎賁氏自周有之。虎士八百人，掌先後王而趨以卒伍。守閑宮門，從遣徵事四方，以爲行衛。在漢，則屬之光祿勳。與中壘、屯騎、步兵、越騎、長水、胡騎、射聲，爲八校尉。虎賁中郎將，插兩鶡尾，紗縠單衣，虎文錦袴，爲武衛之貴選。國家存其舊名，而職掌無所異。自永樂建都，六宮百官，皆遷於北。然皇祖宮寢官司，留於南者如故，而兵衛亦無改焉。依阻長江，控引南北，祖宗之慮遠矣。

承平二百年，不特諸曹職務清簡，而禁旅閑靜無事。其佐幕之官，日乘馬，具名刺相過從，飲酒遊山而已。自頃海上之警，江、淮之間，往往騷動。則留守、官司，亦有不能一日宴然者，况環衞之重寄乎？

臨安鄭君，初佐太湖縣。以能治劇，調吾崑山。崑山在海上，當寇衝。君選練民兵，敎閱有法，涖事未幾，承檄造舟于閩。越歲始還，而京幕之檄又至。蓋以上官素知君，故遷轉之亟，縣人雖惜之，而不能留也。以君之才，往贊戎政，其必有以自見於有事之日者矣。抑定鼎之初，所置十二衞四十八衛，皆天下精兵。皇祖所以仆楚舉吳，廓清海甸，收閩、越，取中原，拾宋掇秦，制趙拔燕者；乃今部伍殘闕，至無兵可補。其廢壞之由，與所以當修復之故，不可不思也。

詩曰：「豐水東注，維禹之績。四方攸同，皇王維辟。」又曰：「豐水有芑，武王豈不仕？詒厥孫謀，以燕翼子。」願君以爲居保釐之任者告焉。

送太倉守熊侯之任光州序

昔儂知高反嶺南，有衆萬餘人，所過如破竹。吏民皆望風走。天子以謂縣官素不設備，而責守吏不以空手捍賊，宜原其情。故一切輕其法，凡失守者，皆奪兩官。惟能任屬大將，使盡其材能之所宜，卒走智高，嶺南以平。

國家太平日久，東南吳、越之區，山川秀美，物產饒富，民老死不見兵革。吏以期會鞭笞，集賦稅而已。不過三年，輒得京朝官以去。故天下士集於吏部，皆指以爲樂土。一旦倭奴來海外，憑陵內地，則大江以南之州縣，無不騷動。吏非素備，嬰城自守，惴惴不能保。當是時朝廷雖有命將，而吏以罪罷去者，時時有之。議者謂宜責守城之事於有土之職，而戰勝共武之服，有將帥在也。吏或失守，當如皇祐之詔。

今熊侯守太倉，太倉東邊海上，賊入境卽犯之。如是者三年，而城不陷。宜在褒賞之科，而爲使者所劾，落職爲光州固始縣幕官。吳中士大夫，莫不歎惜之。昔嶺南之賊敢於攻城，而今海島之賊，利於掠野，故城之能全者不難。而太倉之城爲賊衝，其全爲獨難。而侯之賢，尤著聞於人。

侯爲人凝然有器度，雖倉卒擾攘之際，能從容以不亂。羽書狎至，而安閒自若。武夫悍卒，見之帖然，不敢出聲。此亦才氣有過人者，而州民之所恃以爲安者也。天下無事，使者乘勢作威福，以升黜州縣之吏，唯其意之所之，而民之好惡莫恤也。若軍興之際，賞罰注措，一舉手搖足之間，而死生存亡於是焉繫。而猶以私意行之，不知其何以爲心？海上之役，于今三年。百萬之師，每戰輒衄。原野暴人之骨，川澤流人之血，東南之禍亦慘矣。由其道而不變，吾不知其所窮也？

方賊之初至，有姦人爲間，挾大吏以謀賺城，登高指顧，萬目所見。侯先其未發，使人擒之。大吏愧汗，開門夜走。若非侯破散其謀，賊必據太倉城，其禍當不止於今日矣。前年之秋，賊乘西風歸島嶼。餘黨數百人，爲官軍所圍，假息南沙。或以爲窮寇宜開其一角，使者不從，檄侯與諸帥固守，迫歲暮，諸帥皆去。侯自度力不能獨支，亦解圍以歸，賊得乘船而逸。使者之所以劾侯，以此兩事。夫南沙之責，當有所分。若姦人爲間，乃侯之所擒，而反謂侯薦其人於大吏。凡所刺舉，以好惡變亂失實，類如此。

於是侯將行。其素所獎拔士州學生張元蒙等來告，謂予素知侯，不可無一言。吾聞侯待罪虎丘寺，日以登臨爲樂，窮五湖之勝。已而受帥府之檄，使還州募兵。州人父老前後歡呼，如見父母。而侯以罷官臨其州之人，自以無愧色。予乃區區若爲之自疏者，蓋以爲吾東南無窮之慮，所不能不致其怨憤之辭，實亦州人之志也。

贈陽曲王公分守太倉序

陽曲王公爲郡之三年，遷河南按察司副使，治兵毘陵。尋詔以常、鎮舊并蘇、松，命公復還理所於太倉。公職任師帥，以文學飾吏治。至是忽寄兵戎之任，而朝野無異議，若其素然者。常以謂人材之於世，其具有不同。苟以受命效職，不過文書、獄訟、食貨、兵戎、河渠之事，其治辦往往亦多可觀。然此特自秦以來所謂吏事而已。古之所謂大任於天下，要以讀書學古，識治務知大體之爲先，有非俗吏之所能者。是以不屑於文書、獄訟、食貨、兵戎、河渠之事，而可以無所不通。

公起進士，守河南某州，日與諸生講論文學。其佐大名亦然。三遷至吾郡，郡號人材淵藪，公獎進人士，孜孜不倦。當兵荒彫瘵之餘，能以寬靖無事而治。以此推之，將屯百萬之衆，可以知其不勞指麾而有餘裕矣。海內承平日久，一旦外夷〔六〕內侮，豈武力之未競？所以治之之道未盡也。

昔任延爲會稽都尉，聘請高行，待以師友之禮。遣功曹奉謁修書記於龍丘先生，郡中士大夫爭往歸焉。後爲九眞、武威，所至立校官，興儒學，而儌外蠻夷保塞，匈奴、種羌，絶不敢出。儒者之於兵戎，豈異事哉？

公以壯年，名位日進，身爲大吏而問學如諸生，此古大臣宰相之事也。有光無所用於世，未嘗敢交州郡，而公特加優禮。雖孤栖江海之間，自以得所嚮依。自公在郡，歲一再見，已如朝夕見之矣。其在毘陵，歲不一見，如旬日見之矣。常恐一旦遠去。而今返駕於吳，蓋枯槁沉溺之中，津津然如有生氣。以有光之於公如此，凡士之於公可知也。今歲禮部會試，及對大廷，魁天下者皆吳士。公長育作成之效，已見於此。而明堂棟梁之材，公所甄識，猶或有未盡出者。自此將乘運而起，爲國家社稷無窮之計，豈區區吏事之所能及哉？

公提調所貢士王執法，以公之至太倉也，郡士大夫皆往爲賀。執法門下弟子，獨宜以文字贊述公之盛美。以有光有一日之長，又最知公者，推使言之，而爲序云爾。

送吳郡別駕段侯之京序

自東南有倭夷之警，朝廷于額外增設官吏，無慮百數。今年撫院奏行裁省，悉送上部。别駕蒲州段侯以海防至，當行。時屬縣崑山鈌令，侯方署其事期年，民便安之而不忍于其去。吾鄉之進士二十有四人，按故事有贈行之文，不以有光無似，辱使序之。

蓋天下之所須者，才也。才不足以當其任，與之百里之地，踖踖焉常若無所措。其握持膠固，自以爲能有所執，而大者往往廢弛頽靡而不自知。其明與力僅至於其小者，而敝蹇強戾，不勝其恣睢之習。民何以堪之？蓋孔子之門，論爲政詳矣。取其果與藝與達者，宜若非政之所先。然非是三者，莫能得乎人情也。故嘗論牧民者，譬之操舟，使之張則張，使之翕則翕，以能得乎風與水之情也。不然，未有不敗者也。

侯有通敏之才，於賦籍兵瑣，一覽悉記，獄訟大小，無不立决，而取舍操縱，皆合於情。

故自士大夫至閭閻之小民，咸便安之。侯嘗令嘉祥矣，又倅淮陰矣。能以治兗者治淮，以治淮者治吳，風土習俗，夫豈盡同？其達乎人情一也。故嘗論牧民者，譬之父母之生子，爲之擇乳母焉。其乳母或以他故去，而隣母代爲之乳，猶乳母也。又復爲之別求乳母，則過矣。古之守令，有假，有守，有攝。然久之卽眞也。郡丞常行縣事，亦何不可哉？而必選令，此亦法之過也。

侯，河東儒者。每至庠舍都講，諸生服其經學。而其門人，多貴顯於朝者。先是數年間，崑山令缺，栗侯永祿、任侯環、李侯敏德、王侯如瓚，皆以別駕來署縣。惟王侯泰和人，而三公皆上黨同縣。崑山之人，並稱其賢。侯今繼之，又賢也。今太守王公，以盛德年少在任。公，陽曲人，而參佐以下大抵皆出山西，一時之盛，非偶然者。蓋平陽、蒲坂，先王遺教，其君子有深思焉。豈非吾吳民之福哉？而繼侯署縣者，別駕周侯，又絳州人也。

余固惜侯之去，喜崑山之人又得侯同官同地者。夫晉之君子，其施於吾民者遠矣。

崑山本篇首刪去九十餘字，今從常熟本。又按「兵瑣」字，出漢書丙吉傳：「使東曹按邊長吏，瑣科條其人。」張晏曰：「瑣，錄也。」謂考按兵吏籍也。蘇子由文亦有考案邊瑣之語。兵瑣，謂兵籍也。常熟本不得其解，遂改作兵戎，非是。

送陽曲王公參政陝西序

陝西省治故長安，周、秦、漢、隋、唐之所都。昔人稱其被山帶河，四塞以爲固，而自汧、雍以東至河、華，膏壤沃野千里。雖三河天下之中，王者之所更居，然古今建都之形勝，無逾關中者。太祖高皇帝初定天下，嘗幸汴幸洛，將幸關、陝，時以擴廓帖木兒、李思齊、張思道之亂，戎馬蹂踐，所過皆空城，千里無行跡，而金陵廟祏已定，遂爲帝都，亦其時與勢不得不然也。

永樂北遷，而萬世之業定矣。然以長安爲大省，建布政司，則前代行省之官，蓋周之師保萬民，寄任不輕也。司有使，其貳爲參政，即前代之參知政事，宰相之亞也。拊循教化數千里之地，非獨漢京兆、馮翊、扶風之任也。

今天子哀憫元元，作興吏治，未及三載考績之期，特行黜陟之典。於是陽曲王公，以按察司副使分司江南，遂晉是官。予素受教於公，輒附于古贈言之義，以贊公之行。

蓋王者以六合爲家，其根本在生民，非必其行在所當軫念也。長安浩穰，稱爲陸海。河山土地，無改於昔。今之蠹耗甚矣。豈非任岳牧者之責乎？昔鄭國渠、白渠兩渠之饒，衣食京師億萬之口。至唐杜佑，以爲大曆初所溉田，比於漢減三萬八千頃。是時長安尚爲京師，而佑言已如此。誠如杜氏計，復此兩渠，勸農置官，嚴修障塞，積穀繕兵，以收漢南之地，漢、唐之盛，豈不庶幾哉？昔宋慶曆初，是時天下全盛，范文正公請城東京，議者以爲迂。其後乃思其言。先朝丘文莊公，亦以幽燕迫近胡虜〔七〕，而漕河易壹。欲重山後之守，尋前元海運之法。今以關中百二之險，誠使膏壤千里，百姓殷富，而漢、唐河渭之漕，故在於此，以爲國家之陪京，此萬世之慮也。公蚤貴而好學，方有志于經世。而其治吳，寬靖文雅，淸廉慈愛，吏民歌思之。余不容以頌述。獨以迂愚之說，贊公仰答天子之寵遇云。

送童子鳴序

越中人多往來吾吳中，以鬻書爲業。異時童子鳴從其先人遊崑山，尙少也。數年前，艤舟婁江，余過之。子鳴示余以其詩，已能出人。今年復來，吾友周維岳見余，爲念其先人相與之舊，謂子鳴旅泊蕭然，恨無以恤之者。已而子鳴以詩來，益淸俊可誦。然子鳴依依於余，有問學之意，余尤念之。

嘗見元人題其所刻之書云，自科舉廢而古書稍出，余蓋深歎其言。夫今世進士之業滋盛，士不復知有書矣。以不讀書而爲學，此子路之佞，而孔子之所惡。無怪乎其內不知修己之道，外不知臨人之術，紛紛然日競于榮利，以成流俗，而天下常有乏材之患也。子鳴於書，蓋歷能誦之。余以是益奇子鳴。夫典籍，天下之神物也。人日與之居，其性靈必有能自開發者。「玉在山而草木潤，淵生珠而崖不枯。」書之所聚，當有如金寶之氣，如卿雲輪囷，覆護其上，被其潤者不枯矣。

莊渠先生嘗爲余言：廣東陳元誠，少未嘗識字，一日自感激，取四子書終日拜之，忽能識字。以此知書之神也。非書之能爲神也，古人雖亡，而其神者未嘗不存。今人雖去古之遠，而其神者未嘗不與之遇。此書之所以可貴也。雖然，今之學者，直以爲土梗已耳。子鳴翳古之書，然且幾於不自振。今欲求古書之義，吾懼其愈窮也。歲暮，將往錫山寓舍，還歸太末，書以贈之。

送狄承式青田教諭序

予與承式同舉於鄉，試於禮部，皆不第。而承式獨以祿養爲急，徘徊都下。送予出崇文門外，謂當得官浙中，因約余遊錢塘西湖，遠則在天台、鴈蕩之間，欲爲東道主人，然又數不果。今年，始得處之青田。青田在萬山中，足以讀書談道，優游自適。而浙東學者，近歲浸被陽明之教，爲致良知之學。承式爲人敦朴斂約，不喜論說，而中有自得者。今爲人師，不容默默，亦將出其所有，以考論其同不同何如也。

浙東道學之盛，蓋自宋之季世。何文定公得黃勉齋之傳，其後有王會之、金吉父、許益之，世稱爲婺之四先生。益之弟子爲黄晉卿，而宋景濂、王子充，皆出晉卿之門。高皇帝初定建康，青田劉文成公，實與景濂及麗水葉景淵、龍泉章三益四人，首先應聘而至。當是時，居禮賢館，日與密議。浙東儒者皆在。蓋國家興禮樂，定制度，建學養士科舉之法，一出於宋儒。其淵源之所自如此。

近歲以來，處之科第，至闔郡不見一人。或者遂目爲深山荒絶之區。而不知假令縣歲貢數十輩，豈盡謂之才賢得人耶？以甌粤區區二百年，有文成公爲帝者師，不可謂之乏人也矣。天下承平日久，士大夫不知兵，一旦邊圉有警，束手無策，徒望之勇猛强力之人。如此，則古所謂合射獻馘於學宫者，何事耶？文成以書生，當方谷珍起海上，毅然建勦滅之策。佐石抹元師擒殄山寇，卒以保障鄉里，挈全城以歸興王之運。其文武大略，且未可以一鄉一國之士概之矣。

承式入公之里，而與其子弟游，能無慨然有感矣乎！夫山川之氣，積二百年，當有發者。況以先王之道，六經孔、孟之語訓廸之。將見括蒼之士，必有文武忠孝出而爲國家之用者矣。崑山本與抄本同，今從之。常熟刻小異，當是初本。

送熊分司之任滇南序

嘉靖四十一年秋，熊公以河南按察司副使太倉兵備，擢雲南布政司右參政。州學生張端復，其先大夫思南守，與公雅善，公嘗厚恤其家，且以受知于公久，以州人之懷公也，屬余爲贈行之序。

夫官與民，利害相係久矣。其官制簡者，其民必靜；其官制繁者，其民必擾。而法嘗自簡而趨於繁。人情非好爲自用以訾毀前古，而必以己之所爲爲是。特出於因循變易，不覺日與古異趨，至其聞古之道，未嘗不慨慕而欲追復之也。漢置郡太守，其屬有都尉典兵，禁備盜賊，亦時省罷，併職太守。其後頗設刺史監之。或臨遣光祿大夫博士，循行天下，然不常有。而郡國寇盜，所遣大將亦絶少。今制州郡之上，命使日增，以故職司不能有所展。往往監臨無慮數人，皆不過代郡行事而已。江南爲畿輔，近年以來，復以省司來制內郡，非祖宗之舊，蓋權時之宜云。

公初以進士守太倉，適有倭夷之寇，廷議以公寬仁直諒，遠邇畏愛，可當東南之寄。稍遷郡丞，遂以按察司臨制諸郡。議者以爲官制雖變古，而公以一人歷數官，皆民事兵馬之職，而終始不離太倉之境。如漢加魏尚爲雲中太守，龔舍爲泰山，祝良爲九眞，而張喬爲交趾刺史之比。自公居官任職，島夷不再侵，瀕海清宴。此前代刺史郡守之明效也。於是公在吳十有二年，始有滇南之擢。吳民咨嗟，以不能復留爲恨。余意廟堂以公資望既高，姑藉此以爲召入內臺之地，卽滇南不可久矣。抑今制常以部院大臣循行天下。吳民望公再駕，如往時周文襄、夏忠靖二公，吾知滇之民，不能與吾吳民爭公也。

今天子二三大臣維新庶政，必因民所宜。雖官制不必盡合於古，而如前日之任公者，可謂得古之遺意矣。滇南雖去京萬里，而公楚人也，自巴、黔以西，無隔滇道者。今其地風土清淑，四時景候如春。而花草妍麗，中州無有。百姓安樂，葉榆、西洱之間，無犬吠之警。直臥以治之而已矣。詩曰：「君子來朝，何錫予之？雖無予之，路車乘馬。又何予之？玄袞及黼。」又曰：「樂只君子，福祿膍之，優哉游哉，亦是戾矣。」余日以望於公焉。舊刻刪篇首七十四字，今從抄本補之。

送計博士序

昔者先王以道術教天下。自周之盛時，詩、書、禮、樂以造士，蓋其來已久。而後孔子修而明之。所謂「博學於文」者，博此而已。博而「約之以禮」，所謂「一以貫之」者也。孔子平日教人以講學者，非能舍乎是，而別求所謂道也。其弟子身通六藝者七十有二人，可謂彬彬乎其盛矣。孔子既沒，各以其所能教諸侯之國，世主亦知崇尙之。蓋於是時始有博士之官。

遭秦滅學，其官猶不廢。漢得以因之。武帝表章六經，置五經博士。其後世加增廣，迄於東都，遂有十四博士，太常總領之。當其盛時，石渠、白虎之會，天子親制臨决焉。蓋秦、漢之際，六學殆幾於絕，然猶僅存而復著。天之於斯文，若有陰翊於其間，而國家運祚，亦賴之以維持，其所關係豈小哉？

漢以後數百年間，朝廷之官，世有變更，而唯博士獨常置。賈、馬、王、鄭之學，大行於魏、晉之後，而梁之皇甫侃、褚仲都，周之熊安生、沈重，陳之沈文阿、周弘正、張譏，隋之何妥、二劉，皆以博士名當世。至貞觀正義之行，則前代諸家不復兼存，而其說始歸于一。學者徒誦習之以希世，而唐之儒林衰矣。

宋之大儒，始著書明孔、孟之絕學，以輔翼遺經。至於今，頒之學官，定爲取士之格，可謂道德一而風俗同矣。然自太學以至郡縣學，學者徒攻爲應試之文，而無講誦之功。夫古今取士之塗，未有如今之世專爲一科者也。苟徒以應試之文，而未能明其所以然，吾恐國家之於士，其用之者甚重，而養之教之者猶未具也。夫苟習爲應試之文，而徒以博一日之富貴，士之所以自爲者亦輕矣。知其所以講誦而求自得之，則雖孔子之教，不出乎此。夫天下學者，欲明道德性命之精微，亦未有舍六藝而可以空言講論者也。

柳州計君之來教崑山，以寬仁化導學者。未一年，用高第入爲國子博士。余歎計君之習，庶乎有志於舉博士之職者，爲序以贈之。

送蔣助教序

全州蔣先生教崑山六年，入爲國子助教。崑山之學者四百餘人，從兩先生祖道郭門外，而請予爲文序之。

國家文治熙洽，宇內萬里，士無遐邇，皆通明六學，彬彬然出爲王國之用。故先生來自嶺表，司教踰旬，今又進陟天子之成均，以其教於一邑者推之天下可知矣。

古者十五入大學，學先聖禮樂，而知朝廷君臣之禮。其有秀異者，移鄉學于庠序。庠序之秀異者，移國學於少學。諸侯歲貢少學之異者于天子，學于大學，曰造士，而後爵命焉。今州縣之貢舉，近古遞升之法矣。而太學之官屬，亦取郡邑博士之高第，夫豈亦因其意而爲之歟？三代教養之制，不可復詳。而遺書之存者，猶可以知其一二。自宋之大儒，以戴記所載大學篇，爲古大學教人之法。其說以古之明明德于天下者，必始於格物、致知、誠意、正心、修身、齊家、治國，而後天下平。其爲格致之論，條理甚析。而近世之說，乃又有不然者。夫學於太學而不知其所以爲教，則所以爲治國平天下者，果何道也？天下之士，方讙然以爭矣，至以前之所爲說者以應有司之求，而以其所自爲說者爲私門傳授之奧旨，而有司者無與焉，豈不悖於建學立官之意哉？今世貢舉之格，要以爲一定之説，徒習其辭而已。苟求其意，則六經聖人之言，有非一人之説所能定者矣。漢之儒者，號爲專門。至於都授大會，異同紛紛，務求其是，而不主一偏，故有石渠、白虎之論。是乃所以一道德而同風俗也。

天子憲天稽古，數十年來，郊丘、宗廟、明堂之禮，多所裁定，而車駕親御太學者再矣。而予獨疑今之六館之條格，猶牽於選愞之議。而月書季考，非所以作成天下之人材，以仰體天子所以崇化厲賢之意，而徒得猥瑣流俗之徒習其辭者，以應有司之格焉；非所以興四方太平之原，制禮作樂，鎭撫四夷〔六〕之具也。予，太學弟子也。故於先生之行，而私以質焉。

校記

〔一〕官　原刻作「官」，依大全集校改。
〔二〕辨　原刻誤作「辨」，依大全集校改。
〔三〕〔四〕辨　原刻作「辯」，依周禮本文校改。
〔五〕夷狄　原刻墨釘，依大全集校補。

〔九〕〔九〕原刻墨釘，依大全集校補。

〔十〕胡虜　原刻墨釘，依大全集校補。

震川先生集卷之十

贈送序

送同年李觀甫之任江浦序

凡進士，同年相善，而同門尤加善焉。同門者，主司分經考校，同爲一人之所取者。既於主司有師生之分誼，視他同年，會聚尤數。亦時以德業相考，而知其志意之所極。如吾李君者，恂恂焉，可以知其器識之遠大矣。於是受命爲江浦令。故事，同門外補，其留京及未選者，例當分撰文字以送之。而予得李君。夫爲文以送行者，必有芬芳之辭，余固拙者之尤，且不能爲世俗之語，而於情終不能自已，乃遂勉爲之。

唯江浦爲京縣，然在大江以西。故時，六合隸於淮陽，高皇帝定鼎，特以六合分爲江浦，以爲兩縣，而屬之京兆。蓋以畿輔重地，不當爲一衣帶水所隔。而凡爲其令與其民者，朝夕有事京兆，渡江以爲常。余嘗北上出龍江關渡，經行其縣。縣朴陋，不類江以南。然自此而西北行，至滁州，涉淸流關，爲建康要道。而神州赤縣，其地固不爲輕矣。

獨以君之才，宜得望劇，顧屈就於此。蓋今選人之法，有與之難地以觀其才，亦有以其地之難而擇才之優者以畀之。則今江浦之命以及君者，豈不謂荒萊之土之所當變治歟？彫瘵之民之所當嫗拊歟？京輔之邑之所當封固歟？夫今天下，所在獨患民貧而上不之恤，財力大屈而斂之不已。能知所以生之之道，與其取之之方，雖儉陋之邦，亦足以收富庶之效。

如江浦者，尤宜休養生息之者也。當天下初定之時，嘗徙民屯種和州等田矣，又數賜民田租矣，其意未嘗不在壯畿輔以重根本也。顧今天下縣邑疲病，何獨江浦？卽江以南，號爲天下膏腴，今亦近貧瘠矣。又將數年，殆不可爲。此今日守令者之責也。李君勉之。吾見三年報政，以治行徵爲天下最者，其在君矣。

送同年丁聘之之任平湖序

進士同榜者，其始數百人常相聚。自春官進於冢宰，而後分送諸曹，各隨所隸以去，謂之辦事。今年賜第者，三百九十有四人。既分曹，則余所同工部辦事者四十有六人。而五人者，選入史館。今夏首選，凡若干人皆得外補。夫同年而又同部，宜日相聚，以觀其德業。然每晨入部，升堂祗揖而退，卒無所事事。而當選者，亡何又各得官以去。是所謂同榜者，亦若率相值而已。此余於諸同年，未嘗不歎其相聚之難也。是選也，龍陽丁君得嘉興之平湖。故事，同部送行，余次當爲序，故余道其於同年之情如此。

嘉興本古會稽吳郡之地，唐時猶隸蘇州爲縣。其後乃割於吳，然風土民俗猶一也。余故吳人，敢以其所知者告之。凡今之選爲令吳中者，人之憂之，未嘗不以賦稅之難。夫以天下財賦，悉在東南，欲其辦集，誠難矣。田租之入，率數十倍於天下，然父子祖孫二百年來以爲當然，固無望其減，而獨畏其日加也。歷三紀以來，民間未嘗放赦，而水旱之災，蠲貸之令亦少矣。又經島夷焚剽之後，海上之戍不徹，而加編海防，歲增月益，江、淮以南，一切以騷然矣。軍府之乾沒，動數百萬。此皆生民之膏脂也。凡爲大吏，其勢與民日遠，一切以趣辦爲能。民之疾苦，非有關於其心也。若爲令者，則民皆吾之赤子，朝夕見之。亦何忍使之逮繫鞭笞，流離殭仆而不之恤也？夫額供之數，固民之所樂輸者。其他水旱流冗，荒萊姦蠹之所積逋，與今權宜一切之征求，謂宜有調停委曲於其間，此令宰之所宜留意者也。

余歷觀前政，有不以催科爲事，而事亦未嘗不辦集，往往爲大官以去者。而其急於催科者，其功名反或不逮。然則獨以催科爲東南之吏告者，其流禍於生民多矣。傳曰：「如保赤子。心誠求之，雖不中，不遠矣。」莊子論解牛曰：「彼節者有間，而刀刃無厚；以無厚入有間，恢恢乎其於游刃有餘地矣。」夫如是，天下事夫何憂其難！余固爲吾丁君告，亦幷以爲諸同年之吏於東南者告也。

送同年光子英之任眞定序

余讀史，觀項羽救趙：諸侯兵軍鉅鹿下者十餘壁，莫敢縱兵。諸將皆從壁上觀。楚戰士無不一以當十。楚兵呼聲動天，諸侯軍無不人人惴恐。韓信以兵數萬東下井陘，建大將旗鼓，鼓行出井陘口，與趙大戰，破虜趙軍，斬成安君泜水上。楚威振天下。及漢破楚垓下，以得淮陰侯，而淮陰之功始此，皆在今眞定之境。嘗欲一至觀其戰處，而不可得。

眞定本古中山國。趙武靈王胡服騎射，以北略地，其事固已偉矣。典午之南，劉、石、慕容、苻秦繼起燕、趙，而慕容道明建國都於此，固亦一代之雄也。唐自大曆、貞元以後，強藩不制，而成德一軍，尤爲驍悍。天下視河北若回鶻、吐蕃然。蓋不爲王土者百年。宋因石晉，失山後諸州，則眞定遂與契丹爲境。其後金人陷兩河，二路尋亦不守，而國事不可爲矣。

國家今爲畿輔重地，而太平二百年，議者以爲其悲歌慷慨之習已大變於古，而不知燕、趙之人出於其性然者。獨以朝廷威靈，有所俛首畏伏，而終不能以帖然也。蓋古所謂驍悍不可制者，其平時未嘗不俛首畏伏，及其一旦激於其所不可忍，而驍悍之性乃得而見耳。

夫以中山之地，爲古豪傑力戰之區，而姦雄竊據之所都。唐失河北，勢日陵夷。宋沒兩路，國遂南渡。況今翼衛神京，爲萬世帝王之業，比古京兆、馮翊、扶風之地，非得良有司拊循教化，無以使之安土樂業，而壯國家之藩衛也。今使驛之所出，兵調之所加，坐派日增，民生蹙耗甚矣。而議者徒思重三關之戍守，煩邊徼之供億，謂燕、趙之民荏弱屏息而可忕者，亦未之思也。欒城韓山童之事，可以鑒矣。今制，推府佐郡治獄，然常爲監御史之所委寄；而監御史實能制一方之命。余以是爲光君告焉。君與余，同年進士，今選爲眞定府推官者也。奧學通才，爲人聰明仁恕，犴獄之事，余無足以爲君贅矣。

送同年孟與時之任成都序

安定孟與時，與余同年進士，而以余年差長，常兄事之。余好古文辭，然不與世之爲古文者合，與時獨心推讓之，出於其意誠然也。與時以選爲成都推官，余亦爲令越中，將別，無以爲與時贈者。惟推府爲郡司理，儒者能道，前世論刑之說詳矣。余讀尚書古文：「欽哉欽哉，惟刑之恤哉。」此今世所用孔氏書語也。而伏生今文以恤爲謐，漢儒傳之。而太史公本紀云：「惟刑之靜哉。」靜卽謐也。自古論刑取其要，未有靜之一言爲至。此眞聖人之語，余以是爲與時告焉。

余生吳中，獨以應試經行齊、魯、燕、趙之郊，嘗慕遊西北，顧無繇而至。與時自安定往來長安中，又從太行山以來京師，今又官蜀中，行邛崍九折坂，覽劍閣、石門之勝，豈不亦壯哉！昔王介甫初仕大名爲司理，而韓魏公爲守。嘗告以「君年少，當讀書，不宜專以吏事。」而介甫實未嘗不讀書也。以此恨韓公爲不知己，而韓公之意則美矣。故余於與時，尤望於吏治之暇，無忘學古之功。

孔子曰：「居是邦也，事其大夫之賢者，友其士之仁者。」往時張文隱公嘗爲余言，今時人材，惟趙孟靜在史館難得。嘉靖二十九年，虜〔一〕騎薄都城。公卿會內廷，趙先生獨申大議，至廷罵阿黨，風節凜然，有汲長孺所不及者。京師人至今能道之。趙先生，成都人也。余故爲文隱公所知，而趙先生以是亦知余。顧無繇一見之。士之相知，豈在於見不見哉？然余懷之久矣。而羨與時之獲見先生也。而又以喜與時之得師也。

送王子敬之任建寧序

余始五六歲，卽知有紫陽先生，而能讀其書。迨長，習進士業，於朱氏之書，頗能精誦之。然時虛心反覆於聖人之本旨，則於當時之論，亦未必一一符合，而或時有過於離析附會者。然其大義，固不謬於聖人矣。其於金谿，往來論辯，終不能有同。後之學者，分門異戶，自此而始。顧二先生一時所爭，亦在於言語文字之間。而根本節目之大，未嘗不同也。

朱子既沒，其言大行於世，而世主方主張之。自九儒從祀，天下以爲正學之源流，而國家取士，稍因前代，遂以其書立之學官，莫有異議。而近世一二君子，乃起而爭自爲說，創爲獨得之見。天下學者，相與立爲標幟，號爲講道，而同時海內鼎立，迄不相下。餘姚之說尤盛。中間暫息，而復大昌。其爲之倡者，固聰明絕世之姿，其中亦必獨有所見。而至於爲其徒者，則皆倡一而和十，勦其成言，而莫知其所以然。獨以先有當世貴顯高名者爲之宗，自足以鼓舞氣勢，相與踴躍於其間。此則一時士習好名高，而不知求其本心爲「遯世不見知而不悔」之學，則流風之弊也。

夫孔氏之門，學者所爲終身孜孜不怠者，求仁而已。其後子思爲尊德性、道問學之說，而高明、廣大、精微、中庸、新、故之目，皆示學者爲仁之功，欲其全體不偏；語意如皐陶所稱直溫寬栗之類也。獨用揭此以立門戶，謂之講學，朱、陸之辯，固已啓後世之紛紛矣。至孟子所謂良知、良能者，特言孩提之童自然之知能。如此，卽孟子之言性善已盡之；又何必偏揭良知以爲標的耶？今世不求博學、審問、愼思、明辨〔三〕、篤行之實，而囂然以求名於天下。聚徒數千人，謂之講學，以爲名高，豈非莊子所謂「聖賢不明，道德不一，天下多得一察焉以自好」者也？夫今欲以講學求勝朱子，而朱子平生立心行事，與其在朝居官，無不可與天地對者。講學之徒，考其行事，果能有及於朱子萬分之一否也？奈何欲以區區空言勝之！

余友王子敬舉進士，得建寧推官。余固慕遊朱子之鄉而未獲者，忻忻然願從之而不可得。因告之以凡爲吏，取法於朱子足矣。間謁紫陽之祠，以瓣香爲余默致其祝。俾先生有神；知數百載之後，亦有余之自信不惑者也。此文係崑山刻本。常熟本另是一篇。蓋既作論道之文，臨餞别時，又敍情款耳。今幷存于後。

送王子敬還吴奉母之建寧序

嘉靖乙丑，吾崑山之士，試南宫得薦者四人。余與王子敬、陳敬甫皆賜第，而王明德請告以去。余爲都水試吏，與敬甫同待選。而子敬先有建寧之命，便道還家，迎太夫人之任。敬甫當得内署，而余官内外未定，然留京師已半載。忽當秋候，涼風蕭颯，起視中庭明月，悄然不寐。余與敬甫同有思家之感，羡子敬之早還也。昔潘安仁作閒居賦，以太夫人在堂，不能違膝下而遠從役。意以爲官者妨于養也。今子敬榮還，又得侍養，人子遂志，無如此者。

初，子敬辭太夫人，嘗奉教不欲其在北，云：「吾少生長京師，北地風土，尚能識之。汝卽官南方，吾雖老，當從汝行。」而子敬果得今官。又子敬之舅雍里公持憲八閩，嘗爲女兄道粤中山水之勝，太夫人所熟聞。今遂南行之志，將徜徉武夷山水之間，不減安仁版輿輕軒之奉也。漢雋曼倩爲京兆尹，每行縣錄囚徒還，其母輒問所平反幾何？其子多有所平反，母喜笑，爲飲食言語異于他時；亡所出，卽怒，爲之不食。故雋京兆爲吏，嚴而不殘。子敬之奉太夫人，以孝道率先閩人。而其治獄，內奉慈訓，必能不愧古人。而太夫人亦將遠與雋母流芳名于百世矣。

子敬之行，敬甫與余出餞崇文門，別而爲書此。是歲八月朔日也。

送張子忠之任南昌序

張子忠之令南昌也，孫子奇、趙元和與凡同事於禮部者二十有六人，於其將行，相與餞之，而屬序於予。凡序之爲，處者送行者之詞也。予又辱與子忠善，因不敢辭。

蓋昔夫子與其門人論政，載於論語之書甚詳。雖其爲言不一，然皆爲政之道。而于爲政之事，未嘗及之。而求其一言以盡之者，曰「君子學道則愛人」而已。今世之所患，不知道而不能愛人。夫不知道而不能愛人，其爲嵬瑣恣睢之徒，固不足言；至其有所樹立，號爲能吏者，不過徒事聲跡之間，一時赫然煒然，衆人以爲美，而天下之元氣日以耗，而有不自知者。世亦何賴於此？故學道而能愛人，不當復論其水土之風氣，與夫時之變化，而無所不可。辟之水，能流而已；至於爲灕，爲漩，爲瀾，爲波，爲瀦，爲滸，爲沱，爲洵，爲沙，爲濆，爲汧，爲汜，爲淪，爲涇，惟其流之所至，不能預期也。君子能爲道而已。至於爲栗，爲立，爲恭，爲敬，爲毅，爲温，爲廉，爲塞，爲義，爲平康正直，爲彊弗友之剛克，爲燮友之柔克，爲沉潛之剛克，爲高明之柔克，惟其道之所至，不能預期也。夫非特令於揚、粵之間宜也；令於齊、魯、燕、趙、秦、晉之間，亦宜也。雖至於入爲九卿，爲天子之宰相，宜也。

今南昌，三司治所。大吏鎭壓于其上，可以抗而或有所當承；可以隨，而或有所當執；且又獨無所以感動諷諭之乎？士大夫登朝著，與其居於鄉者，繼踵接武。裁以法，逆於情；通以情，骫於法。又獨無至公大義，且于道德之重者，不可隆南州高士之禮乎？其民好訐以訟，懲其狡猾矣，獨不可使吏治蒸蒸不至於姦乎？財賦不若吾吳之繁重，而上供之不可廢，搜其隱匿矣，獨不可恤其災害而蠲以與民乎？地介江、湖，盜賊多有，殲其魁桀矣；又獨不可使聞教令而解散，安土樂業，如渤海之政乎？

昔太祖高皇帝建都金陵，與僞漢爭天下，諸將血戰，堅守豫章以挫其鋒，迄成底定之功。今忠臣廟在焉。然二百年來，強藩不軌，蠻夷〔三〕竊發，江、湖之盜，無處不有。而議者以今日三陲多警，唯江右晏然。以是爲子忠喜，是猶以劇易利害言也。吾所言者，道而已矣。

吾聞安成有鄒祭酒，吉水有羅諭德，方居深山，講明聖賢之學。子忠試往而質之，必以吾言爲然也。崑山刻本，篇首作序之由三〔四〕十三字皆刪去，篇中遂無照應。今從常熟本。

送陳子達之任元城序

陳氏在吾崑山，家世以科名顯。子達前年試南宮不第，欲就選。時有傳權貴人語，以某地某官相許者。子達曰：「吾可以賄而求仕耶？即往而責償於其民，可耶？」遂拂衣以歸。今年試南宮，以一字失格，不得終試。遂復就選。適銓部政清，請謁不行。或有以中人爲地者，卒置之蠻徼荒遠之區。天下士集京師，皆以爲朝廷清明，太平可望。而子達得爲縣大名之元城。

元城賦輕人朴。雖在三河之間，於今畿輔地獨僻遠。仕宦者得此以爲清高。子達因其土俗而無撓之，易以爲治。而余以爲今之爲令之難，非難於其官，而難於其爲其官之上者。自昔置令，以百里付之。故譬之爲人牧牛羊，爲之善其牢芻，擇其水草，時其縱放，而主人不問，觀其牛羊之羸茁而已矣。今以一令而大吏數十人制於其上，牛羊之羸茁不問也，牢芻水草絿放之事，不使之爲也。而煩爲之使，苛爲之責，欲左而掣之使右，欲右而掣之使左。以牧一人，而伺其主十人，而主人各以其意喜怒之。凡吏之勤苦焦勞，日夜以承迎其上，無餘事也。故曰：令之難非難於其官，而難於其爲其官之上者。

今天子委任元輔，作新吏治，而子達方有志於爲民。而爲其官之上者，庶幾或少變前之爲者，使之得盡其爲牧之事。余於子達之行，有望焉，且以告其爲其官之上者也。按絿，與紖同。文忍反，牛系也。周禮：「封人置絿。」注：「著牛鼻，所以牽牛者。」常熟本誤刪此句。

送毛君文高之任元城序

先王建官，必有牧監、參伍、殷輔、長兩、正貳。而上大夫受縣，縣邑之長，曰尹，曰公，曰大夫，其重古矣。蓋亦必有參伍、兩貳之屬也。至漢，仍秦制爲郡縣，縣萬戶以上爲令，秩千石至六百石。減萬戶爲長，秩五百石至三百石。皆有丞、尉，秩四百石至二百石，是爲長吏。百石以下，有斗食佐吏之秩，是爲少吏。是知令、丞、尉皆長吏也。夫令爲天子親民所爲臨軒顧問者，墨綬進賢兩梁冠，其選卽爲州牧刺史。丞爲其佐，亦不輕矣。今制重內，故令輕；令輕，則丞輕矣。而令又往往恣睢傲誕，自輕其丞者，何也？凡縣之事，丞理其繁，而令得以簡；丞效其勞，而令得以逸。令過，丞規之；令不及，丞輔之。則令之於丞，其可輕也？

予友陳子達，受命爲大名之元城，餘三月矣。而皖城毛君文高，今往爲其丞。子達剛直不阿，遇事發憤，而毛君爲人謹厚，往以佐之，必和而能濟也。元城之民，其有賴乎！余觀郡乘，自古遊宦魏郡，知名者不少。其在元城，樂廣以令，李若水以尉；仇覽，蒲鄉一亭長耳，而漢史傳之。毛君其亦可自輕其官也哉？

君之先人，樂善好施。晚歲無子，嘗捐貲修其縣之崇惠觀。其上梁之日，縣令親爲酹酒於三清像前，曰：「毛某善士，今喜捨鼎新此觀，願天予之四子。」先予之名，曰梁，曰棟，曰材，曰柱。後果生四子，命以其所命名，其事頗異。梁者，卽文高也。信知古稱禱於神而生者，良有之。今毛氏之後世，尙當有人。而毛君之爲丞，生有神符，其必有異政。豈可輕也哉？

送南駕部吳君考績北上序

駕部吳君之先憲副公，與吾郡陸生鳴鑾之先大夫，同在嚴郡，有寮宷之舊。陸生是以得從君遊。君將以考績北上，陸生爲君請贈行之辭，且致君之意甚勤。余固鄙野之人，又不閑于世俗之文，其何以辱命？然聞君之高誼久矣，况其情之惓惓，烏得無言已乎？

國家自永樂遷都，兩京並建，如古鎬、洛之制。百司庶府之在南者，悉仍其舊，而稍省其員額。兵部尚書預掌留鑰，寄任特隆。而車駕清吏司，得以揀選上十二衛之驍勇，翊衛皇宫，蓋古光祿勳之職。領五營七署之事，所以佐大司馬；寓兵畿於環衛之間，非特掌輿輦車乘，郵驛廄牧而已。高皇帝以兵定天下，斂百萬之師於神京，國家晏然有泰山之安，於今且二百年。

邇者營卒羣噪，極其猖狂，幾如元魏神策、虎賁、羽林之禍。朝廷紀綱，所繫不小矣。夫兵，衆之所聚，統馭者或不能知其情。人之情不能知，其蓄之之久，則憤懣而思有所一出，此固其勢然者。于是欲求其情而加慰勞之，彼方自以爲得，而安于自恣。如是，則向之所謂情，不生於情，而將生于習。彼以其一旦憤懣之氣而狃之以爲習，國家可一日恃之以爲安哉？異時遼陽之師嘗囂矣，撫之而後安；雲中之師又囂矣，撫之而後安；此邊疆之患，四肢之虞也。今京輦腹心之地，惴惴如此。然又烏知不以異時之事無所懲，而效之也？如使又無所懲而效之，則吾未知其所止也！

天下之變，無不起于微。唐中葉始於平盧一軍之亂，當時不折其芽蘖，釀成至于五代一百六十年不可除之痼疾。武宗時，澤潞擅命，李德裕請討之。而橫水戍兵叛入太原，奉楊弁主留事。議者頗言兵皆可罷，德裕遽趣王逢起楡社軍，斬弁獻首京師，而澤潞亦平。德裕之爲相，不盡滿人意，而臨事有制如此，故能使河北三鎭畏脅，而會昌之政，稱美於世。蓋天下善者能制其機，贏縮變化，無所不可。獨患因循不決，僥于目前之無虞，而制之不出于己，此所以可慮也。

陸生言君勤敏於吏事，凡監牧、舟艦諸蠹敝，多所釐革。而親王之國，兼兵工二部之務，沛然有餘。予以爲此得君之粗者。今茲北上，必能以天下之大機，贊於廟堂矣。余何詞以助之哉！崑山刻本妄删八十餘字，今從常熟本。

送周給事興叔北上序

今天下之用人，與士之爲天下用，與古異者；其求之與爲其求者，皆非古之所宜有。蓋古之士，上之人知重之也，故士亦有以自重，而不輕於進；今世則自進而已。雖然，有至於今而不可易者，亦常有自重之義存乎其間，而後可以任天下之事。蓋孔子、孟子之時，世已莫知尊用其道，而孔、孟固未能忘情於斯世，亦與之相驅馳，而終以不可爲而止；則孔子、孟子之所以自重者也。後世學者守其家法，雖至於千百年，未嘗變也。孟子之於伊尹、孔子，蓋力攻當時好事者誣聖人以成其苟進之私。至於百里奚自鬻，亦深爲之辯。孟子以爲百里奚之所就小矣，猶不肯自鬻以成其君。夫苟至於自鬻，雖五伯之業，不可爲也。由是言之，士之欲托於功名而苟冒以進者，雖自詭以有所成，亦誣矣。

臨安周興叔，以進士爲令江南，入爲給事中。時宰慕其名，頗示意旨，欲邀致之門下。興叔即引疾以去。先皇帝之末年，朝廷方舉遺逸。會新天子即位，一時雲集闕下，莫不驟致顯擢。興叔宜以時起，以觀天子之新政，而方且高臥自若。國家故事，大臣之在告者，非有召不得入。其非三品以上，凡在廷之臣賜告者，皆自赴闕，而後天子命以職。二年冬，興叔未赴闕也，而除書獨下；於是乃應命而出。興叔可謂得古自重之義矣。

余官吳興，往來臨安，嘗訪興叔於西湖古寺中。讀書著文，山深徑迂，人迹所不至。臨安會城，士大夫皆高尚其道。今興叔之出，眞能自重不苟然者。給事中爲諫諍之臣。天子既嘉獎直言，人得以有所建論，每下之公卿大臣，亦不逆其言，每奏輒行。蓋遭時聖明，其言之易行如此。

夫以其言之易行，當思其言之難而後可也。自古如賈誼、陸贄、王吉、崔寔、魏徵之徒，其言莫不有關於一代之治體。今天子承統繼阼，屬世道一變之會。天下治忽之機，與人心風俗之所趨，興叔獨居深山中，熟觀之久矣。其必有不徒言者，以稱朝廷任屬之意。

某自念：方徘徊於進退之塗，未知所裁，何足以贊興叔之行！顧平生受知最深，而樂興叔之道行也，因爲序之云。

送余先生南還序

太史余先生，以進士第三人入翰林。今年南宮試士，先生受命司考校，所取士三十人，天下以爲得人。未幾，以官滿一考，推封其父母。尋得予告還鄉。所取士于先生之南行也，謂宜有文以送之，以齒序，屬于余。

夫大人君子之得位也，觀其所施于天下；其未得位也，觀其所以養之者而已矣。今之館閣，其未嘗當天下之任也。夫自一命之微，皆有職業。獨以爲輔相育材之地，于天下之事，一無所縈其思慮，使之虛靜純明，以居其德業，而博考古人之書。自聖人之經，以至于諸子百氏之說，古今治亂之故，無不盡其心，則所以爲輔相者具矣。而後一旦畀之位，以嘗天下之任，無不宜也。此國家所以儲館閣之意也。

予至京師，見先生與吾郡王太史先生，皆以年少登高第。入則同館，出則聯轡，其氣冲然，如有所不足；其貌粥然，如有所不能；汲汲乎思有以進于古人，而不自知其地望名位之崇：可以爲大臣宰相之器矣。而吾余先生于其所取士，與之處，未嘗不郁郁乎其喜也。引而進之，惟恐其不可及也。所取士于先生之去也，惘惘乎其如有失也；其日遲先生之來也。夫士以一日之相遇，而定其終身之分。非特主司之求士，欲得其人，而士亦欲得主司之賢以爲歸。韓吏部稱陸相之考文章也甚詳，而自幸在選中。以吏部之高視一世，顧亦自附于陸公，以爲其門人，可以無愧。予久困于試，而特爲先生之所識拔，天下尤以此多先生；其感恩宜倍于尋常。兹不敢具述者，蓋爲序以送行者，諸君子之意也。

送顧太僕致政南還序

士大夫於出處進退之際，常自度於其心。非人之所能知，人亦不得而知之。夫其心有纖毫之不安，不可以一日居也；至其無所不安，雖召公之告老，周公猶諄諄留之。周、召二聖人在位，周公之爲召公，猶召公之自爲也；何嫌於不去，而必以去爲高潔哉？今世論士之去位，徒以高潔而已。豈所以語出處進退之義，而爲知道者之所無以議爲哉？然使其心有纖毫於其中而去，乃亦其所以爲高潔者也。疏廣、受二子以年老辭位，漢史具述其事。韓退之又稱之，以爲送楊少尹序。亦以具見當時之人能知所慕愛二疏者。而二疏之所以去，孟堅不能言也。退之之於楊侯亦然。而曾子固之送周屯田，直以得釋於煩且勞以爲樂。夫士大夫致身國家，豈獨以能自釋於煩勞爲樂耶？班與韓、曾之文，世皆以爲不可及；吾猶以爲未能究出處之義，而自度於其心，非爲論之精者。

余與太僕顧公少相知。公之爲給事中，放廢二十餘年。間與之言居官時事，輒笑，未嘗自道。及在京師，始叩之。知當時奉使勘蜀事，能爲朝廷不別疏骨肉，得大體。其請赦還大禮大獄諸得罪臣，止禱祠，尤時所難言。及起廢，四遷至今官。其在寺所建明，多可紀。要之，居其職，必欲以有所爲，不異往時爲給事少年鋒鋭之時；亦可以稱爲得盡其職矣。一旦引年以去，豈不謂之高潔哉？然其志意之所在，不自言者，人亦莫得而測也。

先是吾吳致仕去者，陽羨萬宗伯，而海虞陳奉常，則以病告去。二公皆知吾者。公還，其以吾文示之，其必有當於其心者。吾所以論士大夫出處進退之際，韓退之、曾子固之所未及也。

送許子雲之任分宜序

嘉靖癸丑之春，余與子雲北上，自句曲入南都。渡江時，北風猶勁，千里積雪。過清流關，馬行高山上，相與徘徊四望而歎息。至徐、沛間，水潦方盛，流冗滿道。私心惻然，以爲得作一令，寧使夫人至于此？而子雲爲人，寬厚有度，居鄉時，人多愛之。行役所至，視頓舍食飲，不自取便利。四方之士，與會逆旅中，飲酒別去，依依有情。予以是識子雲之賢。

蓋同行者四人，而子雲獨登第。明年，得袁州之分宜。議者以分宜爲今宰相之鄉，求其爲令者，咨訪數日，得子雲於四百人之中。子雲所以副其望者亦難矣。古稱江、湖之間，山水清遠，民俗敦茂，易以爲治。不知今與古何如？而獨知子雲所以居鄉與人者，以此心推之爲令，無不可也。夫宰相求治其縣而已。縣治而宰相之望慰矣，外是何求哉？今世民俗吏治，益不如古。嘗願天子與二三大臣，留意郡縣，愼擇守令，庶幾有反朴還淳之漸。

聞之長老云：往者憲、孝之際，禁網疏闊，吏治烝烝不格姦，蓋國家太平之業，比隆于成、康、文、景之世者，莫盛于此時。今之文吏，一切以意穿鑿，專求聲績。庶務號爲振舉，而天下之氣亦以索矣。如豪民武斷，田稅侵匿，所在有之。今則芟夷搜抉，殆無遺力。吏之與民，其情甚狎。今而尊嚴若神，遇事操切，略無所縱貸。蓋昔之爲者非矣，而天下之民常安，田常均，而法常行；今之爲者是矣，而天下之民常不安，田常不均，而法常不行。此可以思其故也已。

無察察之政者，有醇醇之德；無赫赫之名者，有冥冥之功。子雲之道近之。吾懼其以爲居官與平昔異，而稍變易其度，故于其行而勉之。且以爲天子之大臣非私一鄉，蓋舉子雲以風天下，使天下爲吏者，知其意之有所在也。

送陸嗣孫之任武康序

昔陸子潛先生在黄門，論奏多所建明；而文章一去吳中靡麗之習，要歸于古雅。以余之鄙拙，亟爲先生之所稱許；顧恨不獲一日從之游。而其從子嗣孫，于嘉靖十九年，與余同鄉薦，數相從；試于南宮，又數屈于有司，相憐也。

長洲之陸，文學功業，往往有聞于世。嗣孫號爲其家才子弟，宜得顯仕。而今年以親老，謁選天曹，出宰湖之武康。太湖浸匯三州，湖州與吾郡皆瀕湖，壤界相連，卽古會稽一郡之地。武康又其州下邑，僻在湖澳。嗣孫爲令于此，不離鄉郡，蒞治之餘，得以奉其尊君汎舟三萬六千頃之中：曲限迂嶺，尋仙靈之所棲；採芳擷甘，歌舞進觴以爲歡，豈不足自適哉？

夫人之所處，無問其所之，要以貴于能適其意。意苟適，則凡所措置，精神丰采，事無大小，必得所處；其或不然，而徒鬱鬱以居，何異羈騏驥而檻鳳凰也？其能有所爲乎？今世仕者，其親在數千里之外，何以一日安也？嗣孫既得奉其親，而優游徜徉湖山之間，吾知武康之政，宜有以異于人矣。同年中如嗣孫者蓋少，又余之所感而嘆者也。

贈俞宜黄序

國家於州縣之吏，多從布衣諸生選任，寄之以百里之命。未及三載，輒遷去。而課其賢不肖，悉聽於監司。凡監司之所奏罷者固不論；至其所薦舉，必極其褒美，雖古之龔、黃、卓、魯無以過。夫龔、黃、卓、魯，未必一歲而成；則今之薦者，過龔、黃、卓、魯遠矣。然及其遷以去也，其爲州縣猶故也，而未有稱治者。如此，則吏之賢否，果皆其實乎？抑其爲名者之多耶？而上亦以名求之而已。其於民果何益也？

予識宜平俞君，君爲撫之宜黃，獨其志汲汲於民，而無意於爲名，然而名亦歸之。至考其實，則惟以平恕爲心，而未嘗刻覈以求一切。宜黃在山中，數燬于兵。君爲縣草創，而能視如家事。自神祠、學舍、縣廨、橋梁之政，無不悉舉。凡此皆非今之所以爲吏課者，君獨汲汲爲之，無不辦治。至其爲政，又持平恕，則今之吏，吾於宜黃推賢矣。雖然，君亦有遇焉。

夫縣之士大夫，爲士民之望，其知吾政，尤明於監司。然苟非其人，未有不以私故撓法者。其求於有司者無已也，稍不如其欲，而毀隨之矣。宜黃之仕者蓋少。而今少司馬譚公，獨能戢其家而一聽於吏之治；其於有司無求也，故無怨焉；且又加敬，而爲之延譽。君於是曰：「司馬公如此，吾於監司自今無得罪者矣。」至於比縣之吏，亦以娼嫉傾排者多，以故毀譽不明，而監司亦無以得其實。吾友蔣子徵在臨川，與君相愛雅故，推轂之，君以此益得展其志。穀梁子曰：「志行既通，而名譽不著，友之過也。」余以是又仰少司馬之盛德，與吾友之賢，非獨宜黃之吏治獨善於今世云。

戊辰之春，與君同入覲。還共舟，因得熟語而備知之。渡江將別，書以爲贈。

送福建按察司王知事序

天下之治，恆係乎人情之達與不達。舉目前之近，人之所共知，獨蔽乎其上而有不達者；則四海之內，其所隱覆者何限？古者盛治之極，至于鰥寡無蓋；況于其人近在于目前者乎？今天下之官，一命皆總于吏部。以數人之耳目，欲周知天下士人之衆，則人才不能自達者有矣；其僥冒而莫爲之覺，遭誣而莫爲之理者，有矣。書曰：「王左右，常伯，常任，準人，綴衣，虎賁。」「嗚呼休茲，知恤鮮哉。」夫常伯、常任、準人，固其重者。至于綴衣、虎賁，亦加知恤，此周之所以盛也。

太倉王君，以太學高第，選爲上林苑錄事。九載，陞南京光祿署丞。尋有人欲得其處者，亦選爲署丞，以逼王君。是時王君先入署已三月，無除目，不受代。其人乃復從吏部得某州同知之檄予王君，乃去。而代者從後媒孽之，以考察當調；王君于是家居久之。以今年赴部，冢宰知王君之寃，業已在調例，乃除爲福建按察司知事。知事于州倅，品秩爲降。然衣豸衣，自郡守二千石皆與抗禮，于外省爲清階。蓋吏部之直王君者如此。

王君家世科目顯貴，爲人有才藝。歷上林九載，以最，陞爲太官；三月，以過謫。此人所以爲王君不直者也。而天子之大臣，乃能知恤之，可謂不遐遺矣。太倉實吾崑山故境，而王君與余家，世有姻好；今年其從弟一誠，又與予同舉進士。用是，書之以寵其行。且以歎今世一命而能自達于上者如此也。

送北城副兵馬指揮使周君序

昔余初來京師，見前輩長者，言吾縣風俗之厚。時邑之縉紳在列位者，至與大省埒。毛文簡公爲大宗伯，朱恭靖公、顧文康公，皆在翰苑。然凡同鄉之士，自九卿下至六館學士，與諸從事有秩者，在京師遇有鄉邑慶賀，皆聯名敍會，不以秩之高庳相別異。蓋謂余時之所見，固異於前矣。今數年來，諸公皆已謝世。其居顯任爲京朝官者，已落落無復往時之盛；而鄉曲之誼，亦不能無少衰也。

今年，余幸登第，同時舉者三四人，皆相勉以厚道易風俗。而余友葛秋官誠源，張給事虛江，皆敦尚高誼，於鄉曲尤厚。於是周君漢卿，以太學生調北城徼循之寄。諸公皆往爲賀，又徵余文爲送之赴任，而親友陸小樓亟來請，因爲序之。

君少有美姿，爲膠庠之秀。陞成均，歷事憲臺，官長與其同舍皆器之。爲人温恭孝友，又諸公之所敬愛，非特鄉曲之私而已。是爲序。

送吳祠部之官留都序

凡爲天下之用，必資乎賢與才。國家之所以孳孳而求之，重祿高位以待之，蓋爲此。至求其實，乃有不然者。士而果賢與才，必將有以自見，而蘄稱其職；嘗不得同乎己者，而值其異乎己者，以此天下之眞賢與才，未有不罹讒搆者也。其大者爲輔相卿佐，近者爲郎署諫諍獻納之臣，爲岳牧州縣，果有所負，則必遭顚躓。其所負愈大，則顚躓愈甚。惟不見其賢與才，不求稱其職也，混混而已，世必爭譽之。其爵愈高，其祿愈重，安行乎順利之途，而莫或尼之。此自古有志之士出而用世，其憂虞困悴時有之；至於與世無是非，委隨狥俗，終其身安享祿位者比比也。

孝豐吳侯，舉進士，司理建寧，召入爲祠部，所謂以賢與才自見者。於是有州倅之遷。其在吾州，風厲震踔，炳朗宣耀，威愛行於一州。尋有郡倅之遷，威愛又行於一郡。如是其賢與才之可見者，宜乎不能久安於朝也。雖然，今天下治平，庶政頗號嚴切，惟獨銓部之謫調，猶持大體。侯雖外補，然若吾鄉之州若郡，皆畿輔重地，才賢之高選，非古遷人之比。余觀唐史，自中朝出爲外州，多在嶺海絕徼之區。至終其身望還而不可得；其有量移者；

皆謂爲曠蕩之恩。今侯爲州郡，一歲中三遷，遂復入郎署。則朝廷之用人寬大，愛惜天下之才賢，其又異於古矣。故嘗謂士之用世，不挫抑，不足以見其賢與才；稍挫抑矣，旋復大用，以此知朝廷用賢與才之急也。余於是樂吳侯之升也。

侯爲吳興右族，再世登朝籍，父兄皆爲顯官。侯方以盛年，繼武而起。居吳不久，而吳人咸懷之。予友潘京兆，與侯之兄憲副君嘗爲東郡屬。侯在太倉，感侯之德，於侯之赴建康也，故邀予爲序。

贈石川先生序

昔周成王之時，召公告老。周公留之，曰：「耇〔三〕造德不降，我則鳴鳥不聞。」「告君，乃猷裕。我不以後人迷。」又曰：「予惟曰襄我二人。」「其汝克敬德。明我俊民，在讓。後人於丕時。」古之大臣，以身繫天下之重，雖其老而欲去，而不得遂其去如此。故禮有七十致仕之文，蓋精神血氣，有所不逮，上之人思休而息之，非棄之也；下之人以其倦而求歸，非以爲高也。至於不得遂其去，雖其自留，而不以爲不潔也。後世君臣之際，豈可言哉？不以其人繫天下之重，故棄之而不恤；其人亦無所與於天下之重，故去之以爲高。夫是以用之不盡其才，休而息之不待其年，則後世之致仕，與古異矣。

石川張先生，爲通政司參議。九廟災，大臣得自陳致仕；先生例未得自陳，即上書引去，悠然自放於吳、越山水之間。世之君子稱其達，而惜其以不盡之才，當未可以休而息之之年也。乙巳之歲，先生年始六十。有光辱以姻末，稱觴堂下。周覽壁間之文，多息老之詞；竊謂未盡其意，故稱古者致仕之義以爲言。

贈給事中劉侯北上序 代作

昔孔子之門人，皆輔相天下之姿，而以其才試于大夫之家。蓋由其小，可以知其大；施於一方，而天下可推也。故子西言於楚昭王，以爲王之輔相、將帥、官尹及使諸侯，無有如顏淵、子路、宰予、子貢者。以孔子據有土壤，而子弟爲佐，可以王天下。蓋皆常試于其小而知之也。

後世循吏之名，始自西漢。江都相董仲舒，內史公孫弘、倪寬，皆儒者通於世務，以經術飾吏治，天子器之。仲舒自引去，而弘、寬皆至三公。其後公卿有缺，必選所表郡國守相有治理者，以次用之。至如東京卓茂、劉矩之徒，無不位至三公。即其仁信篤誠，感物行化，眞宰相之器也。

吾同郡劉侯某，舉進士，爲温之瑞安。自士大夫至于閭巷之小民，無不得其歡心。其所興革便于民者，有八事之謠。及被召之日，奔走攀號，塡溢街巷。温之屬縣鄰界之民，無不至焉。則劉侯豈非古所謂循吏者耶？侯之召也，入爲吏科給事中。天子亦將以公卿處之矣。某以爲侯之所以治邑者，以之爲天下，無所不可也。然天下之人才，亦有宜于小不能其大者，黃覇之治潁川是也。余獨以知侯之無所不可，則既親見而得之矣。

某爲教青田，適侯在瑞安之日，而瑞安至青田，止一舍；嘗往來其縣，侯館饔餼將饋之禮，無不畢給。而虛己下士，不間于微賤。以某之蹇拙淪落，而待之有加焉。某嘗夜辭侯去，遊東塔山觀海，比明登山，則道士已出迓，餼饋皆具矣。瑞安之學官，以公罪當輸金，力未能償，因某以爲言。侯云：前二日已爲代輸報監司，而學官蓋未知也。晉史稱麻思還冀州，請于王猛。猛曰：「束裝行矣。」至暮而符下。及出關，郡縣皆已被符。其令行禁止無留事。至於纖悉，莫不皆然。猛所以爲覇王之器以此。某以是知侯之才，擬之古人，可以無愧。

嘉靖三十七年春，侯請告還家，某適有南太學之命。侯未幾尋北上，因書此以贈其行。蓋自以爲不獨侯之知某，而某之所以知侯者尤深也。

贈戚汝積分教大梁序

余少時，與李廉甫遊。廉甫與汝積尤親善，時邀余出郭造汝積。汝積方家居授徒，至則余三人相對無一語，但啜茗至暮而返，意甚歡然。

後廉甫登第，余獲薦於鄉，而汝積在郡膠二十餘年，始以貢計偕北上。是時廉甫以都御史自江陵還臺，余將試春官，意吾三人者復當相聚，而汝積已得開封之司訓以去。廉甫方病在告，余竟落落而歸。已而廉甫卒於鄆州，以余之無似，不足爲道。而汝積抱有用之才，淹抑至此。迨廉甫之沒世，汝積方始出仕，則士之窮達蚤暮，不可以一概論也。

始余過徐州，問黄河道所自，舟人往往西指遡河入汴梁處。獨念大梁夷門、東苑平臺之故迹，及前古帝王之陵寢，近世京邑之麗，藩省之富，與夫黄河之壯，而不得一往。今汝積旦夕游焉，且以温良淳厚之器，以作成大梁之士，其亦有足樂者矣。士所志于天下，其大者樹勳績於世，常患於不能遂，而或有累高致至之危。汝積居名都，日觀仲尼廟堂，陳俎豆，與諸生揖讓其間，講論六藝之文，昔人所謂擇官而仕，未有逾於此也。恨余與汝積南北乖違，不得相與共歎。廉甫今日遂無此日月。吾徒居世，隨所在盡吾事而已，他尚何求哉？

汝積所教縣中子弟，以其所行，余又有贈；會其子揚將至大梁，請余爲序，以補送行之闕云。

校記

〔一〕虜　原刻墨釘，依大全集校補。

〔二〕辨　原刻作「辯」，依禮記校改。

〔三〕夷　原刻墨釘，依大全集校補。

〔四〕三　依本文當爲「六」。

〔五〕耇　原刻誤作「苟」，依尚書及大全集校改。

震川先生集卷之十一

贈送序

送嘉定丞魯侯序

吳之東南，其屬爲崑山、嘉定，壤地相接。界上之民，往來兩縣間，能道其官之賢與否，或時各舉其令之長以相誇。往年，王侯儀尹嘉定。王侯賢，嘉定之民稱之，崑山之民亦稱之。余，崑山人也。嘗有按部者至，余從諸生出候郊外。王侯亦至，下馬與諸生揖讓，儀觀偉然，輿馬奕奕。諸生夾道讓行，目屬王侯，蓋賢者易以聞也。然於令則然，於丞則否。豈丞之賢皆不若令哉？勢位弗與令比也。

嘉定，天下之壯縣，著在圖籍，地方八百里。後割而爲州，猶存四之三。蓋古方岳大國之地，其令視公侯，其丞爲之僚，奚啻如古之上卿？求觀春秋間，列國之大夫，往往以其名聞于諸侯。雖至京師，天子亦改容焉。今爲丞而賢，亦不易及民，雖及民，而人亦不樂道之。委任之勢使然也。

嘉定之丞魯侯，將以考績去。縣學生龔有成，來徵予文，以道其行。予于侯無聞焉。有成曰：「侯，賢者也。」余知其爲賢者也。學生與丞不相涉，有成又敦飭之士，足未嘗履侯之堂，而以其文請，是重侯之去也。先是，吾邑丞方侯鋐者，有吏才，後去爲零陵令，小民至今思焉。余以語有成，有成不聞；則予之不聞侯之賢也，固宜。

銓曹方務得人，苟格令所至，奪而去之，不顧其民之欲與否。昔吾方侯之行也，予曰：是必復來。已而立乎境中，望侯之車馬，而不來矣。今子之侯之行也，子勿復言也，子將立子之境中，望侯之車馬而不來矣。

送周御史序

士之居官，非以享爵祿，操利勢，使人奔走承奉之爲榮；惟其所至有惠澤及于人，使其民愛戴之如父母，令名垂于無窮，此其所以爲榮也。詩曰：「彼都人士，狐裘黃黃。其容不改，出言有章。行歸于周，萬民所望。」言君子能以道得民，民愛慕其德，咏歌其衣服容貌言語之美；其還歸于周矣，而萬民猶望之也。

嘉靖乙卯，侍御餘姚周公，被簡命來按吳中。故事，御史巡行天下郡國，率一歲還報。公滿歲且去，而吏民伏闕上書願留者數千人。詔聽復留。于是幾及三載，始改命提學于南畿。蓋巡按御史無再歲者，其奉特旨，自國初以來，如公等比，三四人而已。公在吳，每行縣還，百姓扶老攜幼，塡溢街巷，使車不得行。嗟乎！仕而得民之愛慕如此，可以爲榮矣！

國家貢賦，仰給東南。異時承平無事，不幸遇水旱，有司猶不肯議蠲貸；而自頃歲島夷爲寇，兵興，賦調滋繁矣。然盜踰度大海，輕行內地，數千里間，剽掠一空。歲復大旱，民嗷嗷無經宿之儲。當時議者猶以國計爲辭，而海上用兵，所急者財賄，聞蠲賦之語，往往相顧而笑。公獨慨然上奏，盡停蘇、松歲入數百萬。以死傷垂盡之民，而措之衽席之上。自寇之入，人皆憂將之不選，兵之不練，賦調之不給而已。若如議者拘攣之見，非惟稅無所出，將盡驅東南之民以從賊。朝廷豈徒失數百萬石之賦而已哉？

昔人有言，古之大過人者，能于擾攘急迫之中，行寬大閒暇長久之政。此天下所以不測而大服也。使世之君子能持此說，夷〔二〕狄之患，庶乎可免矣。公爲政寬大不擾，受命分閫，皆先進老臣，輒裁之以法；所謂天下兵聚海上，狼、廣、粵、僰之人，繹絡城下，無不斂戢，民不知兵行之害。此皆卓然可稱者。

公去吳之明年，士大夫多紀述之。而河南布政使雍里顧公，因民之志，作頌一首。以謂古詩三百篇，作者皆不自爲序，而有待于卜氏之徒。故屬其序于鄙野之人云。崑山本作周御史保障江南頌，後段小異，更有頌辭。今從常熟本。

贈熊兵憲進秩序代

鏡湖熊公初舉進士，受命守太倉州。稍遷爲吳郡別駕。尋升太倉兵備僉憲。今又奉璽書，有憲副之擢。自筮仕迄今爲方面，幾及一紀，官凡三遷，而不離太倉治所。太倉，舊崑山沿海之地。前代備禦日本，惟慶元、澉浦、上海置戍，無言太倉者。自淮陽王建海運，則汎海之役，皆自此始。萬斛之舟，雲屯風飄，接於遼海，當時屹爲巨鎮。國家罷漕事，設衙衛，百數十年間，海外無事。惟沙丁鹺戶，時或跳梁，然不踰時撲滅。而三吳生聚，反依大浸以爲天險。

嘉靖初，言者欲罷新建州，請置兵備分司。朝廷留州而置分司。先是浙省有水利僉憲，兼領吳中水利，今則併歸於兵備。自建兵備而後，日本之患作矣，蓋若有前兆焉者。寇之始至，實公爲州之日也。能以承平狃習之民，而捍蟻附之衆，城守之功爲最；而言者欲以微文致罪。然州人愛公如父母，故奪衆議而留公於吳。及秉憲節以來，日率拊循之民，而督之以疆場之事。威行惠孚，指麾如意。椰帆鐵艦，飄忽而來，潰於南而殲於北者，誰之功也？朝廷知公聲望日隆，東南之寄，無以易之，故有今日之擢。而余獨以爲吾民之幸焉。

天下皆言久任之利，而未有行者，蓋其勢有所不能也。公雖爲州人所愛，卽徵擢以去，闔郡之民，伏闕請留，亦未有能從者。今事勢相維，公乃又爲郡，爲憲司，屢遷而不易其地，至十數年。勢位日崇，無異于爲州之日。其治於民，可謂習矣。漢侍御史賈昌與州郡討賊，歲餘不克，時議遣大將發兵。李固以爲發兵州郡可任，但選有勇略仁惠、能任將帥者，以爲刺史太守，可責其成功。遂用張喬、祝良二人，卒平嶺外。今太守無兵權，而武將不與民事。唯公兼兵民之任，李固之議，庶其在此。余論國家所以待公者，蓋合于古之道有二；用是深爲嘆息。且公內撫瘡痍，外嚴扞禦，島夷阻隘，不能內薄，久知爲寇之無利，亦將自戢矣。

余昔承乏汴省，而公今官亦系銜於汴，有先後寮寀之義。邇者屏處林隈，公不鄙夷，咨訪不倦，情分日深。於公之遷，輒不自揆，用不腆之辭以爲賀云。

送嘉定縣令序

太學生張沛，來自嘉定，道其令某侯之賢，曰：「天子有詔徵侯，侯今且行矣。沛欲有所言，而未能也。願有聞於子。」

予觀古循吏傳，雖異世，猶慨慕嘆惜，惟恐其紀載之不詳；况與之生同時，而風聲相及者乎？吳爲東南大都，而嘉定邊海，疆土最廣，號稱壯縣。吏是者，非強明仁恕，不足以爲治。然前此數有賢令。弘治以來，廟食者多矣。今侯又賢如此，豈其地然耶？固予所慨慕而嘆惜者。

而沛言侯之治行，其大者有三，曰：「往者颶風大作，海水飛溢，平地數尺。瀕海之民，蔽流上下，死者千數。侯甫下車，恤其餘民，俾有寧宇。其賢一也。一二小醜，負險逋誅，出入洪波，肆行鈔掠。嘉定去海，不半日可至，無堅城勁卒之捍，而不見侵犯。其賢二也。歲饑民貧，逋負日積，使者督責，相望於道。父死而誅其子，兄亡而逮其弟，笞掠瘐死，流離困頓，所不忍言。侯能操縱有法，賦辦而民不驚。其賢三也。」

予以爲沛所言者，其二者一時之變，其一則此方之民無窮之患也。侯既能恤之於爲令之日，今去爲天子耳目之官，天下之事，何所不可言者？東南財賦之區，國家取之將二百年矣。譬之人，少壯有力，嘗勝百鈞之重；迨夫羸老疲敝，猶以前日之任驅之，未有不絕脈而亡者。今三限之法，責之一時；數年之負，併於一歲。可謂不遺餘力矣。侯何不一言天子，盡捐數十百萬以予民乎？此踰於增戍益漕，以厚西北之防者，萬萬矣。沛也以此言於侯，可也。

送嘉定縣令張侯序

國家混一宇縣，版籍所隸，延袤萬里。三吳之民，獨以區區一隅，輸天下財賦之半。昔之守土者，嘗一抗疏爲民請命于朝，宣宗皇帝慨然下詔，減省舊額。然議者猶以當時建議，不能大有發明，使曠然一新以見治世均平之政，有恢張不盡之嘆。

其後吏胥緣以爲奸，民賦日倍如其舊。而主計大臣，執議牢固，雖有水、旱、螽、蝗、螟、蝝之災，輒拘成法，未嘗肯減上供之數。比歲胡〔三〕馬南侵，廷議以運餉不繼，督逋之使，相望于道。是以爲令者尤難焉。上之不能遂其求，曰：何事我而不承我也？下之不能勝其求，曰：何撫我而不恤我也？於上易以罪，於下易以怨。令之難爲，從來久矣，而未有甚於今日者也。

吳之屬邑有八，而嘉定最廣，然瀕海而土瘠。地廣則賦繁，土瘠則民疲；以疲民供繁賦，尤難矣。順義張侯，由進士出宰茲邑。處甚難之時，上勤而下撫，事辦而民和。又能以其餘力興學校，浚河渠，繕宮館，飭武備。期年之間，百廢具舉。非有愷悌之德，通敏之才，何以克此？於時侯將入覲，是行也，天子舉考績幽明之政，用進律增秩之典，侯之承恩詔，被光寵也，必矣！

余門人李某，以縣父老之意，來徵余文，以重侯之行。余非知文者，先是憲副張君爲贈行詩，既俾余志其末，繁蕪之詞，何足爲侯瀆也？而某之勤懇，終不能以辭，復爲序之。蓋亦所謂樂道之者不一而足云。

送崑山縣令朱侯序

江南諸郡縣，土田肥美，多粳稻，有江海陂湖之饒。然徵賦煩重，供內府，輸京師，不遺餘力。俗好媮靡，美衣鮮食，嫁娶葬埋，時節餽遺，飲酒燕會，竭力以飾觀美。富家豪民，兼百室之產，役財驕溢；婦女、玉帛、甲第、田園、音樂，儗于王侯。故世以江南爲富，而不知其民實貧也。其俗還蝡，畏避科徭，以保身全家爲念。故其事天子之命吏尤恭順，號爲易治。而吏于其土者，必進士之才良者得之。然率不過一考，即遷以去。數十年來，江南之俗與其吏治如此。

嘉靖丁未，南昌朱侯舉進士，得吾崑山。庚戌，朝京師，治行爲天下最。其秋，吏部之徵書至，于是將行。崑山之民，樂侯之賢，而恨其去之速也。侯以通敏之才，知民之俗，而不逆其情，故其民尤易治。雖然，俾假以年歲，寬以繩束，與當世之士大夫，切摩治體，講求方略，深知其積習之故而力變之，于以推于旁郡，民之敝可振也。

天下之患，譬之于人，貌美而中病；飲食言語猶人也，其外魁然，而實有不可測之憂。今江南是已。以數千里彫瘵之民，當奢踰之俗，上奉無窮之求，而更數易之吏，如吾民何哉？國家漕輓數百萬，貢賦所出，天下根本，大可慮也。有光等與于南宫之試，親見天子黜幽陟明之典，所以風勵天下者；退而考侯之治，而知其所以然。于其行也，恨其不可留，猶以江南之事望焉。

詩曰：「樂只君子，民之父母。」言君子爲民父母之心，不忘于朝著之間，其崇論竑議，足以固基本，垂休光也。又曰：「我馬維駒，六轡如濡，載馳載驅，周宛咨諏。」皇華之使臣，于行道之際，尚欲得民之利病而咨訪之，以告于天子，况侯親民而深知其弊者？于是爲耳目獻納之司，有可以贊廟謨而裨國論，必不能忘吾江南之民矣。

送吳縣令張侯序

今之爲吏者，以才智自馳騁，趣辦于簿書期會之間。若此，可謂能其官矣，而未及乎愛民也。温良子愛，知人疾苦，務于葆息而安全之。若此，可謂愛民矣，而未及乎待士也。待士之禮，其軼已數千年，自兩漢循吏，有稱于是者蓋少。今世之士，一出于學校科目，國家品式具備，吏奉行之，低昂上下，委之自然之繩墨。禮之所加，以爲其所固宜，而吏無特以待士言者。其閒時有所崇獎延進，必其人已有名聲，足以自見。不然，雖子思、孟軻之學，呂望、伊摯之能，許由、伯夷之高，亦氓隸之而已矣，奴虜〔三〕之而已矣。噫！士生于今之世，不出于學校科目，無名聲以自見，豈不悲哉？

某東海之鄙人也，屏跡于田畝之間，以其耕漁之暇，稍誦習古人之書。有所感發，亦復摹倣古人言語，以爲文詞，而未嘗敢以示于人。而當世之利病，生民之休戚，士大夫之賢不肖，雖非所及，而時或有動于中。嘗聞吳邑侯張先生之賢。自吳而風海，海濱皆曰：「是今之能其官者也，是今之愛民者也。」而某無因以望見焉。

今年以老親之命，應試于郡城。先生見之于途，而哀憐之，呼與之語，而索觀其文，爲之進于有司；而其意猶歉焉若有所不足者，嘅焉若其力有不能自致者，惻惻焉若有不忍棄者。夫士之處勢，固世之所氓隸而奴虜〔四〕者也，非出于學校科目，有聲名以自見，又無相遇之素，而先生待之如此。惜施于某之非其人也。假今之世，其賢有萬于某者，先生所以待之者可知矣！

適先生以考績至京師，某固猶在于氓隸奴虜〔五〕之間，無以爲國士之報。于其行也，士民多誦其德美，某獨致其私于己者。蓋先生之用意，乃出于數千載之上；持以事明天子，眞大臣宰相之事也。此文得之汪計部苕文藏本。題稱送貫泉張先生序，文稱某而不名。據自序不出于學校，今按：

先太僕年二十爲博士弟子。若以未弱冠之年，非宫牆之士，于鄉縣令長之考滿，輒爲文以贈行，近于上交之諂，太僕不爲也。當是代人作。莊識。

贈張别駕序

張侯自尚書秋官郎，出判蘇州。會其屬縣崑山之令闕，來署其事。未逾月，新令且至。吾黨之士，爲會於玉山之陽，邀侯爲一日之歡，蓋莫不戚然於侯之去者。

噫！人之相與，有歷歲月之久，未必其相愛也；豈徒不能相愛，有厭其歲月之久，而去之唯恐其不亟也。若侯之不鄙夷吾人，與吾人之所以愛侯者，可謂有情矣。吏之來，皆四海、九州之人，無親知之素。一旦以天子之命，卒然而相臨如是者，豈法度威力之所能爲哉？夫亦恃其有情以相愛而已。今或自謂其能制百里之死生，法度威力之可以爲，視其人漠然，而獨行其恣睢之意，則今世之俗吏類如此也。侯爲人慈愛愷悌，可以望而知其情；故不逾月，而縣之士民，無不愛且慕焉。

嗟夫！吾縣之人，力耕以供賦貢。曲事天子之命吏，蓋亦無所不至。雖駢死敲扑〔七〕之下，未嘗敢有疾怨之心；獨於是非之實，亦有不能昧者，或時僅見於里巷之歌謠。蓋孔子之删詩三百篇，美一而刺九焉，所以導民之情，宣之使言。若十月之交、雨無正，雖幽、厲之虐，不能絕也。今大吏或相與比於上，不曰吏之無良，然且詬詈吾人，以爲風俗之薄惡。夫二百年仁孝忠厚之俗，奚至于今而獨惡耶？

方侯之視事，即有倭寇之警。賊自濱海深入百里，絡繹城下。侯以安靜鎮之。雖在倥偬之際，不肯因循舊弊，以擾於民。自前年賊至，而縣常先時塞門，又嚴縋城之禁。小民斗米束菜，悉爲吏卒所苛取。近郊之人，扶老攜幼，望門而呼；城上莫有應者，獨坐視其宛轉於鋒刃之下。且日鉤取疑似之人，以爲賊諜而屠刳之。蓋寃苦無訴之民，有不獨死于賊手者矣。如前之爲，今歲皆無之。則賢人君子之所至，豈必其歲月之久！如時雨之霑溉于物，豈有涯哉？夫然後知侯之所以非今之俗吏。而期月之間，吾人愛慕之深如此，則夫知吾縣風俗之不薄者，亦莫如侯。余故樂爲道之云。

侯名牧，辛丑進士，山陰人。

贈太府思翁黃公序

太府黃公，由省署來守吳興。期年而百姓服從其敎令。有君師之尊，有父母之愛。於是歲之七月二十有八日，當公嶽降之辰，郡之士民，咸造在庭，爲公薦萬年之觴。有光〔七〕爲其屬邑之長城，且當代去。而邑之士民，以有光尚有一日之留，其於事上之禮，尤不可廢。咸叩頭以請。遂於是日，率吏民，從六邑之長，拜賀於庭。

余觀於吳興之士民，意其猶有古躋公堂以上壽之風也。惟仕宦以治民爲難，而俗之美惡劇易，尤有大相什伯而不能以同者。至論所以治之，不過剛柔二用而已。然二者出於人之性，有不能易者。自皋陶言九德，而周公亦云「迪知忱恂於九德之行」。要之剛者不能抑而爲柔，柔者不能矯而爲剛。惟有常之吉士用之，則無不宜。自昔聖人之世，人才之偏已如此，亦期於治而已。太公、伯禽，同受周公之命，以之齊、魯。而其所以爲之者，遂迥然不同。而其後二國之治，亦以大異。然當齊、魯之初，豈不皆謂之同沐聖人之化者也？前漢治民，如趙、張、三王、黃次公、龔少卿、薛贛君、朱子元之徒，皆卓然有聞，考其行事，何可一概而論乎？獨怪梁相州初以惠愛爲先，當開皇迫急之時，遂用不能見譴。及再請爲郡，卽以一切立名聲。豈不謂之「詭遇而獲禽」者歟？今公爲郡，如相州之俗，而獨處剛柔之中，不見改爲，而民情大服。其賢於古遠矣。

有光不佞，二載爲吏，往來苕、霅之上，仰卞山之高，緬懷蘇長公之高風，邈不可追。茲乃得賢太守而事之，不幸遂遷以去，方已決歸田之計。有光家在姑蘇，而姑蘇本與吳興爲一。有光自此雖不得奉承教令，爲公屬城之吏，而歌詠太平，尙得爲公擊壤之民也。因爲之序云。

送攝令蒲君還府序

梓潼蒲君，以太學上舍，選授吳郡幕官。會崑山闕令，使者檄君來攝縣事。未幾，代至，君當還府，縣之士大夫送之。君爲言崑山之俗易治，民有爭訟，可以數言而決，無深隱不可測之情；惟賦稅號爲繁難，能釐整其法，而取之以時，亦不至於病民；而巨室大族，無驕悍難使之害。君之言如是。

先是，崑山數更令，令輒以其俗爲不善。惟南海盧侯宁，爲令未期年而調去；盧侯蓋不得志于此者也。至其去爲他縣，及遷官於朝，未嘗不稱崑山之美。士大夫以此服盧侯之平恕。其後上黨任侯環、李侯敏德、山陰張侯牧，皆以別駕來署縣。三君者，或以廉靜，或以通敏，或以寬厚，皆有德於民者也。故三君之去，其稱崑山之美如盧侯。今曰難治者，謬也。

嗟夫！民之望于吏者甚輕，苟不至于虐用之，而示之以可生之塗，無不竭蹶而趨奉之者。今則不然，徒疾視其民，而取之惟恐其不盡，戕之惟恐其不勝。民俛首不敢出氣，而閭巷誹謗之言，或不能無。如是而曰俗之不善，豈不誣哉？

蒲君爲縣僅兩月，庭中常無事。及新令之至，民夾道觀者，皆曰：「願得如蒲君，足矣。」

故曰縣易治，宜蒲君之有是言也。余故樂爲之書，且以告凡今之爲令者。

贈司儀楊君序

吳之屬邑，崑山最大。異時割縣之東以建州，則濱海膏沃之壤，敦樸之民，多歸太倉，而縣以貧敝。嘗有言于朝，欲省州還之縣，事寢不行。楊君又居州之最西，今猶與縣爲界。蓋自建州至今，僅六十年。雖爲州，常不自忘其故。其民皆曰某縣人云。崑山，俗號曰玉山，故君自號玉溪。

君家世力田，雄于其里。嘉靖戊午，奉例至京師，得楚府司儀以歸。沈生大受，以其妻之兄弟，乞贈言于予，蓋道君之所以榮朝廷之賜也。

予聞而善之。爵者，天子之所以馭天下之貴；天下之患，在于不知爵之爲榮。夫不知爵之爲榮，則天子之權輕，而天下之事莫與爲也。士受一命之寄，無不自貴，而氣勢赫奕，望之可知。天下孰不知爵之爲榮也？夫此非能眞知爲榮者也。藉此以加于人，謂爲己之能而已矣，不知爲君上之賜也。故詡詡焉恣其欲而已，國家之利害，生民之休戚不問也。上之所以爵吾，其誰思之也？若是，則古謂之素飡，謂之竊位，而豈所謂榮者乎？是故苟冒貪競，而天子之爵愈輕。由此言之，士誠知一命之榮，則有不可苟者矣。

楊君登田里爲王官，然未有眞祿秩也。視世之受命者，其責爲輕矣。然君獨自以爲得之之榮，而不敢輕上之賜也如此。使世之有爵者皆如楊君，則天子之權重，而天下之事，孰不竭力以爲？而中國無事，四夷〔八〕不交侵矣。

送顧公節北上序

漢世祖命桓榮說尚書，甚善之。每朝會公卿間，敷奏經書，未嘗不加賞嘆。當時儒者尊寵，莫過于榮。其後累葉皆以榮任，並至顯仕。他如魯陽、蔡陽，咸以授經，封侯傳世。漢之崇儒重道，軼於前代矣。

今天子嗣位之初，太保顧文康公，昔在經幄。公音吐弘亮，奏對詳明，每當進講，天子竦聽。時上方鄉學，御製敬一箴、五箴註，皆自公發之。嘗以冬月講洪範，未終篇，雖祁寒，不爲撤講。其後公每進一官，聖諭未嘗不以講讀舊勞爲言。蓋上之好學崇禮儒臣，終始不倦如此。公之冢孫，以公蔭，奉符璽幾二十年，位至卿少。而公節以公曾孫，復以經筵恩入胄監。今將謁選天官。蓋國家之于任子，其法視前代稍狹；惟獨加惠于帷幄之臣。況公，尤上所眷注者。公節茲行，天子見公姓名，思念舊學，肯以常調處之乎？

公節年壯有意氣，顧自以輔臣子孫，當以恩澤進，不欲與書生爭一日之長。今天下所在列位皆科目，獨禁近環衛，持囊簪筆，多勳戚與公卿大臣之世胄。一日天子臨朝，左右顧視，無非所謂親臣、世臣者，祖宗之用意深矣。公節行矣，其亦無忘前人，而以忠孝事君也哉！

送國子助教徐先生序

海寧徐先生，與余相遇於禮部，歡如平生交。别去十餘年，先生隨調州縣，厭簿書之冗，乞改教松江。松江去吾邑一舍，先生在官四年，而余不知也。會以試事至吾邑，始得復相見，道故舊。而先生已有國子之命，且行矣。程生大猷，乞文以爲贈。

竊謂科舉之學，相傳久矣。今太學與州縣所教士，皆以此也。夫取天下之士，列于庶位，以共濟斯民，宜無用於今世之文者。然而國家損益百代之制，固以爲無出於此。蓋欲學者深明聖人之經意，以施於世而已。至于久而天下靡然，習其辭而不復知其原，士以譁世取寵，苟一時之得以自負；而其爲文，去聖人之經益以遠。蓋自今天子御極以來，輔臣每以文體未復爲言，詔書屢下，風厲學者。有司不知所本，務變其末流，此所以愈變而愈不能復也。

夫科舉之所爲式者，要不違于經，非世俗所謂柔曼、骫㬉、媚悅之辭以爲式也。昔張文寶〔九〕知貢舉，所取進士，中書有覆落者。下學士院，令作貢舉准格。學士李懌笑曰：「余少舉進士登科，蓋偶然耳。使余復就禮部試，未必不落第。安能與英俊爲准格？」當時以爲得體。歐陽公特著之五代史。今以柔曼、骫㪍、媚悅之辭以相誇，而以得者驕其未得者。以此爲格，此歐陽子所以嘆也。

南陽戍誼叔欲應舉，而郡先輩無爲進士業者。誼叔乃曰：「四書、五經，吾師也。文無過於史、漢、韓、柳，科舉之文何難哉？」誼叔竟以取進士，爲當世名卿。嗟夫！誠使學校之官，修明經史，而略其末流，使士不求准式于五經、四書、史、漢之外，天下士風庶幾少變，而人才可觀矣。先生嘗以經義倡導松江之士，余故以斯言祖其行。聞今官于太學者，多余同志之士，其併以吾言告之。文從鈔本，與常熟刻小異。

送柴都事之任浙江序

吳、越之地瀕大海。天下無事二百年，宴然靡犬吠之警。百姓反若依海以爲固；不如三邊歲有戎馬〔一〇〕之侵。揚州葆疆，古之所謂天地之中，莫能過也。承錢氏據土，宋室偏安之後，皆以錢塘爲國。而皇家定鼎建業，浙爲首藩。都邑之盛，物產之殷富，天下稱杭州云。

自頃承平日久，海防廢弛，島夷乘風迅入寇，則杭常被其患。乃自獨松嶺入四安，以趨金陵；自華亭、澉浦，則軼於蘇、常之境，而江、淮之間，無不騷動。杭於寇最逼，而首當之。故建督府，調天下兵四集其境，則行省之務，劇於往時百倍矣。然自使以下，有左右參政，左右參議，實前代平章政事、左右丞、參知政事之職，皆方岳大臣，總攬大綱而已。凡行省諸務，不得不責之于從事。非其才賢，莫克以任也。故從事而能其任，則使以下常逸，而省之事無不舉；從事而不能其任，則使以下常勞，而省之事或不能無廢墮。唐制，皆大臣自辟，而後命於天子。或者以冗從視之，不可也。況今浙省時事之艱乎？

吾邑柴君秩，以太學上舍，謁選天曹，而得此官。君平日未嘗出門，與人居，終日恂恂然。昔寇犯鄉邑，君獨率諸少年登陴，下視圍城之賊，連發數矢，皆應弦而倒。人始知君有可用之才。今內外文武大臣孜孜求才之日，士稍有以自見者，多得不次之擢；此君自砥礪立功之日也。

送陳子加序

君之先大夫黼庵公爲南京兆，會太廟災，與兵部侍郎顧公珀，太常穆公孔暉，同時罷去。議者惜其不能盡其用。公之厚德，宜有發於其子孫者矣。

昔余讀書鄧尉山中，於郡西太湖邊諸山，無所不陟。惟獨其北陽山大石，聞其勝，舟行時過之，而以不得登爲恨。

大石傍有陳翁居之。生平不知城市官府，其容頎然，有太古之色。而其子子加，乃以文學俊秀遊郡邑，薦於鄉書。然子加之誠篤，猶翁之風也。子加與同縣殷一清，每出入必俱。一清之誠篤，猶子加也。每計偕，二人者必同舟。而吾邑陳子達與相善。蓋三君皆以嘉靖己酉膺薦，數詘於南宮。而予之被詘尤久。每下第還三千里，三人者，舟相先後。予時與子達同舟，時相呼過從也。歲歲逾淮渡江而別。

今年天子欲親貢舉之法，思得敦朴有道之士，則一清、子加宜裦然首選，而竟落第。余幸叨薦，而子達就調元城，一清方待舍選，子加以乞恩教饒之浮梁。余與三人俱在京師南薰街，寓舍相近。雖一時聚會，然自此當離析。雖子加與一清無時不俱，而今亦異嚮矣。念欲如往時下第，舟先後，相呼過從，不可得也。

於是陳翁年七十，子加之乞恩爲祿養以此。子加將赴浮梁，過吳，歸拜其親。余以是序而送之，且以爲翁壽云。

送王博甫北上序

吾崑山雖吳之偏邑，而人才在前世知名者不少。如范至能、衞淸叔，其遺蹟至今往往可尋。然欲求其子孫，有不可得者。士大夫之家，能使詩書之澤久而不絕者，蓋寡矣。宋左朝請大夫王彥光先生，有名紹興之世。迄今而其後裔猶存。當國初，朝廷重貢士之選，州郡學每歲入貢，廷試入太學選，與進士等。高者多爲九卿。朝請之後按察司使俊伯，以貢爲監察御史。高皇帝命署都御史事，親題其名於殿柱。其後歷官陝臬。俊伯孫秀水博士，以布衣遊京師，當憲廟時，客樊都尉所，與舘閣諸公，賦詩倡和；以博士歸老於家。如吳文定公、王文恪公，皆與交善，多爲其家文字。博士年九十餘，與予外高祖夏太常有姻。予少時，博士以篤老尊行，邀予至舍。出其孫拜之，卽博甫也。

博甫爲諸生久，家日益落，又不利科試，迄今乃以年資入貢。予昔嘗貢禮部，試奉天門。時張懋恭行歲貢舊法，頗有選爲尙書屬及御史者。然流俗終以賤簡。未幾，法復變。今少師徐公，每言貢法當復祖宗之舊，尙未有行。而博甫適徐公當國之時，必有峻拔如乃祖俊伯之爲者；不然，亦當爲郡佐縣尹，或調博士，如乃祖秀水之爲者。博甫於王氏不絕如綫之緒，又將起而振之。夫賢者之後，至數百年而後人猶有知者，視其餘諸公泯沒不傳，則余於博甫之進，爲王氏幸多矣。於是博甫戒行，縣大夫爲之勸駕，博士先生與諸生爲祖道，而予爲之序。

賀戚總戎平倭序 代

國家受天明命，奄有萬方。日月所出入之處，莫不賓貢。其浮海而來者，出於載籍之所未有。倭夷，始雖狂狡，卒未嘗不惕息扶服而請獻焉。頃歲，乃敢陵斥州縣，浸淫疽食，濱海之區，爲其所傷殘者，沿絡萬里。蓋承平之久，禁網闊而武備弛也。天子當宁太息者，十年於茲矣。疇咨海內，妙選守境武略之臣，於是定遠戚公，以世胄任驅馳，積功兵間，遂奉璽書，受專閫之寄。

先是，兩浙之氛稍息，而蜚集於閩海莆陽之境，剽掠殘斃，郡邑爲之丘墟。去冬復來，攻圍仙遊，相守逾月，危城幾不能保。公提兵振旅，呼吸之間，百萬之衆，一時崩藉，遂解重圍。閩人懲往歲之害，人人惴恐，自以公再造之恩，歡呼鼓舞。而餘賊奔潰温陵，公方追奔，期於殲蕩而止。當是時，宜黃譚公以中丞居提督之任；而南明汪公爲廉訪使，運籌協贊之力爲多，宜其成功之易矣。

余忝東南鄣侯之寄，捷書亟聞，私心慶幸，不能自已，是用馳使往賀。蓋江、淮、閩、浙，首尾之勢，閩海寧息，則江、淮亦無騷動，非獨古者鄰境相慶弔之禮也。余昔嘗見公談兵，固已窺其胸中之奇；又自以虛庸，繆當重寄，懼不教之兵，不足以應敵；方求貙劉之禮，尋古握奇、八陣之法，數十里遣使，有咨於公。公時已調集浙兵，即命使者介馬自隨。夜二鼓，統兵三萬過新嶺，寂然無聲，黎明，遂破賊巢。其神速，古之名將弗過也。使者歸言其狀如此。其號令精明，被羽先登，身當百死，皆所目見。噫！世謂當今無將，蓋伏而未見也。

天子神聖英武，詔書數下，飭勵邊帥。凡任疆圉之責者，莫不人思効命。而有卓然如戚公者出焉。王靈所加，海宇淸宴，將書勳太常，被河山帶礪之盟。後之考論中興元功者，非公其誰哉？是爲序。

司訓袁君督學旌獎序

今制御史監郡，奉詔條無所不問，尤莫先於察吏治得失，登賢顯能，去其治行無狀者。然率一年更之。蓋其職以巡行糾察爲事，馳驅咨諏，懷靡及之志，計一歲中部內之賢不肖，亦可以周知之矣。

自頃島夷入寇，江海之間，數被侵掠。御史餘姚周侯，時按蘇、松，於兵戈倥偬之中，拊循勞徠，甚得民心。民詣闕保留之。至三年，始被命督學南畿。夫三年之間，其於所部吏，知之尤宜詳也。

邇者周侯既得代，之留都，甫視事，即下書郡邑，旌獎賢能。吾縣學博士宜春袁君，獨首被之。近年以來，州郡所監臨御史，無慮五六人。他御史旌獎常易得，惟巡按御史，自非爲治有聲跡卓異者，率不易得。其得之者，不踰歲而徵書至。今周侯臨部既久，復爲督學；督學位望，又在諸御史之上。其於敎官，臨之尤專。則旌獎之尤不易得。侯之所以有取於君者，宜非苟然，而君之所以得此於侯爲甚難。宜乎人之望之而以爲榮也。於是泰和王侯以郡丞署縣，奉御史之檄，以羊酒綵幣，至學行事。諸生四百餘人，以爲此盛典也，不可以無序，列狀來請於余。

余以昔倭賊內訌，孤城幾陷。君與化州張君，率兩齋之士，登陴禦守。時縋城請兵，斬馘殪敵，多出于諸生之中。又勸勉士大夫，捐金出粟，以給守卒。城賴以全。諸生被掠無歸，棲之學舍，遍於廊廡之間。上其名於督學，賑恤之。常時有司仍踵敝風，於學校多所簡外。君知其情有所屈，必反覆言之，無不得直。士或貧居郊野，經歲不至，亦不以介意。至於人情事變，立談之間，無不洞悉。由此言之，非獨爲儒官，施於吏治亦有餘地矣。蓋御史所以獎之者如彼，而諸生所以稱之者如此。夫官無崇卑，以得行其志爲樂。袁君之能獲於上下，其於仕豈不裕哉？予是以書之。

贈醫士張雲厓序

技術之事徵矣。自司馬子長傳扁鵲、倉公，自後爲史者，概取神奇詭怪之說，以附於正史。予頗疑其非經世之要；欲爲後世立史法，削去方伎傳，庶幾不詭於聖人。

然觀周禮，周公所以治天下者，無一事之不備。至於醫師，特令上士爲之。下迨於鳥獸，亦有醫。以是知百家伎藝，皆聖人之所創制，民生之不可一日無者，其爲經綸參贊之功至矣。今世醫亦有官，而四方之爲醫者不少。求如史傳之可紀者，未之或聞。其或有稱於一時，考其實，不迨者多矣。嗟夫！世道之變，豈獨士大夫學術之不古，而伎術亦然，可歎也哉！

嘉靖己亥，吾族之諸父有病危者，醫士張雲厓起之。圖所以爲謝，因命予述雲厓之能。予於雲厓所治病狀未詳，不能依太倉傳例。而獨聞雲厓世爲武弁，其家在京師，而雲厓爲醫，自軒、岐以來百七十九家之言，靡不洞徹，談論滾滾，治人生死立効。正德間，巨璫用事，頗以權力致天下之伎能。當是時，雲厓遊其門，四方之言醫者莫能難也。其後事敗，雲厓不與其禍；來居淞江，後乃遷吳門，所至皆有列於人。噫！若求其可紀者，或者其在斯人也。

贈弟子敏授尙醫序

吾家自唐宣公以來，以文學應制科，常爲天下第一，世有顯仕。國朝懲元氏之玩，法令嚴急。士大夫懼罪，不敢出仕。長陵之世，吾祖先以人材舉，猶不敢應命。迨累世承平，則皆以高貲雄鄉里。子弟多臂鷹騎馬，出入馳騁爲樂，不思仕進。

吾曾祖始以諸生登科，爲吏齊、魯之間。先皇帝御宇，余與憲副弟始登進士。然余試南宮久，憲副一試即得之。是時大宗伯王公，諸進士旅見者四百人，公獨進憲副前，問道余姓名，曰：「非爾之族乎？」蓋以余之族姓單，而吳中之歸無二祖也。

隆慶三年，余自邢州入賀。而栢泉叔方爲大鴻臚，賜告還。余弟子敏，奉部牒官尚醫。蓋於是而吾之族屬知仕進之榮，而子敏以下諸弟，方治進士業。昔海虞章大理，其父爲侍御，而大理兄弟三人，皆舉進士，爲大官。唯二子不第，亦以貲爲官。先是，章氏治宅，畚土，獲五鱔。其後侍御五子皆橫金帶，協於五鱔之祥。海虞人至今稱章氏之盛焉。吾叔之諸子，殆將似之。以此爲尙醫賀，且祝諸弟媲美章氏。而石塘弟以太學上舍，同在京，其樂有家門之慶，與余同也。因爲之序。

贈大慈仁寺左方丈住持宇上人序

大慈仁寺，在京城宣武門外。西寺蓋孝肅皇后以其弟爲僧故，爲太后時，建此寺。憲宗皇帝兩製碑記，順奉母后之志也。

余舍于寺左方丈，見其長老。云：祖師名吉祥，姓周氏。爲兒時，好出游，嘗出不復歸家，家亦不知其所在。太后自未入宮，師已與其家不相聞，久之，去祝髮於大覺寺。然常遊行市中，夜卽來報國寺伽藍殿中宿。太后意亦若忘之。忽夜夢伽藍神來，言后弟今在某所，英宗亦同時夢。夢覺，相與言皆同。卽日遣諸小黃門以夢中所見神言求之。至則見師伽藍殿中，遂擁以行。小黃門白入見，帝后皆喜。后問所以出遊及爲僧，時爲泣下，因曰：「何如今日爲皇親耶？」吉祥不願也，復還寺。后不能强，厚賜之。英宗晏駕，太子卽位，后爲太后。出內藏物建大慈仁寺。報國寺，故小刹也，今爲大寺。其西伽藍殿猶存云。

孝宗時，太后爲太皇太后，爲立護勅碑，碑所載莊田，無慮數百頃。師以左善世示滅，帝遣官致祭。師時所招僧，至數百人。迨後慶壽寺燬，僧亦來居於此。僧衆矣，惟今道宇，獨其九世世嫡也。

隆慶元年，余入覲，來見道宇，尙披髮。後三年來，則道宇之師已化去，道宇以年少荷重負，得部劄，爲左方丈住持。於是京城內外凡爲其教者，皆來爲道宇賀。而道宇之徒師昂，爲之請序於余。

余謂祖師脱屣皇舅之貴，而樂世外之教，孝肅皇后在慈宫，二聖隆孝養，恩賜無所不至，而祖師澹寂自若。英廟以來，外戚恩澤侯者，不能數世。祖師之賜莊猶存，衣食寺中數百人。此有以見一時富貴之不能久，而澹寂者之長存也。道宇神氣清明，卓爲禪林之秀。吾知祖師之傳不墜，遂序之以爲贈。

贈菩提寺坤上人序

予昔年讀書吳郡西萬峯山中。舊有大藏經，在佛閣下。間往觀之，因得盡見所謂五千四十八卷者。而妙法蓮華經、維摩詰諸上品，皆略究其大旨。雖數萬言，不過一二要言而已。而支辭漫説，若此之富。故知佛教之東來，此佛之衰也，摩騰、竺法蘭之徒之罪也。自是數喜與其徒論説空理，求第一義諦，又欲廢五千卷。而後止安亭，居崑山之東境，有菩提寺，其長老名德坤者，予數見之，亦以是語之云。

嘉靖辛亥，予因悼亡，爲延僧誦經，取其疏觀之，往往懺罪求福之語。蓋布施持戒之説下矣，而又如是，失逾遠矣。因以爲亡者之心，與佛之心一而已。卽輕舉遐覽，乘雲御風，逍遙於兜率之天，豈有所謂三道六趣云者？於是悉取其語而更之，直著此心，達之空王而無作；使世間果有佛，卽其理如是。長老唯唯。率其徒誦數十晝夜，予蓋恍然眞見珠宫貝闕生天之處矣。

念長老之勞，無以爲報。會是年八月二十三日，其初度之辰，里人相率以花果供養，且持文卷謁予爲文以序其事。予不能文也。因思法華經第一卷千萬億種供佛及僧，則不腆之辭，爲亡者供佛及僧可也。遂序其所以與長老之說。又歎吾里土瘠民貧，歲荒賦急，流冗日多。菩提寺建自孫吳，於今數千年，佛土莊嚴，廟宇如故。長老之能守其法可知也。於是長老僧臘五十，世壽七十矣。是爲序。

校記

〔一〕〔八〕夷　原刻墨釘，依大全集校補。

〔二〕胡　原刻墨釘，依大全集校補。

〔三〕〔四〕〔五〕虜　原刻墨釘，依大全集校補。

〔六〕扑　原刻作「朴」。

〔七〕光　原刻誤作「先」，依大全集校改。

〔九〕文　原刻誤作「大」，依五代史及大全集校改。

〔一〇〕戎馬　原刻墨釘，依大全集校補，或本作「胡虜」。

震川先生集卷之十二

壽序

方御史壽序

嘉靖庚子九月戊戌，侍御方君時鳴之誕辰也。先十有一日，侍御之孫元儒試南畿，以禮經第一人薦。既撤簾，有以侍御之孫言者。是時兩學士及京兆以下皆喜，曰：「侍御之孫也與？」或又言：「侍御之子先是亦舉於鄉矣。」復相與歎息稱道不已。

侍御初與兄太常公，同以進士起家。仕正德、嘉靖之間，爲名御史。彈劾不避豪貴，風威凜然，兩都爲之側目。既而以大禮議齟齬不合，遷廣東僉憲，投劾以歸。於是優游林壑，聲跡不及於朝者，餘一紀矣。而朝之士大夫，猶知侍御如此，其爲侍御之孫喜者如此，其不忘侍御者如此。蓋自侍御去位，後之爲御史者難矣。世運風俗，翻覆推移之際，非予之所能知。顧獨喜侍御雖不遂於世，而其子若孫駸駸乎向用，足以推其志而行之也。

時崑之十同年者七人，而予亦濫廁其間，皆與元儒同學相好，茲又同年，歸自南畿，稱觴於堂，而屬予執筆序之。

夫侍御氣貌偉然，稱天下壯健男子。福德之遐，學士薦紳談之者侈矣，予故不論。獨序元儒賓興京府，一時士大夫之所傾意，而侍御愛國之心，托於其子若孫以施於世者如此云。

御史大夫潘公七十壽序

上海潘公，初以大司寇遷爲御史大夫，上有老成端肅之褒。凡所奏興革庶務，輒賜報可。會歲旱，命察舉京朝官奏上，甘雨時至。其明年，天下官朝覲京師，公所舉劾案免者，天下皆以爲宜。時公年始逾六十，方嚮用，而即告老以歸；杜門讀書，習導引，御藥餌，以治氣養生爲事。今年，公年七十。伯子允哲，登進士第。先是仲子允端以進士爲南職方，而伯子於是受上察之命，詣於朝，得緩赴任之期，還歸爲公壽。同年進士林樹德、喬懋敬屬有光爲序。

竊嘗屏居田里，聞公之名久矣，不敢以謭陋辭。夫人生之所難得者，壽考福祿。然壽考福祿，竊譬之猶物也；人身，猶車輿也。壽考福祿，世有之矣，而載之實難。故載勝於物則全，物勝於載則傾。世之多取不自足，而以無德敗者相踵也。公之一身，無間出處，人莫能以訾議之。且履盛而即止，以保懸車之榮，而以厚德元老，隱然稱重於東海之上。二子濟美，克享遐齡，豈不宜然哉？

昔韓安國爲御史大夫，天子以爲國器。其後稍疏斥，鬱鬱欲罷歸而不得也。疏氏父子〔二〕爲太子傅，乞骸骨歸，獨共具飲食請族人賓客，爲放達而已。萬石君老於家，子孫皆爲二千石，僅以孝謹稱於郡國。而三人者，皆著於後世。以公今日視之，則今人誠有過於古人者。特世無子長、孟堅之筆也。有光辱公子同榜之末，又以二君之請，僭爲論之如此，且以爲公萬年景福之祝云。

山齋先生六十壽序

嘉靖二十七年正月六日，山齋先生六十之誕辰。先生既却賀者，或謂予，先生之謙德宜爾也。然而喜且賀者，吾徒之情也，可以抑而不宜乎？老子曰：「仁者送人以言。」敢以言爲賀，可乎？

夫先生豈終老於山林者哉？自先生之解組而歸，今踰一紀。閉門著書，足跡不交官府。每使者察郡縣，問遺逸，未嘗不以先生爲舉首。其名既以聞於天子，熟於士大夫之口，而不卽用者，豈其濡滯之難，抑將以老其材而有所大任於此也？

吾吳爲東南一郡，而崑山又郡之一邑，然號爲仕宦之邦。嘉靖紀元以來，先是毛文簡公，以大宗伯迎天子於湖湘，繼而玉峯朱公爲大冢宰，周康僖公爲大司寇，玉巖周公爲少司寇，蔡公爲通政使，莊渠魏公、嶠亭方公，皆爲太常，柴公爲京兆尹，顧文康公以文學掌內制，進內閣，至少保。其他臺省法從之臣，彬彬不可勝數。既而諸公稍稍謝去，今在中朝者，惟一人焉。

先生，康僖公之子也。當公在位時，先生官已至大理丞，駸駸乎少列矣。其後父子相繼而歸。今存者，先生之外，三四人而已。而以德望重於鄉邦者，又不多見也。山川靈淑之氣，不爲衰歇，而盛衰消長之數，則有然者。

易之剝曰：「不利有攸往。」其上九曰：「碩果不食，君子得輿。」復曰：「出入無疾，朋來無咎。」其初九曰：「不遠復，無祇悔，元吉。」剝之「不利有攸往」，至上九而終。復之「朋來無咎」，以初九爲始。然天必以前之終者爲後之始，故以「碩果不食」遺之。由此言之，則剝之上九，卽復之初九也。先生於諸公間，年甚少，氣甚銳，天其以是爲不食之果乎？先生之所存者在天下，而予也鄉邦之人，故其言如此。然亦不獨爲先生賀而已也。

澱山周先生六十壽序

溷山先生以嘉靖乙丑正月八日，爲其六十之誕辰。王恭人與先生同年，其誕以十一月廿二日。將于獻歲，並舉壽觴，里中親友以爲盛事。而余等方與計偕，所宜先之。乃卽履長之日，豫往稱觴，而推余爲之序。

蓋先生之自河南罷還也，爲言官所論。甌寧李尚書在吏部，言如河南左參政、周大禮，歷有聲跡，又年力方强，不如言者所論。會時宰與李公相失，遽以中旨罷之。蓋嘗以爲天下每有無才之嘆；以有才而不用，或用之而不盡其才，與夫用之而違其才：是三者，天下所以無才也。

先生罷之明年，日本寇東南，江、淮、閩、粤之間，所在騷動。而胡亦仍歲犯遼、薊。楚、粤山洞之盜間起。天子當宁太息，思得勘亂戡寧之才。天下之士，亟進亟罷，而時有以庶僚驟陟大吏者矣。時蒲坂楊尚書在本兵，方爲天子所倚毗，獨薦先生有英才奇略，負萬里長城之望，不爲無知先生者矣。而猶未有舉吏部之章，以冢宰詔王廢置之文，明當時用事者之失，以起先生者，使人有兀然空老之嘆。

漢永和中，李固嘗上疏，言朝廷聘南陽樊英、江夏黄瓊、廣漢楊厚、會稽賀純，待以大夫之位，海内忻然。及厚等免歸，一日朝會，諸侍中並皆年少，無一宿儒大人，可備顧問者，誠可嘆息。如固之奏，此豈少年浮薄者之所能測識哉？吾黨諸公於先生，不欲爲鄉里頌禱之常辭，故余言如此。詩曰：「樂只君子，邦家之光。樂只君子，萬壽無疆。」蓋祝君子以興起在位，爲邦家之光，而饗無疆之壽也。

默齋先生六十壽序

吾崑山之俗，尤以生辰爲重。自五十以往，始爲壽每歲之生辰而行事。其於及旬也，則以爲大事。親朋相戒畢致慶賀，玉帛交錯，獻酬燕會之盛，若其禮然者。不能者，以爲恥。富貴之家，往往傾四方之人，又有文字以稱道其盛。考之前記，載吳中風俗，未嘗及此，不知始於何時。長老云，行之數百年，蓋至于今而益侈矣。

嘉靖三十四年九月之朔，憲副默齋孫先生之生辰。先生之生，以前丙辰，至於今乙卯，甲子一週。於是縣之人爲其禮者，尤以爲重，而徵其詞於余。若其禮然者。

予不文，不能道其慶賀獻酬燕會之盛，獨以謂人生百年之內，其變故多端，而於歲時敍事相感，親朋聚會盃酒，談說生平，感今懷昔之意爲多。余與先生同里閈，有通家之誼。自少已能識先生。先生年甫弱冠，先大夫客遊不返，旅殯蒼梧之野。徒步走嶺外，無資裝傔從之攜，崎嶇萬里，負骸骨以歸。寡母幼弟，相依爲命，有人所不能堪者。及舉進士，釋褐爲刑曹。會御史言事下詔獄，先生守官不阿，與大吏爭論，幾蹈不測之禍。天子仁聖，不忍加誅，竄之懷遠、夜郎之地。於是自縣令遷轉，不數月，輒改官。歷閩、粵、巴、蜀、荆、湖、齊、魯之間，足跡幾半天下。天子躬視獻陵，藩臬郡縣之官，多以乏供致重辟。先生時爲湖廣僉憲，獨免於罪，且膺寵錫。又再遷，得江西憲副以歸。夫六十年之間，榮辱利害之途，追而道之，有不勝其感慨者矣。

今先生遺榮辭寵，卜築於玉山之陽，有園池田廬之美，有子孫之賢，而筋力康強，絕無衰老之態。追念自此以前，眞如夢幻；自此以後，山林花鳥之樂，知其無窮也。是又不可以賀乎？於是書之。而平生奇偉忠孝大節，可考見焉。

姚安太守秦君六十壽序

昔孝宗敬皇帝承累世熙洽之後，益以深仁厚澤，一時人才登用，皆有重德偉度，歷三朝，饗承平之福。若吾錫山秦端敏公，以弘治癸丑登第，至嘉靖二十三年，以壽考終。位至一品。自起家登朝著，富貴五十餘年。豈非盛世培養之厚，抑人才之得於天者皆應其時，若公之所禀，與時合而致然歟？天下之勢，自厚而趨於薄，如寒暑之易候，有不覺其然者。然推其故，必有人以爲之始者。昔人論東漢梁統，爲時名臣，獨以增重律法一言，而天之報梁氏尤慘，眞仁者之言哉！余每慕前世盛德長者，欲考其所設施。如端敏公者，方將就其家，問其行事，往往過其縣，慨想其人者久之。

今年，余入覲，還訪其孫汝立，因得見公子二千石君。其器度猶有前人風流，蓋以歎盛德之世未艾也。君用端敏公恩，爲都督府幕官。陟守姚安，謝事還。承前人遺業，以詩、書教其子。二子皆彬彬向於文學。入其室，而先公之典刑猶在。用此言之，則孝皇作人累葉承平之福，豈獨其一時臣子饗之，而又及其子孫者如此。

余門人朱某，客於君所，數道其賢。汝立又好古，與余往還。於是君以甲子之初度，秦氏內外之戚，及邑之人，往爲君壽。介某以來乞言。余以是推本端敏公之三世，蒙前代承平之澤，子孫世饗之源遠而流長也。

福建按察使楊君七十壽序

予少時有事金陵，常經句曲之間，觀其山川之勝。其地有茅山。自茅山而南，連嶺疊嶂，東出吳興之天目，至羅浮，以極於南海。以金陵之形勢，而不得此山，雖紫巖、天闕之迴合，疑亦淺薄易盡，而無以固東南之王氣。由此而言，龍盤虎踞之說，亦得其近者也。故道家以爲洞天福地。蓋雲陽氏始居之。禹禪會稽，後世傳禹穴焉。古之得道者，往往乘雲氣，御飛龍於此。茅君最後出，而山以此名。其後葛玄、葛洪、許邁、陶弘景、楊義和之流，世皆以爲得道仙去。雖其說怪迂，非儒者之所道，要之天地山川之氣，神靈之所降集，理固有然者。

按察使楊君，句曲人。以進士歷今官，致仕家居。今年七十，予友葛理卿，介其鄉之縉紳諸先生使者，來請祝壽之辭。蓋予識其山川矣，而獨恨不識其地之人。觀此山之蜿蜒磅礴如昔時，意其必有陳安世、茅季偉之徒，往來茅嶺洞室之間，而無從得見之也。理卿言先生以康強之年爲大官，駸駸乎嚮用而未已，一旦謝去，長往而不顧。其貌豐腴，而氣愈盛；其年殆未可量。以予觀之，非學道者不能也。

道書曰：「句曲地肺，土良水清，可以度世。」予亦將因理卿以從先生於此山之間。先生之年壽，方與茅君諸人等比。區區人世之所云壽者，夫何足以爲祝乎？是爲序。

通政立齋王先生壽序

士大夫致身於朝，所當得爲者，人臣之事。富貴壽考，皆命也。盡性而已，命何與焉？雖然，有可以盡其人臣之事者，非富貴壽考有所不能。故曰：「樂只君子，遐不壽考！」明君子非無疆之壽，無以行其愷弟，而爲邦家之光也。然則富貴壽考命也，亦所以盡性也。故古之君子不禦福，然非有求焉。世之急于徼福者，其所爲常違人臣之道，而不知夫福之來也不騤。若行千里之塗，優游容與，累日不止，而其至之不覺然；且求得于旦暮之間，馳騖而無所極，其力既已不勝矣。此爵祿榮名所以多患害，而失養性命之原也。

今天子御極改元之明年，策士於廷，立齋王先生與今少傅華亭徐公十數人者，年最少。徐公及第，入史館。餘多在清華之選。而先生爲大行，稍遷郎署，出爲湖廣僉憲，陞參議，得賜歸養。居田里者久之。同進者多至公卿，先生始以少參入朝，而徐公已在內閣矣。于是一再遷，有南京通政之命。尋以外艱歸。至是服闋，待命于家。其歲冬十有一月既望，先生六十初度之辰也。里中士徵言于予，以爲先生壽。

予惟先生徊翔仕路四十餘年，若無意于進者，而今亦以躋卿少之列。獨以登科之蚤，見謂淹滯；然可以知其紆徐不騤，而富貴壽考，將來所受之大也。初，先生爲冬官屬。魏恭簡公爲祭酒，居京師，數稱其能守法。及官楚，以寬靖任職。丙申之歲，先生以僉憲上計天曹。予時計偕，附其舟行，得朝夕見。見先生孱然儒者，身若不勝衣，言若不出口，略無矜氣與態色焉。及入試，一吏持几隨其後，踰時而出。考功嘆其文，以爲非有養者不能。以予之得于先生者如此，爲不可及矣。而後知夫恬愉安靜者，一時若爲遲鈍，要之于久，回視夫翕然取一時之快者，相去遠矣。先生同進，今自徐公以下，落落可數，而淪沒者不知其幾！殆隆冬窮歲，百卉略盡，而長松巨栢，方有參天之勢。蓋上將倚先生爲卿輔，予故以人臣之事頌之焉。

同館諸進士再壽立齋王先生序

國家倣前代通進進奏銀臺司之制，爲通政使司，領天下章奏。自永樂建北，其後諸司之在南者，並存而省其員額，故南通政使司不置使，而獨有通政。然實卿輔之儲也。立齋先生爲其官，而以先大夫之服家居。卽吉者久之，方竢召命。適會其年六十之誕辰，余季父以里中諸君子之意，俾予爲文以贈。而國子學同館諸進士，以吾黨尤不可缺然，秦君起仁復以贈言見屬。

予惟崑山在吳郡東，瀕海。論者以爲山窮水滙，靈秀之所鍾，故人材之出，常甲天下。今上改元更化，二十年中，號稱特盛。毛文簡公爲大宗伯，朱恭靖公爲大冢宰，而顧文康公入內閣，參侍幃幄。三先生以掄魁進。而大司寇周康僖公以下，位九卿者，猶有數公。已而諸老相繼淪謝，自文康之後寥寥矣。此循環往復消息之數，非偶然也。

於是間歇者又二十年，而先生舉進士，適諸老之盛時。中間歇歷外服，侍養家居，今復駸駸在卿輔之次。蓋向之由盛而衰者，公爲之後。今之由衰而盛者，公開其始。古之君子，與天下之賢材以事其君，未有不愛其同類。至其同鄉之人，尤情之不能已者。故爲之先者，望其後之興；爲之後者，願其先之達。蘇子瞻以間世之才，平生於蜀之人，尤爲惓惓。其與范舍人書，稱蜀自相如、王褒之後，以及當時諸賢，相繼登朝，以文章功業聞天下。眉山一縣，其舉于禮部者，歲至四五十人。以爲君子無所私愛，而於父母之邦，非如行道之人漠然而已。今天將貽先生以眉壽，俾爲諸公先。庶幾乎踵是以起者，其雲蒸龍變，不可測度耶！因書之以爲先生壽。

少傅陳公六十壽詩序 代

少傅松谷公，以八月某日爲嶽降之辰，今隆慶之四年庚午，爲甲子一週。中朝士大夫豫相戒，將以其日致慶禱。公聞之，悉謝却不敢當。而翰林諸君，獨皆有詩以爲壽。而請序於余。

公起蜀中，登進士，歷官禁近。侍今天子於潛邸，以經義輔導啓沃。上既正位宸極，遂以舊學之臣入贊密勿。爲疏以獻，皆正始格心之論。至於條列天下之事，詳明剴切，可施於世。每奏入，上未嘗不虛己嘉納之。其爲人忠誠悃愊，人望之者，不言而莫不竦然起敬。日預大政，於朝廷機務，匡贊爲多。天子端拱，國家尊榮。海內嚮風，生民所以受其福者，外廷莫得而知也。

今年甫及耆，擬於古之大臣，高年期頤，東西受鑽，爲天子之國老者，視公尚在壯盛之年。正當宁之所倚毗，天下之所仰望，德與年而俱進，如日升月恆。則諸君子之壽公者，非以公爲既老，而實以禱公將來無疆之壽也。夫壽命於天，亦天下之人所可以皆得。然有德而壽，乃爲夫人之所願望。古所謂「壽考不忘」、「萬壽無疆」，其詞悉歸於頌君子之德而已。況天子之大臣，澤被於天下，天下誰不愛慕而欲其壽哉？

余讀尚書，周公之所以告召公，稱商之六臣，以爲「天壽平格，保乂有殷」。夫六臣者，惟其德格天，而天與之壽。故殷之所以配天而多歷年所，以六臣之壽也。康王命畢公，亦云：「三后協心，同底于道。」唯時成周建無窮之業，亦有無窮之聞。周之諸公，皆佐人主致太平，同心一德，是以澤被生民，四夷〔三〕咸賴。人主既永膺多福，而諸公亦享壽耇。

顧以余之寡德，叨被知遇，獲與今三四公同居論道之地，自懼其力之不逮，而公之盛德，固所慕愛，方日孜孜，以求媲同寅協恭之盛，如商之六臣，周之三后，俱躋遐壽，以助成國家億萬年無疆之休。余亦庶幾與有頌焉。是爲序。

顧夫人八十壽序

太保顧文康公，以進士第一人，歷事孝、武二朝。今天子由南服入繼大統，恭上天地祖考徽號，定郊丘之位，肇九廟，饗明堂，秩百神，稽古禮文，粲然具舉。一時議禮之臣，往往拔自庶僚，驟登樞要；而公以宿學元老，侍經幄，備顧問，從容法從，三十餘年，晚乃進拜內閣，參與密勿。會天子南巡湖湘，恭視顯陵，付以留鑰之重。蓋上雖不遽用公，而眷注隆矣。至於居守大事，天下安危所繫，非公莫寄也。夫人主之恩如風雨，而怒如雷霆，有莫測其所以然者。士大夫遭際，承籍貴勢，恩寵狎至，天下之士，誰不扼腕跂踵而慕豔之？及夫時移事變，有不能自必者。而後知公爲天下之全福也。

公薨之後九年，夫人朱氏年八十，冢孫尙寶君，稱慶於家。請於其舅上舍梁君，乞一言以紀其盛。蓋夫人自笄而從公，與之偕老，壽考則又過之。公之德順而厚，其坤之所以承乾乎？夫人之德靜而久，其恆之所以繼咸乎？故曰天下之全福也。常以陰陽之數論，女子之致福尤難。自古婦人不得所偶，有乖人道之常者多矣。況非常之寵渥，重之以康寧壽考乎？

初，公爲諭德，有安人之誥。爲侍讀，有宜人之誥。進宮保，有一品夫人之誥。上崇孝養，册上昭聖皇太后、章聖皇太后徽號，夫人於是朝三宮。親蠶之禮，曠千載不見矣。上考古事，憲周制，舉三繅之禮，夫人陪侍翟車。煌煌乎三代之典，豈不盛哉！

有光辱與公家，世通姻好。自念初生之年，高大父作高玄嘉慶堂，公時在史館，實爲之記，所以勗我後人者深矣。其後公予告家居，率鄉人子弟釋菜於學宮，有光亦與其間。丙申之歲，以計偕上春官，公時以大宗伯領太子詹事，拜公於第。留與飲酒，問鄉里故舊，甚歡。天暑，露坐庭中，酒酣樂作，夜分乃散。可以見太平風流宰相。自惟不佞，荏苒歲年，德業無聞，多所自愧。獨於文字，少知好之。執筆以紀公之家慶，所不辭云。

御史大夫潘公夫人曹氏六十壽序

上之四十年秋，上海潘公，以南大司寇入爲御史大夫。公歙歷外服，至是一二年間，特被顯任。天下有以知上意之所簡注。其歲冬十月某日，公配曹夫人六十之誕辰。於是，海邑之士瞿君某等十有六人，與公子允端，俱赴試南宮，遂將奉觴于公之堂，而以夫人壽序見屬。有光不敢辭。

惟昔周之盛時，周公、召公與虢叔、閎夭、散宜生、泰顚、南宮适之徒，相與彌成文、武之業，用致世于隆平。實基本於周南、召南。天子諸侯相與成天下之化者，如此其遠也。而鵲巢之夫人，豈卽召公之配歟？故曰：國君積行累功，以致爵位，夫人起家而居有之，如鳲鳩〔三〕，乃可以配焉。今天子敍彝倫以建皇極，蓋嘗頒慈宮之訓于海內，舉北郊親蠶之曠典。內則順敍，陰教修明，始自椒寢，至風被于田野之婦人。况在位之臣，莫不宜其有家，濟濟肅雍，漸濡于王化之深者？宜乎，今御史大夫之夫人，爲諸君子之所頌禱，雖比古鵲巢之夫人，其可以無愧。

夫上之施澤于下，至綦賤而止；下之歸福於上，至綦貴而止。至治之隆，而魚藻、裳裳者華之詩作，則萬物各得其所，鳥、獸、魚、鼈皆不夭其性。故「惠篤敍，無有遘自疾，萬年厭於乃德，殷乃引考」。則公卿大夫，其永壽考可知矣。天壽平格，則君子偕老，共事宗廟社稷可知矣。故關雎之德，王者之風也；麟趾之應，后妃之福也，后妃之壽可知矣。鵲巢之德，諸侯之風也；騶虞之應，夫人之福也，夫人之壽可知矣。國家比隆成周，仁德下迨於鳥、獸、魚、鼈，則天子于是享萬年之壽，公卿皆元老。耈造德降，而聞鳴鳥，其流澤及於其家，此錫極保極之明驗也。豈獨一二三鄉邦之慶，固天下之慶云。

顧夫人楊氏七十壽序

澧涇之楊，爲海上大族。其子弟之賢俊者，予往往于南宮識之。夫人歸于崑山，爲中憲大夫桴齊顧先生之配。中憲少貴，官自禁林爲御史，督學京畿。已而不得志，出守邊郡。罷歸。日閉門讀書，性簡伉，少所當意，獨於夫人爲宜。去中憲之世，於今二十餘年矣。夫人三子，皆非己出，而今雍里方伯以壯年致政，與仲、季二君，恂恂孝養，子婦歡然無間，如中憲在時。而家勢隆盛，夫人自歸顧氏，爲婦爲母四十年，享其福祿榮華，此亦生人之難者矣。今年嘉靖三十二年，十二月二十四日，爲夫人七十之誕辰。雍里公兄弟，與內外宗黨，稱觴上壽。以予辱在姻末，俾得而序之。

夫三代王者之化，關雎、麟趾、鵲巢、騶虞之世，可謂盛矣。然其詩猶曰：「嘒彼小星，三五在東。肅肅宵征，夙夜在公，寔命不同。」言婦人秉志壹誠以事其夫，夙興夜寐，無有懈怠，而所能得于其夫與否，蓋不敢自必，而係于命也。太史公曰：人能弘道，無如命何。妃匹之愛，君不能得之於臣，父不能得之于子。非通幽明之變，烏能識之？穀梁子曰：人之於天也，以道受命；於人也，以言受命。故君子大受命，而世之學者，以爲命非所言，要以爲所得爲者而已。不知充其所爲，以遂萬物之宜，而全天地之性，必至于命而後已。命之所不至，性之所不盡也。

以夫人之賢德，而使如終風之「莫往莫來，悠悠我思」，凱風之「有子七人，母氏勞苦」，則順婦慈母之道亦不行矣。君子之樂頌人賢也，樂其得所也。故予所以論夫人者，雖有家富貴之常，而實以爲順婦慈母之道行也。因以識古關雎、麟趾、鵲巢、騶虞之義，以爲天下之道，非一人之爲，而君臣、父子、兄弟、夫婦各得其所，而王化成矣。君子之言性命者蓋如此。詩曰：「樂只君子，萬壽無期。」敬爲夫人頌焉。

丘恭人七十壽序

丘恭人，某省參政諱經之女。始丘公生三女，父母愛之，曰：「吾女必皆予貴人。」有聘之，輒不予。皆至于長，卒皆予貴人。恭人，其一也。是爲前廣東按察使司副使王公濟美之妻。丘公蓋與司馬質菴公同官御史。司馬，憲副之從祖，丘公以是意歸鄉王氏。自茗、霅間嬪于海上，越五百里。由嫁女必欲予貴人也。時憲副已在南部，其後歷官江右，最其後踰嶺，恭人常從，共其祿養。憲副受誥勑，遂有恭人之命。

予家故與王氏有連，知其家世爲詳。自唐御史朐封之後，至分水、明州而來崑山。司馬與憲副之祖某官兄弟，同舉進士。自是科第蟬聯不絕。及憲副殂謝之後，諸子皆彬彬鄉學。一誠以戊午復薦于鄉，蓋故家大族，歷世久遠，枝葉扶疎，不能無旁落不齊之數。自恭人之歸憲副，今老矣，獨見王氏之盛如一日也。鄉里皆稱丘公善嫁女云。

恭人以某月日誕生，至嘉靖四十年，恭人年七十。諸子謀所以爲壽，介縣學生孫君某，來請頌禱之詞，予爲道恭人之事如此。因論之：以爲丘公以女予貴人，可得而知也；恭人之享其福祿壽考，至于今七十年，丘公不能知也；其有子若孫，能趾美前人，丘公亦不能知也。

然吾聞恭人貞靚慈孝，初及憲副至寡，撫其前孤，與其所出，有鳲鳩〔四〕平均之義。其子事之，亦無異所生。恭人之德如此，其享福祿壽考宜矣。然則丘公其有以知之矣。「有娀方將」，「纘女維莘」，雖自古王者之盛，亦有所自。故稱恭人之壽而本於此，庶幾乎王氏子子孫孫，勿替引之。以是爲頌禱，其可乎？

顧孺人六十壽序

孔子曰：「斯民也，三代之所以直道而行也。」孔子之居鄉，自以爲無所毀譽於人，獨其所以是是而非非者，不可得而廢。不惟當世之名公卿大夫，至于莒人之妻，泰山之婦人，亦與其門人私論而志之；以爲三代之民所以是是非非者如此，夫豈獨春秋之義爲然？

余少好觀古事，嘗有意於考論其世。而廢置草野，無史官之任。然時有慕於古之作者得因事立言，以著其是是非非之跡，是斯民之所以直道而行者，庶幾他日有裨於史官。

顧孺人者，太保文康公之女，上舍朱君子求之配也。上舍蚤世，孺人守節垂四十年。今年六十，里中士大夫徵予文爲壽。孺人以幼艾，兢兢未亡人，能保其身，至於六十而爲壽，其亦可稱也已。

自予爲童子，讀書盧兗州家，盧氏子弟，數稱上舍之才俊。不幸短折，而趾美於其弟少宗伯。而予之從祖母，實孺人之姊，故知文康公夫人之事爲詳。公起諸生，官禁近三十餘年，迨入內閣，推封一品夫人，未嘗見其喜愠之色。凝然獨處，言笑不聞。文康公是以敬之如賓。而孺人之資性，髣髴如其母云。

由是言之，女子以才智自見者，要非其德之美。若夫沉默簡重，居適意之地，如夫人之受多祉；及所遭之不幸，如孺人之葆眞全節，其於坤道之順一也。當文康在館閣，孺人實依母氏，居京師邸第。親見夫人朝兩宮，佐皇后親蠶，宴錫繁縟，備極榮寵。宗伯方爲黃門，家勢隆貴。而能以芬華盛麗之間，獨全純白縞素之質；於桃李豔陽之時，凛然松栢歲寒之操。視夫寒女窶婦，生長澹泊之中，無所見而能不亂者，爲尤難矣。豈非余之所欲得而論之者哉？孺人之嗣子某，以孝謹稱，能成孺人之志者，因併書之。

夏淑人六十壽序

武宗皇帝之世，佞倖藉權，侵撓朝政。天下抗直之士，排闥叫呼，指切是非，誦言於朝。上終無罪言者之心，卒寬解之，以養直臣之氣，而士多以保全。故其時雖羣小篯蕩，而天下之公議常伸，國家之紀綱不壞；此其所以延萬年之曆於無疆也。吾鄉刑部侍郎周公，時以御史言事，爲奸黨所仄目，陷於危害者數矣。天下壯公之節，而幸公之卒有以自全。晚年，列於九卿，進貳司寇。蓋將大用而公薨矣。有光未獲登公之堂，最後與其仲子士淹、季子士洵游，常論公之世，而言當時之事如此。又獲拜夏淑人于里第，觀其懿德令範，以知公之行於朝廷，與其所以行於其家者有本也。

丙午之歲，淑人年六十。九月二十三日，其誕辰也。諸與其子游者，相戒以往，跪拜進觴。有光因慨然思公之遺德，而念今之去公之世未幾也；居公之位，食公之祿，未嘗乏人也；能不媕合苟容，摧折於萬乘之威，而盡言天下之事者，幾人哉？以其身試不測之區，卒保其要領，而垂庥其妻子者，又幾人哉？公之間關海道也，淑人嘗與其危；其登陟臺府也，淑人常享其榮矣。今又以公之所遺者，以教其子孫，以樂其餘年。豈非上之賜，而國家之厚恩也哉？有光既以語諸同事者，遂書之以爲淑人壽。丙午歲，嘉靖二十五年也。自大禮大獄之後，天威益厲，羣臣進言者多得罪。故有摧折于萬乘之威及保其要領等語。府君文往往感慨時事，讀者須論其世。

莊識。

朱夫人鄭氏五十壽序

太常卿朱公，初以南畿少尹家居，有白金文綺之賜。戊申冬入覲，寵賚有加，有太常之命；又賜飛魚一品服，馳驛還鄉。予嘗讀其家所藏書，皆天子使中貴人傳語，恩旨丁寧，錫予優渥。雖今位在九列，從容侍從之臣，得是者少矣。崑山僻在江海之間，然自昔以文獻稱於天下。士大夫登朝籍，鼎貴相望。至於簡自帝心，寵賜稠疊，天子親爲召大司馬至迎和門，命勅符乘傳還鄉，衣朱紅飛魚服過里門，長老歎駭焉。公爲太常卿之年，年五十，里中人士往爲賀，其後二年，夫人鄭氏年五十，里中人復往爲賀。予友某等，先期來告於予，請爲文以致頌禱之意。

予尙識公爲舉子時也。及舉進士，爲行人，爲給事中，聲華燁然。觀其意氣，直欲將百萬之師，射獵青海，勒功燕然而還。中爲用事者所阻，然未有蒙被恩賚於去國之日，赫然殊異若此者。夫人鄭氏，自宋華原王以來，鄉里衣冠，代不乏人，而才德與之相配。家門隆盛，子孫滿前。其壽，可賀也已。

予聞公居家，喜方藥，精於內學。往者天子親問玄帝論詩之旨，其事甚秘，不可得而知也。世傳赤松子服水玉，止西王母室中，隨風雨上下，炎帝少女追之，亦得仙去。果如所云，則人間百年之期，奚足爲夫人祝哉？因書之以致諸君子之意云。按太常以方藥得幸。故文但言其被恩寵，絕不及其他。末復有神仙之說。先太僕之不假借如此。莊識。

朱夫人鄭氏六十壽序

昔人稱外戚之家以女寵，由至微體至尊，竊富貴而不以功，爲道家所忌，故其後罕有全者。然余觀宋顯肅鄭皇后之事，蓋有感焉。

后侍永祐陵，以才人進。既位中宮，尤號端謹，能抑損外家。而靖康之難，卒從以北。族子居中在宰府，初不依后以進。雖一時夤緣致位，嘗主蔡氏；然卒與之爲異，而燕、雲之事，尤能極論其害。當時若用其說，中國之禍猶有可言者。方北遷之時，后爲金帥言，家屬不預朝政，請留無行。故鄭氏之族，不從以北。然建炎詔所在尋訪，流落江南僅滎國一人耳。而華原王之子大資，乃居崑山。其後器先父子皆知名。而當時尚稱爲侯王家。至於今四百餘年，譜系不絕。豈不以顯肅之賢，未嘗竊極其富貴，而蹈古今未有之難，故天之不絕其世如此！正統間，時乂舉進士，有學行。其孫子充，仕爲瑞安博士。生今朱夫人。以夫少宗伯之貴，榮受冠帔。士大夫之登朝，與外戚恩澤，固難以並論。然鄭氏之澤，流貤後世而及其女子，可稱也。

嘉靖三十九年七月五日，夫人年六十。其姻鄉進士陳敬父，來請爲文以壽。蓋宗伯謝世已五年，而門戶不改。其二子克自砥礪，不日有騰騫之望，夫人之賢，其與克享此，所謂源遠而流長，基廣而植固，古諸侯之夫人稱姬姜，豈不以其族哉？前夫人年五十，有來請爲文者，是時宗伯方受天子騈蕃之錫，余爲備著其事。夫人臣而受天子之寵，宜以爲其家榮；誠所當張而大之，而諂子之徒，以余有譏焉。今余復追鄭氏之世，使人知夫人内外兩家之盛如此。夫以天子之寵，與顯肅皇后之世，以爲夫人壽多矣。此文從抄本。常熟本末段有立朝居官之大節等語，恐太僕無此曲筆。當是求文者自改之，以致其家者。莊識。

宋孺人壽序

翰林學士莆田黄公之母鄭宜人，年九十有六，其女兄弟先後皆及九十。其一，合浦丞宋君配也。宋孺人，明年年九十矣。物之美者，莫難于聚。故並蒂歧穗，爲草木之佳祥。今黄氏諸女，何其多壽也！

夫閩，山海之奥區，隔于甌越之中，天地之氣，閟而不發者數千年。故今閩之物産，博大豐碩，離奇怪特。荔枝、龍眼，海物之珍，溢於大官。其爲儒者，振末緒，扶絶統，遠與洙泗相接。而明經抱藝之士，集于春官者，常數百人。掇危科，躋膴仕，著文章勳業於天下，往往而是。蓋淳和清淑之氣，盤礴鬱積，得於人者，是不一類。彼其耆艾〔五〕長年，癯然山澤之間，非世所載，而與谿花野鳥，娱玩四時，以全其天年者，必又多也。然如黄氏之女，皆以上壽萃於一門，胡可得耶？

合浦君有子，爲崑山縣學諭，學者愛之；皆言更前之爲敎者數人，未有如宋先生之德淳而氣和者也。推本其所自，固有以哉。宋孺人之生辰，學者皆以爲宋先生賀也。夫愛其人者，必愛其人之親；愛其親者，必願其壽考而康寧。己願而得之矣，其喜可知也。則崑之士樂爲孺人壽者，夫豈出於外哉？于是請余序其所以然，而列書其賀者之姓名於左。

李太淑人八十壽序

李太淑人以子中丞貴，再受封誥。中丞奉使楚、蜀，太淑人就養荆州，問安視饍，朝夕不懈，雖一日出，必告。荆州人稱之。曾召還朝，留佐御史臺，尋予告歸。忽有安山之訃。太淑人治其喪，爲乞祭葬贈典，恩榮至矣。然獨以高年葬送其子，中丞之沒，不能無遺憾也。其後六年，年八十，太淑人益康強。而顧淑人與諸孫共養愈謹，則猶中丞之存也。將受賓姻之賀，太淑人獨戚然不怡，蓋降服損饍久矣，謝不肯當。而諸孫請之不已。女之壻管承時，來告其誕辰在今二月九日。余方有邢州之役，已戒行，爲少留以爲太淑人壽。

余於中丞，少親善也。中丞於交遊間，獨奇余。余久困不得志。中丞第進士，去爲大官，爲人言，未嘗不推先之。以余之謬，然或傳其文，用之以取科第；多陰用而陽毁之，亦或語不道。唯中丞推賢於余。古謂進賢受上賞，蔽賢蒙顯戮，孟氏謂蔽賢不祥，則中丞之爲大官固宜。昨歲過華亭，林少宰猶言往時李中丞鎮清源，過之相稱道語。少宰固知予，尤以中丞言爲重。太淑人知余於其子平生交，所亟稱者也。又少爲文會，往中丞家，飲食必豐潔，太淑人所手調也。余今得以升堂拜太淑人，義重於中丞之存日矣。蓋今日之壽，天之所以嗇於其子而豐於其母，中丞可以無憾。

昔年梁上舍爲顧文康公夫人壽，請序於余。中丞在上舍所見之，謬賞云：「少保家得此文一篇多矣，何用餘文爲？」余不敢當此言。今爲太淑人壽，念無中丞之賞，而衰老鈍拙，雖置之百篇之末，且以爲不可。而通家故人之情，則已獨至矣。

許太孺人壽序

予嘗論許氏二百年來，爲崑山舊族。昔我高大父以予初生之年，作高玄嘉慶堂，顧太史九和爲之記。稱承事郎許鵬遠者，其弟鳳翔，卽今吏科右給事中伯雲之曾祖也。兄弟皆以貲爲郎，家世豐饒。至給事起科第，官近侍，得推恩封其父母。而太孺人板輿晝鷁，之官就養，當世榮之。

先是，給事之祖奉其母，有壽母之堂。給事以故宅作新堂，仍其名。予嘗爲其堂記。

至是二月二十三日誕辰，而明年則當七十之年。吾吳中之俗重壽誕。年至艾，始爲壽。客爲文，具儀物，奉觴堂上，主人迎延，作樂歡宴，以是爲禮。自艾以往，則其禮每加。給事以此不敢非也。鄉進士王子敬，與太孺人之孫上舍君爲新姻。且當計偕，懼及事而禮有闕；乃於今年先事修奉觴之敬，以祝太孺人七十之壽。

夫古者有祝，皆先事也。於禮不亦善乎？令妻壽母，萬有千歲，眉壽無有害，豈非古之先爲祝者乎？自今日以祝太孺人七十，至於百年，其可也。子敬之先君子與封，給事同州公同里巷，相好也。嬉遊過從無虛日；雖風雨晨夕，一餐必相呼。蓋三十餘年前，太孺人能記憶也。今見其子與其孫又爲相好，奉觴爲壽，不以自喜乎？

人世百年之內，追念往昔，可感者恆多，可以慰且喜者蓋少也。舉太孺人之於今日所見，無不可喜者。此人生之所難，而給事之能樂其志，尤不可及也。是爲序。

太倉州守孫侯母太夫人壽詩序

普安孫侯，初爲令右扶風，扶風人爲生祠，立石頌其德。以最，爲太倉州守。時海上用兵，兵屯戍絡繹其境以萬數。賦調加廣，歲仍饑饉，侯措畫有方，勞徠不倦，民甚德之。江以南數千里間，稱吏治之循良，獨曰孫侯，無與比者。

侯始至之日，奉其母太夫人以俱，州人皆知太夫人之生辰。其日，吏民大會，願爲太夫人壽。平時侯自奉其身，不以絲毫煩民，獨於是無所讓。取其所爲頌禱古文詞歌詩者，悉受而庋置之，州人遂以爲侯誠有愛於此也。逾年，又當太夫人之生辰，其爲古文辭歌詩益盛。吾聞侯之在州，務爲簡易廉靜，於世俗之所侈大者，一切不以爲意，顧獨以無用之虚詞煩州之人哉？侯蓋亦自喜其有庇於州之人，知州之人無所致其愛，而不忍距逆其意，且以是爲足以爲太夫人榮也已。

夫古之君子爲民上，有父母之道。非以自尊奉，厲威嚴，日從事於文書法令而已。其實如家人之相與，饑寒疾苦，無所不知，而悉爲之處。有患，則與之同其戚；有喜，則與之同其慶。其民之報之亦如是。豳之詩曰：「朋酒斯饗，曰殺羔羊，躋彼公堂，稱彼兕觥，萬壽無疆。」當此之時，上下之間，可謂驩然矣。今之爲古文辭歌詩者，固以見州人忠厚之至；而侯之不距逆其意，其於州之人尤有情也。故嘗以爲國家設官，具法令而已，而必選其人。夫以父母之道治其民，此豈法令之所及耶？蓋其意亦以此望之而已。若孫侯，豈非行古之道者哉？

太學上舍王君某，太倉衞人。知好文學，懼後人之軼其詞，乃裒爲卷，而俾余敍之。時嘉靖四十年六月某日。此文從抄本，與劉本異。

朱太夫人六十壽序

宛陵進士朱應秀一松，其先君二峰先生，嘉靖十三年歲貢。時朝廷行選貢法，故先生以壯年預選。蓋未及廷試而卒。遺夫人與稚子九歲至始孩者四人。夫人年方二十九，不御膏沐，矢志自衞，有柏舟之操；撫抱諸孤，長育成就，有凱風之劬。蓋又三十有一年，應秀登嘉靖四十四年進士，夫人於是年六十矣。應秀與余既同第，又同冬官試政。每相見，若有所欲言而不能者。久之，乃以母氏之壽爲請。夫應秀之爲進士也，其亦有所自得乎？其有所不能自釋者乎？凡爲士，自初束髮，爲其父母，卽望其顯榮。應秀今已得之，足以慰母氏之志，夫豈有不自得者乎？

夫人父母無恙，生有膏澤之潤，而行乎夷坦之塗，一日而得富貴，宜無不自得者。獨應秀思先人之蚤世，母氏之劬勞。詩曰：「風雨淒淒，雞鳴喈喈。」又曰：「風雨如晦，雞鳴不已。」更前之所歷，戚戚有動於中，此其所以不能釋然也。而罔極之德，何以報之？是以汲汲欲爲夫人之壽；又思得爲古文辭者傳述之。人見應秀之於此，潁若自得者；不知其求以解其不能釋然之懷者如此。自此而往，應秀之仕日顯，夫人之壽日增，而不能釋然之懷當日甚。吾未知能有以解應秀者。姑謂世俗之望其顯榮者，今得之，或可以慰夫人而已矣。

李氏榮壽詩序

余讀王制，觀虞、夏、商、周養老燕饗食之禮，年紀之次，及深衣、燕衣、縞衣、玄衣之制，何其備也！至天子於太學，執醬而饋，執爵而酳，公卿奉杖，大夫進履，其隆重如此。故曰：三代之盛王，未有遺年者也。年之貴於天下久矣，然而無爲壽者。豳詩稱：「躋彼公堂，稱彼兕觥，萬壽無疆。」自此而詩之稱壽不一。顧亦相祝頌之詞，如史之所稱爲壽者云耳。非以年之每進一紀，爲燕會以爲壽也。

迨後世壽節慶賀，始於朝廷，而及於公卿，然爲文以稱其壽者亦無之。余嘗謂今之爲壽者，蓋不過謂其生於世幾何年耳，又或往往概其生平而書之，又類於家狀，其非古不足法也。

余居鄉，見吾郡風俗，大率於五禮多闊略；而於壽誕獨重其禮，而又多謁請文辭以誇大之。以爲吳俗侈靡特如此；而至京師，則尤有甚焉。而余同年進士，天下之士皆會於此，至其俗皆然。雖余之拙於辭，諸公謬以爲能，而請之不置。凡爲之者數十篇，而余終以爲非古不足法也。雖然，亦以爲慰人子之情，姑可矣。

歲九月，余以選當外補最後。同年魏郡李巳子復，復以二親之壽爲請。蓋諸公之爲之詩者多矣，余獨爲其詩序。於其尊君與太孺人之潛德懿行，故未暇論。尊君，州學生，積學久次，將貢京師。年六十；太孺人年五十九。子復裒所得詩聯爲卷，因郵致之於其家云。

校記

〔一〕疏廣、疏受爲叔姪，非親父子。

〔二〕夷　原刻墨釘，依大全集校補。

〔三〕〔四〕鳴　原刻誤作「鳴」，依詩經及大全集校改。

〔五〕艾　原刻墨釘，依大全集校補。

震川先生集卷之十三

壽　序

吏部司務朱君壽序

陳時子行之赴試也，其姑之夫吏部朱君，實官南曹，亟稱子行之文。已而，果中魁選。子行不以有司之取者爲榮，而以君之知之者爲德。是年冬，十月某日，君之誕辰，留都士大夫咸爲之壽。於是子行歸而乞言于予。

予昔讀書萬峯山中，萬峯，蓋君之所以自號者。其山下數畝區，倚拔水際。西南七十二峯，矗立於蒼波浩渺之間。中有高堂古木，橘柚千章，梅竹茶茗，崇岡連被。問之，知其爲君之圃，而頗訝主人之不來者幾年矣。然留都曹務清簡，士大夫閉門高臥之外，相與遊覽賦詩，又稱觴爲壽。此布衣野老之所樂者，而仕宦者兼而有之，其不亦多乎？此士大夫所以樂爲君壽者也。

而予又有感於子行之言。夫科舉取士，不能不爲一定之品式，而亦非品式之所能拘也。俗人倖倖於一日之獲，其於文義尚有不能通者，囂囂然自謂已能，欲以規繩天下豪傑之士，亦可耻矣。昔五代時，張文寶知貢舉，所放進士，中書有覆落者。下學士院，作詩賦貢舉格。學士李懌曰：「予少舉進士登科，蓋偶然耳。後生可畏，來者未可量。假令予今就試禮部，亦必不落第。安能與英俊爲準格？」聞者多其知體。歐陽永叔特以此一事，爲懌立傳。[illegible]若之於子行，要爲有得於歐陽子之所云者，予故特書之，且以爲壽。

顧菊巖先生壽序

夫富貴壽三者，天地龐厚之氣之所積也。其來也，恆參差而不齊，而人之值之也，雖一家之中，父子兄弟之親，血脈氣息之相屬，可以言語敎戒而同者，而唯是三者爲不可期。有厚于富而薄于貴與壽，有厚于貴而薄于富與壽，有厚于壽而薄于富與貴，有厚于富與貴而薄于壽，有厚于富與壽而薄于貴，有厚于貴與壽而薄于富，有聚焉，有散焉，有平均以等授焉。時其平均也，而或富或貧，或貴或賤，或壽或不壽；時其散也，而皆貧皆賤皆不壽；時其聚也，而皆貴皆富皆壽。此造化之微，倏忽遷徙，以此鼓舞人世。而世迺以有心者窺之，憧憧焉疑其既往，而意其方來。此余之所未喩也。

若吾崑顧氏之盛，殆所謂時其聚者邪？自大宗伯以文章魁天下，將躋台鼎，其餘橫金衣緋者，尚二三人。崑之言貴者，必曰顧氏。甲第連埒，宗親子弟被服華綺，千人聚食。崑之言富者，必曰顧氏。自桂軒先生以耆年爲鄉邦之望，其後壽考，世有其人。崑之言壽者，亦必曰顧氏。今南巖先生以桂軒之孫，宗伯從子，少膺鄉薦，甫倅南昌，飄然賦歸來之辭，不謂之不貴；優游于亭館花木之間，不謂之不富；安居暇食，不親藥餌，不習導引，不謂之不壽。夫是三者，所謂不可埘也。而聚于一家，又聚于一人之身，斯亦難矣。

余未嘗通介紹于先生，然嘗聞其賢，而私心識之。間獨竊嘆，以爲先生藉家世之盛，而又三者參會。夫人子之于親，苟唯布褐菽水以爲養，雖有顏淵之仁，曾參之志，亦當不能無缺然之意。有如先生者，乃夫人所願于其親，而不可得者也。于是可以壽矣。

今年先生壽七十。邑學諸生咸往爲賀，俾余敍之。余惟桂軒先生與高大父爲延齡會，世通姻好。高大父壽八十五，作高玄嘉慶堂，大宗伯實爲之記。則余于先生之文，亦何可辭也？

同州通判許半齋壽序

予居鄉無事，好從長老問邑中族姓。能世其家業，傳子孫至六七世者，殆不能十數。世其家業傳子孫綿延不絕，又能光大之者，十無三四焉。

若許氏之世，吾能言之。自其先諱慶賜者，從嘉定稍徙至崑山，實生文衡；文衡之子曰德芳。比再世以勤嗇致富，而子弟皆知修學好禮。其子鵬遠，以賑饑出粟，授承事郎。而從子鴻高，由太學上舍歷官平定州同知。承事生思耐翁，爲京所吏目。而同州君則思耐翁之子也。亦自上舍選倅名州，致政家居。久之，而其子伯雲以進士釋褐爲分宜令。方著聲跡，有遠大之期。蓋自國初至於今，許氏之居於鄉者，其名可數。耕有田，藝有圃，居有屋廬，其老者，鄉里社會，飲酒伏臘，未嘗不在。享承平之福者垂百年，而將大發於伯雲。所謂能世其家業，光而大之者非耶？

同州君爲人倜儻，善自娛戲。官古馮翊、西華之地，然不能爲吏繩束。一旦拂衣歸，從布衣野老，陸博投壺，擁女子，鼓琴鳴瑟，酣宴竟日。自伯雲不爲官時，常自樂也。然今之時，與許氏之上世異矣。使伯雲不爲官，寧能使其親保有其樂耶？同州君雖善自娛，非其子之爲官，寧終能有以自樂耶？鄉人是以爲君榮，而以伯雲爲能養志也。

嘉靖丙辰月日，爲君之誕辰，蓋甲子一週矣。時伯雲自分宜入覲。予與同縣之士試於南宮者若而人，與伯雲俱會於闕下。比覲罷還，而伯雲亦以便道歸省。衆謂予不可無紀，而沈成甫、戴與政來致其請。予謂吾等方從君有鄉社之樂，而伯雲回首有白雲之感；既爲之賀，因稱養志之義以慰之云。

龔裕州壽序

孔子曰：「仁者壽。」夫仁者豈能必壽哉？以其能靜而得壽之理也。人生百年，以區區之形，日與外物爲角。夫苟役役然馳騁眩騖於富貴之途，以其所輕累其所重，若是者雖至黄耇，其道促矣。夫苟不役役然馳騁眩騖於富貴之途，以其所輕累其所重，若是者雖不至黄耇，其道長矣。

龔先生受命守裕州，有大夫之秩，家富田宅，有封侯之奉，鋃朱黼續之華，未始異於世，而得園、綺之高焉。温淳甘膬，腥醲肥厚之養，未始異於世，而得松、喬之適焉。環湖而居，魚鳥上下，田夫野老，歌呼而笑傲，當郡邑喧囂之間，而得武陵桃源之趣焉。先生其不役役者歟？君子之論人取其近，先生其得仁者靜而壽之理歟？

予之内弟温甫，與先生世通姻好，來請予文爲祝。予嘗論今世有所謂壽文者，非古制。不過謂生於世幾何年，奚以文爲？至論先生，迺可以著之於文而爲壽者也。書以歸之。

徐封君七十壽序

余往來嘉定，與其賢者遊，而識子言。於是時固已奇其文，每言之於人。因遂識東樓翁，慷慨樂易人也。已而子言舉京兆，計偕北上，翁實攜之以行。余時遇於彭城，遂於僦車共茵而載，歷齊、魯、燕、趙二千餘里，走風雪塵埃中，歡然忘其行役之疲。余蓋察知翁父子有福德，享富貴者也。

其後子言登第，以天官屬直內閣；尋改大宗伯屬，領祠事。余至京師，每見，輒嘆其議論之進。是時天子隆郊祀之禮，子言殆所謂侍祠祠語，能究觀方士祠官之說者矣。至語及其職事，未嘗不有志於古之守道以守官者也。而東樓翁居家，日治園圃亭榭，與士大夫飲酒爲樂。子言聞迎至京師，則諸公貴人日來歡宴，退而莫不嘆翁之賢，而又稱其有子。已又得誥命推封，旣貴顯矣。然子言在部曹，鬱有清望，議者以爲蘭臺秘閣之選。頃以外補爲郡，莫不惜之！會東樓翁方七十，子言將之荆州，過家上壽。以余遊其父子間相知之素，屬使爲序。

夫予知子言有不釋然於此行者矣。然以方剛之年，出粉署爲二千石，得歸榮其親，於人子之願，殆未易得也。吳中士大夫登朝者，不爲不盛，然能逮祿養，少矣；已逮祿養而至大官，益少。今惟長洲錢工部德徵，位至九列，海虞嚴學士敏卿爲館閣，而二公之親，皆康強無恙，得封如其子之官，此不獨吳中所無，而世亦未之多見。今以子言之年與其才望，名位豈在二公之後？余以是知東樓翁之福祿蓋未艾也。子言能自馳騁於文辭，其於江山故宅，雲雨荒臺之間，必能追蹤屈、宋而上之，爲南陔、白華之篇，以抒其仁孝之心。余之朽拙，何能爲役？猥以斯序見屬，愧而不敢辭云。

葛封君六十壽序

古之君子，仕則違親，處則違君，二者常患于不能兼。韓退之言，歐陽詹舍其父母朝夕之養，至於京師，將有所得以爲父母榮；雖其父母之心亦然。詹雖不離於其側，其志不樂也；詹在京師，雖離于其側，其志樂也。至王介甫，則又以爲祿與位，庸夫鄙人之所待以爲榮也。賢者道弸於中而襮之以藝，無祿與位以爲父母壽，而父母之心亦喜無量。二公之言各有所重，而不免於偏。使爲子者，有所得以歸榮其父母而無離憂，具道藝之美，而有祿與位以爲父母壽，豈非夫人之願歟？雖然，二公者，蓋致恨於彼之不能得者，則亦姑以此使之自慰焉耳！

葛君理卿，辭其親試京師。有司奇其文，欲置之第一，遂舉進士上第。所謂弸於中而襮於外者矣。國家之制，進士釋褐，觀政諸曹，其祿秩比七品，可謂有祿與位矣。君在京師逾年，賜告還家，日侍其親，可謂有所得而無離憂者矣。君之尊人慮潛翁，少在隴畝，淳朴無外慕，於榮勢非數數然者，一旦得之，亦不以爲有所加；獨喜其子之在側，而以爲樂也。以是知二公之言，特有所激而發，使遇虛潛翁父子，其於爲人父母與爲人子之情，必能極口道之矣。

君登丙辰進士，以明年四月來歸。至某月日，爲翁誕辰，翁於是年六十有三，友人趙君元和、張君子忠輩若干人，皆往歲與君同試南宮者也。榮君之還，徵余文爲虛潛翁壽。余謂如翁者，韓退之、王介甫之所欲之而不能得者也。是可以賀矣。

柳州計先生壽序

吾鄉范文穆公稱湘南江山奇勝，爲天下第一。時公帥廣右，已而移鎭之蜀，有睠睠不忍去之意。而柳子厚刺柳州，乃作囚山賦，觀其辭，殆不能以一日居者。范公大帥，名位尊顯，其心誠樂于此。而子厚特以謫徙久不得召，有悒鬱無聊之志，宜其爲言如是。然其于此邦之山水不薄矣。其序近治可遊者，殆不下于桂山。而所謂靈山拔地，林立四野，自嶠南達于海上，可以想見。韓子稱衡湘南爲進士者，皆以柳子爲師，其承子厚指授爲文，悉有法度。由是言之，柳之山水不待子厚而顯，而其人才之出，自子厚始也。

今天下文治休明，皇風遐被。楚、粤之間，來任中朝者，柳州尤盛；又非若子厚之時之比，其爲山川愈益增重。惜乎，柳、范二公不及今見之也。柳州計君坤亨，以乙榜進士來教崑山。學者嚮仰之餘，間從問其山水之奇勝。益信二公之言，至今若身履其地而獲觀遊焉。君父靖川先生，以鄉進士調倅潮陽。未及上最，即掛冠歸其鄉。搆一亭，日吟咏其中。而孝友淸節，爲柳人所稱。余不知先生之亭，於所謂東亭者何如？而想其憑空拒江，衆山橫環，海霞島霧，倏忽萬變者如一日也。

嘉靖癸亥孟冬，適先生降生之辰，進士君忽起嶺雲衡鴈之感。諸生某某爲之遙致祝壽之詞，而求序於余。余文乏芬芳馨香之氣，萬里致之於子厚所適之地，不無愧云。此文錢宗伯汰之，今仍存。

甯封君八十壽序

凡同舉於鄉，及同舉於南宮者，皆有兄弟之好。其喜而爲之相慶固宜。況爲其親者，則猶吾親也；推敬老之義，夫人皆近於親，而況於爲吾兄弟之親乎？嘉靖乙丑，天下士對策於皇極殿前。同賜第者三百九十有四人，而廣德甯鈳大受之尊府，於是年年八十。諸同年會於大受之邸，遙致其祝。蓋吾同榜之爲其親壽者，自大受之尊府始。

今制，舉于鄉與進士，未及一等耳，而世以進士爲榮；未第於南宮，儽然猶諸生也。不特人之情爲然，雖其父母之情亦然。大受之尊府翁，於前是科，以其數試不第，亦已厭其爲舉子矣。臨行，戒之就選。是年大受落第，而銓部頗通乞請，大受不欲也。復以舉子還。翁殊不喜，曰：「吾春秋高，汝雖不爲進士，且得一官，烏紗角帶以歸，吾即瞑目。但見子之爲官，不以子爲舉子也；即他日爲進士，吾瞑目後，但知子爲舉子，不知子爲進士也。」大受受教，跼蹐不知所爲。

今年大受登第，而翁適及耄年，可謂能見子之爲進士矣。以翁之情如此，則大受所以自欣慰者何如？諸同年之所以爲賀者，其容已乎？翁天性孝友，倜儻有大略，鄉里敬服之。有紛爭者，就之一言而决，退莫不帖然。嘗爲大第，燬於火，又爲之，加大。亦非世之沒溺於名利者。即其欲子之爲官，蓋其爲人風槪如此。因爲序之，使之持至廣德以爲翁壽，翁又見諸進士爲翁壽而喜也。

白菴程翁八十壽序

新安程君，少而客於吳，吳之士大夫，皆喜與之遊。都太僕先生愛其淳樸，題其所居曰白菴。君在吳既久，吳人益信愛之，無貴賤稱白菴云。今年八十，其子永絺、永約，孫應春，迎君還葆田，將聚族而爲君壽。壻吳君某曰：「吾翁千里而歸，不得文以行，非所以將順翁之意。則黄山、靈巖亦笑我矣。」於是謁予請所以爲壽之辭。

古者四民異業，至於後世，而士與農、商常相混。今新安多大族，而其地在山谷之間，無平原曠野可爲耕田。故雖士大夫之家，皆以畜賈遊於四方。倚頓之鹽，烏倮之畜，竹木之饒，珠璣、犀象、瑇瑁、果布之珍，下至賣漿販脂之業，天下都會所在，連屋列肆，乘堅策肥，被綺縠，擁趙女，鳴琴跕屣，多新安之人也。程氏由洛水而徙，自晉太守梁忠壯公以來，世不乏人。子孫繁衍，散居海寧、黟、歙間，無慮數千家，並以詩、書爲業。君豈非所謂士而商者歟？然君爲人，恂恂慕義無窮，所至樂與士大夫交。豈非所謂商而士者歟？

君今行矣。於是與其妻子、兄弟若族之人，與夫親知故舊，論説生平，其所歷天下名山大川、大都之會有幾；其所見四方賢公卿大夫、名人才士有幾；遁世長往、懷道藴術之士有幾；生長休明全盛之日，迄今百年，風俗世道之升降，上自朝廷，下至田野，耳目之所見聞，其變有幾；屈指百年之内，中間與其妻子、兄弟若族之人，與夫親知、故舊相見之日有幾也；其亦有所感也。夫少而遊，老而休，於是得與其妻子、兄弟若族之人與夫親知、故舊、相與，相見而歡飫，其喜可知也已。則夫爲其妻子、兄弟若族之人與夫親知、故舊，其喜又可知也已。

張曾菴七十壽序

世之論人壽，以百年爲限。然修短之數，得之於天，不可以齊。得數之長者，百歲爲老矣；彭祖之百歲，豈非嬰稚之時耶？得數之短者，歲月爲稚矣；殤子之歲月，豈非垂老之時耶？予畸窮於世，故嘗居閭里間，從先生長者遊。自少識張曾菴先生。白皙而豐頤，美鬚髯。蓋先生是時年已五十，容甚少也。又十年，先生六十，其氣完，其容無異於初見之時，不知十年之加也。今年先生年七十，亦無耇老之色，其美鬚髯，髮漆黑自若也。先生未嘗知世所謂服食煉形之法，而得數之長如此。則今之七十者，亦猶嬰稚之時耶？

吾吳中之俗，尤重生辰。自五十以往，當其生辰卽爲壽。前年先生猶爲博士弟子，激昂蹈厲，諸少年莫敢摧其鋒；雖諸少年亦以爲先生少，故無爲先生壽者。今先生忽自謝其博士，而老於家。其高第弟子某，乃往爲先生壽。壽已，則相與求予之一言以序其事。

「噫！子之先生未可以壽也。子之先生讀聖人之書，自以爲得其蘊；每酒酣，輒爲人說書意，掀髯指畫，左右顧視，旁若無人。當世宿學，莫能難也。與人交，洞見底裏；規人之過，至於泣下。豈非所謂直道君子者哉？往予至京師，見有衣玉帶，乘白馬黃金絡，前後呵擁，其人白皙豐頤美鬚髯，儼然子之先生也。歎曰：『何其類吾鄉之張子也？張子六舉於鄉，而今猶布褐而趨于博士之庭。』雖然，今十餘年矣，不知其人果安在？而子之先生所自得者何如也？吾又安能舍子之先生而羡彼爲哉？」皆曰：「善，請遂書之。繼自今，歲歲爲先生壽，必誦子之言矣。」

晉其大六十壽序

孔子曰「愛之欲其生」，惑也。愛而惑焉，而欲其生，惑也；愛而不惑焉，而欲其生，情也。「吉蠲爲饎，是用孝享。禴祠烝嘗，于公先王。君曰卜爾，萬壽無疆。」非欲其萬壽耶？「我非敢勤，惟恭奉幣，用供王能〔一〕，祈天永命。」非欲其祈天永命耶？此愛之而欲其生者也。然古之人無有以虚辭說人者。人之所欲，天必應之。「曰予攸好德，汝則錫之福。」富、貴、壽考、康寧，天也。人皆歸之於天。箕子獨以爲人之所錫。固以冥冥之中，茫茫之表，無所謂天者。人貴之則貴，人富之則富，人欲其壽考、康寧，則壽考、康寧，此祈天永命、萬壽無疆之說也。箕子之言天精矣。武王夢帝與之九齡，文王曰：「古者謂年爲齡，齒亦齡也。我百，爾九十，我與汝三焉。」武王之壽，文王之所錫也。

晉君年六十，予之仲弟爲君之子壻，而君之子曰亨，以姨之子從予學，皆來請予爲壽。夫欲君之生者多矣，不若君之壻；雖然，又不若君之子，以君之子壽君，君其有不益壽者乎？予有愛子之戚，方與日亨論洪範之義，以文王能與武王之壽，厚自責以爲不慈之極，故以孝子期日亨，必能壽君也已。

抑予少有四方之志，既年長，無用於世，常欲與親知故舊，歲時伏臘，問遺往還，飲酒社會，務盡其歡；康強壽考，皆在百歲之外；父子兄弟白首相追隨，爲太平之不遇人。而邇來屏跡荒江，足不履戶外，田夫野老，罕見其面。君與予有連，亦曠歲不見。忽忽不意君便爲六十歲人也。君壽宜賀，而予精神怳然，髧彼兩髦，泛泛其景，益不復知有生人之樂矣。既勉強爲日亨書之，又爲謝所以不能往賀之意。

濬甫魏君五十壽序

余始爲魏氏諸倩，而濬甫年小於予。時尚垂髫，見余，握手甚親。及濬甫自眞義遊學城中，時時來過其女兄，即留飲，相歡也。當是時，恭簡公家居講道，四方學者，多聚星溪之上。公於其家子弟，尤所屬意。而吾舅光祿公闢家塾，延致名儒。濬甫遵矩矱無所失，而於進士之業，皆能工習。濬甫升太學，一再試秋闈，見罷，遂不復往；而獨顓教其子。今二子學皆已成，庶幾可以紹恭簡公之業。濬甫年未至而輒已，余嘗歎惜之。

明年爲嘉靖四十一年，濬甫年五十，以正月二日爲初度之辰。其子壻沈堯俞，以余計偕北上，先期請余文爲壽，至期張設之；蓋以余最親，又知之深也。然余見濬甫之少，又見其子之成立，又老而爲壽，而吾舅姑與濬甫之女兄，已隔異世，則余之所感多矣。自庭濬甫華堂燕坐，子倩奉觴，賓朋雜沓，笙歌滿耳；則余方孤舟栖泊於江、淮之間；自此蒙霧露，凌霜雪，又三千里。持空然無有之軀，欲以獻吾君；豈不愧濬甫？而欲爲濬甫可得耶？

古者「五十曰艾，服官政」。又十年，始爵命爲大夫。則士之效用於世，任天下之事者，適濬甫之年。而濬甫苟自安逸，非恭簡公之教。漢李固薦樊英、黄瓊云：「一日朝會，見諸侍中並年少，無一宿儒可備顧問。」則老成之人，實國家之所須，重年少而忽耆老，豈世道之福耶？余以是惜濬甫之自止，而又以歎余之無所用而不知止也。是爲序。

周秋汀八十壽序

吾崑秋汀周先生，今年壽八十。鄉大夫士，多爲歌詩文章祝之。先生之子通判君，設廣席，大會賓客。余輩九人者，辱交先生父子間，得坐下坐。目瞻盛舉，心竊慕之。

客有洗爵壽先生者，問曰：「先生之壽有道乎？」先生曰：「有。老子曰：『逸則壽。』又曰：『知足之足，常足。』蓋造化鈞畀萬物，小大厚薄，各有品限。故安其分，則心泰；泰則百疾不作，故壽。愚者弗察，覬覦生焉，得失觸焉，心擾而害隨之，惡乎壽？故吾見人之富，不多其財，而薄田敝廬，足於陶朱；見人之貴，不侈其爵，而靑氈綈帳，榮於金紫；見人有時名，不高其聞，而陶情詩酒，放懷歌舞，老焉益壯，若將終身。吾不知有餘在人，不足在我，嬉嬉然若與得意者等。吾之壽或者在此乎？」

客未對，余笑曰：「達哉，先生之論也！其有得于莊子逍遙之旨乎哉？其曰大鵬萬里，鷦鷯一枝，各適其適，不相企慕，則羡欲之累可以絕；累絕則悲去；悲去則性命安。是故壽於人，則爲彭祖；壽於物，則爲大椿。達者能得之，則先生其人也。今而後呼先生爲逍遙公，可乎？」先生聞之喜。卒爵而歌，頹然就醉。余因拾問答之辭，合而爲序。

周翁七十壽序

周翁，予弟子建之內祖也。歲己亥，翁年七十，十月某日，爲其生辰。子建傳其舅之意，請予爲序。

翁之先，自嘉定白鶴村徙居崑山之蔡婆渡。其族之貴者曰僉憲君，別居城中。人猶呼僉憲爲渡船周家云。翁饒于貲，中更官府科徭，能勤苦自力，凡再殖。其家自上世高曾以來，率不踰下壽，翁得年如此而未艾，非意之所望，此其子孫姻戚所以尤慶之深也。予爲序之云爾。

因與子建論，以爲壽者，人子之所欲得之於其親，不待形之言；而古之人無有以爲文者。至於詩人祝頌之語，始曰眉壽，曰壽考，曰萬年，曰萬壽云者，亦因其德之所取，而致其愛慕無已之情，無有專以爲壽之文者也。宋之季年，始以詩詞儷語相投贈；及今世，更益以所謂序者。計其所述，不過謂其生于世幾年，而至累數百言不止。不知此何用者也？而壽者之家，其又必須此，不得，不以爲樂也。豈眞有求於古之文哉？以是爲古文而已矣。凡今世之務侈其名而不要於理，多此類。

子建志乎古者，予是以及之。蓋予之序可無作，而予言不可廢也。

戴素庵先生七十壽序

戴素庵先生，與吾父同入學宮，爲弟子員，同爲增廣生，年相次也。皆以明經工於進士之業，數試京闈，不得第。予之爲弟子員也，於班行中見先生輩數人，凝然古貌，行坐不敢與之列，有問，則拱以對；先生輩亦偃然自處，無不敢當之色。會予以貢入太學，而先生猶爲弟子員。又數年，乃與吾父同謁告而歸也。

先生家在某所，渡婁江而北，有陂湖之勝，裕州太守龔西野之居在焉。裕州與先生爲內外昆弟，然友愛無異親昆弟；一日無先生，食不甘，寢不安也。先生嘗遘危疾，西野行坐視先生而哭之，疾竟以愈。日相從飲酒爲歡。蓋龔氏之居，枕傀儡蕩，遡蕩而北，重湖相襲，汗漫沉浸，雲樹圍映，乍合乍開，不可窮際。武陵桃源，無以過之。西野既解纓組之累，先生亦釋絃誦之負，相得於江湖之外，眞可謂肥遯者矣。其後西野既逝，先生落然無所向；然其子上舍君，猶嚴子弟之禮，事先生如父在時。故先生雖家塘南，而常遊湖上爲多。

今年，先生七十。吾族祖某，先生之子壻也，命予以文。爲言先生平生甚詳，然皆予之素所知者也。因念往時在鄉校中，先生與家君已追道前輩事，今又數年，不能復如先生之時矣。俗日益薄，其間有能如龔裕州之與先生乎？而後知先生潛深伏隩，怡然湖水之濱，年壽烏得而不永也？先生長子某，今爲學生。而餘子皆向學，不墜其教云。

張翁八十壽序

張翁居崑山之大慈。予嘗自安亭入郡，數經其地，有雙洋蕩，多美田。翁以力耕致饒足，而兄弟友愛，不肯析居殖私財；時時入城，從縉紳先生遊，樂飲連日夜而後歸。士大夫愛尙其風流。其伯子子振，事翁尤謹。嘉靖三十五年正月二十七日，翁生之月日也，於是年八十。子振將爲宴會，召其親戚故人，以爲翁壽。而予友盛徵伯、任允恭游翁父子間；子振因二君，請予文序之。

予嘗論士大夫不講於譜牒，而閭閻之子，一日而富貴，自相誇尚，以爲門閥。吾吳中無百年之家久矣。崑山車溪之張氏，其源甚遠。予家有故牒，譜其世次。而范文正公爲當世名臣宰相家，然自監獄公以下，相爲婚姻者凡十有四人。而與宋宗室婚者一人。其科第仕宦，不絕於世，亦往往爲神，以食於其土。自宋皇慶間，始占名數於崑山。至於國朝天順、成化之間，幾二十餘世，四百年而不改其舊。故承事郎夏公娶於張，爲夏太常之冢婦，實生吾祖母。予少時，猶及聞張氏之盛也。

蓋至於今，而車溪之張，日以浸微。而翁始居大慈。豈所謂「有嬀之後，將育於姜」者，類有數耶？予每至車溪，停舟而問之，百圍之木，數頃之宅，里人猶能指其處焉。若翁者，人亦不復知其車溪之張氏矣。予以故家大族，德厚源遠，能自振於式微之後；又以吾祖母之外家尚有存者，而喜翁之壽而康也：故不辭而序之。

孫君六十壽序

孫君以弘治七年甲寅十月十二日爲誕生之辰，嘉靖三十四年乙卯，於是年六十矣。

其子某，爲徐氏壻。徐某方受學于予，爲言其子之意，以爲飲酒宴會，未足以爲親歡，必求予之文。

予謂文者，道事實而已。其義可述，而言足以爲教，是以君子志之。若君之壽，使書之云生于世幾何年，可乎？從而頌禱之曰耆老、曰耄、曰耋、曰期頤，可乎？生於世幾何年，是人之所同也。自七十至于百年，是人之所常有也。雖然，君子之爲情也近；使其父母生於世幾何年，自七十至於百年，不亦爲人子者之所樂耶？豳風之詩，周公爲其君稱先王之業，而道其豳國風土之舊。其言不過耒耜蠶桑，治田墐戶，食瓜斷壺，獻羔祭韭之微，皆今世田野里俗之事。又曰：「十月穫稻，爲此春酒，以介眉壽。」又曰：「曰殺羔羊，躋彼公堂，稱彼兕觥，萬壽無疆。」當十月歲將暮之日，不過爲酒以介眉壽，殺羔羊以稱其無疆之壽而已。古之人其相與樂也，以壽爲祝。蓋使天下樂生而不厭，此太平之美事也。

孫君自崑山稍徙郡城，頗以畜賈致富。天下承平歲久，賦繁役重，吳人以有田業，累足屏息；君能超然去其故，而卽其所以爲安者，故能及時以爲樂。所居在闤闠都會之地，而其子方儒服而從縉紳士大夫遊。較之史所稱鄒、魯之士去文學而趨利者異焉。是則可書也已。某又言君之孝友，父歿後，嫁其孤姊妹三人，諸所爲多厚德。以方論君壽，事不盡述云。

楊漸齋壽序

國家制州縣之官，皆親民之職，所以宣布天子惠養元元之意。其取之不一途，而選授必以才。要使之人人自盡其力，固不以其不任而苟試之也。

自進士之科重，而天下之官不得其平矣。夫委之以任而責其成，當論其人之才不才，與其事之治不治；不當問其進士非進士也。而今世則不然，非有朝廷顯然一定之命，而上下相習以爲是當然者，非一日也。天子重念遠方之民，歲遣御史按行天下，以周知其吏之賢否。而御史所至，汲汲于問其官之所自。苟不肖也，進士也，必其所改容而禮貌之，必其所列狀而薦舉之也。而銓曹之陟者恆于是。既而罪跡暴著，而加之罪罰矣，猶若難之。苟賢也，非進士也，必非其所改容而禮貌之，必非其所列狀而薦舉之也。而銓曹之黜者恆于是。既而功顯實著，而加之賞矣，猶若難之。是以暴吏恣睢于民上，莫能誰何；而豪傑之士，一不出於此途，則終身俛首，無自奮之志。間有卓然不顧於流俗，欲少行其意，不勝其排沮屈抑，逡巡而去者多矣。

吾邑楊漸齋先生，以鄉進士選調台州府推官。先生之考平陽君，號爲有風烈。而先生承家學，少有令名。以先生之才，宜不出於他人之下，其于理冤釋滯，寧有不盡其心者？而一與御史不合，曾不得少安其位也。雖然，于先生何愧？先生今老於安亭，年已七十。賦詩飲酒，與田夫野老相追逐，其樂豈有涯也？余獨惜夫天下常有遺才，而習于所偏重者不覺其弊，皆以爲是當然，而莫知所以救之；豈非世之君子之責哉？

先生以八月八日爲誕辰。予弟有尙，先生之外孫壻也，來索此文。予之曾大父，與平陽君同年交好，而予于先生，亦在姻婭之末，不得以不文辭。然不敢爲漫衍卑諂之談；以爲世俗之文，非所以事先生也。

六母舅後江周翁壽序

有光少不能事先孺人，迨外祖之春秋高，又不能養。至今每忘外家，不勝凱風寒泉之思。先孺人同祖兄弟十有二人，今皆以零謝，而唯六母舅存。隆慶二年，於是年八十矣。當六母舅之生辰，有光方會朝京師，不能從諸兄弟於其日爲壽。其秋，自吳興還，閉門不出者數月。今將有邢臺之役，而外家諸弟來告：「六母舅之壽，不可無子文也。」然河南兄之序美矣，有光何以復贅！

昔吾外曾祖，世有惇德。生丈夫子四人，外祖最少，與諸伯祖並列第千墩浦之上。屬時承平，家給人足，兄弟怡怡然相樂也。先皇帝之初，諸祖相繼淪謝，而外祖最高年。然皆苦徭賦蹙耗矣。而河南兄以進士起家，則周氏之隆盛，特加於前。然同祖昆季多不振，惟獨鍾于本支。中憲公以河南之貴受誥封，而六母舅保有世業。蓋四祖之家，惟伯祖故第巋然獨存。至於今壽考者，六母舅一人而已。而子子夔，年亦六十有二，尤能孝養。吾外曾祖之子四人，而外祖最少最壽；伯祖之子亦四人，而六母舅最少，亦最壽。豈亦有數然耶？

夫人生百年如旦暮，此亦過者之論。先孺人長母舅一歲也，以今追先孺人之世，歲月遙遙，何其久也！短促者既如此，而長永者又如彼，百年之內，彭、殤之數，可同日而論哉？有光亦何能無感也！六母舅居鄉，鄉人有訟，不之官府而之其廬；其化服鄉人，有陳寔、王烈之風。雖河南兄之隆，事諸父，而以六稱之，非諛者，顧有光何以復贅？然河南兄祝其八十，今八十有一矣。自八而一，以至於無窮，則吾文宜續河南之後者也。

周弦齋壽序

弦齋先生，居崑山之千墩浦上，與吾母家周氏居相近也。異時周氏諸老人皆有厚德，饒于積聚；爲子弟延師，曲有禮意。而先生嘗爲之師，諸老人無不敬愛。久之，吾諸舅兄弟，無非先生弟子者。

余少時，見吾外祖與先生遊處，及吾諸舅兄弟之從先生遊。今聞先生老而強壯如昔，往來千墩浦上，猶能步行十餘里。每余見外氏從江南來，言及先生，未嘗不思少時之母家之室屋井里森森如也；周氏諸老人之厚德渾渾如也；吾外祖之與先生遊處怐怐如也；吾舅若兄弟之從先生遊斷斷如也。今室屋井里非復昔時矣；吾外祖諸老人無存者矣；舅氏，惟長舅存耳，亦先生之弟子也，年七十餘矣。兄弟中，河南行省參知政事子和最貴顯，亦已解組而歸，方日從先生于桑梓之間。俛仰今昔，覽時事之變化，人生之難久長如是。是不可不舉觴而爲之賀也！

嘉靖丁巳某月日，先生八十之誕辰。子和既有文以發其潛德，余雖不見先生久，而少時所識其淳朴之貌，如在目前。吾弟子靜，復來言於予，亦以予之知先生也。先生名果，字世高，姓周氏，別號弦齋云。

前山丘翁壽序

吳郡太湖之别，爲澱山湖；湖水溢出爲千墩浦，入于吳淞江。當浦入江之處，地名千墩；環浦而居者，無慮數千家。而延福寺中浮圖，矗立雲表，舟行數里外望之，鬱然若有祥雲瑞氣浮之。予少時之母家，時過其下，而浦上著姓，往往能識之。今其存者少矣。而予弟某，乃爲予言丘翁之壽云。

千墩有山，名爲秦柱峯，培塿小丘耳。俗謂之山，而在翁所居之前，因以前山自號。翁年五十餘，卽付家事其子；日遊延福寺中，與緇素之流，爲方外之交。每造精廬，談笑飲酒而已。家之有無，不知也。予未識丘翁，想見之而愛其人，以爲人生百年之內，無可竟之事，終於馳騖而無所止；而翁以未老而傳，雖其家事亦無所問，况於人世之榮名乎？使翁在公卿大夫之位，寧肯冒寵利而不知休乎？使翁得休處之地，寧肯覬覦中朝，求起廢而更進乎？

史稱萬石君歸老于家，子孫爲小吏來謁，必朝服見之。有過失，爲便坐，對案不食。雖燕居，必冠，以孝謹聞于郡國。而陸賈家居，出橐中裝賣千金，分其子爲生產。常安車駟馬，從歌舞，鼓琴瑟，侍者十人，過其子，給酒食，極歡。兩人志操不同，史皆稱之。使丘翁貴顯於世，蓋陸生之徒也。

嘉靖三十五年八月二十日，翁六十誕辰，其姻黨因予弟，來請其壽之文；予固有感于少時所熟遊處，爲之慨然，而又樂道其人：故論而序之。

戚思呐壽序

戚思吶先生，居城南隍壑斷岸間，非車馬跡所至；喧囂之音，隱隱水外，而蕭然有林野之趣。先生雅志離俗，儲藥於室，藝菊於圃，彈琴讀書；集鄉村之子弟，教以揖讓容與，應答灑掃，彌老而不倦。過其門，歌誦之聲鏘鏘也。

始吾祖爲社會，先生在焉。吾祖常稱戚先生長者。又于几案間，見戚先生詩。當是時，余髮始垂，會中諸老皆已皤然。今余年日長矣，諸皤然者自若也；往往有及百年者，而先生亦八十矣。余是以深喜諸公之難老，而吾祖輩之多壽，時道說之。

論者有以爲富貴壽考，天之所慳，而兼有之爲難。是以龐眉皓髮之叟，必在于山林泉石、枯槁沉溺之間；而華衣鼎食，厚享累積者，多摧折於中年。以余徵之，殆非事實。而要其理有不可誣者。蓋物取多，則焦然不寧；有紛紜叢垢之集，而無恬愉靜逸之休。是不知旦暮之變，寒暑之移，而惴惴於百年之途者也。譬諸飲食，知味者希。君子之言壽，所以必歸之先生之徒歟？先生之子學，以才藝馳聲郡校，將及于有司之薦。彼夫忽焉而驟至者，吾又知其不足以動先生矣。

陸思軒壽序

予友季子昇，與陸君思軒同學相善。君於是年六十，子昇屬予爲壽之文。東吳之俗，號爲淫侈，然於養生之禮，未能具也；獨隆于爲壽。人自五十以上，每旬而加。必於其誕之辰，召其鄉里親戚爲盛會，又有壽之文，多至數十首，張之壁間。而來會者飲酒而已，亦少睇其壁間之文，故文不必其佳。凡橫目二足之徒，皆可爲也。予居是邑，亦若列禦寇之在鄭之鄙，衆庶而已。故凡來求文爲壽者，常不拒逆其意，以與之並馳于橫目二足之徒之間，亦以見予之潦倒也。

雖然，子昇之爲陸君，豈泛而求之，予亦豈泛而應之耶？陸君居縣之華翔村。往年太僕桐城趙子舉來崑山，嘗至其地。見其土田肥美，江流環繞，問知予家舊業而後失之，子舉力勸予復其故，而未能也。蓋吳淞江水，灌溉之利爲大；華翔居江之要，宋置新江驛於此。新江即吳淞江，古所謂婁江也。雖然，同學而異造，同賈而異售，同工而異巧，同稼而異獲，將存其人耳。君居華翔，獨以善穡稱。歲不失其公家之奉，而以其贏自給。雖當師旅饑饉之年，而寬然其有餘。古所謂孝弟力田者也，所謂善良敦樸者也，所謂周于利、凶年不能害者也。子昇其以是取之與！

先是，君之子豫卿，謁選在京師，求嚴學士敏卿之文以爲壽。煌煌乎玉堂金馬之制作，鄉里有榮焉。然嚴公之文，所聞異辭，欲道君之實者，宜有待于予言矣。雖然，予視君之貌尙少也，則君今之爲壽太蚤，子昇之請亦太蚤。姑以是倍之爲百二十。於是，子昇來屬予文，予可無辭；而予與子昇、陸君，相與嘯歌田里，以效華封人之祝。鈔本作「效華封人祝今天子萬年之壽，其可乎？」今從常熟本。

東莊孫君七十壽序

昔孔氏之門，尊屢空而下貨殖；衣敝緼袍，不耻與狐貉者立。至太史公，乃爲貨殖傳。後之爲史者訾之，以爲崇勢利而羞貧賤。而吾以爲不然。彼以李陵之禍，發憤有激而云爾。故謂季次、原憲讀書懷獨行君子之德，空室蓬戶，褐衣蔬食，以終其身，四百餘年，弟子志之不倦。豈有輕於季次、原憲而爲此言哉？其稱袁盎斥安陵富人之語云：「公等日從數騎，一旦緩急，豈足恃乎？」天下攘攘，皆爲利來，蓋深嘆之也。

晉劉殷未遇時，嘗乞貸於人，輒云：「俟他日顯貴，而以償汝。」其後殷果位至三公。殷之負氣固高，而爲之貸之者亦賢矣。

崑山爲縣在瀕海，然其人時有能致富埒封君者。近年以來稱賢者，曰孫君。孫君自其先人與尚書周康僖公有親，公甚愛敬之。其爲人誠篤，用是能以致富饒。至孫君尤甚，故其業益大。然恂恂如寒士，邑之人士，皆樂與之遊；而有以緩急告者，時能賙恤之。於是，君年七十，里之往爲壽者，皆賢士大夫也。而予友秦起仁又與之姻。言於余，以爲君非獨饒於貲，且優於德也。夫祝人之壽而稱其德，古者謂之善頌禱。若君者，太史公猶將樂道之。予以是爲之序云。

侗庵陸翁八十壽序

由吳之葑門，東出皆湖蕩，又東爲沉湖；沉湖之東爲甫里。余嘗泛湖中，水波浩渺，遙望西山如一抹。湖上人家，隱見烟雨中，舟人指點故冢宰陸公之居在焉。陸氏之來已久，自冢宰公至于今百年間，科名相繼。蓋水澤之隩區，東南靈秀所發，而鍾於其家。至如山澤之癯，含淳抱質，如璞之玉，若侗庵翁者，尤難得也。

翁，冢宰家子弟。遊成均，以舍選爲幕官。其於市朝之跡，未嘗不涉也。而自幼至老，不知世間有機事。人以侗庵稱之，蓋當其名云。吾觀於翁，而知天地太古之氣，性情之理，猶未盡散於亂惑之中。使世多如翁者，則朝廷之事清，而有司之務寡矣。

翁夫婦兄弟皆高年，三子鼎立。而先是其孫舉於鄉，而兩外孫亦同舉，以此卜陸氏之後日昌，而翁之福履日綏也。甲子春，十有三日，爲翁八十之誕辰。其壻張君具豆觴，即翁之所，以爲壽。因道翁之美，而請余爲之序。

余少時，嘗之虞山下老子之宮，有檜，蓋蕭梁時物也。余始識翁於此。是時翁年尚少，同遊有三四人。婆娑古檜之下，相與太息，以爲此樹自天監至今一千二十有八年，來觀遊者，不知幾世幾人也！今同時遊者皆化去，而翁獨高年壽考。信知萬物之得於天，其短長之相懸絶，忽之不能不憮然也！不知何日當復從翁爲海虞之遊，相與共數此檜至今又不知一千幾百年矣！願因張君爲約，翁其許我乎？

望湖曹翁六十壽序

昔歐陽公稱連處士居應山。應山之人，其長老教其子弟，所以孝友、恭敬、禮讓而温仁，必以處士爲法，曰：爲人如連公，足矣。其矜寡孤獨凶荒饑饉之人，皆曰：鄉之有連公，有所告依而生。非有政令恩威，而能使人如此。所謂行之以躬，不言而信者也。余于曹翁亦云爾。翁之先，故爲大家。翁少孤，而其業圮。翁克自振立，撫教其弟子見，舉于鄉。不數年間，其業逾大，擬于素封。其稱于閭里，又若連公云。

吾爲令長城，外甥王夢元來省，前年冬，嘗爲余乞翁爲壽之文。至是復來請，曰：「此翁里人之志也。翁今年六十有三。今于六十則已過，于七十則方來。里人祝翁之壽，自六十以至于百歲，每一紀則爲大會，蓋六十其始也。故請記其始而追書之。」

余爲述翁之德比于連處士，而愧無歐陽子之文。然歐公特述處士之行于身後，處士不知也。予稱翁之善以祝其壽，使爲善者自喜，且亦無用求知于後世之人；而以與其鄉人子弟，飲酒笑樂，同聲唱和，稱其爲善人而祝其壽：不愈于歐陽子之稱連處士乎？翁家在澱山湖。余數泛湖中，嘗望見之，而不獲一造。今長城瀕太湖，望翁家，可信宿而至也。方爲吏事所拘，東望，能不悵然矣乎？

錢一齋七十壽序

嘉靖四十四年，余舉進士，在京師。而吾邑一齋錢翁適至。錢氏有名籍在薊州，其子德彝爲京學諸生。而翁年七十，以十二月十六日誕辰，將告歸，以召其親戚鄉黨，而請余文爲讌序。

初，翁遊京師最久，輕裝却傔從，騎行往返，常不及二十日。翁以太學生遊顧文康公之門，公甚親信之。而爲人謹厚不泄，不因氣勢有所私利，人以緩急告，卽未嘗不盡心爲之排難解紛。始以選調旗手衞經歷，捧部檄出使。會同時出使者例貶官，而翁當之河西，不欲行，遂自劾去。及文康公歿，而翁自是少至京矣。獨今歲一至，而騎馬陸行，馳驟如飛，人見之，殊不類七十歲人也。人才如翁，使之當事眞可任，宰相知人不謬。今老而康強，其壽未可旣。吾邑人才如翁，後來豈易得哉？

或曰：錢氏世有壽考，蓋以爲陰德所致。翁祖贛州文學，壽八十四；父春林君，壽八十二。里人稱贛州嘗攝守事，活死囚四十餘人。一道士被釋，以金爲謝，贛州却之。道士園有竹千竿，截其尤巨者爲爐，旦夕焚香禱祝，臨行以爲贈。今錢氏竹爐猶存。余今觀翁之壽，必能過於前人。而果以爲有陰德，其世當有興者，翁尚能及見之。

夢雲沈先生六十壽序

淞江之上，有隱君子曰夢雲先生，沈氏。其達生適嗜，玩世不羈之士乎！友人朱君某，以先生六十，來徵文爲壽。

竊承下風久矣。蠹食穹壤，敢妄意少裨益於生人，雖有身而不自知惜也。聞先生出入三世之書，及今而腎藏不衰，骨體堅壯，殆必得之深者。願因而請質焉。

天以六氣臨地，地以五位承天。應天之氣者，五歲而右遷；應地之氣者，六期而環會。五六相合，而七百二十氣爲一紀，倍之而千四百四十氣，凡六十歲，爲一周。是非先生之年耶？周而復始，如環無端，天地自然之運也。是胡天地之運無終窮，而吾人壽僘天地者，未之見耶？豈不以天，氣也，無形也；地，形也，無情也。即天地而較之，地滯於形，已不能與天並其久；況有情之物與天地較耶？氣有盈縮，形有盛衰，天地之運不長得其平，況滋蕃長育乎其間者，顧悉得其冲，不觸其乖耶？脈法曰：天地之變，無以脈診。謂其順相承也，循環以相生；逆相勝也，循環以相救。不能不勝，未有勝而不復。勝復之作，不形于診也。是故天地之運，悠久而無疆耶？人之有形也，不盡值其氣之冲；五藏之氣乘之出，而喜怒思憂恐之情，不能一一中其節。其相勝之氣，又安能如天地之相救而能復耶？是故周而復始，如環無端者，其天耶？由八歲而八八，浸實而浸虛者，其人耶？人不得與天地並，不可並者，陰陽之體耶？可並者，變化之用耶？變化之爲用，在天爲玄，玄生神；在地爲化，化生五味；在人爲道，道生智。善攝其生者，殆所謂以道而神御者耶？抑有餘，不翼於勝；助不及，不贊其復；喜怒思憂恐，一而莫之能亂。天之勝也，其復以天；人之勝也，其復以人。復以人，人亦天也。上古之眞人，與太極同質而無敝，豈誑我耶？

先生之從子果，從余遊。稱先生骨清而神朗，意豁而氣和，行其胸襟，不與世縛。少年，嘗遇異人於月下，恍然覺悟，物外烟霞之想，寤寐尚其依依。果爾，先生之養非人所能窺，其壽亦非人間之數可得而計，奚一再周之足云耶？經曰：善言人者，必有徵於己。先生之濟物博矣，將無於其身而徵之耶？將無於其身而徵之耶？

碧巖戴翁七十壽序

人之情皆有樂與不樂，二者因所遭而異；又有不然者，則繫乎其人，其人能自適，卽其樂恆然；雖有所不樂，不能易也。「蟋蟀在堂，歲聿其暮。今我不樂，日月其除。無已太康，職思其居。好樂無荒，良士瞿瞿。」唐之俗，其人安于不樂，故欲其樂，終不可得也。「東門之枌，宛丘之栩，子仲之子，婆娑其下。」陳之俗，其人安于樂，故欲其不樂，終不可得也。夫以憂深思遠，儉而有禮，爲有堯之風。視幽公之荒淫棄業，亟會歌舞，固不可同日而語。然世之君子，姑舍此而論，吾人生世誠無幾，獨戚戚不自聊，乃非所以順性命之情。故雖唐之儉，君子譏焉。

古有莊周之徒，常思自放于天壤之間以爲達。彼誠有見，謂當世之事，一切皆中吾之心，吾以有爲應之，雖百年之內，足以有所感，則吾亦可以少自苦，而庶幾所至有涯而不辭也。今以人之身涉于無涯之中，極一世之心力，終不能有所覬，則亦何苦役役舍吾之可樂以易彼哉？且天地日月，風雲山水，四時花鳥，稻粱醴膳，宮室筦簟，父子昆弟，夫婦朋友，人之生有此耳。能自樂者，其人之生，常以百歲能當乎人之數百歲。以其于天地獨見其高厚，日月獨見其昭朗，風雲山水獨見其變態，四時花鳥獨見其靚麗，稻粱醴膳獨知其味，宮室筦簟獨知其安，父子昆弟、夫婦朋友獨知其有情。彼不樂者，百年之內，惛惛罔罔，而又何知哉？

余少時有志于古豪傑之士，常欲黽勉以立一世之功；既老不遇時，始益悟人世之倏忽。卽年少得志，躐取卿相之位，至于今日，亦不必能以有所立卓然如古之人者，其摧敗必且爲世之所指議，予亦何羨哉？予鄉碧巖戴翁，少而知樂；至老，飲酒虞戲如一日。余意翁之觀天地日月、風雲山水、四時花鳥、稻粱醴膳、宮室筦簟、父子昆弟、夫婦朋友，必有異乎人者也。于是翁年七十。縣中諸進士，與其子與政同事者，皆往從翁飲酒甚樂。請予文序之。噫！諸君子從翁一日樂也，然且有當世之憂；安能以余言爲然！姑爲之序之。

杜翁七十壽序

杜翁居郡城中，敦尙禮義，教其子讀書，數延名賢與之遊處。三子皆自刻勵，爲學官弟子。予友陳子行，嘗館於其家。是時子行試南畿，爲首選。一時之人，爭詣子行之門求爲弟子，恐不能得；獨杜翁乃能延致其家。子行見予，數稱其賢。而子行之兄子達，讀書南禪寺中，性剛直，於人少所往來；獨與翁父子親善。其見予，稱翁之賢，如子行也。

予未識杜翁，往歲與子達同赴南宮，從郡中行，過杜氏之門，少憩焉。已謁其主人而去，子達乃告予，此向所稱杜氏者也。而子達不先言，翁竟亦不知予。然予於陳氏兄弟，得翁之爲人悉矣。今年翁七十。時子達尙寓南禪寺，數見翁之子，言翁以五月日爲其誕辰求一言以爲壽。而予於子達不能辭也。

記曰：「凡養老，有虞氏以燕〔二〕，夏后氏以饗〔三〕，殷人以食〔四〕。」凡老者所宜得，在於安與飲食之而已。杜氏之奉養無闕，而三子恂恂不違其志，此非所謂燕而能饗與食者乎？記又曰：「七十曰老，而傳。八十九十曰耄。」「百年曰期頤。」老而傳者，何也？人生自少壯，皆求所以自樹立。至於七十，無可爲矣，而必有可傳者。翁以詩書禮義貽其子，非其可傳者乎？夫齒至七十，古人以爲難。而人子之心，孰無壽考萬年之祝？然無可傳，不能無愧於其父；無燕與饗食之，不能無愧於其子。兼是二者，此子達之所以爲杜氏賀也。

叔祖存默翁六十壽序

昔我歸氏，自工部尚書而下，累葉榮貴，迄於唐亡。吳中相傳謂之著姓。今郡城西有歸王墓云。宋湖州判官以來，益微不振，以宗強爲鄉里所服而已。素節翁當洪武時，避難，攜妻子轉走巴、黔之間。所至有神人擁護相導之，得以無死。人以吾歸氏爲神明之胄，世當有興者，然至今未之見也。素節翁有七子，吾曾王父爲世嫡曾孫，而存默翁實曾王父再從弟之子也。

始，素節置別業于縣東南三十里所，吳淞江之上，地名綠葭浜。時諸子弟以宮室裘馬馳騁縣中，而李氏獨分居綠葭浜，以耕田爲業。迨今五六十年間，吾王父僅能保其故廬，延詩書一綫之緒，如百圍之木，本幹特存，而枝葉向盡，無復昔者之扶疏。而七子之宗，存者無幾矣。今吾存默翁獨能自持于艱難困阨之餘，異時李氏之宗與翁聚居者，目所及見，猶有十餘人，唯翁一人在耳。是十餘人之中而得翁一人也。若七宗之子孫，則數百人惟翁一人在耳。是數百人之中而得翁一人也。豈不可貴而可賢哉？

有光自惟年八九歲時，聞故鄉盧亢洲宗家有譜系、遺訓。而會王父先計偕在京師，時館閣諸老，如宜興徐文靖公、長沙李文正公、同郡吳文定公、王文恪公，所爲文章甚衆。後遂獲序次歸氏族譜。顧今垂老不遇于世，無以庇其九族，有葛藟之感。見吾存默翁，不能不爲之喜也。素節翁洎吾王父，皆年近百歲。則壽自吾家所有，于存默翁無容祝禱之矣。

高州太守欽君壽詩序

高州太守致仕欽君，與余嘗同試建康。嘉靖十九年，君爲順天府貢士，而余貢應天。是時吾郡登南榜者，十二十七人，而北榜惟君一人。報至，遂爲二十八人，一時以二十八宿擬之。

故事，兩京同歲薦者，亦爲同年。而君登嘉靖二十九年進士，選爲都水主事。三十二年，分司隘船牐。余自京師下第過之，歡然有故人之情。其後君遷虞衡郎，及出守高州，致仕家居。余家去郡城一舍而近，然余少入城市，遂隔絕不相知，以爲君猶在高州也。四十年，余在京師，君之子止信懋孚，方遊太學，數過余。〔二〕，君是歲年六十〔三〕，求朝貴詩聯爲大卷，將歸爲壽。請余序之。余許之而未果。

今年，余方試南宮，懋孚來過，爲言夢余登第，而余果得第。夫以一第不足爲重，而懋孚別三年矣，非其意之所及。又前歲不夢，而夢今歲，人之出處，非偶然者。亦豈以君同年之情，感於夢寐者如此！會懋孚復以前序爲請。夫君之子蘄余第於夢寐之間，而余蘄爲壽君於詞章之末，以爲非人情；因遂書之，而嘆君之徜徉自恣於世外，而余之馳騖而不知止也！

校記

〔一〕能　原缺，據尚書召誥校補。

〔二〕〔三〕〔四〕禮記王制內則原文下均有「禮」字。

震川先生集卷之十四

壽序

朱母孫太孺人壽序

吾崑山僻在東海之濱，爲吳下邑；而山區水聚，天地之精氣，蜿蜒迴薄而會于此。故士之登朝著，躋膴仕者，常倍於他州。至於耆艾長年，履期頤之福，閭巷之老，閨門之女子多有之。嘉靖癸丑甲寅之歲間，以七十稱慶者數十家。以仕宦過家，爲其親七十壽者，亦不下三數家。世稱七十古所稀，況於富貴壽考兼之；而在於吾邑如是者相望，豈非一時之盛哉？

朱君恭之，以進士起家。爲浮梁令之三年，上計京師，天子擢爲尚書冬官郎，將赴南都。浮江東下，來省其母。於是士大夫循鄉俗之禮，如前數十家之爲賀者。又以恭之仕宦而歸，太孺人年又七十也，賀尤不可以後。雖然，予以恭之官南都，於其家不越五百里，畿甸之內，昔之人所欲乞鄉郡以便養，而有不能得者；恭之不求而得之，此所尤宜賀者。

夫士以其身爲國，而使之忘其私，非人情也。先王之制未嘗然也。既富方穀，必也有好于而家；用其人之力，而忍絶其私耶？古者卿大夫皆仕於封內，銜使命于四方，則有越境之行，然亦不踰時而復，而不遑將母，先王所以恤之者至矣。今海內爲一，仕而去其父母妻子，宦轍所至，窮日月之出入；於是乎奪其私以爲國，有不能於兩得之者。今恭之將行矣。所以壽太孺人者，非特一時鄉里之榮而已。去而之南都，風土之樂，猶吾邑也；膳羞被服宴飲之奉，猶吾邑也；南都之士大夫，來爲壽者，猶吾邑也：恭之可謂兩得之也。使天下之士，仕於內外皆如恭之，是所謂各適其性，而無復行葦、裳裳者華之思矣。以孝爲忠，孰能禦之哉？孰能禦之哉？

顧母陸太孺人七十壽序

凡士之讀書應舉，以登進士爲榮。其登進士，服官受采，以銜天子命，過鄉閭壽其親，而姻戚賓友，迎延滿堂，日爲供具，飲酒歡宴爲樂。此今之所詫以爲富貴者，盡世俗以然。顧子行於是得之，而尤有異者。

始，子行之先君，事武皇帝，爲刑科給事中。是時佞寵盈朝，天子日從趙、李之徒，不復御椒寢，而前星未耀，公疏論其事。及今皇帝嗣服，首進八疏，以贊新治。其疏在史館宜有之。公之爲給事也，先亦由進士爲行人。蓋去君之時，今幾三十年，子行復起進士爲行人。過家，而鄉里姻戚賓友，彷彿見其先人時事，有下淚者。而太孺人始事給事，給事爲諸生以及於貴顯，中更艱苦辛勤矣。蓋又三十年，而復見其子如其夫之貴，此其所以爲尤異者。

顧氏世家海上，公乃徙崑山之南千墩浦之上，而公之族稍稍從以來，散居浦之東西。而公與其從父兄，一時並爲黃門，氣勢翕赫，終不少藉以陵轢其里人。是時公在京師，太孺人獨以舅姑老，不能從，留養之。其後太孺人寡居，獨持門戶矣。伯子子繩，讀書入太學；而子行最少。兄弟恂恂友愛，無彼我之間，蓋太孺人之爲教者如此。昔歐陽公爲許氏園記，以爲許君以制置七十二〔二〕州之有餘，治數畝之地爲園，不足以施其智。而於君之事亦不足書。唯許氏之孝弟，著於三世矣。海陵之人過之，未嘗不愛其人也。則夫前之所云，亦夫人遭際之適爾，不足以爲異。唯太孺人之懿德，施於子行之兄弟，所謂駢枝連理，同巢共乳之瑞，於此見之。而富貴、壽考、康寧之福，歸於太孺人者將未艾也。

太孺人二子。一女，爲今進士沈君子善之配。其外孫堯俞，從予游。以十月二十七日爲其誕辰，來徵予文爲壽。予爲序之如此云。

張母太安人壽序

張母太安人之寡居也，其子秋官尚書郎甫七歲。家甚貧，不能自存。太安人辟苧以爲食。且遣就傅，夜則躬自督誦，母子共燈火，熒熒徹曉。太安人苧獨精，售輒倍價。太安人亦自喜爲之。常辟苧，無晝夜寒暑。以一女子持門戶，備歷百艱。如是者幾年，秋官舉進士，爲主事。幾年，有太安人之誥。又幾年，致仕歸養于家。又幾年，爲嘉靖二十年，太安人年八十矣。於是膺命秩，又得其子之侍養，甘脆之珍，華綺之飾，無弗致者。鄉里以爲榮。而太安人斂衣厲食，辟苧自若也。秋官有小過，訶責之如年少時。談者以太安人可以附于古之列女。太安人初度之辰，鄉進士鄔克忠輩二十餘人，如張氏，舉觴爲壽。相與誦太安人之美，因及其所以爲壽之說。

有光聞之，古之善養生者，務尊其生，而勿攖之。時其興居之節，適其奉養之宜，而內不傷其七情之和，若處子嬰兒然；故得全其天年，不中道夭也。太安人之所以勞其生者，去其養生之說遠矣。其艱辛彌甚，其得數彌長。莊周所謂「受命于地，唯松栢獨也」〔三〕，太安人之謂也。古者尊老，非直尊其年而已，有德焉。若太安人者，可以壽矣。

馮宜人六十壽序

予母家在吳淞江南千墩浦之內。浦上民居數百家。有寺曰延福，中有梁天監時所建浮圖，矗立至雲表，常在數里外往來望見之。犍爲太守陳君德振家其下。予年數歲時，從舅氏過其家，則君之先大夫尚少壯，使二童子延予坐。童子者，今亦不能記其爲何人矣。時君尚縣學生，亡何，遂鄉進士。而君之母太宜人，實先妣之姑也。故予與君每見，必執甥舅之禮。

庚戌之歲，同試南宮。君以病臥逆旅，不能入試，予時時候之。及予南還，君謁選天官，時冢宰夏公試君第二，檄守嘉定州。嘉，古犍爲郡，有峨眉之勝。於今天下州，稱一二。夏公奇君之文，故處以是州，云欲以變蜀之文體。君果能以自見，未期歲，有治聲于蜀中，而以外艱還，不究其用。免喪，方上道，遽疾作長逝。今忽忽已五六年矣。而君之婿張應仕，以宜人之壽請序於予。顧念今昔，有不能不慨然者矣。

然有可以爲賀者，宜人從君起田畝，早歲見夫君取高第，雖蹇阨于南宮垂三十年，晚以知遇釋褐，得守名州，往返蜀道，涉岷江，經瞿塘，宜人常從，得見天下名勝。蓋吾之邑貴顯者多矣。身歿未幾，以藏鏹叢怨，妻子乞哀於道旁。君之取於利則薄矣，而以壽考康寧貽于宜人以及于子孫者，何可窮也？予亦宜人之甥也，故不辭而爲之序。

陸母繆孺人壽序

繆孺人爲指揮使陸長卿之室。長卿者，故冢宰水村公之母弟也。昔寧藩之亂，事連冢宰。長卿與母太夫人皆歿於京師。孺人，無錫人也。歸長卿未幾，而遭家難。時年二十有四。迄今嘉靖三十有六年，於是年已六十。其孫婿嚴生垂慶，與余家有姻，來請其壽之文。

余謂爲壽者，不過致其禱祝之辭，則爾之所能言；謂若飲食燕飲，婚姻子姓會聚之盛，則陸氏之所自有；至于女子之行，不出於閨門，將取其常事列之，亦非文之所取：又何用于余言乎？雖然，余聞繆孺人遭家多難，盛年寡居，著栢舟之節。「終温且惠，淑愼其身」，燕燕之所美也。「及爾顛覆，既生既育」，谷風之所嘆也。「予所拮据，予所捋荼，予所蓄租，予口卒瘏，曰予未有室家」，鴟鴞之所怨也。此固陸氏子所宜述者。以此爲孺人壽，其可乎？

冢宰以書生起家至通顯，嘗將百萬兵，自山東追巨盜過江，殲之于狼山。師還過吳，所將天下精兵，皆在吳門，鄉人縱觀嘆息。長老至今傳之。及掌銓衡凡十年，士大夫輻輳其門。當是時，長卿負其兄勢，甚赫奕也。一旦掇危禍，蹈不測之淵。賴天子明聖，終保全其家，然如寒林巨木，更嚴霜之後，生意幾盡矣。物盛而衰，衰久而復，此天道之常。冢宰詩書之澤，尚綿綿不絶，今三十餘年，子孫必有能復其始者。孺人當及見之。

陸氏子曰丕者，余從祖姑之夫；曰欽若、恒若者，皆余姻友也。生其弁以余言示之。

鄭母唐夫人八十壽序

予友鄭君伯魯，少遊莊渠、甘泉二先生之門，晚與唐以德爲友；居於郡城，士大夫皆崇尚之。今年十二月某日，奉其母太夫人唐氏爲八十之壽。

予與伯魯，同爲魏氏諸倩。內家諸弟，多從伯魯學者。於是濬甫來請余爲太夫人壽序。

蓋唐氏，長洲望族。而鄭自華原王以來，數百年爲簪纓世家。予以魏氏之連，常有女婢往來，數能道太夫人之德。而伯魯循循學道，日致孝養，有人子之所難者。世俗之所慕艷，惟一時之輝華顯奕。而家門之內，多有虧敗，其於所得於天之數，往往不能以全。而鄭之和氣，獨鍾萃於一門。蓋伯魯之尊人，與太夫人皆高年在堂。伯魯夫婦偕老，今年六十。而其子已有孫，於是鄭氏五世矣。父母、夫婦、兄弟、子孫皆全，天倫之樂，求之於世，蓋無有也。以伯魯之才，使之用於世，可以致顯仕爲不難。顧以詘於時，而獨重於鄉里之間。然豈以此易彼哉？

予賦命窮獨，伯魯之所有，無一全者。如溺者於岸上之人飲酒嘯歌，舉首望之，何以爲情？故於濬甫之請，非敢爲賀，書所見而已。是爲序。

張母王孺人壽序

上海張莊懿公之孫繩武，其室曰王孺人。能以孝慈儉勤成其家；教諸子皆已有立，而次子仲謙亦既舉於鄉矣。今年孺人六十，以某月日，爲其設帨之辰。其外弟秦君光甫，將往爲壽，而請序於予。

蓋孺人于光甫，爲其舅之子；而莊懿公之子婦，爲尚書旅溪朱公之女，實孺人之姑，而光甫之姑子也。孺人姑婦，於光甫皆爲女兄。以重親故，比他族尤歡。光甫嘗有家難，親舊稍自引去，孺人恩恤之不異平時，光甫是以不能忘。及仲謙、光甫皆試春官，又相愛也。秦氏，崑山名族。然光甫乃上海來徙，去孺人之居，百里而遙，而時節問遺慶恤，未嘗乏絕。夫古稱睦於父母之黨以爲孝。而教民以三物，有孝友、睦婣、任恤之行。其不能者，刑以糾之。而不婣之刑，與不孝同。尚書九族之稱，爾雅三黨之號，親親之義，同歸於厚焉。

天下之勢，常自近而遠；而君子以厚道敎天下，每由其遠以思其近。故族兄弟之別非一，本之父道，則其始一人而已；外兄弟之別非一，本之母道，則其始亦一人而已。先王敎天下以孝，而忍自貽其薄乎？故君子觀孺人之施于秦氏，而可以知其家風。松江去吾邑不遠，然豈所謂百里而不共俗者歟？吾蓋有歎焉！

今少保徐公之夫人，旅溪公之外孫女也。光甫之往京師，夫人執甥舅之禮甚恭。以此知兩尚書故家之遺風如此。光甫之往爲壽也，宜有萬世景福之祝。而予獨著二姓往來之好，本孺人之厚德；蓋序其所以然者當如此云。

王黎獻母楊氏七十壽序

聞之：「愛親者不敢惡於人，敬親者不敢慢於人。」古之君子，修其孝弟，內以事其親，外以友於鄉人，其心一而已矣。吾以其所以愛吾親者，推之以友其人，而友道行；人以其所以友於吾者，推之以愛吾親，而孝道達。蓋至於今之世，先王之禮，無復有存者矣。而末俗之所尙，相與爲壽，以爲能孝愛其親，古無有也。

雖然，壽人之親者，豈非所謂愛吾親者推之以友其人，而友道行歟？壽吾之親者，豈非所謂人以其友於我者推之以愛吾親，而孝道達歟？古有養老之政，退修之以孝養也。民知尊長養老，而後能入孝出弟；民知入孝出弟，尊長養老，而後教成。今世所謂爲壽者，若禮然而不容已，推是心也，豈不能修其孝養歟？羅氏之獻鳩，司徒之保息，行葦之忠厚，豈不由此而出歟？「爲此春酒，以介眉壽」。「肆筵設席，授几有緝御」。古豈異於今歟？王黎獻之母七十而爲壽。其與之友者之壽之也，而問於予，曰：「今世之所行若是也，合於禮乎？」予是以論之如此。黎獻菽水以養，能得其母之歡心；而母亦能成其子之志，令與邑中賢豪遊，門外多長者車轍。時時爲具飲食，有陶母截髪之風。蓋與之友者之稱之如此。其壽以戊申十一月朔，孺人之誕辰，進觴於黎獻之家者若而人，壽黎獻之母，如壽其母也。其爲黎獻之友者如此。噫！可以觀古之教矣。於是乎書。

沈母丘氏七十壽序〔三〕

吾觀於古者王教修明，內外順治，閨門之事，皆可歌咏而傳道之。有如執懿筐，治絺綌，抱衾裯，星爛而起，春日微行，登岡阜而采卷耳，遵水墳而伐條枚，此婦人女子之常，而事之至微者矣；然而幽閒貞靜之德，隱然寓于其間，而足以章明王者之化。是後女子之於史傳，罕可紀述。必其感慨激發，非平常之行，乃能垂芳烈，著美名於後世。不獨三王之治不復見，抑亦後之人喜異而忽其常也。

予友沈伯庸之母丘碩人，平生不出一畝之宮，辛勤拮据，俛首於女紅者，今七十年。固夫人之所謂平常之行，吾不能求夫赫赫者以稱碩人。然推其道而充之，豈非所謂盛德？而王者之化，其何以過於此？

予於碩人之行，要未能悉。而獨與伯庸交。伯庸偉然直諒君子，知其有賢母也。伯庸抱奇，久不遇於世。予與方思曾，皆伯庸之友，又皆不遇，則嘗以相憐；既而同舉於鄉，則又以相慰。自是，三人者，有喜事，恒相慶也。碩人於九月某日誕辰。思曾告予，相率隨伯庸以拜於其家。予於是爲之敍，以道碩人之所以賢。

王母顧孺人六十壽序

王子敬欲壽其母，而乞言於予。予方有腹心之疾，辭不能爲；而諸友爲之請者數四，則問子敬之所欲言者。而子敬之言曰：「吾先人生長太平。吾祖爲雲南布政使，吾外祖爲翰林，爲御史，以文章政事，並馳騁於一時。先人在綺紈之間，讀書之暇，飲酒博弈甚樂也。已而吾母病瘘，蓐處者十有八年。先人就選，待次天官，卒於京邸。是時執禮生十年，諸姊妹四人皆少，而吾弟執法方在娠。比先人返葬，執法始生。而吾母之疾亦瘳。自是撫抱諸孤，煢煢在疚。今二十年。少者以長，長者以壯，以嫁以娶。向之在娠者，今亦頎然成人矣。蓋執禮兄弟知讀書，不敢墮先世之訓。而執法以歲之正月，冠而受室。吾母適當六十之誕辰。回思二十年前，如夢如寐；如痛之方定；如涉大海，茫洋浩蕩，顛頓於洪波巨浪之中，篙櫓俱失，舟人束手，相向號呼，及夫風恬浪息，放舟徐行，遵乎洲渚，舉酒相酬。此吾母今日得以少安，而執禮兄弟所以自幸者也。」

噫，子敬之言如是。諸友之所以賀，與予之所言，亦無出於此矣。「恩斯勤斯，鬻子之閔斯。」子敬兄弟，其念之哉！

陳母倪碩人壽序

嘉靖十四年，予讀書邑之馬鞍山。陳君仲德爲之主人。其待予有禮，所謂「公執席，妻執巾櫛，舍者避席，煬者避竈」，陳氏有焉。予嘗愧之。當是時，陳君家饒財，兄弟相友愛。公私之事，悉力無所推避。嘗所推於其弟者，千金不惜也。推本其故，蓋其內之賢有以致之如此。

明年，予應貢入太學，遊兩京，過齊、魯、燕、趙之郊，所至必問其風俗，而與其地之人遊，然後而知山野敦朴之老如君者，爲可思也。蓋其文愈盛，其實愈衰；所行愈遠，而所見愈不足。雖然，退而返其鄉，猶是也。豈其數十年之間風俗之變耶？抑其人之孝友重義皆不如陳氏耶？抑陳氏之內之賢者，果有以異於人耶？先是，陳君兄弟亦以謝世，獨二母與諸子居。而陳君之室倪氏，於是年七十。其子太學生簡，卽從予馬鞍山者也，來請予文，以爲母壽。

予思陳氏之厚，求之於今而不可得。而簡之母與陳君同起家，能相夫以成其友愛，而致其和樂，非其內之賢者耶？今數十年來，吳民困於橫暴之誅求，富家豪戶，往往罄然。而陳氏之力，有不迨於其先人者。然其母之賢，與簡之恂恂孝謹，不隨俗而變者，是其所以爲家之肥者也。昔予主陳君，雖稱其厚，而亦厭其積貯之爲累；使遂刊落，而俾其子一意於詩、書之好，而從事於淸遠閒淡之中，簡之學當日有得矣。雖然，至今而可也。古者養老之禮，燕飲之節，莫不有孝弟仁義之道於其間，非徒飲酒獻饌而已。故曰：君子欲觀仁義之道，禮其本也。吾觀簡也學日至於近，而異於世俗之所爲壽其親者。於是乎可以書矣。

朱碩人壽序

朱碩人爲尙書旅溪之女，張莊懿公之子婦。碩人生長富貴，公舅並爲六卿，兩族光顯矣。既而與其子太學君客京師，又得今少保徐公爲之子婿。而女封至一品夫人。碩人既已承藉貴盛，及其季年，又發祥於其女子。而往者其孫仲謙復舉於鄉。今年躋八十，少保與夫人問遺餽贈，歲月有加，鄉人是以榮之。

余友秦進士光甫之姑，旅溪尙書之夫人也。碩人于光甫爲女兄。先是，光甫之先人，嘗以詿誤幾毀其家，親族往往棄去，而碩人恩勤備至。故光甫每稱碩人之德，其于仁孝藹然也。光甫又言：碩人在公卿家，不能爲閭巷女子治生纖嗇之事。獨其平生莊靜，推其孝慈以洽於九族，豈非所謂盛德者耶？由此言之，人之居富貴，能享之終始不替也，非獨天命，亦其盛德有以當之也。世謂婦人以能治生爲賢，然如先王之教，亦使足以供婦事而已。若如巴寡婦、蜀卓氏之徒，直貨殖之流，何足道哉？詩曰：「于以采蘩，于沼于沚。于以用之，公侯之事。」又曰：「被之僮僮，夙夜在公。被之祁祁，薄言旋歸。」可以想后妃夫人幽閒貞靜之容矣。

歲之某月日，碩人降誕之辰，光甫來徵余文以爲壽。昔少保嘗家居，或以余文相示，特謬加獎誘，以爲可與進於古人。今踰一紀，余落然無所遇，而公方在日月之際，使人有異世知己之歎。因光甫論碩人事，益知公內德之助。昔詩與春秋稱公侯夫人，必言姬姜，其原本於碩人，尤不誣云。

朱君顧孺人雙壽序

朱君官於閩者三年，壽六十。而其內顧孺人，先君一年生。其子上舍某，縣學生某，欲爲孺人六十壽，而不敢先也；遲之以竢今年，而徵予爲其夫婦雙壽序，以致之於閩。

吾鄉之俗，五十而稱壽。自是率加十年而爲壽。凡壽之禮，其饋贈燕飫必豐；又徵其學士之文詞詩歌；傾其國之人無不至者，此固居於其鄉者之宜。若夫仕則有王事焉，且又不當以稱老，固宜無及於此矣。然古之君子在位，而能宜其人民，則百姓歌思而祝頌之，不獨贊其令德愷悌，必祈以壽考。而黄耇眉壽之形容，想見於車馬衣裘之間，可謂盛矣。由此言之，仕而爲壽，尤宜也。

吳與東甌，在三代時，賓於蠻夷。吳有太伯、虞仲之風，其後頗與中國之會盟，至秦已爲郡縣。而閩懸隔東海，元鼎間，横海樓船兩將軍，軍出武林、白沙、石邪，始建東粤。迄今數千年，俱爲天子內地。文物之盛，無異鄒、魯。凡閩人之仕於吳，與吳人之仕於閩，猶東西州也。君優游臺幕，非有民社之責。而妻子兄弟，歡然以官爲家，歲時飲酒上壽，如不出里閈之間，豈不眞可賀哉？抑君之政事，足以宜其人民，而紀於閩之士大夫者，閩之人皆知之，無俟於余言也。

獨惟君與孺人，家世令族。君爲大冢宰玉峯公之從弟。孺人爲侍御之子，而太保文康公之從子。弘治間，吾邑毛文簡公，與冢宰公相繼魁天下。間二科，而文康公又魁天下。

崑山小邑，數年間掄魁繼出，孝宗皇帝當宁嗟異，至以吾邑里俗之識，傳于宮中。更歷兩朝，三公皆位台鼎。而冢宰以厚德元老，至今巋然爲鄉邦之望。朱、顧世爲婚姻，而其子弟之才俊，與其女子之賢，此尤足以詩於閫之人矣。於是乎書。

徐氏雙壽序

天下承平，以法制抑折豪傑之氣。及其久也，剗磨殆盡，靡靡然無復能任事之人。一旦求其材智勇力之士，遂至無一人出以應之。是非天下之乏材，由所以養之䭾之不以其道也。

予少識徐輔卿，嘗學禮於予友方思曾；思曾亟稱之，然而未嘗言輔卿之材也。數年以來，輔卿爲博士弟子，而居於郡城。吳中士大夫皆稱輔卿，而慕與之交。至於御史及郡太守，嘗欲求民之疾苦，必進輔卿而與之言，無不當其心。則吳民往往陰受輔卿之賜而不知者矣。而或以爲士之家食，未獲進用，宜無事於此。此言一出，非所以待天下之才，而務以抑折其氣。如輔卿者，要爲有用於世，而不可少也。輔卿家居，長者日過其門。又能以其餘力治生，貲用益饒。故奉養其親甚歡。凡爲士者，汲汲惟其父母之祿養爲念，雖其父母皆然。輔卿未仕，而鄉里蓋以爲愈於祿養之榮且安也。其賢於人遠矣，可不謂之才乎？況將來之富貴，方迫之而不可却也。

於是友人王萬全，與邑中之素善輔卿者，來請予文爲壽。予謂其親之饗有賢子，而獲壽考以保其福祿者，將必有厚德閟而莫能知也，而獨於其子之顯著於人者序之云。

周氏雙壽序

古者親愛其人，必欲其久生；欲其久生，故致其頌禱之意。詩三百篇，以壽爲言者多矣。古有上壽，有祝壽，有爲壽，蓋無非致其親愛之意，非必施於高年耆老之人。惟古之養老之禮甚備，未嘗有於其生辰而爲壽者。蓋自今世浸以成俗，子孫以是爲隆禮，而姻婚黨友以是爲好問，去於古則遠矣。

雖然，人之愛其親者，無所不至；則凡可以致其愛者，無不爲也。敬其親者，無所不至；則凡可以致其敬者，無不爲也。愛敬其親，亦愛敬人之親；則凡可以愛敬人之親者，無不爲也。今之爲壽者，其進〔四〕是歟？

周君良佐，循理率力，共庶士之職。厥配朱姥，慈儉温良，服姆姻之教，邑里稱之久矣。今年六十而爲壽，其父母之慈也，其子之孝也，其婚姻黨友之恭敬也。孔子曰：「吾觀于鄉，而知王道之易易也。」此亦所謂有其舉之，莫可廢者乎！君之子才，嘗識余於太學。

而余友顧文載予爲黨友者，故往爲壽，而屬余序之云。

王氏壽宴序

王氏之最長老母，曰孫碩人，今年八十矣。於其生之月日，諸子姓祝於堂下者若干人；外姻之來祝者若干人；三世之交游，來祝者若干人。皆願碩人之壽，自今以往，至於無算；又願天下太平，雨暘時若，歲以有年；縣官無苛政急賦，閭里安居，以娛碩人之老；又願其孫若曾孫，發揚詩、書之業，用於王國，以報本朝二百年生育之恩，碩人及見其榮也。祝已，其子有功、有親，退而與諸賓爲宴。少長詵詵，以獻以酬，既醉既飫。咸相謂以爲此王氏之盛，不可以無述。

予案王氏居崑山之度城，不知其幾世矣。其家古檜老栝，蒼然鬱然，尚皆百年物也。度城在澱山湖旁，有數十家之聚，惟王氏居之，無他族。昔有王豫修先生，修身潔行，將及於仕，而早世。生平惟以忠孝大節自許。崑山人至今稱之。其子南陽，克遵其訓，爲隱德君子。碩人其配也。

吾觀吳中無百年之家者。倏起倏仆，常不一二世而蕩然矣。王氏保有先世之詒，雖時移事易，稍稍侵削，而亦不至於貧；讀書數十世，雖仕不遂，而不至於易其業。碩人俯仰八十年間，顧盼於興廢之際，維持保守之艱，其賢有足稱者哉！若乃爲碩人祝者，前之詞則旣美矣；予又何以加焉？

良士堂壽讌序

昔吾外曾祖，居縣南吳淞江之千墩浦。生吾外祖兄弟四人。世有惇德，而家最爲饒。高閎大第，相望吳淞江之上。外祖于兄弟中最少，而伯祖之子孫，往往有入太學，仕州縣者。然在正德之末，並以賦役所困，幾至流徙。而澱山公以伯祖之叔子中憲公之仲子，適以其時舉進士。而吾外氏，幾墜而復大振。蓋以澱山湖以北，吳淞江以南，數百年無顯者，而鍾于是。吾外曾祖四子，而孟氏之支獨盛。從舅中憲公及晏恭人，生受誥封，光寵矣。公自郎署守列郡，進陟藩臬，駐節南海，參政中州，起書生不二十年至大藩，可謂榮貴矣。負用世之才，不苟隨流俗。年且未艾，謝事以歸。卜遷山居，闢園圃，蒔花竹，可謂樂志矣。

吾外祖雖生長國家隆盛之時，迨于季年，亦遘彫瘵之會。而公兄弟蒙賴恩澤，家獲洽裕，耕田讀書之外，力政不過其門，而諸子詵詵，有榮進之望，吾外祖時殆不能及也。明年嘉靖乙丑，當甲子一週，而王恭人亦與之同年生。乃以正月八日，公降生之辰，長兄淞南與弟子嘉、子材爲讌會，而自喜其家之有此慶也，使余序之。

余少依倚外家，爲諸舅所憐，公又束髮相慕尙；顧無以當外氏之宅相，而公能昌大其家。恭人並受榮祉，被服祁祁，又亡妻南戴之族也。余亦何情以爲辭？而淞南之命不可虛。且以歲暮遐征，不及預于讌會之末，得以文字獲置俎豆之間，與有榮焉。良士堂者，制詞中褒稱中憲公之語，今取以名所居之新堂也。抄本作吳橘周氏壽讌序，與此文小異，今從常熟本。

狄氏壽讌序

嘉靖甲辰，予友狄尙文試于禮部，既落第；欲隨祿仕，留京師者踰月，然非其志也。又旦暮念其親，竟拂衣以歸。時東明君年已六十矣。尙文拜于堂下，顧諸弟而喜曰：「吾不能進取以爲父母榮，就令進而有得焉，當在數千里之外，寧能爲一日之歡乎？」是歲十月前晦一日初度之辰，尙文率其弟稽首上壽。鋪筵几，備揖讓，曰：「吾賓客不欲多，惟知游而已；脂膏瀡瀡不能具，惟觴酒豆肉而已。」於是會者不過數人，酒不過數行。賓主忻忻，歡笑竟日。此可以爲儒雅之會矣。

昔者孔子之于禮，蓋盡心焉。蜡，祭之小也；射，藝之末也；鄉飲酒，一鄉之禮也：聖人無所不用其觀也。生辰爲壽之儀，不出於古，亦足以寓養老敎學之道。而俗以誇詡競〔五〕于富貴，文至而實不足。狄氏之爲壽，異於世之爲者，其可以觀也。於是乎書。

唐令人壽詩序

吳俗重生辰。每及期，親黨咸集，置酒高會以爲樂。然惟富貴之家爲盛。南雲子爲其內唐令人之壽，乃多貴人長者皆造其廬。自大司寇周公以下，悉有贈章。摛詞敷篇，燦然盈室。所以得此，必有由然也。

南雲子初嘗有名于學宫矣，以跌宕自罷去；嘗饒于貲矣，以不事生産傾其有。乃優游林壤，嘯歌自適，日求其所以樂。則又於歲時伏臘之外爲此會。不戚戚于所遇，而又及時以自娱，可謂難得者也。南雲子稱令人之賢，極口至不容道。觀南雲子于外，則令人之稱其內者可知矣。南雲子又不嫌于自稱也。昔林類百歲，被裘拾穗，而行歌不輟，自以無妻子爲樂。孔子不能難也。雖然，彼蓋自解云耳。使又得百歲妻，與之並而歌于畦也，不尤樂乎？令人初夏，得病阽危，南雲禱于神，夜夢菱花瓦盤，初得其一，已又得其一，合之宛然成對，令人病果愈。南雲子是以愈喜。令人年六十，凡贈詩若干卷。是爲序。

邵氏壽詩序

長洲邵守中，年六十矣。事其祖母，有李令伯之風。爲人敦樸，無城市浮靡之習。三子鏞、錫、鈺，皆游郡膠。錫嘗游于兵備憲副王侯之門。於是守中以某月某日生辰，王侯以詩祝之。自是聞而和之者繼踵。諸子謀壽之梓。而鏞來過予婁江之上，俾予序諸首。

夫憲使以外臺之重，秉節治戎，體統尊嚴矣。王侯爲郡守，已能崇尚文雅，接引士類；以故郡中俊乂，多集其門。其爲人好自脩飾，至其尊禮賢士夫，輒能忘其貴賤之分。既陟憲司，能不改其素。其施於守中，鄉里布衣如平交，此其尤難得者也。

吳爲名郡，前守有稱於史籍，風流儒雅，如韋應物、白居易之徒，邈不可及矣。國朝，江夏魏杞山脩養老之禮，鄉飲既畢，躬自餞送郭門之外。安陸姚克一尊禮嚴穴，每却騎從，造士衡門。近天水胡世甫以詩文集諸郡士，隆下交之禮。此其班班可稱者。自餘眞所謂陸戟而進，旁車而趨，「涉之王沉沉者」矣。今日之所見，若太原，何可得哉？抑守中能得此於侯，亦其有以致之，宜諸子以爲寵而傳之也。是爲序。

校記

〔一〕二　歐陽永叔集海陵許氏南園記作「六」。

〔二〕莊子德充符「也」下有「在」字，似應據補。

〔三〕序　原缺，校補。

〔四〕進　疑當爲「近」。

〔五〕兢　疑當爲「競」。

震川先生集卷之十五

記

見村樓記

崑山治城之隍，或云卽古婁江。然婁江已湮，以隍爲江，未必然也。吳淞江自太湖西來，北向若將趨入縣城，未二十里，若抱若折，遂東南入於海。江之將南折也，背折而爲新洋江。新洋江東數里，有地名羅巷村，亡友李中丞先世居於此，因自號爲羅村云。中丞遊宦二十餘年。幼子延實，産于江右南昌之官廨。其後每遷官，輒隨。歷東兗、汴、楚之境，自岱岳、嵩山、匡廬、衡山、瀟湘、洞庭之渚，延實無不識也。獨於羅巷村者，生平猶昧之。

中丞旣謝世，延實卜居縣城之東南門內金潼港。有樓翼然，出於城闉之上。前俯隍水，遙望三面，皆吳淞江之野。塘浦縱橫，田塍如畫；而村墟遠近映帶。延實日焚香灑掃讀書其中，而名其樓曰見村。余間過之，延實爲具飯。念昔與中丞遊，時時至其故宅所謂城外南樓者，相與飲酒論文。忽忽二紀，不意遂已隔世。今獨對其幼子飯，悲悵者久之。城外有橋，余常與中丞出郭造故人方思曾，時其不在，相與憑檻，常至暮悵然而反。今兩人者皆亡。而延實之樓，卽方氏之故廬，予能無感乎？中丞自幼攜策入城，往來省墓，及歲時出郊嬉遊，經行術徑，皆可指也。

孔子少不知父葬處，有輓父之母，知而告之。予可以爲輓父之母乎？延實既能不忘其先人，依然水木之思，肅然桑梓之懷，愴然霜露之感矣。自古大臣子孫，蚤孤而自樹者，史傳中多其人。延實在勉之而已。

見南閣記

嘉靖十九年，余爲南京貢士，登張文隱公之門。其後十年，沔州陳先生爲文隱公所取進士。余爲公所知，公時時向人道之，先生繇是知余；而無從得而相見也。其後十五年，先生以山西按察副使罷，家居。久之而余始與先生之子文燭玉叔同舉進士。在內庭遙見，相呼問姓名，甚歡。知先生家庭父子間道余也。因與之往來論文，益相契。間屬余記其所居見南閣者。

先生家在雲夢間，而沔、漢二水繞之。先生於其居爲花圃，中爲小閣，沔之勝可眺也。

蓋取陶靖節「悠然見南山」之語以爲名。每與玉叔讀書論道之暇，擕之登閣遠覽。而沔去江南諸峯絕遠，實無所見，姑以寄其悠然之意而已。

一日，天新雨，清淨無雲，與玉叔憑欄，忽見諸峯湧出，樓觀層疊，峥嶸靚麗，久之而後散；而實非江南諸山也。余聞登州有海市。而往歲華亭海上，從金山忽見海市，前此蓋所未聞。而史稱衞州城既徙，而故時城堞樓櫓浮圖之影，皆於日中見之。神理變幻不可知。夫海旁蜃氣象樓臺，廣野氣象宮闕，雲氣各象其山川，殆有是耶？登州海市出於春夏，而東坡以歲晚禱海神，一日而見之，賦詩以自喜云：「重樓翠阜出霜曉，異事驚倒百歲翁。」又云：「潮陽太守南海〔一〕歸，喜見石廩堆祝融。」今之所見，又非海市石廩比也。先生父子，必能賦之。

余於陳氏，兩世師門之誼，又重以玉叔之請，且又因以自通於先生，而爲之記云。

眞義堂記

崑山治之西，有地名眞義。其水曰眞義浦，其里曰眞義村。太湖之水，遶郡城婁門東出，經崑山入海。自昔湖瀼相連，茫然巨浸，疑古之所謂三江、五湖，或有在於此者。其後通漕築塘，水跡之非其故久矣。眞義在今所謂致和塘上，今之塘，蓋卽古之江也。其浦則自巴城湖南來，並其村之東，而南入於塘。巴城以西，有包湖、傀儡蕩、鰻鱺湖。諸湖相灌輸，或東或放，乍大乍小，而陽城湖最大。從西北望之，水與天際，眞澤國也。

世傳梁天監時，於此置信義縣。而後人失傳，遂以「信」爲「眞」。或謂天監所置卽眞義，以「眞」爲「信」，蓋爲宋昭陵諱也。前元時，其地爲金粟道人所居，極一時園池臺榭之盛。四方名士，如張翥、柯九思、楊維禎、李孝光，皆館於其家，號爲玉山佳處。予嘗訪其遺趾，求所謂碧梧、翠竹、蓬萊、百花之坊館，不可得而見，未嘗不慨想其人；又歎其高標絕俗，如冥冥飛鴻，而猶不免自掊擊於世俗也。

予之外高祖太常卿夏公，嘗求顧氏之處，買田築室焉。然公自居城中，歲時一至而已。最後魏氏復盛於此，其田廬童僕，未知與往時顧仲瑛何如也？而余從舅恭簡公，講明河、洛之學，海內之士，往往來聚星溪之上。吾舅光祿典簿東溪先生，能將順其兄之志，以慈孝愷悌稱於鄉里。故眞義雖村落小聚，而名聞四方。

嘉靖甲辰，舅氏分析諸子，而仲子濬甫築新居於故宅之南，而名其堂曰眞義。舅父母嘗往來過諸子家，就其養。未幾，二親繼謝。尋以倭奴侵掠內地，時湖上烟火不絕，獨濬甫之堂無爕。於是倘僟居城中，欲俟寇平，將還其舊。而旦暮西顧，未能忘也，因求予作堂記。

予故詳其里居，以補圖志之所未載。又爲稱述其里中故事，著魏氏之所以興。濬甫遊太學，屢試不第。然其爲人循禮法，能守恭簡公之家教。二子方學進士業，不日有騰騫之望。濬甫年甫四十有六，而二孫皆已勝衣，能趨拜。可知其後之繁衍昌大，而吾外舅厚德之報未有涯也。

遂初堂記

宋尤文簡公嘗愛孫興公遂初賦，而以遂初名其堂，崇陵書扁賜之，在今無錫九龍山之下。公十四世孫質，字叔野，求其遺址而莫知所在。自以其意規度於山之陽，爲新堂，仍以遂初爲扁。以書來求余記之。

按興公嘗隱會稽，放浪山水，有高尚之志，故爲此賦。其後涉歷世塗，違其夙好，爲桓温所譏。文簡公歷仕三朝，受知人主，至老而不得去。而以遂初爲況，若有不相當者。昔伊尹、傅說、呂望之徒，起於胥靡耕釣，以輔相商、周之主；終其身，無復隱處之思。古之志得道行者，固如此也。惟召公告老，而周公留之曰：「汝明勗偶王，在亶乘茲大命，惟文王德，丕承無疆之恤。」當時君臣之際可知矣。後之君子，非復昔人之遭會，而義不容於不仕。及其[illegible]至貴顯，或未必盡其用，而勢不能以遽去。然其中之所謂介然者，終不肯隨世俗而移易。雖三公之位，萬鍾之祿，固其心不能一日安也。則其高世遐舉之志，宜其時見於言語文字之間，而有不能自已者。當宋皇祐、治平之時，歐陽公位登兩府，際遇不爲不隆矣。今讀其思潁之詩、歸田之錄，而知公之不安其位也。況南渡之後，雖孝宗之英毅，光宗之總攬，遠不能望盛宋之治。而崇陵末年，疾病恍惚，宮闈戚畹，干預朝政，時事有不可勝道者矣。雖然，二公之言，已行於朝廷；當世之人主，不可謂不知之，而終不能默默以自安。蓋君子之志如此。

公歿至今四百年，而叔野能修復其舊，遺構宛然。無錫，南方士大夫入都孔道，過之者登其堂，猶或能想見公之儀刑。而讀余之言，其亦不能無慨〔三〕於中也已。

壽母堂記

正德間，吾崑山許登仕能孝養其母；其母趙孺人者，年九十，因名其堂曰壽母。黄博士應龍爲記。登仕之孫，今吏科右給事中子雲，在京師迎養太孺人于邸第，而壽母之堂，其扁已撤。于是給事之子汝愚，仍其舊名，請予復爲之記，且以致之京師云。

惟許氏世居縣之馬鞍山陽婁江上，有田園租入之饒，而以衣冠世其家。嘗延鄉先生沈通理爲師。時葉文莊公與張憲副節之兄弟皆未第，往來其家。自洪武至今，其故居無改。

而此堂之建，計亦在始初卜宅之時。蓋吾縣雖二百年無兵火，而故家舊族，鮮有能常厥居者。如許氏，蓋不多見矣。堂之名特以時易，今又且再，而皆以壽母。則今之太孺人，復當如前者之壽考期頤。而給事雖不及登仕君耕田畜牧，朝夕遊嬉，不出門閭之外；然身在日月之際，而無失晨昏之禮，母子之樂，不減前人，此尤世之所難得者。

昔晉獻文子成室，張老頌之，君子以爲善頌禱。而斯干之詩，爲新宮賦也。其詞稱兄弟之好，與生男女之祥，而其盛及于室家君王。然未有言及其母者。獨閟宮之詩云：「天錫公純嘏，眉壽保魯。魯侯燕喜，令妻壽母。」是詩之頌侈矣，而不忘壽母。魯之爲禮義之國固如此。

夫相宅作室，實家國子孫盛衰隆替之所係。今許氏之堂，奉百年之母者再世，可謂盛且久矣。而以壽母爲名，則張老、斯干之祝，蓋有所根抵〔三〕，是宜書之以告吾鄉之人也。

卅〔四〕有堂記

沈大中以善書名里中，里中人爭客大中。大中往來荆溪、雲陽，富人延之教子。其言楊少師事甚詳。性獨好書，及爲歌詩，意灑然不俗也。卜築於城東南，取昌黎韓子「辛勤三十年，乃有此屋廬」之語，名其堂曰卅有。夫其視世之捷取巧得，倏然而至者，大中不爲拙邪？其視世之貪多窮取，鈌然日有所冀者，大中不爲固邪？

嗚呼！彼徒爲物累者也。天下之物，其可以爲吾有者，皆足以爲累。歉於其未有而求之，盈於其既有而不厭。夫惟其求之之心生，則不厭之意至。苟能不至於求也，故當其無有，不知其無有；一旦有之，亦適吾適而已矣。茲其所以能爲有者也。

大中之居，本吾從高祖之南園。弘治、正德間，從高祖以富俠雄一時。賓朋雜沓，觴咏其中。蛾眉皓黛，花木掩映。夜深人靜，環溪之間，絃歌相應也。鞠爲草莽幾年矣，最後乃歸於大中。夫有無之際，其孰能知之哉！純甫吳先生雅善大中，爲之請記。予觀斯堂之名，有足慨者，遂爲書之。

容春堂記

兵溪先生爲令清漳之上，與監郡者不合，例得移官，卽拂衣以歸。占園田於縣之西小虞浦，去縣治二里所。蓋自太湖東，吳淞江蜿蜒入海，江之南北，散爲諸浦如百足，而小虞浦最近縣。乘舟往來，一日可數十回。園有堂，啓北牖，則馬鞍山如在簷際。間植四時之花木，而戶外清水綠疇如畫。故先生名其堂曰容春。自謂春於天地之間，雖陰山雪嶺，幽崖寒谷，無所不之，而獨若此堂可以容之者。誠以四時之景物，山水之名勝，必於寬閑寂寞之地；而金馬玉堂，紫扉黄閣，不能兼而有也。

昔孔子與其門人，講道於沂水之濱。當春之時，相與鼓瑟而歌，悠然自適。天下之樂，無以易於此。夫子使二三子言志，迺皆舍目前之近，而馳心於冠冕佩玉之間。曾點獨能當此時而道此景，故夫子喟然嘆之。蓋以春者衆人之所同，而能知之者惟點也。陶淵明歸去來辭云：「木欣欣以向榮，泉涓涓而始流。善萬物之得時，感吾生之行休。」淵明可以語此矣。先生屬余爲堂記，因遂書之。

余之曾大父，與兵溪之考思南公，成化甲午，同舉於鄉。是歲王文恪公爲舉首。而曾大父終城武令，思南公至郡太守。余與兵溪同年生，而兵溪先舉於鄉者九年。庚戌歲，同試南宫。兵溪就官廣平，甫三載，已倦游，而余至今猶繫六館之籍。故爲此記，非獨以兩家世契，與兵溪相知之厚，而於人生出處之際，蓋有感云。

㿝生堂記

予友盛徵伯，與余少相善　而吴純甫先生與予爲忘年友，徵伯游其門。與顧給事伯剛等輩四五人，尤爲同學相好。數十年間，純甫既謝世，諸公相繼登科第，徵伯獨連蹇不遇。爲人亢直負氣，不肯少干於人，用是日以貧困。去歲，倭夷犯崑山，徵伯家在東南門，所藏誥命，及先禮部篇籍之遺，悉毁於兵，屋廬蕩然。予既力不足以振之，獨伯剛篤故人之義，館之齊門之內，所以賑恤之甚厚。

始，禮部官留都，無事，喜方書。徵伯少皆誦習，年長多病，方益精。其女壻鄭生，傳薛氏帶下醫，擅名於時。徵伯兼得其書，故於醫學博通。嘗授徒海上，方數里之內，無病死者。徵伯不爲藥劑，但書方與之。其人輒瘉，來謝。予家有病者，徵伯輒療之。或病而徵伯不在，多死。今年徵伯居齊門，所療甚衆。一婦人已死，徵伯爲湯灌之，便覺身動，能舉手至胸。須臾，病良愈。郡人皆以爲神。徵伯亦喜自負，曰：「吾不復授徒矣，將以是行於世。」因誦扁鵲之語云：「越人非能生死人也。此自當生者，越人能起之耳。」遂以自生名其堂。

予一日過郡城，徵伯語以其故。嗟夫！越人之言，吾少時與徵伯相戲，謂治天下者當如是耳。予是時年少放誕，慨然以古皐、夔自命。徵伯復時時誦古文詞，稱說純甫之言。今皆窮老無所遇。余方馳騖不止；徵伯乃能於讀書之暇，用其術以活人。此余之所嘆也。遂書之以爲其堂記。

可齋記

余友陳敦書，爲室於郡城之隅，而扁之曰可齋。嘉靖四十一年春，敦書與余同試春官，數來過余，命之爲齋記。

念昔與敦書同舉於鄉，考官張文隱公以孔子命題，余一時之論，殆未能盡，嘗欲爲敦書質之。孟子曰：「孔子，聖之時也。」孔子「可以仕則仕，可以止則止，可以速則速，可以久則久」者也。孟子所謂可者，言孔子因時應變而不滯云耳。聖賢之於天下，非能爲一定之迹。遭時之所宜，而亦不容不異。孔子之聖，於春秋之世，亦必有以自處者。非謂仕止久速，汲無所適，而特任其所之。余謂孔子既出而不隱，則可以仕可以久者，孔子之心；特其不可以仕，不得已而止，不可以久，不得已而速耳。速與止，非孔子之心；孔子所自處者，仕與久也。故自謂異于逸民，而「無可無不可」。「無可無不可」者，乃聖人出而應世，與物委蛇之道，非謂其不可而隱也。天佑下民，作之君師。自堯、舜、三代，聖人無不在位者。孔子之自待可知矣。要之，伯夷、伊尹、柳下惠，此三子者，伊尹於孔子爲近。伊尹五就湯，五就桀，自亳入夏，既醜有夏，復歸於亳。孔子去魯，斥乎齊，逐乎宋、衛，困於陳、蔡之間，十四年而反魯。其任天下何以異哉？但世無成湯，則伊尹必不能如孔子之出；此其所以不及孔子者。孔子蓋自以文王之文在兹，有不容已，而自大賢以下，若曾、閔之徒，則固未嘗使之仕也。其於逸民，亦無譏焉。嗚呼！士生于後世，苟非聖人，則可與不可之間，宜知所審矣。敦書以予言有發論語、孟子之義，請書以覽觀焉。

耐齋記

萬安劉先生，來教崑山學。學有三先生，而先生所居稱東齋。先是，兩齋之衙，皆在講堂東偏；近乃徙之西，頗爲深遠清閟。先生至，則扁其居曰耐齋。予嘗訪先生於齋中，於時秋風颯然，黃葉滿庭，戶外無履跡。獨一卒衣皂衣，承迎左右，爲進茗漿。因坐語久之。先生曰：「吾爲是官，秩卑而祿微，月費廩米三石，具饘粥，養妻子，常不給，爲耐貧；上官行縣，吾於職事無所轄，往往率諸生郊迎，至則隨令、丞、簿拜趨唯諾，爲耐辱；久任之法不行，官無崇卑，率以期月遷徙速化，而吾官常不遷，爲耐久：有是三耐，吾是以名吾齋。」予既別去，一日，使弟子沈孝來求齋記。

昔孟子論士不爲道，至於爲貧而仕，惟抱關擊柝爲宜。夫舍學者之職業而爲抱關擊柝，蓋亦有甚不得已者矣。惟近代學官，與書院山長之設，以待夫士之有道而不任職者。蓋爲貧與爲道兼行而不悖，此其法足以優天下之學士，爲特愈於前世也。故當時號博士官爲清高。雖然，求爲清高，而其間容有不能耐者。夫使其不能耐，則雖博士官不可爲矣；使其能耐，如孟子所謂抱關擊柝可也。揚雄有言，非夷、齊而是柳下惠。首陽爲拙，柱下爲工。士之立身，各有所處。夫使其能耐，雖至于大臣宰相可也。因書其說，使孝歸而質之先生云。

雙鶴軒記

余往年遊金陵，識張氏諸賢於雞鳴山。余部卒，知稱人之字，不知張君之號爲鶴洲也。余家去華亭一舍，往往識其賢士大夫於數千里之外，而居家未嘗相往來。豈九峯、三泖能隔絕人如此耶？故人陸宗道來，致張君之意，求記所謂雙鶴軒者。

華亭故產鶴，土人於海上捕取養之。上海下沙有鶴巢村，所產鶴號爲仙品。故秀州之地與水，多以鶴名。而張君初自號鶴洲。一夕夢東坡先生語之云：「子名鶴洲，不如雙鶴之祥。」其意若望張氏當踵前世科名顯於世者。東坡嘗稱鶴之爲物，清遠閑放，超然於塵垢之外，詩人以比賢人君子隱德之士。而夢中之意，乃若爲張氏切切於世俗之榮名者。坡公以文字變幻，要不可測度。如爲王氏三槐堂銘，謂：「修德於身，責報於天，取必於數年之後，如持左券交手相付。」則其於今之「雙鶴」云者，亦必有說矣。恨不得從張君親質之。

初，君之考舉進士，至都憲。而君以太學上舍，屢試不第，選調陝西都司幕官，未幾，投劾歸。今其子孫，彬彬然邦家之秀，鶴夢之符，庶其在是！抑張君乃能感坡公於夢寐之間，亦豈易得者？公嘗云：「延州來季子、張子房，皆不死者也。」愚於公亦云。

雪竹軒記

馮山人爲予言：「吾甚愛雪竹，故人以雪竹呼吾。因以名吾軒，請子記之。」予不暇以爲，而山人求之數歲，或以詩，或以書，日月一至。予以山人所以得於雪竹者，山人自知之，豈有假於予之言？是以曠歲而不答也。

山人少喜爲詩，詩出而上海陸文裕公亟稱之。先是，山人居崑山之安亭。及予來安亭，則山人已遷上海界中，與安亭隔一江。予嘗過永懷寺，愛其古桂，坐久之。問寺中所往來者，僧曰：「地僻，絕無人。惟有馮山人時時過江來，獨吟桂樹之下。」予後數見之於張通參之座。通參與湖州劉尚書爲社會，二公皆稱山人爲篤實君子。

去年，山人年老矣，與通參遊匡廬、武夷，還而示予紀遊詩一編。予戲曰：「馮先生之雪竹，必求之匡廬、武夷間耶？」今年，予買田青浦之嵩塘。山人與予書曰：「吾近卜築盤龍，與嵩塘近，子來觀我雪竹。」予性懶，不能謁青浦令，爲其所怒，所買田幾爲奪去。予亦削迹茲土矣。

山人復遣其子來，曰：「吾前告子雪竹軒，復移盤龍也，吾今老於此。子許我記，幾年不能得。今吾旦暮死，惟欲得子一言，是吾心也。」予問山人起居。其子曰：「去年與通參行郡中，老人目不能了了，道間有古井，無石欄，不覺越過之，幾墜。自此不復出。每自歎曰：「匡廬、武夷，不可復至矣，雪竹，則何所無之？」其子去，又數數書來。會予方北上，思欲一造山人之竹所而不能矣。因書之以告別。且使揭之楣間，爲雪竹軒記云。

清夢軒記

余友王子敬，於其居之西構爲書室，而題其額曰清夢軒，請余爲之記。

余讀無羊之詩，疑説詩者之未得其旨，此蓋牧人之夢焉耳。牧人夢中所見，羊角牛耳，濈濈濕濕，降河而飲，或寢或訛，而牧人且簑笠負餱，爲之取薪蒸，博禽獸以歸，則以肱麾牛羊而來。以牧人之愚，而夢中之景象如此。故嘗謂人心之靈，無所不至。雖列子所稱黃帝華胥之國，穆王化人之居，而心神之所變幻，亦當有之。顧莊周、列禦寇之徒，厭世之混濁，恍洋自恣，以此爲蕉鹿蝴蝶之喩，欲爲鳥而戾於天，爲魚而沒於淵，其意亦可悲矣。

人之生，寐也，魂交也，夜之道也；覺也，形開也，晝之道也。易大傳曰：「範圍天地之化而不過，曲成萬物而不遺，通乎晝夜之道而知。故神無方而易無體。」夫唯通知乎晝夜之道，則死生夢寤之理一矣。子思曰：「喜、怒、哀、樂之未發，謂之中；發而皆中節，謂之和。

中也者，天下之大本也；和也者，天下之達道也。致中和，天地位焉，萬物育焉。」喜、怒、哀、樂不亂其心，故虛明澄澈，而天地萬物畢見於中。古之聖人，端冕凝旒，俛仰之間，而撫四海之外，如牧人之夢。而清廟明堂，郊丘廬井，俯仰升降，衣服器械，出乎其心之靈，自然而已，而何所作爲哉？子思曰：「戒愼乎其所不睹，恐懼乎其所不聞，君子之愼其獨也。」孟子曰：「夜氣足以存。」此非淸夢之說乎？

子敬敏而好學，駸駸有志於道，慕近世儒者以夢寐卜其所學，故以名其齋。予是以告之以子思、孟軻之說也。此文錢宗伯汰之，今仍存。

櫟全軒記

餘峯先生隱居安亭江上，於其居之北，構屋三楹，扁之曰櫟全軒。君爲人坦夷，任性自適，不爲周防於人。意之所至，人或不謂爲然，君亦不以屑意。以故人無貴賤，皆樂與之處。然亦用是不諧於世。君年二十餘，舉進士，居郎署。不十年，爲兩司。是時兩司官，惟君最少。君又施施然不肯承迎人。人有傾之者，竟以是罷去。

會予亦來安亭江上，所居隔一水，時與君會。君不喜飲酒，然會卽談論竟日，或至夜分不去。卽至他所，亦然。其與人無畛域，歡然而情意常有餘，如此也。君好山水。爲郎時，奉使荆湖，日登黄鶴樓，賦詩飲酒。其在東藩，謁孔林，登岱宗，觀滄海日出之處。及歸，則慕陶峴之爲人，扁舟五湖間。人或訪君，君常不在家。去歲如越，泛西湖，過錢塘江，登子陵釣臺，遊齊雲巖，將陟黄山，歷九華，興盡而返。

一日，邀予坐軒中，劇論世事。自言：「少登朝著，官資視同時諸人，頗爲凌躐。一旦見絀，意亦不自釋，回首當時事，今十餘年矣。處靜以觀動，居逸以窺勞，而後知今之爲得也。天下之人，孰不自謂爲才，故用之而不知止。夫惟不知其止，是以至於窮。漢黨錮、唐白馬之禍，駢首就戮者，何可勝數也？二十四友、八司馬、十六子之徒，夫孰非一世之才也？李斯用秦，機、雲入洛，一時呼吸風雷，華曜日月，天下奔走而慕豔之。事移時易，求牽黄犬出上蔡東門，聽華亭之鶴唳，豈可得哉？則莊生所謂不才終其天年，信達生之至論，而吾之所託焉者也。」予聞而歎息，以爲知道之言。雖然，才與不才豈有常也？世所用楩梓豫章也，則楩梓豫章才，而櫟不才矣；世所用櫟也，則櫟才，而楩梓豫章不才矣。君固清廟明堂之所取，而匠石之所睥睨也。而爲櫟社，君其有以自幸也夫！其亦可慨也夫！

悠然亭記

余外家世居吳淞江南千墩浦上。表兄澱山公，自田野登朝，宦遊二十餘年，歸始僦居縣城。嘉靖三十年，定卜于馬鞍山之陽，婁水之陰。憶余少時嘗在外家，蓋去縣三十里，遙望山頽然如積灰，而烟雲杳靄，在有無之間。今公於此山日親，高樓曲檻，几席戶牖常見之。又于屋後構小園，作亭其中，取靖節「悠然見南山」之語以爲名。靖節之詩，類非晉、宋雕繪者之所爲。而悠然之意，每見于言外，不獨一時之所適。而中無留滯，見天壤間物，何往而不自得？余嘗以爲悠然者實與道俱。謂靖節不知道，不可也。

公負傑特有爲之才，所至官，多著聲績，而爲妬娼者所不容。然至今朝廷論人才有用者，必推公。公殆未能以忘于世，而公之所以自忘者如此。

靖節世遠，吾無從而問也。吾將從公問所以悠然者。夫「山氣日夕佳，飛鳥相與還，此中有眞意，欲辨已忘言」，靖節不得而言之，公烏得而言之哉？公行天下，嘗登泰山，覽鄒、嶧，歷嵩、少間，涉兩海，入閩、越之隩阻，茲山何啻泰山之礨石？顧所以悠然者，特寄于此！莊子云：「舊國舊都，望之暢然。雖使丘陵草木之緡入之者十九，猶之暢然。況見見聞聞者也？」予獲侍斯亭，而僭爲之記。常熟本刪去篇末引莊子語，今從崑山本。

臥石亭記

余聞四十年前，大末之人有來爲吾縣者，曰方棠陵先生。棠陵，海內之士，遊何、李諸人間，以詩文名。其爲縣令，風流文雅，有惠愛于人，至今人思之。

嘉靖某年，徐君以選貢，自大學上舍調爲縣主簿，則大末之人也。君一見而問棠陵，庶幾吾民其有望耶？君構亭於齋之隙，扁以臥石，曰：「吾少時喪吾親，嘗廬墓，墓在浮石山。今宦遊于此，雖吳、越比壤，杳然松楸在千里之外。風木之感，不能頃刻忘之。是以名吾亭。」余考圖志，西安之北，有石丈餘，水大至不沒。白樂天詩云：「浮石灣前停五馬，望濤樓上得雙魚。」君所臥，豈此石耶？君今參與民社之事，不得復臥石矣。

抑仁人孝子之心，一也。古之仁人，殺一草一木爲非孝；今吾民之疲瘁已甚，內有賦役之重，外有蠻夷之擾，君皆有事焉。能推其仁心，是所謂一舉足而不敢忘父母也，其棠陵之鄉之人也耶！是以爲之記。

滄浪亭記

浮圖文瑛，居大雲庵，環水，即蘇子美滄浪亭之地也。亟求余作滄浪亭記，曰：「昔子美之記，記亭之勝也。請子記吾所以爲亭者。」

余曰：昔吳、越有國時，廣陵王鎮吳中，治南園於子城之西南。其外戚孫承佑，亦治園於其偏。迨淮、海納土，此園不廢。蘇子美始建滄浪亭，最後禪者居之。此滄浪亭爲大雲庵也。有庵以來二百年，文瑛尋古遺事，復子美之構於荒殘滅沒之餘。此大雲庵爲滄浪亭也。夫古今之變，朝市改易。嘗登姑蘇之臺，望五湖之渺茫，羣山之蒼翠，太伯、虞仲之所建，闔閭、夫差之所爭，子胥、種、蠡之所經營，今皆無有矣。庵與亭何爲者哉？雖然，錢鏐因亂攘竊，保有吳、越，國富兵強，垂及四世。諸子姻戚，乘時奢僭，宮館苑囿，極一時之盛。而子美之亭，乃爲釋子所欽重如此。可以見士之欲垂名於千載之後，不與其澌然而俱盡者，則有在矣。

文瑛讀書喜詩，與吾徒游，呼之爲滄浪僧云。

花史館記

子問居長洲之甫里，余女弟壻也。余時過之，泛舟吳淞江，遊白蓮寺，憩安隱堂，想天隨先生之高風，相與慨然太息。而子問必挾史記以行。余少好是書，以爲自班孟堅已不能盡知之矣。獨子問以余言爲然。間歲不見，見必問史記，語不及他也。會其堂燬，新作精舍，名曰花史館。蓋植四時花木於庭，而庋史記于室，日諷誦其中；謂人生如是足矣，當無營於世也。

夫四時之花木，在於天地運轉，古今代謝之中，其漸積豈有異哉？人於天地間，獨患其不能在事之外，而不知止耳。靜而處其外，視天地間萬事，如庭中之花，開謝於吾前而已矣。自黄帝迄於太初，上下二千餘年，吾靜而觀之，豈不猶四時之花也哉？吾與子問所共者，百年而已。百年之內，視二千餘年，不啻一瞬。而以其身爲已有，營營而不知止，又安能觀世如史，觀史如花也哉？余與子問言及此，抑亦進於史矣。遂書之以爲記。

杏花書屋記

杏花書屋，余友周孺允所構讀書之室也。孺允自言其先大夫玉巖公爲御史，謫沅、湘時，嘗夢居一室，室旁杏花爛漫，諸子讀書其間，聲琅然出戶外。嘉靖初，起官陟憲吏，乃從故居遷縣之東門，今所居宅是也。公指其後隙地，謂孺允曰：「他日當建一室，名之爲杏花書屋，以志吾夢云。」

公後遷南京刑部右侍郎，不及歸而沒於金陵。孺允兄弟數見侵侮，不免有風雨飄搖之患。如是數年，始獲安居。至嘉靖二十年，孺允葺公所居堂，因於園中構屋五楹，貯書萬卷，以公所命名，揭之楣間，周環藝以花果竹木。方春時，杏花粲發，恍如公昔年夢中矣。登其堂，思其而回思洞庭木葉，芳洲杜若之間，可謂覺之所見者妄，而夢之所爲者實矣。人，能不慨然矣乎？

昔唐人重進士科，士方登第時，則長安杏花盛開，故杏園之宴，以爲盛事。今世試進士，亦當杏花時。而士之得第，多以夢見此花爲前兆。此世俗不忘於榮名者爲然。公以言事忤天子，間關嶺海十餘年，所謂鐵心石腸，於富貴之念，灰滅盡矣。乃復以科名望其子孫。蓋古昔君子，愛其國家，不獨盡瘁其躬而已。至於其後，猶冀其世世享德，而宣力于無窮也。夫公之所以爲心者如此。

今去公之歿，曾幾何時，向之所與同進者，一時富貴翕赫，其後有不知所在者。孺允兄弟雖蠖屈於時，而人方望其大用。而諸孫皆秀發，可以知詩、書之澤也。詩曰：「自今以始，歲其有；君子有穀，貽孫子。于胥樂兮？」吾於周氏見之矣。

題玉女潭記

陽羨山水奇勝，稱張公、善卷洞及玉女潭，其名皆托於神仙。余讀山海經，崑崙之山，廣都之野，軒轅之丘，不死之國，以爲此不過如齊諧、鄒衍之徒之說者。然今天下名山，在于中州，往往多仙人之遺跡，豈其事皆信然歟？

溧陽史氏，自漢杜陵壯侯以來數百年，世謂之史侯家。由溧陽至玉女潭四十里，史君於其間，爲之剃莽焚茅，伐石疏土，人力既殫，天工始見。田潭以往，得二十四景。名而揭之，如所謂仙館、佛窟、瑤臺、琪樹、鶴坡、鼉峽之類。好事者聞而慕之，不得至，如望見之焉。

天下太平，天子明聖，史君爲中朝貴臣，而乃自逃於山澤之間。點綴蒼碧，緣著怪奇，使後百年，便以史君爲仙人也。由此言之，余殆疑所謂仙人之跡者，皆遯世長往之士有所托而爲之，亦史君類耶？

見苓書舍記

長洲劉遜，與余友盛應禎同年家子弟相好，又與余同在太學。應禎數稱遜之爲人，讀書好古，篤於行誼。遜所後父爲水部君，水部君嘗自號飯苓子。水部君卒，遜以見苓扁其書舍，以寓思親之意。間因應禎屬余爲記。

余曰：人子于其親之亡，不可得而見，思之則見之矣。無所不思，則無所不見矣。書舍，遜之所常居也，於是而見飯苓子焉，可以見遜之無所不思也。禮：爲人後者受重，而以尊服服之。服之以其父母，而祭之以其父母。夫以爲其文則然。至于其情，或容有不可強者。而遜于水部君，又重之以父母之思。推是心也，可謂厚之至矣。

而與中士大夫，載水部君之行事，蓋云：君初舉進士，以親老，不肯就官，懇疏歸養。比親喪服闋，所親力勸之出。君不得已，一至京師。當正德之初，中官乘勢，陵轢天下士大夫。君爲主事，領漕事居濟上，無何，卽引病長往。其號飯苓子以此。余因感遜之厚，又嘆水部君之廉于進取，其風槩不獨可使劉氏子孫傳之也。

婁曲新居記

婁曲新居者，吾縣在婁水之曲，沈先生故以名其居。始，自吳有國，其東門曰婁門。震澤之水，由是東入海，故水爲婁江。古婁門外馬鞍溪是也。溪上復城，越王餘復君之所治，因之爲婁縣。王莽曰婁治。吳有婁侯，而或謂之疁城。江入海口爲劉家港，「疁」與「劉」，聲近訛。吳大，疁蓋在北野，偈櫟東所舍云。沈先生世縣人，年七十矣，未始出於婁曲也，而以名其居，蓋自謂終老於此云爾。

昔伏波將軍平交趾還，言吾弟少游，哀吾慷慨有大志，曰士生一世，取衣食裁足，乘下澤車，御款段馬，爲郡掾吏，守墳墓，鄉里稱爲善人，斯足矣。致求贏餘，徒自苦耳。當吾在浪泊、西里間，下潦上霧，毒氣薰蒸，仰視飛鳶跕跕水際，念少游平生時語，何可得也。班定遠在西域，年老，乞哀求還。不敢望到酒泉郡，但願生入玉門關。二人者，君子蓋悲之。

嗟夫，人生百年之內，爲日有幾？欲窮萬里之道，日馳騖而不知止者，何也？先生蓋自敍其少時艱難之迹，曰：「吾晚得地於郊外，安而樂之。名其圃曰南園，其館曰星槎，其堂曰卅有，曰吾而後庶幾其有之。已又鬻他姓。於今始卜於縣之南街。親朋往還，里俗淳厚。有宅一區，有屋數椽。有花有竹，濁醪一壺，黄虀數莖，焚香賦詩。自喻桑榆之樂，物無能易之。傳謂逆旅無常，爲遷徙之徒，茲則庶乎可免矣！」

余讀其辭，蓋有隱居之致，而有感於昔之人發憤伉志，爭功名於萬里之外，乃至白頭顧念，忽有首丘依風之感。因以歎夫漂漂者何所極也！遂書之以爲記。

寶界山居記

太湖，東南巨浸也。廣五百里，羣峯出於波濤之間以百數。而重涯别隖，幽谷曲隈，無非仙靈之所棲息。天下之山，得水而悦；水或束隘迫狹，不足以盡山之奇。天下之水，得山而止；山或孤孑卑稚，不足以極水之趣。太湖漭淼澒洞，沉浸諸山，山多而湖之水足以貯之。意惟海外絶島勝是，中州無有也。故凡犇湧屏列於湖之濱者，皆挾湖以爲勝。

自錫山過五里湖，得寶界山，在洞庭之北，夫椒、湫山之間，仲山王先生居之。先生蚤歲棄官，而其子鑑始登第，亦告歸。家庭間，日以詩畫自娱。因長洲陸君，來請予爲山居之記。

余未至寶界也，嘗讀書萬峯山，盡得湖濱諸山之景。雖面勢不同，無不挾湖以爲勝；而馬跡長興，往往在殘霞落照之間，則所謂寶界者，庶幾望見之。昔王右丞輞川別墅，其詩畫之妙，至今可以想見其處。仲山之居，豈減華子岡、欹湖諸奇勝？而千里湖山，豈藍田之所有哉？摩詰清思逸韻，出塵壒之外。而天寶之末，顧不能自引決，以濡羯胡之腥羶。以此知士大夫出處有道，一失足，遂不可浣。如摩詰，令人千載有遺恨也。今仲山父子嘉遯於明時，何可及哉！何可及哉！

南陔草堂記

予友陳吉甫，卜居於縣城之東南門須浦之上。蓋自門南出，爲走松江之道，江之南北村民有徵召會集，必由於此，故爲市頗囂雜。而吉甫之宅在浦西，予家舊居東南門，所謂河西者也。而浦所自出，爲縣之隍。婁水循是而東，至太倉入海。舟行晝夜，叫呼不絕。吉甫家，負隍而並浦，獨蕭然有林野之趣。於其居之後，爲堂若干楹，前臨小池，有亭榭花石；池南有幽徑，西出則平疇曠然；堂之西爲圃，多竹樹花果。又有堂若干楹，吉甫以爲娛親之所，故以南陔名焉。予讀詩小雅，至於六月之序，以爲自鹿鳴至菁菁者莪二十二詩，蓋先王之所以治天下者，盡在于是。「小雅既廢，則四夷〔三〕交侵，而中國微矣。」然是詩必以南陔爲之本。人無孝友之心，則君臣、兄弟、朋友何由而得其敍？和樂、忠信、廉耻、禮義何由而得其道？法度、蓄積、師衆、征伐、功力何由而得其度？福祿何由而綏？陰陽何由而得其理？賢者何由而得其所？萬物何由而遂？爲國之基何得不墜？恩澤何得不乖？萬物何得不失其道理？萬國何得不離？諸夏何得不衰？此四夷〔六〕之所以交侵而中國微也。故鄉飲酒禮燕禮，皆鼓瑟歌鹿鳴、四牡、皇皇者華，然後笙堂下奏南陔、白華、華黍，蓋外盡君臣，而内反之父子之際，而王道備矣。漢儒掇拾於秦火之後，亡逸此篇，至今遂以笙奏有聲而無辭，而不知古詩三百篇，孔子皆絃歌之以求合韶、舞、雅、頌之音；若本無其辭，而何以有南陔、白華、華黍之篇名？今世所傳新宮、采齊、貍首、驪駒，及三豳、三夏、九夏之類，其辭逸者固多也。束廣微補亡之篇，庶亦近之，而用意止於晨羞夕膳之間。求之於詩，卷耳、采蘋諸作，雖閒淡而意深遠。至如陟岵、蓼莪，有幽遐罔極之思。束氏不能及也。

吉甫之尊人，與家君同學。既老，又同與社會，在社中，終日忻忻；飲酒，必醉而後去。而平生有孝友之行，吉甫又能承奉之。則凡登其堂者，如聞鐘鼓，如聆笙瑟，而可以知南陔之詩不亡矣。予是以推小雅之意義而著之。

莪江精舍記

吾鄉嚴氏，居吳淞江大直浦東，世以貲雄。至都事君兄弟，用選秀入成均爲弟子，而廉卿嘗與余同試春官矣。余弟亨甫，爲都事君壻，故余識啓貞於垂髫之時。都事君偉儀觀，美鬚髯。而啓貞少已豐碩，與客應對揖讓，如大人長者。見者往往稱之，曰：「生子何必多！如君一子，已可知嚴氏有後矣。」

都事君謝世，啓貞受堂構之任，愈能大其家；而不幸早夭。其孤潤，方在孩稚，母諸孺人，以育以訓，至於有成。今去啓貞之世，忽踰一紀，且冠受室矣。諸孺人者，寧邑令貞伯女也。其持身有衞共姜之操；其教子有歐陽太夫人之嚴。潤仰承慈顏，是恃是怙，足以自解。而念其先人蚤棄，諷誦蓼莪之詩，日日以泣。遊行江上，痛流水之逝而不返也。故以我江名其精舍。客有憐其志者，求記於余，且請爲解之。

余以人之情皆有所止，至於悲傷之過，人得以解之。孝哉，嚴子！獨爲其親而悲哀，而可以人解之乎？雖然，亦有所止也。「三年之喪，二十五月而畢。哀痛未盡，思慕未忘，然服以是斷者，爲送死有已，復生有節也。」故曰：先王制禮，不可過也。余憫嚴子日誦蓼莪之詩，將復生無節乎？子其繼若祖考之志，思慰母氏之心，求所謂立身行道，揚名於後世者，是乃所以爲無窮之情也。

余昔過嚴氏，初見都事君，飲酒雍雍，歡燕竟日。再過之，則啓貞已爲主人。而余友徐直言在其家塾，止余宿，明日别去，即今之所謂精舍者。往年，嚴子來爲其外氏陸冢宰家求祝釐之詞，始識之。蓋二十年間，而觀於嚴氏三世，有足慨者；又嘉嚴子之志，而爲之記。

菊窗記

去安亭二十里所，曰錢門塘，洪氏居之。吳淞江之東爲顧浦，折而北，洪氏之居在其西。地平衍無丘陵，而浦之厓岸隆起，遠望其居，如在山隖中。

昔仲長統嘗論：使居有良田廣宅，背山臨流，溝池環匝，竹木周布；舟車足以代步涉之勞，使令足以息四體之役；養親有兼味之膳，妻孥無苦身之勞；良朋萃止，則陳酒肴以娱之；嘉時吉日，則烹羔豚以奉之；躊躇畦苑，遊戲平林，永保性命之期，不羨入帝王之門也。大率今洪氏之居，隱然如統樂志論云。而君家多竹木，前臨廣池，夏日清風，芙蕖交映，其尤勝者。君不取此，顧以菊窗扁其室。蓋君嘗誦淵明之詩云：「酒能祛百慮，菊能〔七〕制頽齡。」又云：「我屋南窗下，今生幾叢菊。」

夫以統之論雖美，使人人必待其如此而後能樂，則其所不樂者猶多也。卒爲尚書郎，濡跡於初平、建安之朝，有愧于鴻飛冥冥矣。爲昌言何益哉？淵明「採菊東籬下，悠然見南山」，「笑傲東軒下，聊復得此生」，可謂無入而不自得也。今君有仲長統之樂，而慕淵明之高致，此予所以不能測其人也。將載酒訪君菊窗之下，而請問焉。君名悦，字君學。

本庵記

客曹楊君伯厚，名其讀書之舍曰本庵，因其友張師周來請爲之記。余問其所以爲名者。蓋今少保司馬公爲曹郎時，生君於邸舍；而先少保公以御史視鹺事於江都，聞得孫而喜，乃曰：「吾居揚州而此子生，因命之曰揚州民。」且謂「吾家再世榮祿，厚福之來不敢居，令此子長得爲耕農足矣。」嘉靖四十一年，君登第，而主司以爲「州民」非所以爲稱，乃更之曰俊民。君不能逆主司之意，而又不敢忘乃祖之命，故名其庵曰本者，以爲不忘其先少保云。

夫所謂本者，猶言始也。凡物之生，皆始於本，故以本爲始也。昔「林放問禮之本」，孔子告之以禮之本主於儉。夫禮生於心，孔子不言而言儉，從其始而求之，未有不得其心也。傳曰：「天地者，生〔八〕之本也；先祖者，類之本也；君師者，治之本也。無天地惡〔九〕生？無先祖惡出？無君師惡治？」聖人之所謂本者，皆言其所始也。人能思天地之所生，則不至於違其性；人能思先祖之衍其類而生我，則不至於戕其身；人能思君師之所以治，則不至於遺君而倍師。故有子志之曰：「孝弟也者，其爲仁之本與！」言君子之爲仁，以孝弟爲始，則可以得其心也。

君日侍少保公，承顔色養，不離於左右。孝弟之道，不勉而至。然且思先少保之在江都之日，其所存遠矣。少保公方掌邦政，以才德爲天子所倚毗；君學魁多士，雍容南宫。奕世濟美，當世以爲難得。及余觀其一命名之間，而猶不忘其本如此，而後知君家之所以貴顯者，蓋有以也。是爲記。

野鶴軒壁記

嘉靖戊戌之春，予與諸友會文於野鶴軒。吾崑之馬鞍山，小而實奇；軒在山之麓，旁有泉，芳冽可飲。稍折而東，多盤石，山之勝處，俗謂之東崖，亦謂劉龍洲墓，以宋劉過葬於此。墓在亂石中，從墓間仰視，蒼碧嶙峋，不見有土。惟石壁旁有小徑，蜿蜒出其上，莫測所往。意其間有仙人居也。

始，慈溪楊子器名父創此軒。令能好文愛士，不爲俗吏者，稱名父。今奉以爲名父祠。嗟夫！名父豈知四十餘年之後，吾黨之聚於此耶？

時會者六人，後至者二人。潘士英自嘉定來，汲泉煑茗，翻爲主人。予等時時散去，士英獨與其徒處。烈風暴雨，崖崩石落，山鬼夜號，可念也。抄本詳八人姓名，自可不必。今從常熟本。

保聖寺安隱堂記

長洲東南五十里，地名甫里，天隨先生之故居在焉。今爲保聖教寺。而郡志又有白蓮講寺，然甫里無二寺，蓋白蓮，保聖之別院也。志云：「寺創于唐大中間，熙寧六年，僧惟吉重修。」又謂：「惟吉于祥符間創白蓮寺。」今里俗所指以爲白蓮者，僅在西廡；其後即爲天隨先生祠。區宇非廣，不當別稱爲寺也。

余少時過甫里，拜先生祠。遊行寺中，尋古碑刻，殆無存者。惟元統二年法華期懺田記，輪管懺司知事比丘有親從政文選所立，此石存耳。成化二十二年，時國家累世熙洽，京師崇寺宇，僧司八街剃度數萬人，醮祠日廣。左善世璇大章住持大興隆寺，方被尊寵。而璇，故里人陳氏子。初爲寺比丘，得請，馳驛還省其母，因迎養于寺之愛日堂。明年，從四明普陀歸。是歲八月，重修此寺；又明年五月，落成。明年，還京師。凡爲殿堂七，廊廡六十。初壞殿時，梁栱間有板，識紹興、寶祐之年，故知以前修創蓋不一，而無文字可考也。寺之西北有安隱堂。異時僧每房以堂爲別，如安隱比者，無慮數十房。其後日圮，今東偏無僧寮矣。主僧法慧，懼且盡廢，而慧之徒又絶。先是，安隱之房，分爲二派。慧乃與同堂之徒復合爲一，誓相與共守之，而請余爲之記。

自成化二十三年丁未，至今嘉靖四十三年甲子，蓋又七十有八年矣。璇之修創宜有記，而復闕。慧以爲寺之興或有所待，而文章終不可無；故汲汲求其寺之故，欲余有所記述，其志非特區區一堂而已。余既無所于考，獨璇事于所聞較著，是以識之。且以爲彼非托于此，亦不能以傳也。

夫文章爲天地間至重也。自大中訖今七百十有九年，世變多矣，而寺嘗存。蓋無廢而不興，而文章之傳獨少也。慧其知所重也哉！

汝州新造三官廟記 代

汝水自天息山東流，入汝南之境，自城北折而東，復繇東而南。濱河居者曰竹竿巷，蓋因竹竿河而爲名，實商賈之所湊。異時水泛溢，岸善崩；一旦居民街市盡没于水，往來者無所取道。崇府承奉樊君，捐貲市民地與屋，縮之若干步，以讓行者之途。自是復通行，而居民街市繁會如故。乃創三官廟以鎮之。中爲神殿，左右兩廊，右轉而東，爲神庫，爲神廚。又爲屋數楹，使學道者居之。殿甚巨麗，三神像及諸侍從，莊嚴靚飾，儼然帝者之尊。

重門周垣，以臨水上。汝人皈依焉。經始于隆慶元年之秋，落成于三年之夏。君以奉使再過邢州，以予爲其郡人，又故相知，請爲之記。

予以河水壞民廬舍，至沒其通行之道，此有司之所當軫念。今有司旣屈于其力之所不能，而又以煩民之爲難。君乃肯捐己貲，以佐國家有司之急，而拯民之溺，其亦可謂賢矣。按三官者，出于道家。其說以天、地、水府爲三元，能爲人賜福赦罪解厄，皆以帝君尊稱焉。或又以爲始皆生人，而兄弟同產，如漢茅盈之類。其說詭異，蓋不可曉。然人之所奉，則其神必靈。如史載秦所祠祀多不經，亦有光景動人民，故能致其昭格。雖古聖人建天地山川之祀，皆興于人，意不過如此。今特以出于道家，故儒者莫能知其說。抑君之爲是，其造福于此方之民，蓋不少也。

君名準，字某，鄖城人。讀書爲文，好賢禮士。又能約束王國中諸校，莫敢犯法者。汝南士大夫樂與之遊云。

校記

〔一〕海　蘇東坡登州海市詩作「還」。

〔二〕慨　原刻誤作「槩」，依大全集校改。

〔三〕抵　疑當爲「柢」。

〔四〕卅　大全集誤作「世」，本卷婁曲新居記可證。

〔五〕〔六〕夷　原刻墨釘，依大全集校補。

〔七〕能　陶淵明集作「解」。

〔八〕生　大戴記禮三本作「性」。

〔九〕同上引，原文「惡」皆作「焉」。

震川先生集卷之十六

記

重修闕里廟記 代

隆慶三年，闕里重修先聖廟成。某官某，以書幣走京師，來請記于麗牲之碑。先是，嘉靖四十二年，衍聖公某，以廟之圮告於巡撫都御史張某，方行相度，以用之不羸而止。及是年，巡撫都御史姜廷頤，巡按監察御史羅鳳翔、周詠，與藩臬諸君，會議捐嶽祠之香稅，與司之贖鍰，得一千六百，其役人則用州縣過更之卒，而以兗州府通判許際可董其役。知府張文淵時督視之。經始于仲夏，歲盡而訖工。輪奐規模，視昔若增。左布政使某，左參政吳承燾，副使吳道會，皆首爲贊議者也。

唯先聖生於尼山，講學於泗上，歿而葬於此。其地初名闕里，後亦曰孔里。先聖之歿，弟子廬其冢上而不忍去。魯人從而家者，百餘室。而魯世世相傳，以歲時奉祠，諸儒講禮、鄉飲、大射於其間。漢高祖自淮南還，過魯，以太牢祠。其後人主登封巡狩，無不過而拜祠。我太祖高皇帝龍興海內，干戈未戢，亟命遣祭，紹封子孫，修飭其祠宇。列聖承統，世世增修。今天子隆慶之元年，御正殿傳制，遣官告祭。而車駕臨幸太學，親釋奠，命儒臣坐講。賜三氏子孫有加。海內慕學之士，喁喁嚮風。聖人之道，益以光大。則魯之有司，與其有事茲土者今茲之舉，固所以虔奉先聖，亦以宣明聖天子之德意，不可以不記。

夫今夫子之廟學，遍於天下。而深山窮徼，皆知誦法其書。其在天之靈，無所不之也。然孟子曰：「近聖人之居若此其甚也。」荀子曰：「學莫便乎近其人。」蓋孔子歿數百年矣，學者至觀其廟堂車服禮器，諸生習禮其家，有低回而不能去者；固以想像於遠，不若景慕於近之爲切也。抑諸君子知虔奉聖人矣，亦豈徒事於其外乎？昔者子游聞諸夫子曰：「君子學道，則愛人；小人學道，則易使也。」夫不知學道，則施於喜怒哀樂，無一而當其則，必不能有望於安上治民，而移風易俗也。顏淵問仁，夫子告以克己復禮。及請其目，夫子則曰：「非禮勿視，非禮勿聽，非禮勿言，非禮勿動。」以顏子之資，猶「請事斯語」以終其身。故「問爲邦」，夫子以夏時、殷輅、周冕、韶、舞告之。以顏子而夫子使之治天下國家，以爲不可一日而離於禮樂法度之中。此卽克己復禮之義也。後之學者，於視聽言動，己之身不能治，何以謂之學道？故觀感於聖人者，求仁爲近；求仁以學顏子爲近。余嘉是役之成也，敬述所聞，以申告學者云。此文餘宗伯不選，今仍存。

顧原魯先生祠記

前元之季，崑山有隱君子，曰顧原魯先生。居於海濱，讀書學道，不求聞於時。端居一室，憑几而坐，所當兩臂處，遺跡宛然。手自批註經、史。後其家懼禍，悉燬不傳。然而海濱之父老，至今能言之。

四傳而至其孫啓明，今爲太倉人，稍徙至郡城。有子存仁，舉進士，爲禮科給事中，得推封其父。尋以言事忤旨，被謫居庸關之外，久之得還吳。給事既被廢家居，尤喜考論先世故事。而郡太守歷下金侯城，頗采父老之言。又以封君之敦尚誠朴，足以風勵末俗，乃檄令列祠於郡學若州之鄉賢祠。復于齊門外卧佛寺之東偏建祠，而以封君從祀；以爲近其家，可以歲時致祠事焉。給事謂余具知始末，而請記之。

余惟古之人遭時際會，佐世主，功施于天下，而垂名于竹帛，後世之所稱述，往往爲此。至于巖穴幽棲之士，雖長往不返，亦必因時主側席之求，弓旌玉帛，賁于丘園，世始得以稱述其名。若夫許由、卞隨、務光之徒，以與人主以天下相揖讓，此宜其彰彰較著矣。而谷口鄭子眞、蜀嚴君平，皆修身自保。揚雄少從君平遊，已而仕京師顯名，數爲朝廷在位者稱此二人，故能耕于巖石之下，而名震于京師。由此而言，非此數者，雖沒世無稱也。

而又有不然者。古之君子，修身學道，寧憔悴于江海之上而不顧。彼非有求于世者，然終而愈顯，晦而益彰，逃名而名隨之。傳記之所載，不可勝數。無求于世，而世亦不容不知之，此豈必有所待耶？若原魯先生，沒于海上，至于今二百年，而其幽始發。則士之修德礪行者，何憂後世之不明耶？郡太守表章之意微矣。

祠凡爲堂寢廡門若干楹，經始于嘉靖三十年十月某日，落成于嘉靖三十二年十有一月某日。是爲記。

常熟縣趙段圩堤記

虞山之下，有湖曰尙湖。水勢湍激，岸善崩。湖堧之人，不能爲田，往往棄以走。有司歲責其賦於餘氓。而趙段圩當湖西北，尤窪下，被患最劇。宋、元時故有堤，廢已久。前令蘭君嘗與築之。弘治間，復淪于大水。嘉靖丁酉，予宗人雷占爲己業，傾貲爲堤。堤成，塡淤之土，盡爲衍沃。而請記于予。

嗟夫！自井牧溝渠之制廢，生民衣食之地，殘棄于蒿萊之間者，何可勝數？有司者格于因循積習之論，委天地之大利；斯民愁苦哀號，側足於尋常尺寸之中；率拱手熟視，不能出一議，而漫謂三代至于今，其已廢者皆不可復。

夫未嘗施晷刻之功，而徒諉曰「不可復」，予疑其說久矣。觀雷所爲，其力易辦，而功較然者。然更數十令，獨藺侯能之。至藺侯之業敗，已又四十餘年爲沮洳之場，莫有問焉者，何也？天下之事，其在人爲之耶！事有小而不可不書者，此類是也。

唐行鎮免役夫記

蘇州至松江，由姑蘇驛過吳江之境，凡四驛而至，此驛道也。別自婁門東沿婁江，又東南折而入于黄浦，而西，此緣海之道也。出葑門東走，則行湖泖之間。其避湖泖之險者，則多從吳淞江南出大盈浦，經唐行鎮。異時官舟之牽挽，役諸州縣。唐行之夫，不知何自而起。舟所過，晨夜追呼，百家之市，殆無寧居，凍餓僵死于風霾雨雪之中者相屬。太守臨安方侯，知民之不便，據法令罷免之。鎮之父老，相率來請紀于石。

或者以爲賢太守奉宣條教千里之內，父母之道，師帥之責在焉。加之今日上有賦斂之繁，外有蠻夷〔一〕之事，太守視事以來，風采日新，惠利之政，家有聞而邑有述，當有卓犖大者。若斯之類，將不勝書。雖然，或者亦知父老之意乎？政之不便於其人，無大小。如人之有病，唯病者自知之。醫能療焉，亦惟病者而後知醫之爲德也。若然，則父老之於侯，其情至矣。吾又以歎吾吳中之俗，仁厚而馴良，稍煦之以恩，而其易感也如此。

國家威靈，震薄海外，亦時有土俗驍悍，不得意，則叫囂相挻以起。有司不敢驚，拊循之而已。往者大農以經費不足，督天下賦，吏緣以爲姦利。吳民父子兄弟，駢死敲扑之下，而莫有疾怨之心。以是知天下有變，吳民必不敢爲亂；以其愛上，忍詬而易使也。彼不之恤而肆其恣睢之意者，亦何心歟？

吳郡丞永康徐侯署崑山縣惠政記

昔永康徐公守吳郡。當武宗皇帝之末年，逆藩竊發，畿甸騷動，翠華南幸。吳，江南要郡。調兵食，城守儲偫，以待乘輿之至。公不動聲色，郡中宴然。公有寬大之政。先是，秩滿當代，吏民上書乞留，詔以河南右參政復治郡，近世未嘗有也。後遷江西左參政，官至工部侍郎。

自公去郡三十餘年，冢孫丞侯，以太子家主簿出判吳郡，清廉聞於郡中。滿歲，復遷今官。是時東南有倭奴之警。侯治凡海之事，防遏有法，海波不興。會諸屬縣令缺，侯輒出視，所至拊循其民。近者閱月，遠者一歲。民莫不懷慕之。郡之縣有七，侯殆遍歷其五。前年冬，至崑山，迄季春還郡。又以事數入郡，不顯居縣。其所施於民，可以爲吏師法者，往往可紀。

庫子爲縣守藏，令廉則無擾；不廉，輒費不貲。當侯時，分毫無取，民迺不知爲此役。白銀火耗一兩，折閱多至三分。侯以京庫折白輕齎、鳳陽馬役解扛、京庫鹽鈔、練兵義役多寡，參停取衷，定爲一分。糧長解運之外，又有小差額外之徵，悉令蠲除。火耗小差羨餘，無慮千計，吏白以爲當得者，侯無私焉。又糧長解運，官閉門默定。或貧富不相讐，富者得規免，而貧者傾其家。已定，無所復控訴。侯悉召至庭，使互相舉應得等第，一夕而定，無不怙服。至於催科之害，民斃死杖下者，不可勝數。比侯之至，縣庭寂然不聞鞭笞之聲，而賦亦自辦。又捐俸以助修學宮，及諸神祠之傾圮者，多有出於格令之外。大抵吳民賦調之繁，自昔患之。嘗數更其法，而弊日生。識者以爲不在於法，而患吏之不廉。吏廉矣，法雖未盡，而可以無弊。如侯之恤庫役，公撥解，省火耗，蠲小差，推此類行之，民未有不甦者也。

念昔工部以仁惠拊吳，吳民至今思之。見侯之至，如公之復來也。侯繼踵甘棠之蹟，睹其所茇，而忍芟夷其遺民乎？詩曰：「無曰予小子，召公是似。」以此知古之封建世家，至今無不可行也。晉周訪三世爲益州，四十餘年，功名著於寧、益。侯年方富，而寄任日隆，必能光大前烈。吾吳民之怙賴遠矣。侯之還郡也，國學進士陳志道等二十四人，相與列其事，俾余記之。固以侯於吾黨，恂恂然有愛人下士之風，然寔因民之志，非有私也。用以告後之爲政者云。此文參用常熟本。

崑山縣新倉興造記

崑山舊玉峰倉，在西門之外，漕輓之積在焉。每歲稅入，漕卒悉至於此領兑，民間所謂西倉也。濟農倉在南門之內，常平之粟在焉。歲之豐凶，以爲發斂。民之所謂南倉也。縣志云：「二倉，蓋巡撫周文襄公所改搬云。」然濟農之庾，其空已久。頃者倭奴之警，乃以城西之積歸之，而濟農倉遂改爲玉峰倉。

鶴慶彭侯，以進士知崑山，因倉故址，加恢拓之。東至於公館若干步，始以囷廩揹植，致鬱攸之變。於是懲艾前患，興造新倉。中爲官廳，左右互列凡若干楹。一歲四十一萬四千五百石之糧，悉儲于此。蕞爾小縣，可謂「如茨如梁，如坻如京」矣。

是役也，以民之掌稅者，量其所掌之多寡，區別以賦工。以故上不費於官，而下不及於民，浹旬而役用告成。觀者歎息，以侯之才敏，而吾民之易使也如是。抑古者垣窌倉庾之設，以治年之豐凶。凡萬民之食，待施惠，恤艱阨，養孤老而已。國家因前代常平義倉之法，有四倉之制，而歷世經紀豫備，見之綸音者，不一而足。而因仍廢墜已久。彭侯承兵荒之餘，詔書趣辦，義不得不先公家之急。雖有愛民之心，宜亦未及乎此。而濟農之名，不可以沒也。是用併識之。

侯名富。爲縣淸廉勤勤，敏於造事。卽此亦可以概見矣。是歲嘉靖四十三年，歲次甲子，某月日倉成。九月某日記。

長興縣令題名記

長興爲縣，始於晉太康三年，初名長城。唐武德四年、五年，爲綏州、雉州。七年，復爲長城。梁開平元年，爲長興。元元貞二年，縣爲州。洪武二年，復爲縣。縣常爲吳興屬，隋開皇、仁壽之間，一再屬吾蘇州。丁酉之歲，國兵克長興，耿侯以元帥卽今治開府者十餘年。既滅吳，耿侯始去，而長興復專爲縣。至今若干年矣。遡縣之初建爲長城，若干年矣；長城爲長興，又若干年矣。舊未有題名之碑。余始考圖志，取洪武以來爲縣者列之。

嗚呼！彼其受百里之命，其志亦欲以有所施於民，以不負一時之委任者，蓋有矣。而文字缺軼，遂不見於後世。幸而存者，又其書之之略，可慨也。抑其傳於後世者既如彼，而是非毀譽之在於當時，又豈盡出於三代直道之民哉？夫士發憤以修先聖之道，而無聞於世，則已矣。余之書此，以爲後之承於前者，其任宜爾；亦非以爲前人之欲求著其名氏於今也。

太僕寺新立題名記 代

太僕寺，秦、漢皆掌輿馬，天子出，奉駕上鹵簿，用大駕，則執馭。然其屬有龍馬五監，邊郡六牧，則馬之事無不統焉。漢以後，官掌大抵不異。國家自洪武六年定制，獨置太僕寺於滁州，始去奉車之職，而顓掌馬之事。三十年，置行太僕寺。永樂初，改北平行太僕寺爲北京行太僕寺。十八年，特稱太僕寺。洪熙初，復稱北京。正統元年，始定稱爲太僕寺。寺卿一人，少卿二人，丞十二人。列聖相承，時有損益。至隆慶己巳，其員額少卿三人，丞三人。所掌驗烙巡牧，勞逸人殊。藏府京營，歲月輪代。某初到官，頗爲推究，非初立法之意，乃因循墮廢而致然也。因條上其事。

略云：舊設少卿二名，一巡京營及各邊騎操之馬，一巡近京州縣寄養之馬，皆領勅歲代。寺丞十二員，分管畿輔八府、山東、河南之馬。後復增少卿一員，省丞爲六員。今又已虛其丞之半，丞少，不足以更事，而又偷息其間。欲乞重三丞之選，與少卿一體協行，以均勞逸，重責成。又驗烙發寄，本非二事。舊制，巡驗俱屬一卿，今欲以二少職掌，亦如兩丞東西分管，職兼驗養，各以丞佐之。春秋仲季，並出近京州縣，赴俵之馬，就近印發，一便也；都會輻輳，得免擁聚，二便也；國門嚴重，潛杜呼譟，三便也；兩卿分轄，事半功倍，四便也；卿巡未逮，分任寺丞，五便也；遇有緩急，就近調兑，六便也；上免朝參，下謝交託，殫力王事，七便也；營軍養戶，躬相授受，游販奸胥，不得規避，八便也。奏上，天子以其章下兵部覆奏，報可。於是驗牧並行，卿丞配佐，載於甲令。某又以寺宇敝壞，奏一新之。

故事，諸省寺皆有題名碑。始卿邵康僖公銳，張公舜臣，重爲立石。今歲久石窮，無隙鑱書。於是李君義起，與廳簿應崇元，願捐貲以豎〔二〕新石。而丞張君進思、郎君大倫、王君淑，咸曰：幸今日正名與諸卿埒，亦請立石。於是相率屬某記之。

某竊惟聖天子改元更化之日，率作興事，開廣言路。羣工戒飭，百度振舉。而微臣稍條上一二事，詔書無不俞允。此正臣等精白一心，夙夜匪懈，以助成德意，興萬世之太平者也。邇者歲災流行，大江南北，河海嘯溢；畿輔邊關，雨雹徧野。夫雨水冰雹，皆陰類也。其應主戎馬生郊之象，潢池盜兵之兆。臣等職領師菀，而國馬傷耗，武備衰減，其責尤重且大。夫三關九塞，用馬之地也。畿輔州邑，牧馬之地也。大江南北，財賦之區，駒馬之地也。是故驗烙則憂種馬無駒，兵政之寓農，何以復祖宗之初額？巡牧則憂芻牧非人，緩急之備用，何以禦匈奴之長技？京營則憂四驪未比，何以奠百二之神州？藏府則憂九年未蓄，何以備邊圉之孔棘？自古僕卿在九列，國家雖去奉車，少離親密，而任益專重。今因仍積弊之後，尤有難者。況茲廨宇官職，丕變維新，臣等凡備列題名之石者，其可不思所以攄乃心力，以祇承明天子之制哉？臣某拜手謹記。

長興縣城隍神靈應記

凡他郡縣城隍之神，民奔走賽祀特盛，長興則否。余至之日，像塑剝落，侍從跛倚壓間，祠門外，右即爲溷湢；前有司月朔望一至，未嘗問焉。然神儼然靚居，無淫瀆者，則余以爲長興城隍之神獨尊於他縣也。

余頗爲葺神居之圮壞，繪飾塑像，除前之穢。然神像特偉麗尊嚴如王者。祠前古柏二株，蒼翠挺直可愛。其左一株，右紐如絞索，尤奇。眞棲靈之地。余於縣數決大獄，即心開，類神有以告之。每閭里有姦，輒不時發。故余於事神尤虔。

會大旱，自五月至于六月，不雨。縣有方山，自太湖西南望，最爲雄高。上有黑龍湫，冬夏水不竭。民言先時禱雨，多應。余遂往至山下，欲上山。民皆叩頭言：「山陡險不可上，先至此禱雨，皆望祀，無登者。」余曰：「爲禱雨來，畏險，非誠也。」又曰：「赤日烈甚，無草木之蔽。徒步上下，近三四十里，喝不可登也。」余曰：「爲禱雨來，畏暍，非誠也。」遂披荆棘而行。或側逕僅置半武。過小龍洞，洞亦有湫。又上，乃至大龍洞。兩石罅上闔下開，如佛龕，高可四五丈。湫廣數尺，其中甚清涼。因拜祭，有物蜿蜒俎間。山既益高，則盡見陽羨諸山，湧出如層波疊浪。而東北望太湖如鏡，隱隱見姑蘇之臺。已下，方盛暑烈日，天無纖雲。還至神前，拜致所取龍洞之水，方出廟，大雨如注。四境霑足，綠疇彌望。萬衆懽呼，以爲神之報答如響也。至秋中，又旱。余復至山禱，已下半山，即雨。雖不能如前霑足，而玄雲靉靆，四野時有雨至。是歲竟免旱災。

會余改官，欲去縣，明日將辭于神。幼子夜夢神與之言：「吾轍與胡靴敝，又無船。」時余繪神像，蓋圬者以神下體近几，故仍前漫漶，欺余不見也。至明，問之道士，果然。又吾鄉神祠上，常有畫船懸梁。余問：「此神廟何不類吾蘇州有畫船懸？」道士對曰：「故有之，今壞不懸也。」余遂捐貲令復繪神下體，與懸畫船。

余尋往臨安。而郡倅有惡余者，計得縣篆。即日以兩戈船冒風雨夜至縣，欲捃拾以爲罪。見人輒搒掠，縣中大驚。一日，倅忽夢神指其胸；明日，瘍發於胸，死矣。

余欲爲勒石於廟，會行不果。然自離縣，常往來於懷。噫！使人皆得逞其一時之凶暴以害人，則人道滅矣；賴神明之昭然者如此！君子之守道循理，遭世之洶洶，其亦猶有所恃也耶！余既書此，因貽後之代者；倘與余同志，必爲勒石於祠下，以著神之靈驗焉。

張氏女貞節記

張氏女，湖州歸安人，都御史孟介之孫，瑞州通判弘裕之女也。少許聘烏程學生嚴大臨。大臨，工部尚書震直之曾孫也。

嘉靖七年，大臨以儒士試浙闈，還遘疾。明年，疾甚且死。瑞州往來診視，歸語其妻。女聞之，閉門，悉斂平時所製女工凡裝送衣物焚之。家人見閤中火起，驚問之。女曰：「吾已無用此矣。」語聞嚴氏，姑遣嫗往覘之。女私謂嫗曰：「病不可爲，當歸汝家，沒吾世而已。」舅姑感動，遣人往迎，父母難之。湖州太守梁君，縣令戚君，高其義。皆致書瑞州，勸成其美。而大臨已卒。張氏服其服往哭之，遂居次不還。是時大臨年二十，女年十九。嚴氏因爲置嗣。及長娶婦，而嗣子亦卒。遂婦姑相守，歸嚴氏今三十六年，年五十四矣。余昔嘗著論。以爲女未嫁人，爲其夫死，或終身不改適者，非先王之禮也。曾子問曰：「昏禮，既納幣，有吉日，壻之父母死，則如之何？」孔子曰：「壻已葬，致命女氏，曰：『某之子有父母之喪，不得嗣爲兄弟，使某致命。』女氏許諾而弗敢嫁也。壻免喪，女之父母使人請，壻弗取而後嫁之，禮也。」言壻免喪而弗取，則可以嫁也。曾子曰：「女未廟見而死，則如之何？」孔子曰：「不遷於祖，不祔於皇姑，不杖不非不次，歸葬於女子氏之黨，示未成婦也。」未成婦，則猶不繫於夫也。先王爲中庸之教，示人以人情之可循。女已許人矣，免喪而弗取，則嫁。未廟見而死，則歸於女子氏之黨。其不言壻死而嫁者，此曾子之所不必問也。

雖然，禮以率天下之中行，而高明之性，有出於人情之外，此賢智者之過，聖人之所不禁。世教日衰，窮人欲而滅天理者，何所不至？一出於怪奇之行，雖不要於禮，豈非君子之所樂道哉？微子、箕子、比干三人者，同爲紂之近戚，其所以處之者不必同；而孔子皆謂之仁。若伯夷、叔齊，舍孤竹之封而隱于首陽，未有祿位于朝者也，於君臣之義，分亦微矣，而恥食周粟以死；孔子亦謂之仁。嗟夫！世之論人者，亦取法於孔子而已矣。

吳山圖記

吳、長洲二縣，在郡治所，分境而治。而郡西諸山，皆在吳縣。其最高者，穹窿、陽山、鄧尉、西脊、銅井，而靈巖，吳之故宮在焉，尙有西子之遺跡。若虎丘、劍池，及天平、尙方、支硎，皆勝地也。而太湖汪洋三萬六千頃，七十二峰沉浸其間，則海內之奇觀矣。

余同年友魏君用晦爲吳縣，未及三年，以高第召入爲給事中。君之爲縣有惠愛，百姓扳留之，不能得，而君亦不忍於其民；由是好事者繪吳山圖以爲贈。

夫令之於民，誠重矣。令誠賢也，其地之山川草木，亦被其澤而有榮也；令誠不賢也，其地之山川草木，亦被其殃而有辱也。君於吳之山川，蓋增重矣。異時吾民將擇勝於巖巒之間，尸祝於浮屠老子之宮也，固宜。而君則亦旣去矣，何復惓惓於此山哉？昔蘇子瞻稱韓魏公去黄州四十餘年，而思之不忘。至以爲思黄州詩，子瞻爲黄人刻之於石。然後知賢者於其所至，不獨使其人之不忍忘，而已亦不能自忘於其人也。

君今去縣已三年矣。一日，與余同在内庭，出示此圖，展玩太息，因命余記之。噫，君之於吾吳，有情如此，如之何而使吾民能忘之也！

光禄署丞孟君浚河記

吳淞江承太湖之水，蜿蜒東下，三百里入海。左右之浦如百足。江自甫里折而北行，至崑山全吳鄉，東爲潴浦。又爲帆歸浦，斜折而南，入於潴浦。江復東，而浦之南出者，其東爲張浦，又東爲顧仙浦，又東爲諸天浦，又東爲同丘浦，又東爲新塘，皆南入於潴浦。若爲塘，爲漊，爲涇，爲浜，凡在其間者，此光禄署丞孟君規其鄉所浚之水，江東南岸之地也。自新塘東，則江又南折，非孟君之鄉矣。君居家好義，歲捐貲，以爲民興利。至是大旱，又捐貲盡浚諸水之在其鄉者。當此時，邑民告飢，而全吳半鄉獨豐熟。其父老感君之義，請記其事。

夫三吳，江海之介，而羣山之水又犇注於其間爲大浸，所謂太湖也。太湖分迸而出，以入於海，若以人力溝防疏導，則無不治之田，而水旱不能爲患害。蓋湖水自西而下，而海之潮自東而上，清流不能勝濁泥之滓，故水不可一日不浚也。嘉靖初，朝廷嘗遣大吏來治，今四十年不治矣。古之三江，其二不可考，今惟吳淞一江，仰接太湖之水。古者江狹處，猶廣二里。今自下鶴以來，僅僅如綫，而茭蒲葭菼生其中。下流入海之蹌口，不復通矣。千墩、新洋、黃浦，皆亂流也，水道何由而順乎？故江左右之浦在東者，但見止水蘊藻，而姑蘇以東，秀州以北百里間，其田皆不耕。吾恐又數年，江日涸而西，而湖水益潰流，東南之民將不食也。孟君居一鄉，能興其鄉之水利；則夫受司牧之寄者，獨可以辭其責耶？

君名紹曾，字守約。以太學上舍爲大官丞。所浚河三十有四，二萬七千六百九十四丈。爲工四萬九千六百，用穀十有三萬九千觔。是用勒石，以告來者。

松雲庵楊主簿墓田碑記

蒼梧楊君際可，以歲貢入太學，還調長興主簿。爲人高簡，日閉門吟哦，有崔斯立之風。嘉靖三十六年六月二十日至，後五年，正月二十一日卒。蒼梧去鄣數千里，楊君又無子；時南海劉君介齡爲縣，哀其遠而喪不能歸也，葬之城西二里五峯山之麓。爲祭田，使松雲庵僧守之。

余至縣，楊君家人流寓於此，與僧爭田。予謂劉君本置祭田爲楊君守塚，家人若得而有之，亦可得而鬻之也。訊之，果有謀此田者。因斷歸僧家，以嗣劉君之志；且令刻之石，以垂永久。

張氏女子神異記

嘉靖甲辰，夏五月，安亭鎮女子張氏年十九，姑脅淩與爲亂，不從。夜，羣賊戕諸室。縱火焚尸，天反風滅火。賊共舁欲投火，尸如數石重，莫能舁。前三日，縣故有貞烈廟，廟旁人聞鼓樂從天上來，火出柱中，轟轟有聲。縣宰自往拜之。時大旱，三月無雨，士大夫哀祭已，大雨如注。賊子籲天拜，拜忽兩腋血流。

縣宰命暴姑尸壇上，禁其家不得收。家夜收之，雷雹暴至，羣鬼百數，啾啾共來逐，遂棄去。及官奉檄啓視女子：時經暑三月不腐，僵臥膚肉如生，頸脅二創孔有血沫。仵人吐舌，謂未有也。噫！亦異哉。

觀古傳記載忠烈事，多有神奇；今日見之，益信。於是知節義天所護，然不能護之使必無遭害，何也？悲夫！

校記

〔一〕夷　原刻墨釘，依大全集校補。

〔二〕堅　原刻作「堅」。

震川先生集卷之十七

記

世美堂後記

余妻之曾大父王翁致謙，宋丞相魏公之後。自大名徙宛丘，後又徙餘姚。元至順間，有官平江者，因家崑山之南戴，故縣人謂之南戴王氏。翁爲人倜儻奇偉。吏部左侍郎葉公盛，大理寺卿章公格，一時名德，皆相友善，爲與連姻。成化初，築室百楹於安亭江上，堂宇閎敞，極幽雅之致。題其扁曰世美。四明楊太史守阯爲之記。

嘉靖中，曾孫某以逋官物鬻于人。余適讀書堂中。吾妻曰：「君在，不可使人頓有黍離之悲。」余聞之，固已惻然。然亦自愛其居閒靚，可以避俗囂也，迺謀質金以償鬻者；不足，則歲質貸。五六年，始盡讐其直。安亭俗呰窳，而田惡。先是縣人爭以不利阻余。余稱孫叔敖請寢之丘，韓獻子遷新田之語以爲言。衆莫不笑之。余於家事，未嘗訾省。吾妻終亦不以有無告，但督僮奴墾荒萊，歲苦旱而獨收。每稻熟，先以爲吾父母酒醴，乃敢嘗酒。獲二麥，以爲舅姑羞醬，乃烹飪，祭祀賓客婚姻贈遺無所失。姊妹之無依者悉來歸，四方學者館餼莫不得所。有遘憫不自得者，終默默未嘗有所言也。以余好書，故家有零落篇牘，輒令里媼訪求，遂置書無慮數千卷。

庚戌歲，余落第出都門，從陸道旬日至家。時芍藥花盛開，吾妻具酒相問勞。余謂：「得無有所恨耶？」曰：「方共採藥鹿門，何恨也？」長沙張文隱公薨，余哭之慟，吾妻亦淚下，曰：「世無知君者矣。然張公負君耳！」辛亥五月晦日，吾妻卒。實張文隱公薨之明年也。

後三年，倭奴犯境，一日抄掠數過，而宅不毁；堂中書亦無恙。然余遂居縣城，歲一再至而已。辛酉清明日，率子婦來省祭，留修圮壞，居久之不去。一日，家君燕坐堂中，慘然謂余曰：「其室在，其人亡，吾念汝婦耳。」余退而傷之。述其事，以爲世美堂後記。

重修承志堂記

吾家舊宅在宣化里者，吾大父亦不知其何所始。第云高大父於成化初，始創承志堂。時大父方齠齔，上梁之日，有二鶴翔止於梁上，觀者千人，皆以爲吉祥壽考之徵。大父爲太常卿夏公孫壻，夏公親題其額曰承志堂。

其後，高大父又自别創宅於須浦之上。吾生之年，高大父夢有人謂曰：「公何不作高玄嘉慶堂？」高大父覺而喜，曰：「城中必得孫矣。」城中，蓋指今舊宅大父居也。已而吾與伯兄皆生，高大父遂以次年創堂須浦，顧太史九和爲之記。然吾大父猶自居城中。

先是，堂前嘗有虹起屬天。又大父闢西園，好植薔薇，須浦創堂之前年春，花盛開，花中復有蘤，作重疊樓子，週圍滿架，五色燦爛，所未有也。西園南有井，雖大旱，不竭。人亦以爲井泉甘美，能益人壽。以是大父與世父及先君，皆饗高年。

隆慶二年，吾自吳興還，因返舊宅。支撑傾陊，完葺破漏。明年二月，僅還舊日之觀。歐陽公題王太師畫像云：「畫已百年，完之又可得百年。」吾修此堂，亦謂尚可及百年也。第年往歲徂，德業不聞，無以副前人命堂之志。且以去吾祖父之生存，不至十年，依依仰止，豈勝怵惕悽愴之情云！

重造承志堂左右夾室記

余既修承志堂，而左右室壞不可支，爲撤而新之。其左，蓋吾大父爲世父與先君延師友講習之所。時王汝礪先生居師席，而朱布政觀、張僉憲寬，皆從王先生。而二公更爲世父與先君師。時與先君同學，往往亦有貴者。其後世父復授徒於此室。余今亦方與學者講論六藝，以修先業。故名其左曰論室。其右，則余先君喜恤貧士，故友張自新子賓，嘗假以授徒於此室。先君爲舘穀之，終歲不厭。子賓雖亡，當時從學如沈孝，猶從余遊，能談少年時事。又以爲先君賓禮賢士之所，故名其右曰賓室。顧余仕宦不遂，既老而貧，無昔人開府節鎭之榮貴；而妄爾改作，此余之所以已成而爲之愧歎也。

陶菴記

余少好讀司馬子長書，見其感慨激烈，憤鬱不平之氣，勃勃不能自抑。以爲君子之處世，輕重之衡，常在於我，決不當以一時之所遭，而身與之遷徙上下。設不幸而處其窮，則所以平其心志，怡其性情者，亦必有其道。何至如閭巷小夫，一不快志，悲怨憔悴之意，動于眉眥之間哉？蓋孔子亟美顏淵，而責子路之慍見，古之難其人久矣。已而觀陶子之集，則其平淡冲和，瀟灑脫落，悠然勢分之外，非獨不困于窮，而直以窮爲娛。百世之下，諷咏其詞，融融然塵查俗垢與之俱化。信乎古之善處窮者也！推陶子之道，可以進于孔氏之門。而世之論者，徒以元熙易代之間，謂爲大節，而不究其安命樂天之實。夫窮苦迫于外，飢寒憯于膚，而情性不撓。則于晉、宋間，眞如蚍蜉聚散耳。昔虞伯生慕陶，而並諸邵子之間。予不敢望于邵，而獨喜陶也；予又今之窮者，扁其室曰陶菴云。

畏壘亭記

自崑山城水行七十里，曰安亭，在吳淞江之旁；蓋圖志有安亭江，今不可見矣。土薄而俗澆，縣人爭棄之。予妻之家在焉。予獨愛其宅中閒靚，壬寅之歲，讀書於此。宅西有清池古木，壘石爲山；山有亭，登之，隱隱見吳淞江環遶而東，風帆時過於荒墟樹杪之間，華亭九峯，青龍鎭古刹浮屠，皆直其前。亭舊無名，予始名之曰畏壘。

莊子稱：庚桑楚得老聃之道，居畏壘之山。其臣之畫然智者去之，其妾之挈然仁者遠之。擁腫之與居，鞅掌之爲使。三年，畏壘大熟。畏壘之民，尸而祝之，社而稷之。而予居於此，竟日閉戶。二三子或有自遠而至者，相與謳吟於荆棘之中。予妻治田四十畝，値歲大旱，用牛輓車，晝夜灌水，頗以得穀。釀酒數石，寒風慘慄，木葉黃落；呼兒酌酒，登亭而嘯，忻忻然。誰爲遠我而去我者乎？誰與吾居而吾使者乎？誰欲尸祝而社稷我者乎？作畏壘亭記。常熟本小異。今從崑山本。

思子亭記

震澤之水，蜿蜒東流爲吳淞江，二百六十里入海。嘉靖壬寅，予始攜吾兒來居江上，二百六十里水道之中也。江至此欲涸，蕭然曠野，無輞川之景物，陽羨之山水；獨自有屋數十楹，中頗弘邃，山池亦勝，足以避世。予性懶出，雙扉晝閉，綠草滿庭，最愛吾兒與諸弟遊戲穿走長廊之間。兒來時九歲，今十六矣。諸弟少者三歲、六歲、九歲。此余平生之樂事也。

十二月己酉，攜家西去。予歲不過三四月居城中，兒從行絕少，至是去而不返。每念初八之日，相隨出門，不意足跡隨履而沒，悲痛之極，以爲大怪無此事也。蓋吾兒居此七閱寒暑，山池草木，門堦戶席之間，無處不見吾兒也。葬在縣之東南門，守冢人俞老，薄暮見兒衣綠衣，在享堂中，吾兒其不死耶！因作思子之亭。徘徊四望，長天寥廓，極目於雲烟杳靄之間，當必有一日見吾兒翩然來歸者。於是刻石亭中，其詞曰：

天地運化，與世而遷。生氣日漓，曷如古先。渾敦檮杌，天以爲賢。矬陋㾮躄，天以爲妍。跖年必永，回壽必慳。噫嘻吾兒，敢覬其全！今世有之，死固宜焉。聞昔郗超，歿於賊間。遺書在笥，其父舍旃。胡爲吾兒，愈思愈妍？爰有貧士，居海之邊。重趼來哭，涕淚潺湲。王公大人，死則無傳。吾兒孱弱，何以致然？人自胞胎，至於百年。何時不死，死者萬千。如彼死者，亦奚足言！有如吾兒，眞爲可憐。我庭我廬，我簡我編。髧彼兩髦，翠眉朱顏。宛其綠衣，在我之前。朝朝暮暮，歲歲年年。似耶非耶？悠悠蒼天！臘月之初，兒坐閤子。我倚欄杆，池水瀰瀰。日出山亭，萬鵲來止。竹樹交滿，枝垂葉披。如是三日，予以爲祉。豈知斯祥，兆兒之死？兒果爲神，信不死矣。是時亭前，有兩山茶。影在石池，綠葉朱花。兒行山徑，循水之涯。從容笑言，手擷雙葩。花容照映，爛然雲霞。山花尚開，兒已辭家。一朝化去，果不死耶？漢有太子，死後八日，周行萬里，甦而自述。倚尼渠余，白壁〔一〕可質。大風疾雷，俞老戰栗。奔走來告，人棺已失。兒今起矣，宛其在室。吾朝以望，及日之昳。吾夕以望，及日之出。西望五湖之淸泌，東望大海之蕩潏。寥寥長天，陰雲四密。俞老不來，悲風蕭瑟。宇宙之變，日新日茁。豈曰無之，吾匪怪譎。父子重懽，茲生已畢。於乎天乎，鑒此誠壹！

項脊軒志〔二〕

項脊軒，舊南閤子也。室僅方丈，可容一人居。百年老屋，塵泥滲漉，雨澤下注，每移案，顧視無可置者。又北向，不能得日，日過午已昏。余稍爲修葺，使不上漏；前闢四窗，垣牆周庭，以當南日；日影反照，室始洞然。又雜植蘭桂竹木於庭，舊時欄楯，亦遂增勝。借書滿架，偃仰嘯歌，冥然兀坐。萬籟有聲，而庭堦寂寂，小鳥時來啄食，人至不去。三五之夜，明月半牆，桂影斑駁。風移影動，珊珊可愛。然予居於此，多可喜，亦多可悲。

先是，庭中通南北爲一。迨諸父異爨，內外多置小門牆，往往而是。東犬西吠，客踰庖而宴，雞棲於廳。庭中始爲籬，已爲牆，凡再變矣。家有老嫗，嘗居於此。嫗，先大母婢也。乳二世，先妣撫之甚厚。室西連於中閨，先妣嘗一至，嫗每謂予曰：「某所，而母立於茲。」嫗又曰：「汝姊在吾懷，呱呱而泣。娘以指扣門扉曰：『兒寒乎？欲食乎？』吾從板外相爲應答。」語未畢，余泣；嫗亦泣。

余自束髮讀書軒中。一日，大母過余曰：「吾兒，久不見若影，何竟日默默在此，大類女郎也？」比去，以手闔門，自語曰：「吾家讀書久不效，兒之成，則可待乎？」頃之，持一象笏至，曰：「此吾祖太常公宣德間執此以朝；他日，汝當用之。」瞻顧遺跡，如在昨日。令人長號不自禁。

軒東故嘗爲廚。人往，從軒前過。余扃牖而居，久之能以足音辨人。軒凡四遭火，得不焚，殆有神護者。

項脊生曰：蜀清守丹穴，利甲天下。其後秦皇帝築女懷清臺。劉玄德與曹操爭天下，諸葛孔明起隴中，方二人之昧昧于一隅也，世何足以知之？余區區處敗屋中，方揚眉瞬目，謂有奇景。人知之者，其謂與埳井之蛙何異！

余既爲此志後五年，吾妻來歸。時至軒中從余問古事，或憑几學書。吾妻歸寧，述諸小妹語曰：「聞姊家有閤子，且何謂閤子也？」其後六年，吾妻死，室壞不修。其後二年，余久臥病無聊，乃使人復葺南閤子。其制稍異于前，然自後余多在外，不常居。庭有枇杷樹，吾妻死之年所手植也。今已亭亭如蓋矣。

秦國公石記

宋太師秦國衛文節公涇，淳熙十一年進士第一人，參知政事。文章議論，有裨於當世。宋史軼不傳。公，吾縣人也，縣人能紀之。

當韓侂冑用事時，公隱居十年，於所居地名石浦，闢西園，參致太湖石甚富。至今往往流落人間，然皆爲屠沽兒酒肉腥穢，可弔也。獨其在學宮者，爲四方過客之所欽仰。余居安亭江上，往來陸家浜，舟中見冢間大石，問知爲秦公故物，埋草土中，無識者。先時吏部侍郎葉文莊公，亦石浦人，其家子弟運致於此。因購之葉氏，載以二百斛舟，沿吳淞江而下，置於堂東。

學宮石，世以爲名品。以余觀之，殆如雕鏤耳。此石旋轉作人舞，而形質恢侻，類靺師所率之夷舞。若以甲乙品第，當在學宮之上。嗟乎！公，吾鄉之先哲。余朝夕對之，如對公矣。前十年，於閶門劉尙書宅得一奇石。形如大旆，迎風獵獵，髣髴漢大將軍兵至闐顏，大風起，縱兵左右翼，圍單于，驃騎封狼居胥，臨瀚海時也。久僵仆庭中，今立於西垣云。

夢鼎堂記

凡州縣治，其後皆爲夾道，而官之長貳之私宅，別爲一區。惟長興治後迫於城，故令之宅無周垣門廡，燕居之堂，與前堂簷相接也。余來爲縣，屬久廢之餘，爲修經閣鼓樓，左右廊廡，起吏舍倉庾，成橋梁，築月城水門，一歲中略具。而燕居之堂穿漏傾圮，復加完葺之。雖前除不敞，而堂中若加恢廓，如人外處迫隘之形，而中不失寬綽之度。因得休暇觀古圖書於此。

會有事於貢院。一日，夢寢庭中有函牛之鼎，其旁有破裂處，方命修補之。覺，而以告諸同事。適長興之士試而得雋者三人，衆皆以爲鼎足之應。未幾而南都報得雋者又一人，或又以爲補鼎之驗也。夫占者之云，其果云爾已乎？

蓋鼎，三代之傳器也。聖人取以爲卦。其辭曰：「君子以正位凝命。」又曰：「主器者莫若長子。」此其爲王者之事矣！然又以象三公者，何也？誠以天下非人主所能獨運，而所藉者輔相也。故鼎，天子飾以黃金，諸侯以白金；三足以象三台，三足一體，猶三公承天子也。以主烹飪，不失其和；金玉鉉之，不失其所；公卿仁賢，天王聖明之象也。讀鼎之辭，可以見君臣一體之義，而人臣輔相之道備矣。故又曰：「大烹以養聖賢。」明天子當以聖賢置之三公之位，不宜使在下僅出其否而已，而制其毁譽進退於不知者之人，使之皇皇焉憤其所之也。

余少時有狂簡之志，思得遭明時，興堯、舜、周、孔之道，嘗鄙管、晏不足爲。今老矣，無能爲矣。台鼎之兆，其以望諸二三子。因取而名斯堂，且以俟後之繼余而來者云。

順德府通判廳記

余嘗讀白樂天江州司馬廳記，言自武德以來，庶官以便宜制事，皆非其初設官之制。自五大都督府，至於上中下郡司馬之職盡去，惟員與俸在。余以隆慶二年秋，自吳興改倅邢州。明年夏五月涖任，實司郡之馬政。今馬政無所爲也，獨承奉太僕寺上下文移而已。所謂司馬之職盡去，眞如樂天所云者。

而樂天又言：江州左匡廬，右江、湖，土高氣清，富有佳境。守土臣不可觀遊，惟司馬得從容山水間，以是爲樂。而邢，古河內，在太行山麓。禹貢衡、漳、大陸，並其境內。太史公稱邯鄲亦漳河之間一都會，其謠俗猶有趙之風。余夙欲覽觀其山川之美，而日閉門不出，則樂天所得以養志忘名者，余亦無以有之。然獨愛樂天襟懷夷曠，能自適，觀其所爲詩，絕不類古遷謫者有無聊不平之意。則所言江州之佳境，亦偶寓焉耳。雖微江州，其有不自得者哉？

余自夏來，忽已秋中，頗能以書史自娛。顧衙內無精廬，治一土室，而戶西向，寒風烈日，霖雨飛霜，無地可避。几榻亦不能具。月得俸黍米二石。余南人，不慣食黍米。然休休焉自謂識時知命，差不愧於樂天，因誦其語，以爲廳記。使樂天有知，亦以謂千載之下，迺有此同志者也。

順德府通判廳右記

國家之制，郡有守，有佐貳。佐貳則常因有事而增其員。順德府故有通判一員。其後復設一員，責以馬之政，而隸其職於太僕寺。自國初使民戶養馬，議者謂雖行之而善，猶不免襲宋熙寧保甲之敝法，未爲馬之善政，而先以疲畿內之民。其後此法亦益敝不可復振，而有官或以擾民，反若贅疣然。

隆慶二年秋，余自吳興來遷，今少司徒趙公，以巡撫在浙，過辭之。趙公迺郡人，爲言「此官于今唯以無事爲得職」。余歎其眞長者之言。余病不能來，明年五月始至。趙公自司徙出董淮漕，時尙在家。見之，其言如初。於是余居邢之三月，益有味其言之也。蓋河北之民困久矣，不當復擾以馬之事。第奉行文書之外，日閉門以謝九邑之人，使無至者。簿書一切稀簡，不鞭笞一人，吏胥亦稍稍遯去。余時獨步空庭，槐花黃落，遍滿堦砌，殊懽然自得。而趙公又亟稱前判王君之賢。

余旣閒無事，欲考前官姓名，以識于壁。因問王君行事，無知者。惟一老卒能言之，謂：「王君於馬政不孰何，閒居不捶楚人，頗似吾君侯。若求其有所建明抉摘，無有也。而郡人至今稱官之有遺愛於民者，莫逾王君。」余又自喜，顧何以能比迹前賢？抑王君之居此者九年，而余以疎愚，度不能容於世，而老病侵尋，不久且告去矣。

王君名雲衢，字道亨，山西高平人，以國子上舍來調。嘉靖二十八年至，迨嘉靖三十六年，始遷潤州丞以去。余，蘇州崑山人。其諸前賢之名，闕於所不知，故不書。

震川別號記

余性不喜稱道人號，尤不喜人以號加己；往往相字，以爲尊敬。一日，諸公會聚里中，以爲獨無號稱，不可；因謂之曰震川。

余生大江東南，東南之藪唯太湖，太湖亦名五湖，尙書謂之震澤，故謂爲震川云。其後人傳相呼，久之，便以爲余所自號；其實謾應之，不欲受也。

今年居京師，識同年進士信陽何啓圖，亦號震川。不知啓圖何取爾？啓圖，大復先生之孫。汴省發解第一人。高才好學，與之居，恂恂然，蓋余所忻慕焉。

昔司馬相如慕藺相如之爲人，改名相如。余何幸與啓圖同號，因遂自稱之。蓋余之自稱曰震川者，自此始也。因書以貽啓圖，發余慕尙之意云。

家譜記

有光七八歲時，見長老，輒牽衣問先世故事。蓋緣幼年失母，居常不自釋，於死者恐不得知，於生者恐不得事，實創巨而痛深也。

歸氏至於有光之生，而日益衰。源遠而末分，口多而心異。自吾祖及諸父而外，貪鄙詐戾者，往往雜出於其間。率百人而聚，無一人知學者；率十人而學，無一人知禮義者。貧窮而不知恤，頑鈍而不知教；死不相弔，喜不相慶；入門而私其妻子，出門而誑其父兄：冥冥汶汶，將入於禽獸之歸。平時呼召友朋，或費千錢，而歲時薦祭，輒計杪忽。俎豆壺觴，鮮或靜嘉。諸子諸婦，班行少綴。乃有以戒賓之故，而改將事之期；出庖下之餕，以易薦新之品者。而歸氏幾於不祀矣。

小子顧瞻廬舍，閱歸氏之故籍，慨然太息流涕曰：嗟乎！此獨非素節翁之後乎，而何以至於斯也？父母兄弟，吾身也；祖宗，父母之本也；族人，兄弟之分也：不可以不思也。思則飢寒而相娛，不思則富貴而相攘；思則萬葉而同室，不思則同母而化爲胡、越：思不思之間而已矣。人之生子，方其少時，兄弟呱呱懷中，飽而相嬉，不知有彼我也。長而有室，則其情已不類矣。比其有子也，則兄弟之相視，已如從兄弟之相視矣。方是時，惟恐夫去之不速，而孰念夫合之之難，此天下之勢所以日趨於離也。吾愛其子而離其兄弟，吾之子亦各念其子，則相離之害，遂及於吾子，可謂能愛其子耶？

有光每侍家君，歲時從諸父兄弟執觴上壽，見祖父皤然白髮。竊自念，吾諸父兄弟，其始一祖父而已。今每不能相同，未嘗不深自傷悼也。然天下之事，壞之者自一人始，成之者亦自一人始。仁孝之君子，能以身率天下之人，而況於骨肉之間乎？古人所以立宗子者，以仁孝之道責之也。宗法廢而天下無世家，無世家而孝友之意衰。風俗之薄日甚，有以也。

有光學聖人之道，通於六經之大指。雖居窮守約，不錄於有司，而竊觀天下之治亂，生民之利病，每有隱憂於心。而視其骨肉，舉目動心，將求所以合族者，而始於譜。故吾欲作爲歸氏之譜，而非徒譜也，求所以爲譜者也。

校記

〔一〕壁　疑當爲「甓」。

〔二〕志　目錄作「記」。

震川先生集卷之十八

墓誌銘

南京車駕司員外郎張君墓誌銘

君諱棶，字子培，其先出自郿伯。宋之南遷，由關中來徙，居太湖包山。後徙嘉定，遂爲嘉定人。曾祖㛹，祖鎧，家世力田。父沄，歲貢入太學，不肯祿仕，教授鄉里。君少墮井中，覺有神人扶舁之，得不死。天資絶出倫輩。年二十，舉南京鄉試，考官以試題得罪，盡罷是年所舉士。後得旨，入太學，間一科，乃得會試。又六年，始中進士。授福清知縣。

縣古東侯官，依阻山海，徵召不時至。君廉明仁恕，豪右怗服。符下，爭趨無敢後者。先是，常熟陳君明近爲福清，民愛之。蓋三年，又得張君。二君皆吳產，閩人以爲美談。甌寧李冢宰罷，家居，君獨不往謁，李公憾，以爲輕己。丁外艱，服除，李公復爲冢宰。例，起服官試吏部，試已，令持案出。君獨不肯持，留一案於堂下。李公以問堂吏，知爲君，益怒。遂調孝豐。

孝豐，鄣郡山地險惡，數反，以故置新縣。君以德懷柔之，田有不均，丈量以寬貧戶。其豪相戒曰：「明府善政，不可撓也。」礦賊數百人爲亂，君檄止調外兵，獨部署縣人捍禦，賊皆散走。時倭夷鈔兩浙，州縣皆相效築新城，樓櫓雉堞相望。孝豐獨不肯，曰：「縣皆山，賊何以至？奈何困吾民也！」縣中清靜無事，時時登天目山，攀蘿緣磴，躋其絶頂，慨然賦詩，有高世遠舉之志。

陞南京兵部職方司主事。大司馬南昌張公器重之。南京歲造馬快船，畿輔及江西、湖廣積逋料解八十餘萬。朝廷以空名勅降兵部，兵部歲遣其屬公廉者，上其名，齎勅以往。至是，君以選行。始至一郡，却餽遺，於是兩省望風肅然，無敢以私奉君。君至，則與其君長議所便，惟恐傷民。凡歷三十餘郡，周行數千餘里，觸冒毒暑，還至巴陵而病。歲已暮，過家謁母，時已陞駕部員外郎，欲移告，不及而卒。時嘉靖三十九年正月二十八日。享年四十有三。

君嫡母李氏，性嚴，少所假借。君奉其母邵氏，與其配李氏，事之甚謹。財産悉以讓其弟，葬其父，族人許易墓地，已治塋兆室屋而悔之。君卽移他所，無怨言。有貧士，與君舊識。至孝豐，謁入，迎延上坐。衣服垢穢，人所不堪，酌酒賦詩竟數日，復資送之。故所善馬思學、殷子義，以道義相重；比君貴顯，待之愈厚。及卒，兩家妻子皆爲流涕。自楚還，舟中蕭然，獨有文書數簏，未上兵部。太倉兵備副使熊公來視其喪，篋中有金二十餘兩，財具棺斂而已。嗚呼！君可謂賢於人遠矣。

子元煥，尚幼，不能治喪。弟楚，奉太夫人之命，葬於橫涇先塋之左。以殷君所爲狀來請銘。予故善君，泣曰：「予何忍而不爲銘？」銘曰：

關西逖祖世大梁，名與伊、洛道相望。太湖山中暫飛槍，聿來東海著南翔。蓄潛玄懿生鸞凰，兩宰山縣如桐鄉。尚書七兵使命將，清風颯颯吹瀟湘。性資寬弘復清強，仁孝藹然厚懿常。生齡迫促志徒長，皇天不佑喪厥良。刻銘幽石固其藏，悠悠千載餘芬芳。

中書舍人李君墓誌銘

君諱允，字成甫，少傅太子太傅禮部尚書武英殿大學士南渠公之仲子。本姓呂氏，系出正惠公端，其後自河南再徙餘姚，以黃籍誤書「呂」爲「李」，因姓李氏。君高曾祖皆用少傅公貴，贈少保太子太傅禮部尚書武英殿大學士。妣皆一品夫人。母朱孺人，生君于京邸，七月而卒。

君少失母，又多疾。祖母楊太夫人，嫡母夏夫人，保抱嫗撫之。稍長就學，少傅公尤加意訓督，蓋痛其母之早亡也。以縣學生升國子。嘉靖三十三年秋，北虜〔一〕入塞，邊吏以兵驅之，虜〔三〕大急艾去。天子以公贊廟謨功，推恩蔭一子，君爲中書舍人。未幾，授階從仕郎。滿考，陞徵仕郎。贈母朱氏爲孺人。嫡母在而所生母得贈，蓋特恩也。爲中書五年，六官供酒膳，侍殿班，書金册，遇萬壽節，有白金文綺之賜。三十八年，上册封荆王、吉王，武安侯爲使，君爲副使以行。祗事，不受遺，宗藩敬之。尋請告，歸餘姚養疾。葬母于曹娥江之黄山。空方築堅，爲建祠而養其外祖母，且置後。施恩母黨，亦自痛其母之蚤亡。

于是滿告，辭少傅北上。是冬風雪異常，衝冒寒威，十一月，陞見還職，病增劇。以二月壬辰卒。實嘉靖四十四年也。年三十有二。配邵氏，邵武知府某之女。封孺人。君尚未有子，亡日，他姬生一子于家，少傅公命之曰彭孫，報至，君病已亟，發書而喜。

君天性孝友，爲人侃侃自將。長兄元，弟兑，並爲中書舍人。兄弟三人同省，當世榮之。君不幸蚤殁，而爲人才賢，不能無傷少傅之心矣。于是將歸葬于山之原，卜嘉靖某年月日，長中書以某官某之狀來請銘。銘曰：

成甫孑孑，修烈蚤頡。少傅仲子，承于休祉。錦衣內廷，競爽濟美。賢如子淵，壽亦如此。天厚其始，不厚其止。亦有遺息，繩祖之履。

外舅光祿寺典簿魏公墓誌銘

公諱庠，字子秀。其先李翁，居吳葑門之莊渠。依其姨母，因從其夫姓爲魏氏，而居崑山之眞義。大父諱鐘，生二子：諱奎，字孟文，恭簡公之父也；恭簡公諱校，仕至太常寺卿，知名於世；諱壂，字仲文，公之父也。娶趙氏，宋周恭肅王之裔。

公以貲入太學，選授南京驍騎衞知事。胡端敏公在南部，見之，嘆曰：「魏知事修謹，眞不忝子才弟也。」子才，恭簡公字。端敏與恭簡故善，是以云。居官八年，日騎馬淸都街，從其賢士大夫遊。衞幕閒冗，事莫足以爲也。會仲文翁病，上疏乞休，遂以光祿寺典簿致仕。

始，仲文翁已有田數百頃，公守成無所恢擴，而家日以大。四方士來造恭簡公，退卽公所飮酒，視館致飱，禮無不備。有乞貸不能償，常折其券。故李氏之在莊渠，尙以百數。恭簡公歲稟米有差，公則傚而行之。眞義亦名航頭，面婁江，而東遶大浦，多湖瀼，田肥美，居人數百家。吳俗苦重役，上戶常巧免，移之下戶，無能存者。公獨自占其役，以是家家得休息。至今航頭號稱殷盛。太史公云千里之內賢人之富者，公其可以當之矣。

公爲人淸秀，望之恂恂然。人或曰：「魏君若寒士，必當中朝淸列。」今坐數十囷稟，累之矣。」自太守二千石以下，莫不聞其賢，加奬嘆焉。顧孺人年十四，家盡亡，來歸于公。仲文翁夫婦憐之如己女。孺人亦曰：「翁媪，吾父母也。」公赴官，獨請留養，而以他姬侍往。子女非其出，愛之均一，內外雍睦，無有間言。元末有高士顧阿瑛，居此里。魏氏其富與埒，而孺人姓與小字適符焉。

公卒于嘉靖三十三年五月初四日，年六十有八。孺人卒于嘉靖二十五年八月二十五日，年六十有二。子男五人：希明、希哲、希直，孺人出；希正、希平，側室出。女五人：適鄭若曾、爵有光、姚員，孺人出；適顧夢穀、晉驌，他姬出。孫男女十七人，曾孫男女十一人。恭簡公之世，欲復姓，未果。而嗣子鄉進士續，先從李姓。及公子希直中鄉貢，在禮部，具牒復其姓，今皆爲李氏。諸子孫壻受恭簡公之業，多在成均及郡邑序。其娶嫁，盡吳中大族貴官也。墓在高墟，始攢，實以嘉靖三十三年月日大葬。有光娶公之仲女，痛其賢而蚤歿，所以致其無已之情者，惟公與孺人之壽考是祈。而今已矣，歲月遠矣，嗚呼痛哉！

銘曰：

易理以大，恭簡昌之，世以有聞。惟仲文翁，精善利道，萬畝治畇。公克承之，恭簡是師，咸遂其仁。方數千里，德澤所浸，於古宜君。其世蔓延，其鮮其茂，共此荄根。有巍高丘，皇考之旁，新築玄宮。日月吉良，既固且安，以福仍雲。

鴻臚寺司賓署丞張君墓誌銘

嘉定之南，有地曰南翔。張氏世雄其土，迨適耕翁，力田積居，家至不訾。翁長子蚤卒，次生君。少學進士業，入大學，一試秋闈，不利。然翁家既饒，以貲奉其子遊京師。君又才儁，諸公貴人皆樂與之交。以選爲四夷〔三〕館譯字生，除鴻臚寺序班。鴻臚所選用，其屬多綺紈子弟。君於其間，侃侃自將，寺中號爲閣老序班。每朝會，臚句傳，多舉不如儀者，輒引去治罪。

久之，洊陞爲司賓署丞。奉使至邊犒軍，歷太原、雲中、鴈門，兵官皆戎衣，執櫜鞬，負弩矢迎導。從士數百人，儀衛甚盛。以登五臺山，觀清涼寺，人以君爲榮。

既竣事南還，丁外艱。服除，赴官。逾月，又以內艱還。時海上有倭奴之警，君家最邊海上，數跳身遁。嘗以天子仁聖，稽古右文，制禮作樂，殆歷三紀。天下和洽，四夷〔四〕鄉風。日月之所照，莫不賓貢；奇琛瑋寶，呈表怪麗，絡繹於館候，無歲無之。君時在司賓，親見其盛矣。一旦窮島小夷，懸度大海，來爲侵盜，使江、淮千里之間，靡然騷動。每言及，常憤悒。數爲大帥運籌策。帥亦奇君，數從君問計。會君亦已服除，賊勢稍解，將治裝北上。尋病不起，時嘉靖三十四年九月二十四日也。年止五十六。

君之奉使也，以二親老，在京師殆逾十年，因晨夜馳歸省之。已而連丁內外艱，中間一至京師，坐不及安。比服除，京師貴人數以書促之，竟不能至而卒。人以是惜之。

君諱梓，字子道。曾祖某，祖某，父某，是爲適耕翁。以君貴，封鴻臚寺序班。母某氏，封孺人。子男一人，善鳴；女二人，長適嚴治，次適丘權。皆某孺人出也。側出子一人，二元，尚幼。張氏先未有顯者，自君始登朝著。而從父弟懋，最後迺登進士焉。善鳴以其年十月十二日，葬於某原，來請銘。銘曰：

吁嗟張君志高騫，執法殿陛何肩肩！象胥之職常優閒，從容日見王會篇。歸來滄海波濤連，毀瘠苦由歷二艱。永矣長逝無北轅，用之不盡彼蒼天，留其餘者遺後賢！我爲銘詩刻其玄。

建安尹沈君墓誌銘

君姓沈氏，諱壂，字惟拱，自號如川。曾大父諱昱，大父諱朴；考諱壽，中弘治八年南京鄉試，未仕，卒。

君年二十餘，中正德二年南京鄉試。遂父子相繼以易學名。君之試也，同考官得其卷，以爲絕出，持以示他教官。會持卷者坐口語，所取卷悉落第。君卷獨在他教官所，以故得薦。於是試禮部者四，乃就鄱陽教諭。未上，以母喪歸；服除，改建昌之南豐。南豐學者得君之條，爭自奮勵，起爲進士。蓋南豐曠三十年無登進士者矣。久之，陞建安知縣。

君爲人抗直，所事大吏以爲儒官，多假借之。及爲縣，見趨走庭謁，上下候伺顔色，自以爲不能，欲謝去。上官由是知其人也，卒強留之。楊文敏公之族，籍累世貴顯，撓吏治，前令莫能誰何。君一繩以法，豪右皆怗怗。汀、漳饑，布政司檄州縣市糴轉輸之。君曰：「民旦暮且死。必得米，是索之枯魚之肆也。第解銀，而米商隨之矣。」卽解銀，米商果隨之。他縣糴者，皆不及事。其不逆上官意，求便於民，多如此也。御史行縣，未至十里所。停舟欲拷掠人，索獄具，不得；方盛怒，同官皆累息。君抗言曰：「卽至治所而不得，則令罪也。奈何責之中途？且此亦非拷訊之地。」御史卒自愧屈，曰：「令言乃是也。」無何，御史來刺蘇州，詰其屬曰：「沈建安非汝嘉定人乎？汝曹皆學此人，不患不爲良吏也。」三載，將入覲。過家，遂留不往。監司方列狀薦之，聞而歎曰：「咄咄。沈君負我矣。」

君少孤，與寡母幼弟妹相依倚，煢然也。既得舉，家益貧。太孺人春秋高，之鄱陽爲祿養。而前教諭未滿，君方待次，太孺人客死，竟不得祿養。還又遇盜，掠之湖中，幾不免。及爲吏，尤清苦。終以不屑意而歸。蓋生平備歷辛艱，而其志意不少屈云。

君卒於嘉靖二十六年二月二日。其葬以明年十二月一日。春秋六十有七。先孺人袁氏。後孺人李氏。子男六：升、晉、泰、鈺、金、銓，女四，孫男女七。鈺曰：「吾先人宦不遂。其所存有以異於人，不可以不傳。」以其友李昭所爲狀來請銘。銘曰：

靡靡而趨，謂之捷也；孑孑而居，謂之拙也。亦有不然，以直爲說也。彼逆與順，猶一吷也。噫！惟項涇之源，有古君子之墳。

樂清丞沈君墓誌銘

嘉靖十年，朝議以州縣歲貢循年資，非祖宗制法意，乃勅天下學校，掄其才者，而沈君在選。久之，貢法復變，用事者稍抑之。君方試吏部廡下，風颺卷，爲墨所汚，試遂殿，得樂清丞以去。踰年，卒于官舍。其子衍慶等歸其喪，權厝焉。後六年，祔於天平山祖塋，而請銘於予。

予生後君，然嘗同在學宮，會食博士堂中。貢法行，予亦與其選。時東南之美，咸在留都，日夕聚白下。君居其間，言若不能出口。酒酣怡然，人多樂與之遊。君在吏部，予亦試春官。方聚邸舍中，聞選榜出，在坐者皆歎息，以爲君屈。君歸治裝，予又送之於家，在城西絕岸間。方令工製新衣，衣以出拜，視其色，初不以官爲意也。今因其子之請，蓋間五六年，悽然如復見君矣。

君諱大梁，字景和，別號卓齋。其先居吳縣竹橋，又由陽羨轉徙崑山。高祖方，贈大理寺評事；曾祖魯；祖存，城武縣知縣；父濤。君爲人孝友，同母兄大楠三爲二千石，不忍其母萬里就養，自以菽水之養奉，太夫人安焉。事其寡姊，終身不怠。於其妻，不以其病失夫婦之懽。爲攝令，賑歲饑，禦澤寇，罷衙前支應，有稱於溫人。君生於弘治八年正月二十七日，卒於嘉靖二十五年三月十六日。春秋五十有二。妻胡氏，繼王氏，子男七人。沈氏世宦，而君又多男子，以才儁稱，當有以大君之家者。銘曰：

紉薜荔兮，時所棄也；絆騏驥兮，行不至也。人之恚兮，已施施；承纍纍兮，有以遺之。

葉縣丞蘇君墓誌銘

君諱隴，字文玉，姓蘇氏。宋末有諱文祥者，自揚州徙蘇州之嘉定。文祥生子富，子富生文享，文享生士牧，士牧生彝，彝生寅，是爲君之考。初，文祥以畸身來處海上。其後子孫繁盛，稍稍析居，多爲富室。蓋蘇氏至於今而衰，惟君以寬厚，不苛于利，然獨能保其家。

嘗爲弟代輸逋負數百石。弟死，以禮殯葬之。娶尙書龔公弘之女。尙書爲都御史，治漕河，奴乘勢折辱州縣官，官以爲尙書親子弟，屈體事之。及君往省其婦翁，所過深自斂約，人無知者。嘗至一縣，坐郵亭，適此奴侍立，人驚告其令，令始備禮送迎。其爲長者多此類。

由太學生一爲河南葉縣丞，卽引疾謝去。葉縣民爲官養馬，例歲一易。賣者索高價，買者竭貲產，不勝其害。君令平價出銀，顧使富戶任其役，歲不易，惟易其羸者。縣有文臺山洞，羣盜依阻其中，數出剽劫。君簡丁壯爲民兵，以火藥具攻之，賊遂殲焉。葉縣人尤稱此二事，曰：「丞，小官也，而能庇我。」

嘉靖十九年，君年六十有三，以五月二十五日卒。子男二：九河，先卒；九疇，太學生。女四：嫁劉似、陸瑤、徐似、葛汀。孫男二、女一。二十年十二月九日，從葬馬涇西。

銘曰：

蘇自江都，踰江而來。後嗣沄沄，更起而頹。惟蘇君賢，久而愈培。蘇君在葉，撫民如孩。庇其牧政，家有牝騋。克奮其武，遂砉文臺。雖官之冗，亦展其才。日出之處，月浦之隈。蘇君此藏，千載勿開。按砉，音哲，擿壞也。周禮：「砉蔟氏覆夭鳥之巢。」常熟本凡難字輒改，故作殲字。

又常熟本于先世諱及諸壻名皆刪去。按壻不載可也，先世名不可刪也。今從崑山本。

撫州府學訓導唐君墓誌銘

予友唐君道虔，以貢待選京師。居二年，得撫州訓導以行。未至濟州二十里，卒于舟中。時嘉靖三十五年六月十八日也。得年五十有六。其弟欽訓，以是歲十一月二十九日，葬嘉定縣何家港之先塋。來請銘。

君姓唐氏，諱欽堯，字道虔。其先蜀人。宋時有以道者，爲太醫院提舉，從康王渡江，因家浙之紹興。其後世世爲醫官。元元貞中，永卿爲平江路醫學教授，始占名數于嘉定。二世至守仁，以賢良方正薦于鄉，爲樂清主簿。又四世，君之考埣，爲博士弟子，蚤卒。

君少孤，贅於沈氏。然事母孝，家雖儒素，甘旨常具。爲學生，所得廩米，必以歸其母。嘗就試海虞，忽心動，亟歸。母方遘危疾，禱于縣之神以求代，疾良瘉。每至歲旦，必焚香拜廟，以答神貺。於沈翁，懽如父子。沈氏所出一子時雍；其二子時敍、時升，皆庶出。比君之歿，而沈翁撫恤之必均。人以是賢沈翁，而益知君之所以事翁者。弟欽訓少時，敎育之，爲之婚娶，兄弟友愛無間言。

君丰儀峻整，望之儵然。既聲譽遠出諸生上，試常第一。然不喜末俗剽竊之文，而好講論世務，遇事發憤有大節。嘉定，瀕海之縣。然爲令者，治行歷歷可紀，其親賢樂善，有宓子賤之風。無不敬禮君，就以咨問，而得君之裨益爲多。令遷去，有復來守郡者，猶思君，致之賓館，使其子從之游。人以爲守客，餽以金，君叱去之。同舍生李炤被誣，君率諸生與御史爭，卒得白。縣中有張烈婦，爲賊所殺，獄未明，君至學官都講，爲具析其所以，縣乃取張氏小女奴問之，其賊始得。或怵以利害，不動也。海水溢，沿海流漂數千家，歲復大侵，米價騰踊，君爲泣，請米賑之，民以全活。

倭奴犯境，君方計偕，行至吳門，聞警卽還。言于大吏，權假邳、廬兵爲援。賊薄城下，君仗劍登陴，親冒矢石。一夕，賊遶城三面鼓噪，惟西南隅寂然，君疑之，卽躍馬以往，見賊方自林麓中迤邐出，將濟河，君命連弩射之，賊惶駭走，竟解圍去。先是城中無儲，君以縣邊海上，賊必首犯，請易漕糧以銀，奏留十萬之粟，以是城久圍而民以無恐。時狼款兵被調城守，君出私財厚撫其豪長，人人得其歡心，以備倉卒可指麾也。君雖不用于世，其所論議施設及于人，則皆有位者之事也。使世之君子如君之爲，亦可以不曠于其官矣。

予與君同郡，嘗同爲諸生。見君所爭李炤事，御史與之反覆問辨，欲窮之以辭。君抗首高論，辭氣慷慨。時諸生羣吏會者數千人，皆竦聽嘆息。予以爲使君生兩漢時，其風節卽此可以顯名當世矣，而世莫能識也。君在京師，予試南宮，數見君，常有戚然不樂之色。予欲留君語，君時常與其客偕，不果。後予南還，聞君撫州之除，數遺書李瀚，問其還信，且曰：「道虔平生嶽嶽，爲郡文學，得無不可其意？然往江湖間，尋荆國、象山、草廬、邵菴之遺跡，與諸生飲酒賦詩，意氣當益豪也。」瀚久不報，而以訃音至，可痛也已！

瀚與君交厚，爲著其行狀，予頗採次其語。君平生所爲易説，及詩文數十卷，藏于家。而欽訓示予以所答友人問疾書，言夢中事尤奇怪。銘曰：

吁嗟唐君，有秩其容。爰來于京，弗試其庸。念不一釋，以卒懭懭。言夢陟皇，風雨之從。雲景杳靄，穆然寶宫。日月光曜，天晅□□。濟濟翼翼，虞廷百工。卜人占之，宜卿宜公。胡以蘧然，周也亦空。凡今之人，誰不顯融？君無一命，惟世之痌。君則已矣，寂冢新封。滔滔大運，曷既其終？□□諸刻及鈔本及唐氏石刻皆作「星同」。二字不可解，必誤也。今推致誤之由，韻書「晅」與「星」同。此必偶注二字在旁，另有正文二字，鈔寫者見同字與上下韻叶，遂將此二字作正文，而反遺却正文二字。一本誤，則諸本皆誤。唐氏文到即勒石，不暇致詳耳。今亦不敢擅改，姑闕之。莊識。

永平張封君墓誌銘

君姓張氏，諱鳳舉，字騰霄。雲南永昌人。永昌，故金齒也。洪武中，涼國公平雲南，永昌初未置郡，徙京民居之。張氏世家金陵，今二百年爲金齒人。其縣曰永平。其世系事狀在別記。

君少力田，自奉菲薄。性介特，爲巧黠者所嗤笑，然不爲意。雖貧，而尤喜賙人。子德化，隆慶二年試禮部，不第；試吏部，時天下謁選者數百人，德化試第一。爲中書舍人。德化貧不能自給，猶節縮祿廪，寄遺以爲養。

于是德化在中書二年餘，永平有上計吏來京，云君已歿。而無家問，德化悲痛，疑不肯以爲信。計吏云：以某月離其縣，過舍人門，見皆衣縗。又知其歲正月，君出赴鄉飲，人言老舍人殊衰憊，至扶以還家。亡何，聞有疾，疾少間，能自扶起。人又曰：「老舍人亡恙矣。」間一月，竟死。死作遺令，撿篋中文書爲數封，各有記，以竢舍人歸。且言其月日時，皆有據驗。德化號踊發喪。蓋君以隆慶四年三月庚寅卒。年七十有五。配劉氏，慈而能教。德化初借人書讀，孺人脫簪珥爲買書。奉祭祀，尤潔誠。孺人以嘉靖某年某月卒，年若干。孺人先葬于寶珠山，德化卜于某年某月，葬君于薩祜山，去孺人墓若干里。以予同在中書，泣請銘。銘曰：

張自江東，初爲遷民。匪僑而安，蕃厥子孫。皇風遐暢，禮俗恂恂。後有逸老，訓迪嗣人。入掌絲綸，命爲天子邇臣。既及祿養，順化還眞。博南山高，蘭倉水分。悠悠荒外，載我銘文。

昭信校尉崇明沙守禦千戶所正百戶晁君墓誌銘

君姓晁氏，諱相，字民弼，其先廬州合肥人。父諱聰，祖諱貴，曾祖諱寧，高祖諱通海，是爲國初以從軍功，始授鎮海衛崇明沙守禦千戶所正百戶者也。通海至于君，凡五世，世其職。予視晁氏之黄，其初起七跟隨邵六元帥，以是功，子孫世世不絶。而邵六元帥者，今不可考其人矣。蓋興王之際三十四功臣，「富貴淫溢，亦多隕命亡國」，耗焉。衛所之世襲常不替，所謂長沙著于令甲而稱忠，有以也夫。

君少通毛詩，爲縣諸生。御史試高第，與於廪食。再試秋闈，不第。會襲父職，曰：「我世武也，競於文以求庸，夫乃非其分乎？」於是戎服以待有司之命。歲大饑，請轉六邑之粟以餉軍，軍無庚癸之呼。江北鹺盜發，奉檄往擒之，流賊南潰，以千兵扼京口閘；事平，有白金之賜。此其居官之可紀者。

其子廷宣既壯矣，乃曰：「吾好文也，而以武終其身，夫乃非其志乎？聖人在上，海波不揚，武夫無所効其軀，吾其可以已。」遂老於婁江之上。築室藝圃，飲酒賦詩以終焉。

安人顧氏，刑部郎中進階朝列大夫謚之女，年十九而歸君；有賢德，通孝經、論語，治家有法，子婦儀其德焉。

君卒嘉靖十二年六月二十七日，得年五十八。安人卒於其明年九月初一日，得年六十一。子男三，長卽廷宣，襲百戶，以捍海功，有都督白金銀牌之賜。次廷寵，鎭海衞學生，皆安人出。次廷憲，縣學生，側室沈氏出也。女二，百戶揚州官舍林憲、鎭撫包守正，其壻也。孫二：中用，縣學生；中立，廷宣子也，廷寵無子，以中立爲子。嘉靖三十年十二月，今葬崑山東北塘涇字圩之新阡。銘曰：

維晁氏先，爲百夫長。載其閥閱，以克世享。介而乘舟，出沒海波。大浸稽天，莫之誰何！施于孫子，不懈于位。迺營菟裘，吉壤是遂。偕其伉儷，飲酒栽花。終藏于茲，永違海沙。按「富貴淫溢，亦多隕命亡國」，漢書成語。舊刻「富貴淫溢」四字在「不替」之下，必錯簡也。今正之。又按邵六元帥，卽邵榮也，後以謀叛誅。

例授昭勇將軍成山指揮使李君墓誌銘

歙李氏之譜，蓋出唐之末裔永寧，仕南唐，爲寧國判官。宋景德中，始爲歙人。崇吉，知福州。九世至雄縣知縣蘆。蘆生祉鼎，祉鼎客海虞，娶殷氏女，生君而歸歙，久之不至。女抱其子，織紝以生。比父還，君已生八年矣。因攜至歙，敎以書文，而父尋沒。丘嫂疾之，君悉讓分而出。

稍長，客嘉定。嘉定南南翔，大聚也。多歙賈，君遂居焉。亦時時賈臨清，往來江、淮間。間歲還歙，然卒以嘉定爲其家。長子汝節，遂以其縣學生，薦于禮部，而諸子皆遊縣學。歙，山郡，地狹薄，不足以食，以故多賈。然亦重遷，雖白首于外，而爲他縣人者蓋少。君固樂南翔風土，而其爲人有惠愛，雖南翔亦惟恐其不留也。里有爭訟，君居其間，必右貧者。時時散金以周貧交，及妻族之不能婚娶者。臨沒，命其子曰：「吾父兄弟二人，汝等幸自給，兄子單薄，不能不念。特爲之分以贍之。」兄子，其少時出君者丘嫂子也。

初，朝廷興大工，臨清有營部廠。君在臨清，輸財以助磚，授戚山衞指揮使。已而嘆曰：「國家有事，民輸委，分也。」所賜章服，拜受而已，未嘗御焉。嘉靖某年月日，葬于嘉定第二塘之原。君之子汝節，予教安亭時所從學者也，予以故知君。銘曰：

於赫唐宗，今爲庶士。維歙之譜，自遠有出。有美戚山，義輸之職。恩賁天臨，不衣其襚。東海洋洋，新宮永閟。千里黃山，英魂所歧。考德列銘，以著攸始。

明故例授蘇州衞千戶所正千戶陳君墓誌銘

君姓陳氏，諱端，字仲德，世耕于崑山馬鞍山之陽。君之考泰，始能殖其貲，晚歲，有田千畝。而生三子，君與其仲璋皆少，其季尤少也。而君之考既卒。里中人相與言曰：「陳君辛勤至老，今遺其子，其子皆不更事，行且見其家廢矣。」乃復相與計，以重徭困之。君兄弟益自奮。一人往役于縣，一人居鄉課農，歲有所積。而君性長厚，務盡懽于其弟，嘗所推讓千金，不論也。以此兩人交致其力，人亦多此兩人者。爲市田宅，而君田歲多浸沒，君爲溝塍陂池甚備。又浚楊林、風塘、五界諸水。議役田，通乞貸，凡以便于民；亦卒以得民之力也。

君諸子既遊太學，君亦挾其貲之京師，遇例授蘇州衞千戶所正千戶。歸而頗以自娛，益治宮室園池，爲富人之樂，而不幸已矣。時嘉靖某年月日，年五十有二。娶倪氏，子男二人：簡，太學生；第，弟璋出也，君以其多子，養爲己子。女五人，適朱可觀、張良楨、顧袍、王楠，其一，許某。以卒之明年，葬其舍傍之先塋。簡受學于予，于是來問銘。銘曰：

世芬華以顯榮兮，君力耕以並馳。亦夫人之能兮，奈何以相嗤。彼鳴玉而衣寶兮，又豈其宜？嗟玉峯之嶙峋兮，君生于斯。千秋萬年兮，常在茲。

校記

〔一〕〔二〕虜　原刻墨釘，依大全集校補。

〔三〕〔四〕夷　原刻墨釘，依大全集校補。

震川先生集卷之十九

墓誌銘

抑齋先生夏君墓誌銘

君諱集，字思成。曾祖諱杲，太常寺卿；祖諱鉞，承事郎；父諱景淸，太學生。太常公以善書受知長陵，在內閣三十餘年，文雅風流，稱於當世。其子孫富貴，多綺紈之習。

君生時，夏氏猶盛，其後中微，君獨守寒素，爲諸生。兄弟有爭產訟，官訊其狀，判歸君。君曰：「兄弟以爭，而吾獨何忍饗之？」固辭不受。御史試高等，當補廩，忽遘疾，曰：「吾病不能事事，何可虛受學官廩米耶？」遂以病告，使其次補之。姊寡，撫教其甥盛化，化後成立，爲縣學生，聚徒數百人，鄉里稱君之高誼。

君屢試不第，卽移疾不出。扁所居曰抑抑齋，學者稱爲抑齋先生。君少以多病，遂精醫理。爲人診治，不責其謝，貧者至遺以菜米，人以故多懷之。太常公賜墓至今百餘年，宰木森然，君率子弟歲時封植之，以無傾圮。

有光祖母，承事之女，而君之姑也。世父及先人，與君爲親中表兄弟。有光少爲學生，猶及見其皆在學宮，相隨雁行逡逡然，可以見盛世長者之風。先人長君五年，皆以是年卒。悲夫！世愈囂競，而前輩遠矣。

君卒，嘉靖壬戌正月庚子也，年七十有三。配王氏，應城縣知縣永之孫女，有慈儉之德。後君四年，八月丙子卒，年七十有八。以隆慶庚午十二月甲寅，葬祖塋之右。王孺人祔。子男三：紹貞、從吾、從昌，皆學生。女五。孫男七。孫女六。曾孫男三。族子綸狀君行事，而來請銘。銘曰：

百里之縣，公卿代有。富貴而文，夏公最久。生是名家，尚有典刑。佩服儒者，誦法六經。於維夏公，帝錫之墳。陪以四世，稱其後昆。

王府君墓誌銘

王氏，河南安陽人。元季有諱安貞者，知崑山州，始爲崑山人。君諱可能，字體中。大父，封永康知縣，諱詁。父，雲南右布政使，諱秩。君其第四子也。雲南公兵備江西，搗華林、大帽諸山賊有功，寧王心憚之，深相結納。嘗呼公幼子入，抱置膝上，許以郡主妻之，公遜辭以免。其後邀君爲宴，張樂陳百戲。君時年十五六，美姿容，王欲得君壻甚，君佯爲不傒其旨，謝歸。故不及於禍。人以是多君之識。

公既歿，君以縣學生遇例告入太學，忤御史，輒即棄去。乃益勤苦持先人門戶，里舍時節慶吊往還，未嘗失禮。構屋婁江上，堂宇奕然，其纖嗇言治生者，不及也。比更變故，日侵削，家凡五徙，而意氣自若。性好佳山水，歲載妻子入越，遊西湖。

初，伯兄事生產，每咨君，必盡其計畫。其季遊間喜賓客，君常參與權宴。於兩兄間皆得其心，而鶺鴒急難死喪之義尤備。平生不娭阿隨人是非，尤能容人之過。人有火其田廬者，吏收寘法，竟爲乞免。常語公居官時事，抵掌激昂，蓋其中有自負者。惜不用於世，無所見之。

嘉靖四十二年七月壬辰卒，得年六十有七。娶金氏，子男六人。執玉，先卒。執璋、執璽，皆學生，金孺人出。執瓚、執瑁、執琮，諸姬出，執瓚先卒。女二人，適縣學生朱應望、陸尊道。孫男四：紹堯、紹舜、紹禹、紹文。孫女三人。以其年十二月癸酉，葬縣東南之蔡巷，金孺人祔。君既病，命其子屬其從子執禮曰：「吾見世之爲銘誌者，率以美行飾其人，顧亦何當？而使死者長愧於地下！惟歸子文質，幾得其實。吾死，汝爲狀，必請之銘，可無憾。」銘曰：

維昔王公，仕宦有聲。秉憲揚、楚，實庀其兵。碆山流寇，辭婚逆王。天子嘉之，命殿于滇。功庸方載，不永其年。公實有子，而賞不延。負其才用，終死丘園。書此玄石，俟後之賢。

朱隱君墓誌銘

君諱珽，字朝貴，蘇州嘉定人，世居守信鄉蒲華里。考諱錦，祖考諱鋐，曾祖考諱惠元。始姓趙氏，中冒陳氏，而贅於朱。趙湮微不可考，朱母之子繁衍，遂爲朱氏。故里人皆稱爲橋內朱家云。

君生而英邁，年八九歲，里中豪來過，衣服都甚，家具酒饌延之，盡敬，豪益倨；君瞋目直視，語祖母曰：「是人何爲者也？」持杖罵且逐之，豪遽起，出曰：「健兒可畏也。」嘗以事謁龔尙書，應對慷慨。尙書曰：「惜子居田舍。若爲士，作能吏矣。」忽一日，棄耒入郭中，問儒生學。弱冠，選爲社師。吉月，令召諸社師試詩。君詩，令常獨稱善。代父徭之京師，道塗所經，輒籍記。得進士錄，展不置，曰：「設吾有子，當使爲此輩人。」時子用賓未生也。嘗以財推讓其弟，而性好賙恤人，遂至不能自給。日取古詩吟咏，怡然自適。晚得子，慈愛之尤至。性不能忍睚眦之怨，至老，乃益寬和，絕不與人較。寄傲草野間，不至城市者二十餘年。

年幾七十，子用賓登鄉進士，主司第其文最高，學者傳誦之，卒償君所願云。君配李氏，繼嚴氏、孫氏。子男二人，長卽用賓，嚴氏出；友恭，尙幼。女三人，王頊、陸萱、吳中英，壻也。余與用賓，數於京師相見。嘉靖四十一年，同自南宮下第還。君長余先人一年，先人以四月謝世，而君以五月三日，實與用賓同此終天之痛。用賓以明年十月某日，葬君於漕浜之原，蒲華塘之右。使其門人進士陳應台具狀，因同年進士秦霑、丁允亨來請銘，吾先人尙在殯，何忍爲君銘，而義不可辭。銘曰：

性婞直兮，不能毚也；躬草萊兮，叜墳典也。苦爲義兮，自屯蹇也；有嗣人兮，能振騫也。逃閑野兮，老閉鞬也；惟命之逢，亦未顯也；在君之後，終獲戩也；吾爲斯銘，石可纂也。韻書：毚字音毚。說文：柔皮革也。「叜」，抄本作「好」。

馮會東墓誌銘

會東居崑山之安亭，好吟詩，往來吳淞江上。濱江有禪寺，會東時時獨坐古桂下，吟不輟，人多笑之。會東常以客授自給。一日，過上海陸文裕公。時五月，有朱橘垂顆。公忻然曰：「聞馮雪竹久矣，請爲賦詩。」會東卽口占，語逼唐人，公大稱賞之。雪竹者，會東別號也。

會東性瀟灑，好遊觀山水，而力不能；有士人遊者，顧挾會東以爲重。頗遊吳、越諸山，及匡廬、武夷，至輒有詩以傳。久之，病目不出。文裕公子思禹，以江上別業贈會東，會東父子力耕其間。

後日本寇掠，會東乃走上海城中，潘錄事爲分宅居之。海邑士大夫，自文裕公所賞，固已奇會東；及是，爭迎延之。然會東以目病，辭不出。張都御史邀爲社會，會東一造其門謝之而已。秀州俗文雅愛士。自會稽楊廉夫、天台陶九成，勝國時僑居，甚樂其風土。會東見重海邑，蓋其遺風也。

嘉靖四十三年十一月某日卒，年七十有九。娶唐氏。子男六：適、遷、遂、逵、逑、遜，今惟遷、遂存。女嫁黃良輔，亦前死。遷、遂皆有詩名。會東臨終，屬遷曰：「吾死，必乞歸君銘吾墓。」以余素與善，又余妻王孺人，與會東母兄弟也。遷使人之京師，因陸都事來請銘。蓋以某年月日葬某地，會東往時所自營壙也。銘曰：

詩人之作，匪以詞豪；性靈所出，其道亦高。古之至人，全德葆眞。蓬累而行，卷㲉而處，必得其類，於是焉止。江水沄沄，有餘清芬。後或識之，會東之墳。

周孺亭墓誌銘

昔孔子脩明六經，及與門人問答論語之說，無非教人全其性命之理，以治其君臣、父子、兄弟、夫婦、朋友之際，是其所以爲道也。孔子既沒，天下爲道術者雜出，學者馳騖以趨世主之所好。孟子脩其說以明於世，顧其流益浸淫而不可止。自人生服食器用，以至於經綸天下之業，無一出於道。蓋歷千有餘年，世與道離而爲二。

宋之君子，始以明道爲己任，以至於今，其後出者相望，然非有名位，不足以爲倡；既有名位以爲倡，非獨其志義篤信之士從而和之，雖所謂榮祿之士，慕高名者，亦紛紛焉求入而附之矣。至要之於其久，倡者既沒，和者隨息。所謂慕高名者，澌然盡矣，唯獨其志義篤信之士久而不變也。若余友孺亨，豈非其人哉？

莊渠魏先生，於正德、嘉靖之間，以明道爲己任。是時海內慕從者不少。後二十餘年，能自名其師者，幾於無人。孺亨篤信之如一日，不幸不用於世，世亦不知其人。其所以飭躬厲行，脩其孝友忠信於家，至於沒身而已者，此所以爲先生之徒者也。

孺亨姓周氏，諱士淹，字孺亨，世爲太倉人。父諱廣，南京刑部左侍郎。其上祖考，皆隱不仕，以刑部公追封如其官。孺亨嘉靖十六年舉於鄉；試禮部，輒不第。初，刑部公爲御史，上書武宗，忤佞倖，再貶竹寨驛丞。孺亨年十三，隨居沅湘間，已奮志於學。三年還，適先生退居星溪之上，遂從之遊。日端拱，不妄發一語。或謂刑部公宜飭其子勿爲道學。

公曰：「天下大重任，令兒自負荷。君何以云云？」先生之學，始得之餘干胡敬齋。大要以主靜爲功，葆合沖和，蓄極而發。嘗謂「上天之載，無聲無臭」，惟潛龍爲近之。而與同時講道者，論終不相合。是時天下尤尊陽明。雖荆溪唐以德，始事先生，後復嚮王氏學。惟孺亭稱其師說，終不變。

余少爲先生家婿，獲聞緒言，顧迷謬無所得。而先生晚年屬望之意，特惓惓焉。先生之没，余獨於孺亭心師之。嘗質以所見，其不合者十二三。後讐定先生遺書，孺亭之指發爲多。嘉靖四十一年，與孺亭同計偕北上；行過徐沛，至夷陵，孺亭病還，余愴然有顧影無儔之嘆。孺亭竟不及家而卒。是歲二月三日也。年五十有九。其弟士洵，以其明年九月九日，葬尉遲村刑部公之墓。夫人毛氏，先卒，孺亭請余爲銘，未及葬。及是，以毛夫人祔。夫人無子，以弟士洵之子邦模爲嗣。銘曰：

道之窮也，世莫以庸。匪窮於其躬，其又奚恫？

曹子見墓誌銘

嘉靖四十一年春，予北上過徐沛，遇子見。先後行二千里，至乾寧，阻冰，遂與子見乘肩輿陸行，歷武清之境。時同行者，晉江許天琦、王同贊、張國謙，華亭張從律，皆被薦。獨予與子見落第。又三年，余亦登第，而子見已前死。天下士歲試南宮者，無慮數千人，而得者十不能一。而一時同行者六人，五人皆得，而子見獨不幸，予甚悲之。信乎，數之不可知也。子見之才，其于國家要爲有用，而竟不能究，豈不可惜哉？

子見諱世龍，松江上海人。元時有宣慰夢炎者，其後世次始可紀。而憲使時中、御史閔，相繼顯于國朝。父諱鼎，以貲授昭勇將軍某衞指揮使，徙居縣之琴村。有子三人，子見最少，九月而孤。爲兒時，嘗以事謁縣令鄭君洛書，甚器之。事其所生母至孝。病，不解衣而寢。始子見孤時，賴伯兄鞠之，遂以父事伯兄。後兄有孫，因撫抱之如子，云：「吾以報兄德也。」然兄弟三人，同居三十餘年，皆無間言，人以爲難。

子見家澱山旁，田頗饒沃，故爲里中大家。其後稍稍衰落，子見既得舉，遂舉餘業而振之，貲累千萬。子見治生以嗇，至于義所得爲，如救災恤患，即無所愛。鄭令閩人，家爲倭夷所殘，其子流寓松江。子見首割膏腴，以爲鄭君祭田，且爲縣人唱。其所爲皆此類。先是，松江新建清浦縣，子見以清浦縣學生舉于鄉，其後縣廢，復爲上海人。

子見卒于嘉靖四十三年十一月某日，年四十有九。妻王氏，女子一人，適謝允誠。再娶王氏，生男子子一人，志尹。而志皐者，其所抱兄孫也。卒之又明年正月四日，葬于其居之西南新阡。銘曰：

曹氏軒轅，快有邾邦。荆楚憑陵，而以後亡。爰自西都，錫壤平陽。沛、譙之起，禪漢而皇。趙宋之世，代有侯王。迄于本朝，簪組輝煌。厥今有家，湖泖之旁。才惟子見，爲國之良。以豐其業，不究其長。下藏永固，俟後之昌。

太學生周君墓誌銘

君姓周氏，諱士淳，字孺初，世耕太倉司馬涇之上。曾大父諱海，大父諱文，俱皇贈刑部右侍郎。父諱廣，仕至通議大夫南京刑部右侍郎。通議公娶張淑人。家甚貧，常至乏絶。淑人夜燃燈火，紡績達旦，以給食。嘗有客至，爲買肉，盡以供客。君方孩抱，索之而啼。公食不下咽，含哺佯入，以哺君。張淑人蚤世，公會試北上，攜君以行，逆旅見者莫不憐之。公得子最早，蓋年十六而生君，故與共貧苦之日爲多。方公爲御史言事，貶嶺海十餘年，君與繼母夏淑人留崑山。日闋無儲，外憂嚴父寄身蠻瘴，內顧慈闈菽水之養，艱難尤甚。及公位望通顯，終不改儒素之道。

仲弟士淹，從莊渠先生遊，君時時往從之，聽其議論。自幼傳公易學，而于詩、書、左氏、戴記，亦能旁涉。北遊太學，三年告歸。延同志之士，閉門諷誦而已。

嘉靖二十二年九月十八日卒，年五十有四。配徐孺人，嫁時已不逮其姑，而事夏淑人孝謹。公嘗曰：「此吾共辛勤兒子婦也。」春秋已高，侍夏淑人，暑月，重衣汗浹，執婦道甚恭。甘旨不先獻，不食。夫亡時，諸孤方童丱，拊〔二〕教之皆成人。嘉靖三十五年十月十二日卒，年六十有三。子男二，邦柱、邦臬皆弟子員。女三，嫁朱景濂、張鳳翼、鄭志清。孫男三，女一。君之卒也，以時月不利，權厝以俟。至是，與徐孺人合祔新塘里侍郎之兆，在崑山尉遲村北。嘉靖三十六年二月初八日也。

余嘗讀侍郎所上疏，當正德中，皇嗣未生，天子不御椒寢，日在豹房。西方喇嘛僧以妖術眩惑，假子錢寧之徒，貴振天下。而山東羣盜流劫中原，蔓延江、漢間。當是時，天下諰然有不測之憂。而升遐之日，內外清謐，卒以啓中興之治者，緊公等數十人能以直言昌于朝廷也。余晚獲與其子仲季交，得考論其世。至是閱君之家狀，推其亦生艱難困苦之跡，所以貽其後者至矣。故論公卿家子弟如君者，庶幾不墮其世云。銘曰：

直哉周公，匡我武皇。之死靡悔，再斥窮荒。孰共其荼〔三〕，宛宛公子。依然素風，厚祿止此。敝化奢麗，厥世云何。告爾孫子，其貽孔多。

太學生葉君墓誌銘

景泰、天順之間，有名臣曰葉文莊公。其事具國史。而其敦孝悌，厚風俗，以施於鄉者，崑山之父老類能言之。公之歿至於今且百年，縣人無不曰文莊公者，蓋邑之爲公卿顯人多矣，久乃莫能知其子孫；而公門第無改，子孫不廢儒學，所傳圖書數千卷，猶閣藏之，部帙宛然，封鐍如故，可以見公之所以貽於後世者。然非其子孫之賢，亦莫能然也。

文莊公諱盛，官至吏部右侍郎；是生鄉進士諱晨，晨生衡州府同知諱夢淇。衡州先以公廕入太學，選台州府通判，其後稍遷，卒於衡州云，君之考也。君諱良材，字世德，爲文莊公世嫡曾孫。而君母王氏，兵部右侍郎諱倬之女。君內外家皆貴顯，而雅尚儒素。少長學校中與寒士遊處，略不見其有異。至讀書爲文章，獨不肯後於人。提學御史張鰲山，以君名臣後，親至學爲行冠禮，而字之曰世德。其後御史光州盧煥校君文，以爲不屬草，頃刻數千言，其辭漫衍無窮，而不出於律，尤賞異之。自是他御史試必甲等。至大試，輒不得。蓋知名於黌序者垂三十年，始用歲貢計偕，進試於廷。分隸南太學，又不及選調以歿。人以是痛惜之。

君爲人至孝，以衡州君卒於官，不得親含殮；歲時祭享，倍切哀痛。而事王夫人謹甚。王夫人性嚴，君年踰四十，少有過悞，猶長跪。終夫人之世，無敢專行一事。視羣從昆弟，恩若同生。而生平未嘗問其家之有無。時從知友飲酒，自放山水間，終日忻忻。自其少時，頗以自負，思一日馳騁於當世，以趾前美；竟以坎壈，亦無怨尤之色。故所與邑弟子借爲文者，無幾何時，皆至大官。君猶與其徒爲文自若。間閣筆自語云：「吾生辛酉，與吾同月日生者，今爲某官矣。」又曰：「吾家自高曾以來，鮮至中壽，今年歲侵尋，殆不能如吾志也已。」語已，則又與其徒相視而笑。蓋君意不能忘，然特用以爲戲，亦終無所介於心。其天性夷曠類如此。

卒於嘉靖三十二年八月十三日，年五十有三。娶周氏，刑部尚書康僖公諱倫之女，性婉順，不好侈靡。君每夜讀，孺人爲女紅，常共一燈火，至徹曉。生子恭煥，方十五日，而卒於台州官舍，王夫人甚悲之。卒，時嘉靖二年二月初七日，年二十。繼娶沈氏，吳江人，父某，以貲雄於鄉里。事王夫人餘二十年，竭力孝道。家所不足，至脫簪珥以給，而躬自儉薄。嘗孕而不育，撫諸子若己出，而於妾媵皆能仁愛之。君亦數數稱其賢。卒，時嘉靖三十年四月十二日，年四十有四。男子子二人，長即恭煥，鄉進士；次恭炌，縣學弟子員。女子子一人，適諸有昱。孫男二人，儉封、儉圭；女三人。文莊公賜葬在溢瀆之原，去縣二里所。世世列葬，而君當以孫從王父。故周孺人先以其卒之明年十二月四日，葬在昭次。至是，穿故穴，與兩孺人合焉。實嘉靖三十四年十二月日也。先期，恭煥、恭炌以友人俞允文所爲狀，及君自著周孺人狀，來請銘。余故知君者，其可辭？銘曰：

士不待於時耶，文莊公非遭時得位，何以稱於天下爲名臣？士必待於時耶，佩玉鳴琚炫煌於一世者，何身歿而名湮？而後知彼有所恃者，雖困蹶而常伸。吁嗟乎，君不愧其志，歸從文莊公之居，以俟於後之人。

沈貞甫墓誌銘

自予初識貞甫時，貞甫年甚少，讀書馬鞍山浮屠之偏。及予娶王氏，與貞甫之妻爲兄弟，時時過内家相從也。予嘗入鄧尉山中，貞甫來共居，日遊虎山、西崦上下諸山，觀太湖七十二峰之勝。嘉靖二十年，予卜居安亭。安亭在吳淞江上，界崑山、嘉定之壤，沈氏世居於此。貞甫是以益親善，以文字往來無虚日。以予之窮於世，貞甫獨相信，雖一字之疑，必過予考訂，而卒以予之言爲然。蓋予屏居江海之濱，二十年間，死喪憂患，顛倒狼狽，世人之所嗤笑。貞甫了不以人之説而有動於心，以與之上下。至於一時富貴翕赫，衆所觀眩，而貞甫不予易也。嗟夫！士當不遇時，得人一言之善，不能忘於心。予何以得此於貞甫耶？此貞甫之沒，不能不爲之慟也！

貞甫爲人伉厲，喜自脩飾。介介自持，非其人，未嘗假以詞色。遇事，激昂僵仆無所避。尤好觀古書，必之名山及浮屠老子之宫。所至掃地焚香，圖書充几。聞人有書，多方求之，手自抄寫，至數百卷。今世有科舉速化之學，皆以通經學古爲迂。貞甫獨於書知好之如此，蓋方進于古而未已也。不幸而病，病已數年，而爲書益勤。予甚畏其志，而憂其力之不繼，而竟以病死。悲夫！

初，予在安亭，無事每過其精廬，啜茗論文，或至竟日。及貞甫沒，而予復往，又經兵燹之後，獨徘徊無所之，益使人有荒江寂寞之歎矣。貞甫諱果，字貞甫。娶王氏，無子，養女一人。有弟曰善繼、善述。其卒〔三〕以嘉靖三十四年七月日，年四十有二。即以是年某月日，葬于某原之先塋。可悲也已。銘曰：

天乎，命乎，不可知；其志之勤，而止於斯！

陸允清墓誌銘

余初未識允清，前年，允清客授吾里，始見之。而余性少出，不能數至其舘。獨允清之門人丁允亨，時時邀予過其家，迎允清與共飲。一日，允清忽來見別去，遂還太倉。方有中秋泛海之行，舟過其城下，欲訪之，不果。不數日還，則允清逝矣。悲夫，余不獲與允清友也。

天下之學者，莫不守國家之令式以求科舉。然行之已二百年，人益巧而法益弊；相與剽剝竊攘，以壞爛熟軟之詞爲工，而六經聖人之言，直土梗矣。允清之於經，蓋學古而求其解；於中有所不能自得，雖河洛、考亭之說，輒奮起而與之爭，可謂能求得於其心者矣。至於當世之務，皆通解，而言之悉有條理。由此言之，使允清獲用，其有所施，豈遂同於今之人哉？以允清之不遇，孰謂科舉之能得士也？江南人多延允清爲師；允清獨以師道自居，雖其門人有貴者，不肯少降其禮。流俗之人以爲異，而允清行之自若。人尤以此重之。少貧，奉二親，與其世母女兄，恩義甚篤。日閡無儲，未嘗不怡然也。性剛介，而亦無矯亢之行，故所至人皆愛敬。死之日，無不垂涕。

初，允清一日與余燕會，慨然曰：「昔許靖有高名，蜀先主不欲用之。法正以爲靖浮稱播海內，君若不禮此人，天下將以爲君不好士。先主卒用靖爲司徒。」允清意謂時不能興貴名士，而兢〔四〕隆利勢也。余謂丈夫得志則龍蛇，不得志則蚯蚓。當伏藏閉涸之日，而覬有顯揚拔擢之榮，必無幸矣。「君子遯世不見知而不悔」，可也。允清深以余言爲然。

允清名寰，居海虞之橫涇，後徙雙鳳，又徙沙頭，皆故海虞境，今爲太倉州人；而允清又自言其先世居尹山，尹山在吳江縣云。允清卒年五十有一。娶劉氏，有二女：長適楊道立，其幼未許聘。所著文集若干卷，經書解若干卷，老子、莊子參同契注各一卷。卒之後百有十一日，葬於某山。實嘉靖三十九年某月日。允亨治師喪，恤其家，復爲之請銘。銘曰：

千尋千雲匠石睨，幽蘭無人含芳麗。順化而往寧爲沴？其志之存奚用世？弟子徵詞勒玄碣。

周君墓誌銘

君以嘉靖某年月日卒。先是，其子詩試禮部，下第還。會大司成奏言：「監學法久壞，天下士雲會京師，一旦不爲有司所錄，往往去，居家自便；六舘幾空，非所以爲太平之觀。乞下所在長吏，敦遣至京，脩舍法以幾化成之效，有不如詔者，罪之。」制曰：「可。」於是詩在南雍，間歲不歸，不見君之歿；君歿又不以疾，可痛也。

君之配，先十年卒。詩與其弟諫、訓、謨，啓攢，與君合葬於縣郭外小虞浦之原，請銘于余，泣且言曰：「先人少遭閔凶，孤露無依，寄于吾外家。與先妣誓志自立。從里師學，無所成；爲農賈，又不能就。已而入縣書獄。詩時爲童子，縣令見其文而愛之，以是待吾先人不與他從事比。然其教子，不爲一切，優游而已。先妣獨嚴迫不少假貸。嘗曰：『吾爲生良苦，汝宜自勉。吾見某某皆以貧賤發迹。汝能自立，無忘吾言。』先妣尋卒。先人井臼之事，身自爲之。前此不問也。蓋不欲使兒輩與聞，懼用志之分。詩所與遊者，年皆與先人若，先人益和光如己友。蓋游吾父子間者，懽然無間也。念吾祖之蚤歿，每祭，輒潸然淚下，歎處世之難，不敢少自宴逸。比詩獲舉於鄉，始用自適。而詩方卒業太學，待試於禮部，幾斗升之祿，而天之降割，遂至於此！自念家故微，先君、先妣勤一生之力，俾有田廬，使詩兄弟得專志於學。視前世以孤童自奮者，不及詩遠矣。而不一日養，尤可痛也。願夫子賜之銘。」按其友沈孝狀云云，詩語良然。

君諱寰，字民服，年四十有九。孺人姓金氏，年三十有八。葬以甲子正月日也。嗚呼！人子之痛，何有窮乎？

余聞君爲從事時，巡撫都御史嘗捕人，誤以同姓名繫南京司寇獄，論死。其父老矣，且無子。訴于縣，君爲言縣令，即日上狀白其冤，取其人還。其所全活類是。稽之於古，後當有興者。是爲銘。

李君墓誌銘

鄉進士李憲卿之父，曰李君，諱玉，字廷珮。祖某，父某，母某氏。世耕崑之羅巷村。君始入城中，爲杜氏壻。學書不就；爲縣掾，亡何，又謝去。見其子脩然玉立，聰明異倫，撫而歎曰：「吾數十年謀所以爲吾業者而不得。吾家良田，其在此也！吾耕之種之，而食其實矣。」於是日令與邑中賢俊游，所以優給之者良至，不令纖毫經憲卿心。嘗家困於輸役，君力爲營搆。人見憲卿衣必潔，食必腆，經、書、史必備具，以爲其饒裕得自寬。不知其實不紓，雖憲卿亦莫知也。嘉靖甲午，憲卿中鄉貢高等。明年，而君以病卒。

歸有光曰：「世俗兢〔五〕鶩於其所欲得，而日強其力所不能。其可以得爲者，漫焉而無省，敝敝於一生之勤，心疲業廢，趨死而後已，亦可悲矣。李君，淳厚人也。視夫騖疾以趨利，萬不及一。而能量其所不能而遽止，挾其所能而專以無怠，而卒有以享其成。人謂李君之受數畸淺，幾及於顯融，而委去之，予之論則不然。李君之壽，靳於五十。假令憲卿不第，其寧以無死！今及有以見之，兹乃所以食其勤子之報也。」

君生於成化丙午，其葬也，以卒之年某月日。子卽憲卿。孫男女各二人。銘曰：

朱瀝之丘君所止。委祉於後，卽其身，孰生與死？

居君墓誌銘

吳學生居鼎重，以嘉靖二十六年六月十三日，喪其先府君。明年四月初二日，嫡母柴孺人亦卒。皆權厝于崑山朱地村。至是，其生母陳氏卒。而二女又相繼以夭。鼎重妻顧氏，復以嘉靖三十三年十一月十八日前死。鼎重乃卜地于三十保鱗字圩之原，葬其父、母、妻，以二殤祔，禮也。蓋期月之間遭三喪，與改葬者凡六，輀車相屬。道旁觀者，莫不嘆息淚下，曰：「若居氏之死者如是，而世猶多人，何也？抑世人之擾擾，而君獨可以死耶？」

君諱懋，字士勉，其先吳邑人。祖諱某。父諱某，生四子。君最少，故里人皆以行次呼之。爲舉子，不就。居田野，飲酒放浪以自娛。爲人性剛，于世少可。嘗以事忤太守王儀，儀使兩人舉以撲，幾死，而辭氣終不撓。初無子，已而鼎重稍長，遣從師問學。君亦折節求賢士與之遊，禮意曲至，嘗望得其一言以教之。鼎重爲文見許可，卽喜；甚于華袞之榮。攜其子赴試，所至陽羨、海虞奇勝之處，往往與故人相遇，邀呼飲酒。及御史考校日，晨起夜寢，候伺如諸生。鼎重試失意，歎叱累日。

蓋鼎重能自立矣，而君竟以死。得年五十有七。柴孺人祖，贈應天府尹，諱晟。父諱奎，從父奇、大，皆舉進士。奇官黃門，累遷至京兆，居九卿間。家世赫奕，孺人獨守貧素。撫鼎重如己子，視其妾如弟，鼎重婦髮始覆額，入門，愛之如女也。而妾婦亦事之謹，門內雍和，人以爲難云。卒時年六十有一。陳氏年五十有六。其葬以嘉靖三十六年十一月十一日。銘曰：

吁嗟居君，知爲儒之難也。綺紈之習，傲以安也。玩琦之辨，譏以讙也。夫婦慕賢，志獨專也。不食其報，付諸天也。

詹仰之墓誌銘

仰之，姓詹氏，諱高，年二十餘，自休寧來客於崑山。客四十餘年，年六十二而卒。夫仰之所事者，機利也。其於文章，非能學而知之也。顧生平好之，甚於知之者。至忘其所事，迨於死而後已。世之論者，必知之而後能好，而仰之之好甚乎知，豈其出於性然耶？爲賈與爲學者，異趣也。今爲學者，其好則賈而已矣；而爲賈者，獨爲學者之好，豈不異哉？

初，仰之從予友吳秀甫遊。秀甫死數年矣。仰之且死之歲，亟來見予。予與之談秀甫之爲人，怳然如生，相與爲淚下。然其意欲有所求者，而不言也。一日，仰之沐浴整衣冠，召其所與厚者，與之訣。料檢其篋中文字數十卷，付其子，遂卒。予悲仰之之志，會其子岩秀、昆秀，以其喪歸休寧，問其葬，曰某年月日某原也。因與之銘曰：

詹氏出於詹侯，其後有詹父、詹嘉、詹何、詹尹，而唐、宋間有奉忠公五大將軍，以忠勇秩於祀典。今爲休寧五城之詹，然近世貴顯者蓋少也。雖然，賢如仰之也，而予爲之銘，夫亦烏用貴顯者耶？

朱肖卿墓誌銘

君世家安亭鎮，其地于崑山、嘉定兩屬，故君爲嘉定人，亦爲崑山人。安亭有二沈氏。昔時有沈元壽者，慕宋柳耆卿之爲人，撰歌曲，教僮奴爲俳優，以此稱于邑人，即君之族。君之考曰朱翁，朱氏之外孫也。君以故亦冒姓名曰朱傳，而字肖卿云。

始，朱翁好俠，見惡人，必摧困之，而右助其良者。里中人莫敢忤朱翁。朱翁老而無子，年六十餘矣，連舉君昆弟三人；君其仲也。翁初自傷，已得子，則喜甚。三兒髮稍長，日挾以出，走馬射雕村落中，蓋自誇說其有子也。然翁竟及其子之成人以卒。

君貌頎然，黑而髯。任氣役人，欲學其父，然不如其父時。其父時，安亭號爲富庶。正德以來，戶口日耗，田荒不治，故家僅有存者；君以大戶奔走兩縣，無寧居，故雖強力莫能振。君卒于嘉靖十九年月日，年五十有二。娶陳氏。男子子三人，果、善繼、善述。復沈氏。女子子二人，適某、某。沈果以是年月日，葬某原。果讀書好古。其妻，宋太師王文正公之二十二世孫，予妻之妹也。予是以往來安亭，而嘗與果遊，于其葬也，爲之銘。銘曰：

維崑東境，昔稱繁盛。吏失其政，人以疲命。小大倀倀，奔走四迸。君于其間，二目烱然。怒氣塡塡，欲奮而顚。吁，奈何乎天！

歸府君墓誌銘

府君姓歸氏，諱椿，字天秀。大父諱仁，父諱祚，母徐氏。嘉靖十五年正月初八日卒，年七十一。娶曹氏，父諱永太，母高氏，嘉靖十年三月十九日卒，年六十八。子男三：雷、霆、電。女一，適錢操。孫男五：諫，縣學生；謨、訓，皆國學生；讓，幼。女三。曾孫男六。以嘉靖二十六年十二月庚申日，合葬於馬涇實瀆涇。

按歸氏出春秋胡子。後滅于楚。其子孫在吳，世爲吳中著姓。至唐宣公，仍世貴顯，封爵官序，具載唐史。宋湖州判官罕仁，居太倉。其別子居常熟之白茆。居白茆已數世矣，由湖州而下，差以昭穆。府君，我曾大父城武公兄弟行也。

府君初爲農，已乃延禮師儒，教訓諸孫，彬彬向文學矣。府君少時亦嘗學書，後棄之，夫婦晨夜力作。白茆在江海之壖，高仰瘠鹵，浦水時浚時淤，無善田。府君相水遠近，通溪置閘，用以灌溉。其始居民鮮少，茅舍歷落，數家而已。府君長身古貌，爲人倜儻好施舍，田又日墾，人稍稍就居之，遂爲盧舍市肆如邑居云。晚年，諸子悉用其法。其治數千畝如數十畝，役屬百人如數人。吳中多利水田，府君家獨以旱田。諸富室爭逐肥美，府君選取其磽者，曰：「顧吾力可不可，田無不可耕者。」人以此服府君之精。

蓋古之王者之於田功勤矣。下至保介、田畯、遂師、遂大夫、縣正、里宰、司稼，設官用人，如是悉也。漢「二千石遣令、長、三老、力田及里父老善田者，受田器，學耕種養苗狀。」

時趙過、蔡癸之徒，皆以好農爲大官。今天下田，獨江南治耳。中原數千里，三代畎澮之迹，未有復也。議者又欲放前元海口萬戶之法，治京師瀕海萑葦之田，以省漕，壯國本。茲事行之實便，而久不行，豈不以任事者難其人耶？或往往歎事功之不立，謂世無其人。若府君，豈非世之所須也？銘曰：

昔在顓頊，曰惟我祖。緜緜汝潁，蹙於荆楚。迄唐而昌，鳴玉接武。湖州來東，海魚爲伍。亦有別子，居白茆浦。曠然江海，寂無烟火。孰生聚之？府君之撫。府君頎頎，才無不可。實甽畮之，終古瀉鹵。黍稷薿薿，有萬斯畝。曷不虎符，藏于茲土？

校記

〔一〕 拊　原刻誤作「祔」，依大全集校改。

〔二〕 茶　原刻作「茶」。

〔三〕 卒　原刻作「葬」，依本文逕改。

〔四〕 〔五〕 兢　疑當爲「競」。

震川先生集卷之二十

墓誌銘

趙汝淵墓誌銘

宋熙陵九王子，其八爲周恭肅王元儼。恭肅王生定王允良；定王生安康郡王宗絳；安康郡王生南陽侯仲鑛；南陽侯生處州兵馬鈐轄士嘝，士嘝始遷嚴陵；士嘝生保義郎不玷，又自嚴陵徙浦江；不玷生三觀使武經郎善近；善近生武翼郎汝侄；汝侄生崇傒。自定王以後，至崇傒始失其官，爲士庶。崇傒生必俊；必俊生良仁，始自浦江徙吳，今長洲之金莊也。良仁生友端；友端生季永；季永生同芳；同芳生瓛；瓛生四子，濂、潛、深、濱。潛者，汝淵諱也。

汝淵於兄弟次在二，授室於崑山眞義里朱氏。汝淵年六十有六，卒嘉靖四十二年十二月某日；朱孺人年五十五，卒嘉靖三十八年正月某日。生子男一人，世貞。孫男四人：和平、和順、和德，皆夭；最後生和敬。孫女一人。其葬以隆慶二年十二月某日，墓在長洲之某鄉。宋自青城之難，王子三千餘人，盡爲北俘。其散處四方，僅僅有存者。若周王之後，以詩書世其家，故譜系頗可考。其在長洲，同魯其賢者也。同魯於汝淵，爲再從父。汝淵夫婦孝敬，脩士人之行。世貞方將以進士起其家。世貞於予先妻魏氏，內外兄弟也。故屬予銘。銘曰：

宋失維城，宗淪于朔。哀哉重昏，鼎折覆餗。不仁之殃，迨其九族。存者孑遺，逃竄而延。惟恭肅王，當世稱賢。宜其孫子，百葉以傳。宜君宜王，今爲士庶。亦脩于家，魚菽以祭。曷以銘之？不媿其世。

金君守齋墓誌銘

余少聞嘉定之潭浦有君子曰沭齋先生，未及見而先生早世。後識其子于魏恭簡公之門。及居安亭，安亭去潭浦十里，與賢者之居相近，其芬馨若將可挹。而先生之從子太學生喬從余遊，得時時語其家事。喬父守齋君于是葬有日，來請銘。

按狀：金氏自縣之南翔徙潭浦，五世而至處士，諱鑑。鑑生澔，澔生三子，長諱洲，是爲沭齋先生，其仲諱瀚，即君也。金氏耕潭浦十七世，世益大，而沭齋先生遂邁志爲儒者，與海內諸名士廣東湛甘泉、浙右蔡我齋、山東王純甫、江西夏敦夫，及恭簡公游。君爲力田治生，以資其宦學。先生舉進士，調永康令，尋改國子助教，復爲高邑令，所至清廉，無絲毫取于民。衣服器用，君悉從其家送至官所。自永康入覲，唯須知册役官夫四人。事畢，所存册笥架亦還其縣。其在京師，終日杜門，一書不予人。平生食無兼味。或曰：「先生非有待于其弟者也。」人以是兩賢之。

君與兄少同學，其師欲笞君，兄卽悲泣，師每爲之止。其爲兄所愛如此。父可田翁性嚴，有所不樂，君卽長跪終日，雖風雪僵凍，不敢移膝。翁晚年有所愛庶子，君卽自構別業于祖居之北。千金之產，甘于遜讓。或疑其不能無憾，而君懽如也。

初，子喬未生，卽以泚齋先生之季子爲嗣，名之曰嵒。撫愛如己子，而嵒亦不知其非君出也。居常對人語，其感兄之德，稱兄之賢，至不容口。世道淪斁，爲善者兢兢懼不能免。况先生之卓行，君不惟不艱阻之，又成遂之，可不謂之賢矣乎？

君春秋六十有三，以嘉靖三十七年五月六日終。夫人顏氏。二子，卽嵒、喬。孫六人：應鵬、應龍、應鶯、應元、應麟、七郎。孫女一。其後七年，葬于漳浦西之新阡，爲嘉靖三十四年三月一日云。銘曰：

均爲同氣，孰嚙冰雪以居耶？孰混汙萊以壁耶？孰于于以閒安耶？孰斷斷以疲瘁耶？孰波馳以啜其精耶？孰坎止以食其糲耶？孰將百年之計耶？孰將千古之慮耶？吾不能知，知是墳者先生之弟耶！

王邦獻墓誌銘

王君以嘉靖三十三年八月四日卒，享年六十有八。其明年十二月七日，權厝於度城之先塋，而以某年月日葬。予與王氏有姻好，其孤繼忠，又予友也。來請銘，予辭不獲，乃序而銘之。序曰：

君姓王氏，諱瑭，字邦獻。其先居崑山之澱山湖，二百餘年矣。有壽峯者，元季兵亂，播流六合；吳平之後，復返其居。壽峯生福，福生子昭，子昭生安，安生瓛，瓛生鄉進士鑑，鑑生瀳，君之考也。初，進士君拓落有大志，生平以經世自許，嘗大書忠孝二字於堂壁。故王氏忠孝堂，鄉里至今傳稱之。進士君一上春官，以病卒於京邸。君弱冠，補博士弟子，已自感慨思繼其祖之志。正德、嘉靖之間，東南之民困於糧役，蹙耗盡矣。自儒者皆躬自執役。君一任其僮奴，至於不自給，終不以廢學。凡六試於南都，而卒不第。君少有筋骨之疾，晚而加劇。年且六十矣，從諸生謁御史，跰蹮行也。衆庭拜，獨伏地不起；御史使兩生挾以行。然其氣不爲衰止，久之而後謝去，則時時視其祖壁間書，泫然流涕。

嗚呼！上之所欲求於下者，忠孝而已，而未必得也；下之所欲事於上者，忠孝而已，而未必遇也。王氏在沮澤之間，父子祖孫以此相命，至於白首不遂，闇闇以沒世，可悲也已！君爲人仁恕，多所施予；人或負之，而不以爲懟。其形病而貌甚和。予與之處，可謂有意乎其爲人者也。

君母沈氏，城武知縣存之女。娶任氏，無子。同母弟杲生二子，繼忠、繼孝，君撫教之如一，而以繼忠爲嗣。繼忠娶張氏，生二孫，文昌、文光。初，進士君用詩舉，君治易。而二子今以春秋爲博士弟子。銘曰：

牧之良，奧生牂。田之頻，突生鶉。維忠與孝後有馮，三世儒生今其興。

李惟善墓誌銘

李瀚以嘉靖二十九年月日，葬其父李君。先期爲狀，來請銘。曰：君姓李氏，諱元，字惟善。高祖諱保，曾祖諱虎，祖諱宗，父諱英，縣學生；母袁氏。君以嘉靖二十七年十一月十三日卒，年六十有九。配張氏，子男三：澈、瀚、灝。澈、灝皆前死；瀚，縣學生。孫男二：一鵬、一鸞。女一，適宣應楫，縣學生。曾孫男一，紹先。李氏世居嘉定守信鄉，君以贅故，居新涇。涇四十年前爲荒野，今起爲市，商賈湊焉。瀚卜葬，去其居若干步，望張墓。狀如是。

余昔嘗志張翁，言翁淳樸無世俗機，得壻李君任家督，日飲醇酒，無所問。李君之才，能豐其業。而取張氏族子潮爲己子。己生三子，皆姓張氏。而瀾復爲潮子。聚是二姓，懽無間嫌。及翁年老，乃以潮後張氏，而歸其三子之姓。其始潮在諸子列也，今謂爲舅。「涇以渭濁，湜湜其沚」。李君之謂矣。春秋樂道人之善，是宜書之不一而足。銘曰：

吳淞東流練水出，岸眩大海沃赤日。土岡陁靡聚千室，樹成吉貝雜黍稷。有美丈夫從孟姞，新涇之原生攸宅。考終卜藏惟墨食，左爲翁阡森鬱鬱，兩丘相望無愧色，載詞于石永不泐。

張克明墓誌銘

嘉定張君卒於嘉靖十九年月日，年七十有九。初娶孔氏，卒於弘治某年月日，年若干。再娶秦氏，卒先君一年，年七十有八。葬于其居之新涇。嘉靖二十年月日，孔孺人先葬在倪家浜，遷以祔。

君諱杲，字克明，爲人剛直無他腸。遇所不可，憤發怒；已，則懽然。鄉人爭來決曲直，至有所笞擊，而能不怨。日飲酒，微醺，輒睡去，了不以世事爲意也。兩孺人皆有婦道。君少孤貧，常賴孔氏力生以自給。而秦氏恂恂無所忤，與君齊年，而俱享眉壽，人以爲難，然竟無子。而孔孺人生一女，贅李元爲壻。元始壯，能應家，君一以委之，遂至于豐殖。而君之弟某，有子曰潮，李元抱以爲己子。元又自生子，曰澈，曰瀚，曰瀜，皆姓張氏。君既卒，瀚流涕喟然曰：「春秋書『莒人滅鄫』，爲此也。吾爲儒者，不可以不正。」于是言於元，卒以潮爲後，而自別爲李氏。瀚始呼潮兄也，今謂爲舅。吾聞張氏之厚也，字其壻如子，教其外孫如孫。而李元之愛潮，猶子也。至瀚，裁之以禮，可謂變而得其中矣。銘曰：

有女以養；有壻以幹蠱；有後以紹厥宗；有女之子以匡其禮：吁嗟乎，張君其有子！

陳君厚卿墓誌銘

君姓陳氏，諱玎，字厚卿，世居嘉定之黃浦東海上。父諱廉，字汝界，寶源局大使。生君兄弟四人，而君最少。母黃氏，先亡，而父亦已老矣。同縣馬梁，其妻李氏，陳之出也。意憐之，抱以爲己子。然馬翁自有子，而君娶張氏，生一子，殤，嘆曰：「翁，吾父也，必得翁孫以爲子。」會馬翁子婦有娠，張孺人日候司之，乃生女。曰：「吾德翁，卽男也，當子之。無用女也。」婦又有娠，生男。孺人寢處馬氏室中，男生彌月，卽負以歸。夫婦愛之甚。冬月，嘗以身藉之，不令著蓐臥。比就外傅，僮奴悉遣隨，而身自桔槔。張孺人爲人嚴毅，決子行步稍斜，必呼訓飭之，日督書課。而君性寬，常曰：「兒富貴有命，不當瑣瑣喋聒，令人不自怡。」然孺人中情深愛，每出一二里所，未嘗不垂涕也。

君平生好義，先世遺產，悉讓其兄。盡，復賙給之。外父母老而貧，養之終身。又撫育其孤孫二人。人有持官銀百兩，聞縣呼召亟去，遺旅舍中，君後至，獨留守，俟其人還而付之。爲人乞貸，已而負之，君爲代償。其後有求，復與之，終不言前負也。初，君以產讓其兄，後馬氏有分，復不受。自黃浦轉徙南翔，已又耕新涇之上。新涇近海，會颶風作，海水流漂，嘉定東門外彌〔一〕望波濤無際。君自南翔行至新涇，不識徑術，忽浮忽沉，遂病。數年，且死，呼其子，索筆書曰：「負某人物若干，又負某若干。吾死，汝必償之。」他人有負君者，不言也。取曆日指曰：「某日，吾當去。」命奠告於先。至日，整衣而逝。嘉靖二十六年五月二十六日也。年六十有三。

張孺人後君十有四年而卒，實嘉靖三十九年十月初九日，年七十有五。卒之日，語其子曰：「昔汝父之亡，某人嘗侮汝。然此人，汝父故所善也。勿記其過。」又曰：「汝無忘馬氏所生。我死，當益厚事之。」蓋君夫婦之賢如此。非其子思彝來乞銘，予亦無由知焉。以此知世未嘗無卓行如古人者，獨其汩沒於閭里，而不暴見於世也。

學者皆言爲後必同宗。然吾以爲聖人之制，不獨任其天而已。不得已而有人爲輔相之功，所以爲相生養也。「慈母如母」，禮經略著其文，而古書亡，不能盡見，可類推也。若陳君之事，何其厚也！思彝生以此事之，死以此葬之而祭之，可矣。余爲銘，成思彝之爲子也。君始厝於新涇，今卜兆於縣東南依仁鄉之蘆涇，而以孺人祔。嘉靖三十九年十二月二十九日也。銘曰：

厥德孔厚，而靡〔三〕孕字。天若靳之，人以力致。白鶂眸子，一氣相視。既慈既孝，有誠無貳。亦既有子，以視其隧。天實報之，庶固不墜。

陸子誠墓誌銘

君姓陸氏，諱意，字子誠。居太倉州之東鄉。贈文林郎埶之子，嚴郡推官愚之弟。娶龔氏。龔氏居崑山之蒯涇；孺人，山東布政使理之曾孫，武岡知州震之子。武岡有三女：長適兵部右侍郎王公倬之子都事愔，次適吏部左侍郎葉文莊公之孫夢泗，其季不出適，武岡以聘君，而授館焉。陸氏世望族，故與諸家多有連。而武岡初倅閩之漳郡，攜子壻以行，及改調還，而君感南中瘴癘，至家而卒。時正德九年九月九日也。年二十有三。而孺人復從武岡之治所，居長沙、零陵之間數年。武岡沒，而後孺人以其子歸陸氏。蓋去君之世四十一年而後卒。時嘉靖三十三年月日也。年六十有九。

于是其子明謨傷先人之早世，而母寡居鞠養敎誨之勤，將合葬于太倉州花浦長涇之東源，而思圖其不朽。明謨少不能識君之遺事，詹事府主簿王君世德，君甥也，爲之狀。而王君時亦少。第言，聞君之昆季皆稱之，爲陸氏之才子弟云爾。至述其從母，爲人慷慨好施予，平生屹屹無女子態，可以爲賢矣。予之從祖母，與武岡君同祖，而諸姑多嫁東鄉，故能知兩家族姓之所自。明謨既壯，嘗慨古人風節，尤喜吟詩。而詹事家方貴盛，以淸銜守南京故府，一日掛冠洪武門而歸，其中必有過人者。予以其言可徵信焉，故爲之銘。銘曰：

適爲夫婦，不永其終。四十一年，言歸其封。一世之違，千歲之同。

王君時舉墓誌銘

君姓王氏，初名翺，後更諱羽，字時舉，世居海上，而以醫名家。少讀書論，必求其解；不解，不肯已。有能者，輒就問之。以故治人疾多愈；然不自以爲功。或譽之，輒言吾所以爲術，乃神農、黃帝之傳，神聖之道，顧非盡讀天下書，通于天地之化以參合于人，不可以爲。今所爲者，乃徒剽取億出以幸中者也。及人有酬謝與否，未嘗望之。性誠篤方嚴；終身不近非禮之色。居里中，恆見憚。往往諸少年相羣聚戲褻，君至，皆走匿，曰：「朱文公來矣。」一日出門，見童子泣于道。問之，曰：「朝入市，失所持物，恐歸而見笞。」問其直幾何，與之代償。已而童子挾所償來還，曰：「朝所失，已得之矣。」君亦遂不受，童子泣謝而去。嘗自恨不讀書，見儒生文士，必悚然却立，意其中莫測也。其愛慕如此。

初，君之世父弟翹始數歲，世父將死，呼君屬曰：「儒學難爲，不如授以汝術，易了，令可爲生而已。」君後不用其言，教之儒，期年，翹以選爲郡博士弟子員。雖不遇，然以文藝稱于士林。

君卒于嘉靖三十四年某月日，享年六十有二。娶嚴氏，生子男女皆五人：男，用賓、用卿、用才、用享、用文；女嫁某、某。孫男女幾人。而君之昆弟亦五人，羾、翀、翎，皆弟也；翔無子，以用享爲後。于是翹來請銘，曰：「兄字吾如子，衣食教訓之四十年，翹無以報。兄歿時，會倭犯嘉定，又大疫，兄日未出，即出診視人疫，侵染以[illegible]。而翹方走西南湖上，至死不相聞，以是爲終身痛。」蓋來請銘三年矣。銘曰：

世載虛華，本實爲尻。海瀕椎朴，士風亦澆。尚有古人，抱術以槁。吁嗟孝友，有墳其高。

蔣原獻墓誌銘

君諱杲，字原獻，宋尙書禮部侍郎堂之後。其先宜興人，禮部知蘇州，徙家焉，因世居長洲之鄧巷里。曾祖達卿，祖諱集，父諱淮。而君之配馬孺人，亦長洲之望族，家在甫里。君不幸早世，既葬矣。其後十有八年，而馬孺人卒。又十有三年，祔于其夫之兆，禮也。其子煉來請銘，曰：「煉也少，先人之葬事不備，無以列諸幽。今獲葬吾母，嘗所聞于吾母及先人之游者，得其一二。先人養其二親，晨夕之饋，不以溷諸兄弟。官有浚河之役，族貧者，爲之代出力。諸所行事，洽于閭門，而及于鄉人。坦懷待物，尤爲人所敬愛。而吾母寡居十有八年，代吾先人上事父母，下撫諸幼，吾先人爲不亡也。皆不可以無誌。」煉又以其家所得當代名公表志數十，若陳、劉二祭酒，徐武功伯、李文正公、吳文定公論次君之先世，往往孝友及文學發科，或爲循吏。而其居鄉者，大率長厚，能以愛利及人，恤人之急，如恐不及，賑貸或至千石。其疾病也，鄉人禱于神，以千計。歿而哭其喪，相屬于道。蓋數世如出一轍。而文定公論之，以爲「是豈有爵位在上，其勢足以安養乎民，而得此耶？彼爲一郡一邑，有愧是多矣」。蓋蔣氏之行誼著于鄉里者如此。

考其世，自洪熙至于弘治，六七十年間，適國家休明之運。天下承平，累世熙洽，鄉邑之老，安其里居，富厚生殖，以醇德惠利庇蔭一方者，往往而是。蔣氏乃其著者。至于君之世，有可慨者矣。然觀煉之所稱述，其行事猶有先世之遺風焉。君卒于嘉靖元年月日，年若干，葬以某年月日。孺人卒于嘉靖二十八年某月日，年六十九，葬以嘉靖三十二年某月日，墓在王巷先塋之次。子男三，炎、煉、燓。女三。孫男五。炎已先卒，故葬與請銘者，煉也。銘曰：

靑丘之旁，吳淞之汭。爰有君子，克昌其裔。不嗇其施，民之攸塈。鄉人父兄，笑語洩洩，朋酒斯饗，樂我豐歲。於惟帝力，伊誰之致？年往化徂，日月其逝。我銘斯藏，思爾之世。

潘用中墓誌銘

君姓潘氏，諱乾，字用中，嘉定人。祖諱煦，繇冶城遷東練祁之滸所謂羅店者，有生産沓聚。考諱廉，以無訾省傾其貲，及君之世，靡遺焉。君年尙少，遭父喪，羸然臥苫凷中。責逋滿門，左支右吾，恬不爲驚，事以辦飭。由是三十餘年，淸刻自將。掇拾奇羡，今年作寢，明年作堂，又明年治田廬，期于恢大其業，不促速爲之。羅店，嘉定巨鎭，商賈之湊，人多機利，君存心忠恕，恆以牟漁暴積爲戒，人亦不見其乏，卒又饒給云。

君爲人温良隱默，外內皆稱爲誠長者。初爲縣學弟子員，及其子士英亦爲弟子員，父子相隨之學宮。久之，君竟謝去。士英嘗病，君抱持哺飲食，夜渴，以津嗽之，愛之如此也。君患風痺，猶營家事。士英請少息，君曰：「恐汝廢學，吾生一日，爲汝治家一日也。」如是五六年，以至于卒。

士英在學，每御史至試之，嘗爲首選，而未第。然士英不戚戚，而以不及古人爲恥。從師問學，嘗出百里之外。因是可以知君之志意矣。

君卒于嘉靖十九年六月十有二日，春秋五十有六。明年十二月初九日，葬于脚襪涇之原。配沈氏；男，士英、士賢；女三人，嫁某、某。孫男二人。予辱與士英游，爲之銘。銘曰：

與乎不自繇，其居畜也；泊乎若無求，其干祿也；敷澤其由，賁厥木也；安于此丘，惟君之穀也。

校記

〔一〕彌　原刻作「瀰」。

〔二〕靡　原刻作「縻」。